月光青蛙

长安驹 著

团结出版社
UNITY PRESS

© 团结出版社，2025 年

图书在版编目（CIP）数据

月光青蛙 / 长安驹著 . -- 北京：团结出版社，
2025. 1. — ISBN 978-7-5234-1334-0

Ⅰ .I247.7

中国国家版本馆 CIP 数据核字第 2024BG5492 号

责任编辑：韩　旭
封面设计：朝夕文化

出　版：团结出版社
　　　　（北京市东城区东皇城根南街 84 号　邮编：100006）
电　话：（010）65228880　65244790
网　址：http : //www.tjpress.com
E-mail：zb65244790@vip.163.com
经　销：全国新华书店
印　装：武汉鑫佳捷印务有限公司

开　本：170mm×240mm　　　16 开
印　张：18.25　　　　　　　字　数：300 千字
版　次：2025 年 1 月　第 1 版　　印　次：2025 年 1 月　第 1 次印刷

书　号：978-7-5234-1334-0
定　价：88.00 元

《月光青蛙》序

范墩子

读小说的时候，我喜欢寻找少年的形象，甚至有段时间，我只挑和少年有关的小说读。时间一久，心里就有了一个衡量小说的标准，即：能把少年写好的就是好小说。我当然知道这是一种偏见，可直至现在，我依然信奉它。我深知，它在不知不觉间影响着我的小说审美，影响着我的写作，很多时候，我多么想打破这样狭隘的认知，但无论我怎么努力，似乎都不能改变。当我闭上眼睛，或者做梦时，脑海里常会出现一个孤独而又忧郁的少年形象。他是谁？那么熟悉，那么亲切呀，他是少年的我，是少年的你，是重叠一起的我们。

长安驹的小说，提供了一系列颇有意味的少年形象，就我阅读的篇目，我记住了小虎、凤梨、王小毛等人物。显然，长安驹是透过他们的眼睛，去追踪那些已经逝去的生活，去解构我们的现实处境。也正是因为少年们的参与，长安驹的小说才活泼了起来，精彩了起来。他在努力讲故事，但在讲故事的过程里，他显然更希望我们记住他小说里的人物。人物才是小说的灵魂。

数年前，我和长安驹有过一面之缘，那时我在杨凌写小说，他来找我，给我谈到他写小说的计划，我们也谈到了各自的小说观，以及所喜爱的小说家。他给我讲了许多学生时代的故事，有一些细节和情景，深深打动了我，启发了我。他说他回去后就准备写小说，因为他有一肚子的故事。我以为他就是说说而已，谁料想过了一阵子，他就有小说发表了出来，紧接着，一篇又一篇的小说陆续发表在国内的期刊上。我默默地关注着，阅读着，打心里替他高兴。

他的确是一位有叙述才华的小说家。你看他故事的布局，看他那些魔幻的情景，看他笔下的人物对话，就能看出他的叙述野心。

不知道长安驹有没有读过马克·吐温的小说，读长安驹的小说，我总会想到马克·吐温，那是我最喜爱的小说家之一。如果长安驹没有读过，我倒建议他可以好好地阅读一下马克·吐温，一定会得到很多的启发。比如《汤姆·索亚历险记》的后面，写到汤姆看到杀人犯乔埃死在洞口时，作者写道："汤姆心里很难受，因为他根据自己亲身的经验，知道这个倒霉蛋吃了多大的苦头。"这本是极为平淡的一句话，但读到这里，我深深被震撼。为何？就为汤姆对杀人犯的悲悯心。我想，杰出的小说家，总能关注到那些易被人忽略的细节，总能在紧要处给人关键一击。这也是我要将马克·吐温推荐给长安驹的重要原因。

长安驹跟我一样，都是依赖现实经验的小说家，我们的小说，很大程度上都是力图还原一些记忆，力图重塑我们过往的生活。换句话说，我们都在以小说的方式来处理现实。无论是那些有意思的童年故事，还是那些引人深思的中年困境，都拼成了我们的人生。但从长远来看，这恐怕是不行的，当有一天，我们都用完了自己的经验，那时候，该从哪里挖掘新的资源呢？

这就需要我们对现实敏感的同时，还要保持警惕，还需要反复的深思，就意味着我们得以小说家的眼光，来建立真实的现实和文学的现实。因为，我们看到的，往往靠不住。现实的文学，也不等于文学的现实。文学的现实或真实，不会过时，因为它只涉及文学的根本，处理人类最本真的情感。在这一点上，我常常会反思我的写作，反思我对现实认识得是否到位或深刻。

打住吧，序不能太长，长了易让读者反感。对这本独特的小说集而言，说再多的话也是苍白的，我更希望读者们能走进长安驹的小说世界。

2024 年 3 月 2 日于永寿县

范墩子，1992 年生于陕西永寿，现为西安市文学艺术创作研究室专业作家。已出版《抒情时代》《虎面》《我从未见过麻雀》《去贝加尔》《小说便条》等多部作品。系中国作协第十次全国代表大会代表，曾获国内多种文学奖项。

目录 CONTENTS

CONTENTS

月光青蛙

1

月光下那只青蛙摇晃着大脑袋，瞪着铜铃样的大眼睛，看着我。我战战兢兢，掉头就跑。它动了。身后的大地在颤动着，砂砾石子从耳旁呼啸而过，月光似乎快被遮蔽住了。一条软乎乎湿漉漉的东西缠住了我，我使劲挣脱，身体却飘了起来，我望向它，它竟像人一样在笑，笑得很鬼魅。我发现它是用舌头将我缠住了。我摸着那把瑞士军刀。这把军刀不是为了与人打架的工具，而是小虎送给我的礼物。他说有了这把刀，蛇就伤害不了我了。我曾被一条菜花蛇咬过。面对眼前这个庞然大物，我的手一直在身上摸索着，抓住刀身的一刹那，它好像看穿了我。整个身子被它摇散了。我脑袋昏沉沉，嘴巴里不断有污秽吐了出来，眼泪顺着脖子流。我的军刀被它摇掉在了地上。

我像只斗败了的公鸡，瑟缩着身子。它把我吊在半空，月光照在它硕大的头上，额头两旁的眼睛血红，血盆大口里伸出一条红色的肉带，背上的三条金丝闪着寒光，恶狠狠地瞪着我。它忽然举起了前爪子，那四根脚趾像四个柱子一样，我看到小虎奄奄一息地被它其中的一个脚趾穿过了身体，歪着头看着我。我大哭，喊着小虎的名字。小虎半眯着眼睛一动不动。它瞬间就跑了起来，整座山都在动，整条河都沸腾了，河水击打着我的脸，像是刀子割着我的肉。

它停住了，把我拉得更近，直到它的嘴边，一些黏稠的东西糊了我一脸。我看着它张大了嘴巴，眼前一片黑暗。我在黑暗里大声叫喊着。

老婆叫醒了我。她摸了摸我的头，问我咋了？我说做了一个噩梦。她问是啥噩梦？我怔怔地看着她，没说话。她生气地催着我快去洗洗，出了一身臭汗。我掀开薄薄的被子，人像是从澡堂子里才出来一样，浑身湿漉漉的。我已经是第三次做这样的梦了。我惊恐地回忆着梦，小虎奄奄一息的样子还在我面前。我心里隐隐感到不安。

在淋浴喷头下，我闭着眼任水冲击，水珠打在我的毛孔上，向下滚落着。老婆刚说日有所思夜有所梦，我努力寻找着噩梦的缘由。第一次做这梦时，老婆出差了，我被那只巨大的青蛙用舌头缠住的时候就惊醒了。我当时起身去了客厅，开了一瓶红酒，咕咚咚一饮而尽，晕晕乎乎睡着了。第二次，也就是上周的时候，我看见小虎奄奄一息的样子时被吓醒了，那一夜我在医院值夜班，我索性守在 ICU 重症室里，一夜未睡。同样的梦，让我心有余悸。我冲洗完，站在镜子前，镜子里突然就出现了梦里的场景。我大喊一声，一拳打在了镜子上。"啪"的一声，玻璃碎了一地。老婆听见响动问咋了，我说没事，你先睡。我的手被割破了，伤口不是很深，有血流了出来。老婆敲着门，我打开了门，她惊叫着。

我说擦破了点皮，她说要包扎否则会感染。她也是医生，医生的话病人得听。我坐在沙发上看她包扎，我的手掌被她用棉纱布缠成了熊掌。她不断地数落着我，怪我像个疯子一样半夜打碎洗漱镜。我知道自己并不是有意要打碎那个镜子。

我重新躺上了床，怎么都睡不着。上个月，我和老婆带孩子去游乐场玩，给孩子买了一只弹簧青蛙。我现在意识到那玩具就是罪魁祸首。儿子当时拿着那只弹簧青蛙问我好不好看，我说挺漂亮的。他就让我陪他玩。现在想起来梦里的青蛙就是那只弹簧青蛙的放大版。一身绿衣，前后爪子被固定在一个大弹簧上，瞪着一双大眼，不论你从哪个方向，好像都能看见它的眼睛。玩的时候要使劲按住它的身体，猛地一放，那青蛙就弹跳了起来，凭着惯性能跳好几次，肚子里装了发声器，呱呱呱地叫着。假如你闭上眼睛听，绝对有以假乱真的效果。儿子说他们老师才上了一堂关于青蛙的课，说青蛙是人类的朋友专吃害虫。我随口就说那咱们就要保护人类的朋友。儿子笑嘻嘻地摆弄着那个弹簧青蛙，我忽然就想起了小虎。

2

小虎跟我一样大，但不是我的同学。他像一只候鸟一样跟随着父母天南海北地跑，但只要是放寒暑假，小虎都会一个人回到桃花街的爷爷家。他一回来，我们就热闹了。那时候的小虎是我们的首领，大家都愿意听他的。毕竟在桃花街这样一个穷地方，对于山外的事一概不知。小虎回来的时候从没忘记过给我带礼物，那些年我都是通过小虎才知道了圆珠笔还有三用四用的，不用削铅笔只是按按就能当铅笔用的自动铅笔，包括那只自动报时的电子表和多功能文具盒。特别是那个文具盒，我觉得太神秘了，不仅装的东西多，而且隐藏功能也很多，像是地道战一样让人不知所措。小虎说这些都不算什么，他就给我们讲起了外面的世界，我们几个伙伴都说想去山外看看，说小虎幸福。小虎成功地把我手中的号召权夺走了，但我并不生气，毕竟我还有那一大堆别人没有的新奇玩意儿呢。

烈日把桃花街烤红了，柏油路上的沥青开始化了，人走上去一踩就是一个脚印，鞋底子上就会牵出沥青丝。我和小虎还有几个玩伴一同去了桃花街后面的黑龙潭洗澡。黑龙潭挨着山崖，山崖就成了一个天然的跳台，中午一过，黑龙潭里干巴巴全是人。会水的在潭中央游，不会水的就在潭边上坐着看那些潭中央的人。我每次都是从那个跳台上跟一颗炸弹一样落入水中，溅起一大片浪花。

大概是我们上初一的时候，小虎给我们创造了一个惊险刺激的游戏。之前我们几个伙伴一直都在玩跳沙坑、夺城堡、杀羊等游戏，玩着玩着大家就觉得不新鲜了，提不起兴致来。暑假，小虎回来了。他穿着一套运动短袖，戴着一副墨镜，一双运动鞋让他的个头高了些许。一天下午，我们几个人学着跳水运动员的样子，爬上黑龙潭那个天然的跳台，像下饺子一样"扑通扑通"的跳到了潭里。玩累了，我们就躺在大石头上，闭着眼，眼前是一片红。晒出汗的时候，又会跳入水里降温。突然小虎大叫了起来，他在潭边发现了一只青蛙。我们围拢一看，说他大惊小怪，一只青蛙太常见了。他号召我们抓住青蛙，说是有好玩的事。我们几人慢慢围着青蛙，最终抓到了它。小虎捏着青蛙笑着说，小青蛙感谢你来帮我们解闷。他一手抓着青蛙，一手去河边折了一根稻草秆。我们不知他要干啥，就看着他。他命令我和一个伙伴抓着青蛙的两只后腿，他自己捏着青蛙的身体，把稻草秆插入青蛙屁股的后面，他含着稻草秆呼哧呼哧吹气。不一会儿工夫，青蛙的肚子被吹大了，像个气球一样圆鼓鼓的。小虎用手堵住稻草秆的一头，轻轻把青蛙放入水中，青蛙像只船一样漂浮在水面上，想跑跑不动，想跳跳不起来。大家哈哈大笑，说这个好玩。我们看着那只青蛙的肚子慢慢瘪了下去，从死亡线上逐渐逃脱了出来。不一会工夫，青蛙呱呱呱地叫着，但它的叫声里透着一种凄惨的味道。大家从没这样玩过，都想试试，于是你吹完气玩一会儿，另一个又接着来，直到那只青蛙没了声息，大家看着青蛙的尸体很沮丧。小虎说，一只青蛙而已，不必大惊小怪。

自从有了新的玩法，稻田里的青蛙就遭殃了。我们在小虎的带领下，经常把这些青蛙抓住吹大它的肚子，摆成一溜，像是在炫耀自己的战利品一样。有一天，村里的癞头爷爷放羊路过田里，摇着头说我们丧德。我们不明白他说的是啥意思，拿起一块土疙瘩打在羊屁股上，癫头爷爷屁颠屁颠地追着羊群跑。

小虎送给我那把瑞士军刀也是在那个暑假。暑假我们待的最多的地方依然还是河里，就像我们是河中的鱼一样，离不开水。但那天，小虎带着我们去了桃花街的水磨。那是一个废弃的水磨，里面有一股水流穿过。钻进幽暗的水磨，小虎在水磨的木柱子边抓了一只很大的青蛙。他高声喊着，快来，今天给你们玩个新游戏。我们蜂拥而上，围在他身边等待他的后续。他说他今天教我们解剖青蛙。我吓了一跳。小虎问我愣啥神，说解剖青蛙的实验课你也应该上过的。我说那只是一节课，又不是真的解剖！他笑着看了我一眼，那你来给我当助手。我连连摇头。他骂我是个胆小鬼，不再理我了。我站在一旁，看着小虎。只见他拿出了一把刀，先是用刀尖破开了青蛙的肚子，殷红的血流了出来。我仿佛听到了刀尖割开青蛙皮肤的爆裂声音，心揪在了一起。他一边解剖一边给我讲着这是它的舌头，你们看，它的舌头跟其他动物不一样，青蛙的舌头根部是在口腔的前面，舌尖是向里的，伸出来的时候长，弹性和韧性很强，吃猎物的时候就靠舌头的速度。边说他边张开自己的嘴巴，伸出舌头用手比划着。

小虎把那把刀递给我，让我学他的样子再解剖另一只青蛙。我直摇头，说不敢。他说，男子汉怕个屁呀，来，我教你。我在小虎的怂恿下，拿起了刀开始解剖。我是皱着眉头做的，做得我浑身发抖。小虎看着我说我没球用，跟女生一样，不像男子汉。我低着头没说话。其他几个人也是呆呆地看着小虎。一时间废弃的水磨房里静得可怕，那两只青蛙的尸体血刺呼啦躺在那里。不知是谁喊了一声，"鬼来啦"，我们一窝蜂似的跑了出来。小虎最后一个走了出来，说，一帮子胆小鬼，没劲儿。

小虎送给我这把刀时说，这是一把瑞士军刀，你之前不是被蛇咬过吗？以后进山就带着这个防身。那是一把多功能的刀，里面有小起子、小锯齿、小钢锥，能开啤酒瓶，能拧螺丝，小虎边给我讲边示范。

3

小虎给我的那把刀没有刺伤过任何一条蛇，倒是杀死了不少青蛙。村子里大小的人都说我丧德，是个刽子手。母亲扇了我两个耳光，耳朵里嗡嗡作响。

冬天，我像是丢了魂一样，人魂分离。走在硬邦邦的桃花街上，家家户户的窗口都伸出了半截烟囱,冒着黑乎乎的浓烟。巨大黑烟升在半空中聚成了一团,像刚刚发生了爆炸的蘑菇云。山上一片枯色,只有零星的松柏树绿绿的藏在其中。

那个冬天很冷,我家的水缸都被冻破了。水流了一院子,跟个滑冰场一样,直到春暖花开的时候才完全化开。似乎一夜的时间,春天就来了。桃红柳绿,河床上的冰无影无踪。阳光一日暖过一日,厚重的棉衣棉鞋都被我扔给了母亲,像风一样奔跑在田间的小路上。

为了消除我在小伙伴心中"刽子手"的形象,我拿出了前几年小虎送给我的风筝来放。桃花街里我是第一个放风筝的人,大人小孩都指着天上的风筝说,好高,好漂亮,像只老鹰在天上。

我的身边又围满了人,伙伴中的隔阂彻底消除了。他们说只要我以后不再杀青蛙了就跟我一起玩。

一个周末,我写完作业跟几个伙伴去后山上玩,途经村子里的那一大片稻田时,我发现了青蛙卵。之前没在意青蛙的时候,更没在意过青蛙卵。对于青蛙的认知仅仅停留于书本中浅显的知识,《小蝌蚪找妈妈》的课文还记忆犹新。我突然就有了想养青蛙的念头。其他几个人都说我疯了,我并不在意。

家里的破水缸母亲并没有扔,我在张家盖房的工地上抓了一把水泥砂浆抹在了水缸漏水的几个地方,水缸依然漏,但没有之前漏的那么厉害了。我哄母亲说,学校布置了作业,要写青蛙成长的观察日记。母亲笑着说,这才对嘛,青蛙是益虫,你之前老杀它真是作孽呀。

我给缸里挑了半缸水,用一个盆子端回来一些青蛙卵。黑灰色的青蛙卵像是我的希望一样被倒入了缸里。整个过程像我小时候学的那篇《小蝌蚪找妈妈》一样,几天一个变化。大概经过一段时间,我惊喜地看到了蝌蚪,看到了青蛙先长出来两条后腿,又看到了它新长出来的前腿,它的尾巴慢慢变短了变没有了,它们在我上学的日子里跳出了水缸,跳进了稻田。我自豪地给母亲说,你听,田里那些呱呱呱的青蛙都是我养的。母亲笑着说,是你养的,整个桃花街的青蛙都是你养的。

又一个暑假,小虎回来了。他的到来又让平静的桃花街热闹了起来。我问他这次回来又给我们带来了什么新鲜游戏。他故作神秘,笑而不语。

夏日的夜里,月光皎洁,劳累了一天的母亲早早就睡着了。我蹑手蹑脚地走到了我们约好的桃花街口。小虎已经在那里了。他看了看电子表说,你迟到了十几分钟了。我跟着他来到了村子里最大的一片稻田，他坐了下来，我也坐了下来。他说，你听，好多青蛙在叫呢。我说，这些叫的青蛙都是我养的。他说，你就吹吧，一会儿抓只青蛙让你吹。我打了一下他。

我们坐在田边，看着满天星星，月亮把田里照的通亮，空气里还有闷热的气息。他说，走，咱们去抓青蛙。我问抓青蛙干啥？他说吃。我站起来阻止，我们第一次为了青蛙打架。我们不欢而散，互不来往了。

在很长的日子里，我都无法理解小虎想要吃青蛙的行为，一想到小虎的行为我毛孔里的毛都会竖起来。母亲说小虎在外面学坏了，变得残忍了。她提醒我别学小虎。我点头答应母亲。

小虎不在的日子里，我也没感到过孤独和寂寞，没事的时候我去田边听青蛙的叫声。那些青蛙有的蹲在田边、有的趴在田里、有的在小路上，跟约好了一样，东边"呱呱呱"叫几声，接着西边又开始叫，南边和北边的青蛙也不甘示弱，它们像是在开一场音乐会。我听得入迷，那真是一个奇妙的世界。

癫头爷爷放羊回来遇见我坐在田边。他一步步小心地招呼着羊群，怕它们吃了田里的庄稼。他把鞭子抽的"啪啪"作响，像是抽在了我心上一样。他转过头对我说，小虎那个小家伙不是好人，你别跟他学，丧德的事不能干。他的这句话跟雷一样在我心里滚动着。我突然看到了那把军刀，刀尖划破青蛙肚皮的那种"嗞嗞啦啦"的声音在我耳朵里响起，那殷红的青蛙血充斥着我的眼睛，那双临死前突出的眼睛让我心里发毛。我流着泪，看着癫头爷爷一高一跛的脚步，慢慢消失在了夕阳里。

小虎再没回来过，这个人在我脑子里几乎消失了。少年时的玩伴偶尔提起小虎，我就会说一句，住嘴。气氛陷入尴尬。

4

昨晚的梦，我记忆犹新。上班的时候，眼前总是浮现出那只月光下的青蛙，看什么都像青蛙。

刚才院长开会说要组织送医下乡，地点就在桃花街，我一阵惊喜报了名。已经有十多年都没回桃花街了，整整一上午脑子里全都是桃花街里的人和事。

送医下乡是我们每年必做的一件事，也许这次是去我的家乡，我很兴奋。晚上躺在床上一直睡不着。老婆狠狠蹬了我一脚，快睡，明天还起早呢。

我们在村民的欢迎声里下了大巴。桃花街变化不大，只是比以往萧条了很多。街道显得陈旧寂静。休息的时候我跟村长聊了起来。他说因为山那边的山那边修了高速，通车之后，这里就被遗忘了，车水马龙的景象好多年都没有了。

我独自在桃花街转了起来，很多熟悉的面孔跟我打着招呼点着头，一时间我却忘记了他们的名字。该把某人叫啥更是不记得了。我家的房子好些年前已经卖给了邻居，我正打算去邻居家坐坐，迎面碰上了癞头爷爷。

癞头爷爷笑着用手指头对着我点，说，你回来了。我说，回来了。他说，好，好。他用手指了指离我老家不远的那栋房子说，他也回来了。我扭着脖子看过去，发现那是小虎爷爷的房子。我正要问他，他笑眯眯的走了，身后没有了以前的羊群。

吃完饭，我们坐在院子里乘凉。村长说他有清明的新茶，给我们泡了一壶。我递给村长一根烟问，癞头爷爷说小虎回来了，是真的吗？村长说，这倒是真的。我问人呢？村长指了指村里的那片田，真是个怪人，整日都坐在那片田边，一句话都不说。八成是这里有问题了。村长用手指了指自己的脑袋。

村长呷了一口茶。他说小虎把桃花街的人都丢在城里了，他从监狱里才出来，咱们这街上没一个人理他。那家伙不到二十岁就几进几出，好像监狱是他家开的一样。村长叹了口气说，都是自己作的孽呀，怪不得别人。

真没想到很多年没见的小虎竟成了这样，我萌生了想去见见他的念头。

月光皎白，沿着桃花街进山的路，拐过一个弯，穿过一座桥就能看见那片田了。我张望着，看到了一个背影，那是一个穿着件白衬衣的背影，被月光照的更加白。他坐在田边，佝偻着腰，低着头，好像在想什么。

下了桥，我朝着那背影走去。走近的时候，我听到小虎发出了"呱呱呱"的叫声。我很疑惑，停住了脚步。我突然想起了我们俩为了青蛙打架的那个夜晚。我叫了一声小虎。他回过了头，惊诧地看着我。空气像是凝滞了起来，我们就这样看着对方，只听见田里的青蛙奏着悠扬的合唱。

我不确定那一刹那他是否认出了我。但我认出了他。模样基本没变，还是那副尖嘴腮猴，只是嘴巴上有一圈没刮干净的胡茬子，头发不再浓密，像茅草一样稀稀疏疏散乱在头顶，眼睛暗淡无光不再明亮，颓废的面容在月光下显得惨白无血色。

他站起身向我走了过来，拍了拍手，又在雪白的衬衣上擦了擦，向我伸了过来。他拘谨的样子让我心里有些难受。我和他握了握手。

他吸了一口烟，说，同样的夜晚，同样的地方，时光却无情地流走了。我笑他现在说话文绉绉的。他说他回来的这段时间几乎每天都会来这里听听青蛙的叫声。我看了看他说，你怎么会喜欢青蛙的叫声？这不像你的个性啊。他说假如一个人的心死了，一切都是徒劳的，唯有儿时那些熟悉的声音才能唤回一丝良知，唤回一些清醒。他的话吓到了我，真没想到小虎对人生有这么深的感悟。我问起他这些年发生的事，他摇摇头没说话。我们又各自点上了一支烟，他深深地吸了一口，缓缓吐出的烟雾像是吐出了他的心事。

他说他自从那年离开了桃花街，觉得我们这几个伙伴胆子太小，没用，成不了大事，每到寒暑假他就不想再回来跟我们玩了，跟着城里那些流浪的孩子一块偷盗，屡次得手后他就成了那帮孩子的头儿。他说他好像找到人生的另一种活法，后来逃课打架成了常事，父母拿他没办法。一次他打坏了同学的鼻子，父亲拿起椅子打他，他用一根钢管把父亲打晕了。之后他成了一个流浪汉，对他的死活父母也不再管了。

他说他有些嗜血，每次打人的时候，一定要把对方打出血来，就像解剖那些青蛙一样，只有见了血他才很兴奋。我问他后悔吗？他没有正面回答我。他说，人是处在食物链的最高层，面对同样的生命做的确实太残忍了。他给我讲起了一件事。他说，上次跟别人为了一点小事大打出手，他用刀子捅了对方，差点死了。被判了十年。在里面遇到了一个卖假药的人，那个人卖了大半辈子假药，最后自己的孙子被他的假药害死了。那个人在监狱里哭瞎了眼睛。监狱里的人都说他活该。那个人给了他几本书，那几本书救了他。他轻叹了一声说，人的路都是自己走出来的，怪不得别人。

我听着小虎说的话，心里隐隐有些难受。我拍了拍他的肩，假如时光可以倒流，你会选择哪条路？

他笑了笑，摇了摇头说，世上没有后悔药，更没有时光倒流。你知道我现在为什么喜欢来这里？我摇着头。他说他出狱的时候他的父母站在春风里，拿了一大把桃枝和柳条往他的身上抽打，说是给他去去晦气。他看见风中的父母年过半百的样子心里难过极了，当时就给他们跪下了。他说他们走过一个河沟，看见很多灰黑色的青蛙卵。他一下就看到生命的孕育，看到了希望。于是，他回来了。

离开小虎，我站在桥上看了他很久。月光净白，田边的小虎仿佛不是他了，而是一只坐在月光下的青蛙。

儿子与猫

1

　　真没想到我会因为一只猫而改变人生。对，就是那只猫。我曾经对它恨之入骨，恨得牙根痒痒。好几次都起了歹心，想把它扫地出门，它好像看透了，坚决不给我和它单独相处的机会。我觉得背后有一双绿色的眼睛盯着我，不断挑战我的底线。当初真后悔收留这只流浪猫。我冲着丈夫发火，让他赶快把这只猫处理掉。他却一推六二五，你去跟你的宝贝儿子商量吧。

　　半年前，我们一家三口吃完饭去河堤上遛弯，回来的时候我们身后不远不近地跟着一只猫。最初是儿子发现的，他转身向那只猫走过去，嘴里唤着，咪咪来，咪咪来。我和丈夫远远地看着。说来还真奇怪，那只猫不仅没有跑，反而很乖顺地接受儿子的抚摸。我大喊了一声，走了，儿子。儿子急匆匆地跑了过来，妈妈，我想收养这只猫。我一口就回绝了。儿子几乎快哭出来了，他转身看着那只走近了的猫。丈夫搂着儿子说，那只猫说不定是别人家养的呢，咱们把它带回家，它的主人肯定很着急的。兴许是丈夫的话奏效了，儿子没有再坚持，只是不停地回头看那只猫。我挽着儿子大步向前走，丈夫殿后，向那只猫做着走走走的手势。

　　儿子很早就想养只宠物在家，我一直没同意。原因是他已经步入高中了，应当以学业为重，让他把全部心思放在学习上。他曾几次跟我谈起这件事，说我们对小动物没有同情心，不懂得照顾弱小。我哈哈大笑，你老妈我可是省级教学能手呢，养宠物这件事和同情心没关系。他很不屑。丈夫说，咱家没有条件养宠物，咱三个人天不亮就起床，各自都有各自的事，直到下午才回到家，如果养个猫呀狗的，谁去照顾它们？反倒会饿死它们的。丈夫每次都用这套理论说得儿子哑口无言。

　　可那天遇上的那只猫太过怪异。我们回家了，猫却跟到了家里，在我们家门口喵喵喵地叫个不停。儿子的心像是被那只该死的猫挠了，跑向门口，要把那只猫放进来。我一把拽住他，不行。儿子吼了起来，放手，放手。他使劲儿一挣扎，我就被摔倒在地，头磕在了沙发上。丈夫大吼着，站住，你无法无天了，敢打你妈了？儿子站在原地，红着脸看着我。还不扶起来？丈夫又吼了一声。儿子扶起了我，嘴噘得老高。那只猫依然在外面喵喵喵地叫个不停。我心乱如麻，冲着丈夫挥了一下手。

丈夫拿起扫把开门驱赶那只猫。儿子哭了起来，跪在了我面前，求求你们了，求求你们了。丈夫转身看儿子，使劲儿关上了门，大喊了声，该死的猫。丈夫继续吼着，你起来，起来，都高中生呢，还那么没出息。儿子低着头只是哭，没有要起来的意思。这无声的对抗彻底惹怒了丈夫，他走进卧室拿出了戒尺。

这把戒尺是我们很多年前自驾游去成都玩，在杜甫草堂的一个文化商店里买的。戒尺上刻满了弟子规。当初儿子上小学三年级，他仰着头问爸爸买戒尺干啥。丈夫说，你看看，这上面刻着弟子规，你以后就要按照这上面的话来做，否则我就用戒尺打你的手。他说着就啪的一声打在自己手上，嘿，还真疼呀。儿子灰着脸，现在不允许体罚孩子的，你们打我会犯法。我和丈夫哈哈笑了起来，丈夫说，这小家伙还懂得不少呢。儿子似乎对那把戒尺心有芥蒂，说话做事小心翼翼，致使我们后半段的旅程少了许多欢声笑语。回家后，这把戒尺突然就成了镇宅之宝了。在上辅导班、兴趣班、提高班等众多的课外学习里，这把戒尺立下了赫赫战功。

丈夫拿着戒尺——它上面的字已被磨平了。我数三声，你起不起来？儿子依然低着头不语。丈夫三个字刚喊完就狠狠地在儿子的屁股上抽了一下。儿子无动于衷。丈夫气急败坏，一顿猛抽。那阵势我看得胆战心惊，我正要起身阻挡丈夫。儿子突然站了起来，哭喊着走到丈夫身边，伸着脖子，斜着眼睛，来来来，打死我吧，打死我吧。一双拳头攥了起来，像洋葱那么大。丈夫束手无策了。我一把抱住儿子说，那是你爸，那是你爸呀。我搂着儿子进了卧室，让他早点睡。儿子不理我，砰的一声关了门。丈夫气得跳了起来，啥东西，越大越不是个东西了。

2

那天夜里，丈夫抱怨我，说我枉为人师，连自己的儿子都教育不好。我争辩着说，谁规定的，老师就一定能教好自己的孩子？我们教务主任，你知道的，论学识人品都是教育界里数一数二的人，结果他的儿子进了监狱。丈夫被我的话噎住了。

半夜里，我隐隐约约听见了几声猫叫，莫名地恐惧起来。丈夫可能也听到了，他翻了个身，骂了句，真烦呀，这该死的猫。他翻了个身，不一会儿又鼾声四起。

突然间，我想起两周前儿子的班主任打电话给我，说我们家孩子这段时间不太对劲儿，学习可是退步了，让我们从侧面问问。

我竟然把这事情给忘了。

我再也无法入眠，望着窗外，外面巨大的黑洞令我不安。

我仿佛看见了那只猫张着巨大的嘴巴，满嘴的尖牙利齿要把我吞没了。我大喊了起来。丈夫摇着我问，又做噩梦了？我紧紧地抱着他。

我开了床头灯，坐了起来。丈夫也坐起身，问，咋了？我对他说起儿子班主任打电话的事。他一头雾水，看着挺正常的呀，没发现什么不对呀。我跟丈夫分析寻找儿子学习退步的蛛丝马迹。早恋了？不可能。儿子他小舅上次回来还跟他开玩笑问他，在高中谈恋爱了吗？儿子当时的反应是满脸通红，说他小舅乱说。受欺负了？也不大可能。我和丈夫看不出任何不正常的地方。丈夫说，兴许是他们班主任太过神经质了，孩子学习有进有退很正常的。

早上起来，我仔细观察孩子，没发现什么问题。丈夫也是左看右看的。儿子很不耐烦地说，你们这是干啥呀，一大早的看来看去，我脸上有花吗？我们不约而同地说，没什么。儿子吃完早点，骑着山地车去了学校。丈夫是政府工作人员，单位离家比较远，中午都是在机关食堂吃，不回来。我是小学老师，小学离家不远，我吃不惯学校的集体伙食，中午回家随便对付一口，午休半个小时。

我想着今天必须要去找儿子的班主任谈谈，了解一下孩子在学校的情况。我约了儿子的班主任王老师，他说四点后有空。放下电话，我如释重负，窗外操场上孩子们无忧无虑地奔跑着，蓝天白云，宽阔的操场，真好。

中午回到家里，我草草吃了口面条，躺上床准备午休一会儿，早上连上了三节语文课，真心有点累。电话响了。我一看是儿子班主任打来的，赶忙接听。王老师让我火速到学校一趟，我问啥事，他说，来了再说，电话里面说不清楚。我的心扑通直跳，似乎马上就要冲破我的胸口。

我赶到学校，几个老师和保安把儿子围在办公室里，儿子的双手被绳子捆着。儿子颤着身子，微微摇着头，一双眼睛生硬孤冷。我扑到儿子身边，大喊着，怎么了，怎么了？你们有什么权力捆我儿子？他又不是犯人！我哭了起来。儿子皱着眉头，用一种陌生的眼神看着我，我心里一惊。我哭着要解开儿子手上的绳子。班主任拉住了我，将我带到隔壁办公室，倒了一杯水递给我，说孩子今早来学校就有点不太对劲，跟谁也不说话，也不理老师。科任老师反映说孩子每节课都趴在桌子上，也不听讲，拿着一把小刀子在课桌上划着。最后一节课，英语老师制止了他划课桌的行为，还没收了那把铅笔刀，他一下就火了，跳了起来骂老师，说老师是魔鬼是黑白无常，想索他的命。我把他叫到办公室批评了一顿，他啥话都没说，也不说自己对与不对。我当时想给你打电话说，但考虑到下午咱们要见面的，也就没打给你。可是吃完午饭，孩子们在宿舍午休时，几个孩子连喊带跑地找到我说，李子轩用刀片割自己的手，血流了一地。我喊了保安和值班老师火速去了宿舍，李子轩根本不听我们的劝说，还威胁我们再朝前走一步，他就割断手腕上的动脉。幸亏那两个保安，趁李子轩不注意，这才制服了他。你看，就是这把小刀子。

我拿起小刀，真切地感受到小刀子划破手臂的疼痛。泪水模糊了我的眼睛。我哽咽着问王老师，他是什么时候变成这样的？王老师说，我上次就感觉孩子不太对劲儿，以前他很外向，跟同学们说说笑笑，相处得很融洽，突然间就沉默了起来。就连他之前玩得最好的几个同学，他也有意排斥他们。你们在家里就没发现什么异常吗？我摇了摇头。王老师说，这孩子太要强了，上次月考，成绩不理想，后面上课也不认真了，有时连课后作业都不做了。

我这才想起来，上次丈夫看了月考成绩，在家里大发雷霆，骂儿子不争气，是个没用的人。我把这事给王老师说了一遍。王老师说，咱们当老师的都学过心理学的，我觉得这不是一朝一夕的事，也许孩子他爸骂他那次是个导火索。

王老师建议我们带孩子去省城看看心理医生。我点了点头。

再次回到儿子身边，我发现他的眼神不再那么冷硬了。我解开绳子，示意其他人出去。空荡荡的办公室里突然就安静了下来。我捧着孩子的手臂，看上面细细密密地划了很多道，旧伤暗暗地隐藏在新伤下面。我想起王老师的说法，这不是一朝一夕的事。我心里难受极了。我摸着儿子的头问，还痛吗？儿子摇摇头说，不痛了，心里也舒服多了。我搂着他哭了起来。儿子却像没事人一样，安慰我说，以后不这样了。我看着他的样子，回想起他刚才那陌生冷硬的脸庞，眼泪就停不住。

我带着儿子回家，向单位请了半天假。儿子兴许是那一番闹腾，身心早就疲怠，不一会儿就睡着了。我拉开孩子的书桌抽屉，想要寻找诸如日记本之类的东西，却没找到任何有用的线索。儿子睡的是架子床，因为当时房价高，我们就买了一个两居室，架子床多一个铺位，爸妈来了也将就能睡。这个架子床是儿子自己挑选的，现在这颜色与他目前的身高看着不太协调了。我蹲下身子，看了看床下，发现了白乎乎的几团不知道是什么的东西。我用扫把扫了出来，是几团卫生纸，血呼啦次，我明白了。其中有一团像是昨晚扔的。我想想感到后怕。昨天晚上孩子因为一只猫跟我们闹，他爸爸还打了他，他肯定伤心极了，所以躲在卧室里又用刀片划伤自己。

天呐，我该咋办？

我给丈夫打电话。拨了几次，他没接。我心里空空的，像是被人掏空了灵魂，成了一具尸体。我瘫靠在沙发里，定定地望着天花板上的石膏吊顶发呆。

电话铃响起，我被吓了一跳。看到是丈夫的来电，我拿起电话就哭，丈夫焦急地在那头问，怎么了？出什么事了？

我哭着让他回来一趟。他说他马上要跟领导一块儿去省城布置招商的事。他问到底出了什么事。我恨恨地说，没什么事，你忙去吧。挂了电话，他又打过来，我没有接。我恨死他了，要不是他整天对儿子动武，儿子会有今天吗？手机不停地响着，我索性关机。我靠在沙发里，盘算着如何给儿子治疗。

不知过了多久，有人在敲门。我起身开门，是丈夫单位的小刘。小刘提着一袋水果走进门问，嫂子，李主任让我来看看家里有什么事。我说没事，就是孩子病了。他又问，子轩感冒了？严重吗？我说，没事，就是有点发烧，已经睡了。小刘笑着说，李主任已经跟几个县领导出发去省城了。嫂子，你有啥事就联系我，随叫随到。

送走小刘，我开了机，拨通了省城弟弟的电话。我把儿子的事长话短说了一遍，弟弟很着急，立即就表示去联系专家，让我明天带儿子去省城。我又给校长打了个电话，这事瞒是瞒不住，我只好实话实说，先请一周的假，并叮嘱校长替我保密。

3

儿子睡醒了，脸上有了血色。我问他想吃什么，他说随便。我就做了他最喜欢吃的青椒肉丝和麻婆豆腐。吃饭的时候，我试探着问他，明天妈妈带你去省城小舅家玩玩，可以吗？儿子反问，那我还要上学呢，怎么办？我笑着说，请几天假嘛，你小舅最疼你，他马上就过生日了，咱们去祝他生日快乐。儿子高兴地答应了，他让我给王老师请个假，我点点头。

整整一下午，儿子待在卧室里玩手机游戏，时不时发出笑声，听上去有点瘆人。我不敢轻举妄动，只是暗暗观察他。儿子特别喜欢玩游戏，为此我们曾经大闹了一场，最后还是我们妥协了。丈夫说我没有一点教育工作者的威严，对孩子心太软了，让孩子拿捏住了。那一次，丈夫摔碎了自己的手机，可结果还是没办法，只是儿子不再玩他爸的手机了而已。

我在客厅抱着笔记本上网查儿子这种情况。像他这种情况，网上铺天盖地都是，我越看越害怕，越看心里越没底。不知不觉天黑了，我催促孩子睡觉，他满嘴答应却不见行动。我心里很沉重，强装笑脸说明天早上还要去省城呢，早睡早起呀。儿子不高兴地把手机扔给了我，爬上了床。见他不高兴，我没敢说让他洗漱的话。轻轻地带上门，屋里静得可怕。

我刚躺上床就接到丈夫的电话，他似乎喝醉了，说话都说不清楚。我让他多喝点水，早点睡。他问孩子的情况，烧退了吗？我说，退了。他在那头嘿嘿嘿地笑，说今天展台布置得很漂亮，明天会有几个过亿的项目签约……我对此一点都不感兴趣，就把电话扔在一旁，任他自说自话。想起他我就来气。这么多年了，他总是忙，常常出差，不是去招商，就是在去招商的路上，孩子的事从来都不关心。偶尔看见孩子做得不对，不是骂就是打，这个家对他而言就是一个旅店而已。孩子一旦出了问题，全都怪我没教育好，就像上次孩子月考成绩下降，他愣说我惯着孩子，把手机给孩子玩。可如今的孩子，哪个又能逃脱手机的残害呢？

电话再次响起，是弟弟打来的，他说已经联系了省里医院的专家，明天直接来看。弟弟问孩子咋样了，我说睡了，我仿佛听见电话那头弟弟那颗心落了下去。弟弟让我晚上睡警醒些，多去看看孩子。他的话提醒了我，我起身去了孩子房间，刚推开门，儿子就说，妈，你咋还不睡？你明天可要开车呢，不休息好不安全。我说，我就是看看你睡了没有，给你盖盖被子，你睡觉老蹬被子。儿子抬起头说，快去睡吧，我不会有事的，老师教过我们如何控制情绪的。

半夜，我猛地听见了几声猫叫，心里一惊。我觉得自己好像是幻听了，于是睁大了眼睛，静静听着外面的动静。半天没动静，我迷迷糊糊地睡着了。可突然间，我又听到儿子开门的声音和拖鞋发出的吧嗒声。我翻身下床，走出卧室，客厅没开灯，可沙发上明明坐着一个人。

我喊了一声，儿子。

他说，嘘嘘嘘，别说话。

我这才发现他手里抱着一只猫，那只猫直勾勾地看着我，那种似曾相识的眼神让我毛骨悚然。我打开了灯，那只猫就那样舒服地卧在儿子的怀里。儿子一副稀罕的样子，满眼柔和地看着怀里的猫。

我跟儿子一起动手给那只猫洗了澡，又吹干了它的毛。这只猫看上去不再那么讨厌了。给猫咪洗澡的时候，儿子说他前几天老是有幻觉，能看见一个穿着白披风的女孩子向他招手，仔细看过去，那女孩子长着一张猫这样的脸。我听得浑身发毛，拍了拍儿子的背，让他别胡说。他争辩着说，是真的呢。

儿子睡了，猫就卧在他的脚下。我老想着那个穿着白披风的女孩，我觉得儿子病得不轻，思索着该如何来照顾他。

4

从省城回来，顾不上一身疲惫，我先去了儿子学校给他办了休学，又去了自己学校请了一个月的假。王老师的惊讶和校长的为难，让我心里爬满了虫子。

儿子被医生诊断为重度抑郁症。医生说，孩子的自残是自杀的前兆，你们要寸步不离，要给孩子一个和谐开心的环境，尽量顺着孩子的心。看着医生，我把全部希望都寄托在了他身上。回来几天了，儿子总是围着猫，似乎忘记了手机，我有了点欣慰。我总觉得儿子的抑郁多半是手机害的，如今儿子有了那只猫的陪伴，我的心也不会那么累。可偏偏这时候丈夫回来了，毫无征兆。

丈夫一进门就问，儿子的感冒彻底好了吧？他冲进儿子的房间，看见儿子正在逗猫。他大吼一声，谁让你养猫的？不是说不准养吗？学习任务那么重，还有心思养它？

他说着就去抓猫。猫瞬间就钻到了床下，儿子恨恨地看着他，缩在墙角发抖。我冲进来，一把将丈夫拉出来，他一甩手，你怎么能允许儿子养猫？你疯了吗？我还没回答他，儿子就冲进了卫生间，我不断地敲打着门，儿子，儿子，你快开门，快开门呀。

丈夫问我咋了，我说儿子患了严重的抑郁症，你赶快把门撞开，他有可能在做傻事呢！啥时候的事？丈夫问。我催他快点弄开门，以后再说。

儿子这次来真的，并不是只割手臂，他割腕了，幸亏送得及时，在医院抢救过来了。可这件事却成了这个小城里众所周知的事了。在医院的走廊上，我把儿子的事原原本本说给丈夫听，他埋怨我不早点告诉他。我吼着说，别说那些没用的，目前这种情况你说咋办？丈夫蹲在墙角，呜呜呜地哭了起来。

一些亲朋好友要来家里看孩子，我们阻止了。儿子说他不想见任何人。我和丈夫轮换着上班，轮着照顾儿子。儿子除了不爱出门，整日就陪着那只猫。他叫那只猫为小白。他像哄孩子睡觉一样，拿着童话书给小白讲故事。那只猫很配合，似乎是露着微笑，倾听着。

丈夫变得沉默不语，那次后没见他笑过一次。我劝他要振作起来，他直摇头，逼急了就说一些丧气的话。看着他一天天消瘦，我心里很不是滋味。有一次，我说，导致儿子现在这种情况是他的教育方式有问题，动不动就说"不能让孩子输在起跑线上"，真是可笑可悲可怜。

他低头不语。我继续叨叨着说，你动不动就是那套棍棒之下出孝子，现在呢？他忽然站起来，恶狠狠地看着我，一耳光扇在我脸上。我下意识地看了看儿子卧室的门，没什么动静。我指着他说，都这样了你还打我？他蹲下身去，揪着自己的头发，我怀疑他也抑郁了。

我让弟弟带丈夫去省城医院检查，结果是有点轻度抑郁。开了一大堆药拿回来，丈夫一直说他没病，拒绝吃药。我已经没有眼泪了，跪着求他，为了孩子、为了这个家也要快点治好自己。

儿子似乎忘记了周围的一切，活在他和猫的世界里，只要一会儿没看见猫，就会怒气冲冲。那只猫说来也怪，只要儿子一生气，它立马就跳了出来。

5

丈夫的病似乎好了，可他回家的时间越来越少，后来干脆就不回家了。他打电话跟我说这日子无法继续了，想要跟我离婚。我平淡地问他那儿子咋办？他说他以后每个月多给点钱。我摔了电话。儿子惊恐地看着我，猫在他怀里瑟瑟发抖。

办完离婚，我们在那个充满回忆的公园里坐了整整一下午。曾经的温馨已随风而逝，初吻已寡淡无味。他让我原谅，说他要全身心备战晋升副处，将来会补偿我和儿子。听着他这极具侮辱性的话语，我没有发作，极力克制着自己。

他临走前的一句话彻底激怒了我。他说，听人说你父亲年轻时也得过神经病，看来这是遗传呀。

他的话像一个闷雷打得我猝不及防。我跳起来，抓他。他走的时候，脸上，脖子上，伤痕累累。

临近过年，我的心越发的空。母亲打电话让回老家过年，说给儿子换个环境，我答应了。

腊月二十五，我收拾好东西，准备出门，儿子抱着那只猫，刚踏出门，那猫喵的一声，哧溜一下从儿子怀里跳进了房内。儿子轻声呼唤着，咪咪来，咪咪来，咱们回农村老家了，乖，快出来。那只猫从沙发下露出了半个头看着我们，可不论儿子如何喊，它都是那样看着他，丝毫没有出来的意思。

我又试着喊，那只猫缩进了沙发里。儿子看了看我，我发现他的脸色很差，觉得他的病马上就会复发了。我拽了拽他的手说，儿子，要不然咱们过年就在这里，陪着猫。

那只猫似乎听懂了我的话，忽地一下就钻了出来，它先是躲在冰箱旁边，看着我。那眼神分明就是一个孩子的目光。我唤了一声小白，向它张开双臂。它像一只老虎一样立起身，摇动着尾巴，扑进了我怀里。

儿子站在一旁拍起了手，高喊：好样的小白，小白好样的。

大年三十，我简单地做了几个菜，儿子吃得很开心。他突然问起了爸爸，我无法回答，只好说他有事出差了。儿子说他想给爸爸打个电话，告诉爸爸这只猫是一只好猫，并不妨碍他的学习。

我看着儿子，顺着他说，它确实是一只好猫。

顺 子

1

临近过年，矿山的工人都在准备行李，顺子的心也早就飞了回去。老板找到顺子，说让他过年留在矿山看门，一个月给五千元钱。顺子愣住了。老板说，咋了，这么好的事你不愿意？顺子笑了笑，说要跟家里商量一下。老板哈哈一笑，瞧你那点出息，一个男人还拿不住事？

顺子在山西挖煤，老婆山花带着孩子留在老家桃花街上学，聚少离多的日子让他苦不堪言。山花虽说没有城里女人的妩媚和高雅，顺子却把她视若天仙。山花长得跟她的名字一样，薄薄的嘴唇，一抹淡淡的红，白净的脸上嵌着两个小酒窝，一笑一朵花儿。顺子喜欢看山花笑，山花一笑仿佛整个桃花街的山山水水都笑了，都变得温柔可亲了。刚结婚的时候，山花说顺子像个花痴一样。顺子说他看不够，就想一直看她。山花咯咯一笑，红霞满天。

山花说你就留下吧，多挣点钱多好，年有啥过头。顺子说我想死你了，想回去。山花说挣点钱落实惠的事你不干，净想些没用的事，见了我还不就那么几分钟的事，来回跑不划算，听话就别回来了。顺子像头斗败的牛，耷拉着脑袋。

工友们陆续都走了，偌大的矿场就剩下他和明子两个人。白天没事，他们蒙着被子睡觉。一到晚上，两人全副武装巡警一样在矿山上巡逻。老板走时说，你们两个晚上要打起精神，防止那些偷盗的人，抓住了就报警。两人点头答应。

年三十，他们去镇上买了一包猪头肉、两包花生米。一人一瓶二锅头，吃一口猪头肉，喝一口酒，喝着喝着顺子的眼泪就落了下来。明子问他咋了。他说心里难受，大过年的受这种罪。明子笑着说，你是想媳妇了吧？顺子一笑，嘴角向上一翘，一副高傲的姿态。他举起酒瓶，走一个，当的一声脆响。

平日里，顺子和明子虽然在一起，但矿山的人很多，他们并不是很熟。明子说，听口音你是秦岭里的？顺子说是的，你好像也是秦岭的嘛。两人不是一个县的，但离得也不远。很快酒瓶子空了。顺子眯着眼，唱了几句《潇洒走一回》，明子也跟着哼哼。顺子搂着明子的肩，明子勾着顺子的脖子，两个人一摇一晃地走在矿山的路上。明子说过年不下雪没有过年的样子。顺子说，过年算个屁，年好过月难度。明子说，你这话说到点子上了，多挣点钱比啥都强。顺子没踏稳摔了一跤，坐在地上说，狗屁，说这话的都是女人，过年是团聚的日子，谁像我们两个一样过的是窝囊年。

明子叹了口气，看来你老婆也不是个省油的灯啊。顺子忽地站了起来，放你的臭狗屁，我老婆好着呢。好着呢，大过年的不让你回去？明子瞪着他说。顺子像霜打的茄子蔫了。明子说，我看八成是你老婆有相好的了。顺子啪地一耳光打了上去。顺子和明子像两条狗一样滚在地上撕咬，满天的星斗看着他们。

明子呸的一声吐了一口血痰，你狗日的下手狠，把我嘴巴都打出血了。顺子摸了摸脸，脸上像是被钢丝球刷过一样，几道血印子丝丝地疼。顺子和明子好半天都没说话。顺子索性躺在地上，像是在过一个极为普通的夜晚一样。他喜欢躺在地上，尤其是从井下上来的时候，他会找一块平整的地方，躺成一个"大"字。每次下井他心里都紧张得要命，上来后整个人都松弛下来。

明子递给顺子一根烟，顺子点着烟说，你这家伙说话乱说，没个把门的。明子嘿嘿一笑，开个玩笑而已，你太小气了。山花在顺子心里就是一尊神，他绝不会让别人玷污他的神。顺子说，你没有女人，不懂有女人的幸福。明子说，我不是没有女人，而是女人被别人拐跑了。顺子一惊，拐跑了？咋回事呀？明子摇了摇头，都他妈是打工闹的呀。

明子说他前几年在外打工，老婆一个人在家照顾老人，起初还好，时间一长就跟村里一个游手好闲的人混在一块儿了。明子一拳砸在地上，坚硬的地面把他的拳头咬流血了。顺子赶忙掏出卫生纸递给明子。明子用卫生纸按住手背说，我在外舍不得吃舍不得喝，钱都如数寄给了她，她却连孩子都不要了，跟着别人跑了。顺子听着明子的话，心里酸酸的。他不知道该如何安慰明子，觉得明子的运气太差了。顺子问，跑到哪儿去了？你没去找找？明子吐了一口痰，里面还带着血丝，跟别人跑到广州去了，我不找她，开年了她会回来，我跟她办离婚。顺子说，她还有脸跟你提离婚？明子说，是我提的。她打电话求我原谅，说那个男人不要她了。我才不要她了呢，骚货。顺子一时愣住了，不知该说什么好。月光如水，缓缓流动。顺子拍了拍明子的肩头，想开些兄弟，只要她知道错了，能原谅就原谅她吧，看在孩子的面上，能不离婚尽量别离。明子说，顺子，这事要放到你身上你该咋办？顺子有股无名火蹿了起来，我不会碰到这事的。明子说，我是说假如。顺子手一挥，没有这种假如。明子怔怔地看着他。

2

顺子和明子在矿山转了一圈，回来已经晚上七点多了。顺子说春节联欢晚会快开始了，明子归置归置了菜说，来吧，再喝点，咱们这没有电视，就不想春节联欢晚会那个事了。值班室里的炉火很旺，火苗舔着壶底，发出滋滋滋的声响。顺子的眼睛红红的。

顺子点了根烟猛吸了一口，像是要把烟子深深地藏在心里，如同把思念藏在深处一样，可那些烟子偏偏不解风情，还是从嘴里鼻孔里冒了出来。顺子丢掉烟头，用脚狠狠地踩灭了。他拿起酒瓶像喝水一样，咕咕咚咚。明子笑着说，没看出来，你的酒量蛮大的嘛。顺子放下酒瓶，夹了一粒花生米扔进嘴里，边嚼边说，花生米是下酒的好东西，越吃越香。他又夹了一粒扔进嘴里。明子说，你想家了吧？顺子嗯了一声。明子说，有个家真好，不像我这样无牵无挂太孤独了。顺子看了他一眼，所以，你还是等开年她回来了好好过日子吧，离啥婚呀。明子摇了摇头，我一想到那个贱女人赤条条地钻进别人怀里，心里就像被刀戳一样，老子在外卖命挣钱，她在屋里风流快活。顺子说，你可以守在家里，在家里发展也是一样的，现在农村的政策好，机会多。明子说他宁愿不要家也不能原谅那个女人。明子喊叫肚子痛，一溜烟跑去了厕所。顺子趁着空档给山花打电话，他原本是等着山花的电话，可到现在还没接到她的电话。顺子拨打了几遍，第一遍是没人接，第二遍是占线，第三遍是挂机的忙音。顺子心里着急，额头上渗出了汗。也许山花正在收拾碗筷或者给孩子洗澡呢。他突然想起明子说的那些话来，心里莫名地揪了一下。他扇了自己一巴掌，山花绝不是那种人。他为自己错误的念头感到羞愧，用酒把自己灌得晕晕乎乎。

明子问他咋了。顺子说没事。电话突然响了起来，顺子抓过电话说，山花……电话另一端却说，什么狗屁山花野花的，是我！顺子的酒醒了大半，立马喊了声，老板。顺子放下电话，一脸不悦。明子问，老板打电话说啥？顺子说，还能说啥，让咱俩别睡得太死，防止有人趁着年三十晚上来矿山偷盗，还说什么少一赔十。明子骂了一句"杂碎"，站了起来。他们带上矿灯，拿着电棍走了出去。

路上，明子说老板太谨慎了，大年三十人家都在炕上搂着女人呢，谁会跑到这鸟不拉屎鸡不生蛋的地方偷东西。顺子一摇一晃地说，人家是老板，雇咱们看门，咱就要看好。两个人高一脚低一脚地在矿山上转悠。明子牵着的那条大黄狗格外精神，警觉地盯着周围的一举一动。

顺子觉得天旋地转，趴在一堆木头旁，干呕了两声没吐出来。明子说，你还是用手把它扣出来吧，不然闷在心里难受。顺子把手指头伸进喉咙里搅动，污秽被吐了出来，大部分都是水，食物很少。顺子嘴里发干，喉咙里发涩，像是得了重感冒发烧的人。明子扶着他坐了下来，你酒量还是不行，才喝了一斤多酒嘛。顺子清着嗓子说，我喝不了酒，想借酒消愁，没想到越喝越愁。明子笑了起来，你愁个屁呀，老婆对你又好，又不会跟别人跑。顺子说，我打电话她没接还关机了。明子皱着眉头说，兴许电话没电了或者睡了呢？顺子惨白的脸逐渐有了血色，说山花一定是在给孩子洗澡呢。大黄狗卧在离他们不远的地方，昂着头看着他们。明子吹了一声口哨，大黄狗就跑了过来。顺子摸着狗头说，这畜生跟咱们一样遭罪了，大过年的连个骨头都没得啃。

值班室里很暖和，大黄狗趴在炉子旁迷瞪着眼睛，顺子躺上了床。明子叫他再喝点酒，他直摇头，说喝不下去了，心里还难受。顺子又拨了山花的电话，还是关机。他把电话扔到床上，死婆娘，连个电话都不晓得打。明子哈哈一阵笑，该不会去会相好的了吧。顺子坐了起来，指着明子说，你他妈的还想挨揍吗？再乱说老子就翻脸了。明子低头微笑，开个玩笑嘛，你这人气量真小。顺子没说话，躺了下去。明子说，你跟她是咋认识的？顺子侧过头，你想知道？明子嗯了一声，又说，反正夜长睡不着呢，你就说说嘛。

顺子坐了起来，走到炉子旁边，喝了一口茶，我老婆叫山花，名字好听吧？她真的就跟山上的花一样，长得漂亮。五年前，我在汉江里游泳，看见一个姑娘从江边河堤上跳了下来，我救了她。她就是山花。明子瞪大了眼睛，你是他的救命恩人呢，难怪她对你死心塌地。顺子笑了笑。明子问，那她为啥要跳江？顺子说，每个人都有伤心的事，我没问，她也没说。明子又问，结婚后也没问过？顺子说，没有。你这人咋喜欢打听别人的伤心事，心术不正。明子笑了笑，有些事要弄清楚前因后果的。那你们结婚好顺利呀，人家那么漂亮的一个人就这样嫁给你了？顺子说，我俩是对上眼了。顺子说完这话心里就觉得很没底气，究竟咋回事他清清如水。

顺子救了山花，山花毫不领情，骂他多管闲事，趁顺子不注意又想去跳江，顺子一把抱起山花扛在肩上。山花拗不过，就告诉顺子自己家的位置。顺子看着山花就春心荡漾，明里暗里问山花为啥寻死，还透着一股子单身汉的傻气。山花经历的事比顺子吃的盐都多，心里明镜一样，说，你救了我，我就嫁给你算了。顺子受宠若惊，被地上的石头绊了个狗吃屎。山花忍不住笑了。山花提出一个条件，嫁给你可以，但我肚子里怀了孩子，我要生下来，你不能嫌弃，要好好对他。顺子像是捡了一个宝，满口答应了。

3

顺子的电话响了，看着来电号码，确定是山花打来的。顺子像换了个人一样，说话轻声细语，满脸的笑。明子瞅着他也跟着笑了起来。顺子说，你笑便宜不掏钱。明子说，我觉得你们挺幸福的。顺子告诉明子山花带着孩子回娘家过年，团圆饭丰盛得很，有腊肉炒粉皮、干洋芋片焖鸡子、红烧汉江大鲤鱼、豆豉扣肉、葱爆腰花、干煸肥肠等等。明子一瞪眼，别说了，老子都流口水了。两人哈哈笑作一团。明子问顺子具体住在秦岭哪里。顺子说在桃花镇桃花街。明子说，桃花街我去过，地方不错呀。顺子说，你去过？去干啥？明子说，我表哥去年在你们那里的桃花沟开矿，可是金矿哦。他让我跟着他干，我觉得自己人在一起不好，容易闹出矛盾。顺子问，桃花沟有金矿？啥时候的事？明子说，哦，你去年没回去，肯定不知道，我去年回去了一趟，表哥带着我去的桃花街。顺子递给明子一根烟，那咱们开了年干脆都去你表哥的矿上干吧，离家又近。两人一拍即合。顺子笑着说，明子，你可是要巴结好我哦，我在桃花街给你找个媳妇。明子两手拱起向顺子作揖。顺子脸一沉，大过年的你给我作揖，咒我呢？明子嘿嘿笑了起来。顺子说，你真不打算要那个女人了？明子说，那种女人水性杨花，坚决不要。

夜深了，顺子怎么都睡不着。明子人瘦，可鼾声如雷。顺子起身捏了捏他的鼻子，明子翻了个身，一会儿鼾声又起来了。

顺子跟山花结婚的时候，肚子都显怀了。桃花街上的长舌妇们像蜜蜂似的围在一起嘁嘁地说，顺子命好，白捡了一个漂亮媳妇。也有人说，好个屁，他是白捡了个爹当哦。笑声飘过桃花街，也飘进了顺子的耳朵里。

顺子爹娘死得早，他是吃百家饭穿百家衣长大的。整个桃花街的老老少少们都是他的恩人，他不能恩将仇报。听到那些风言风语，他一笑而过。顺子想自己能娶山花做老婆那是上辈子修来的福分，也可能是爹妈在阴曹地府对他的保佑。山花说桃花街的人欺生，没几个好东西。顺子劝她莫生气，别跟他们一般见识。山花眼睛一斜，还不都是你没用，家里没钱没后台，让人看不起。顺子不生气，笑着说，从今以后我好好挣钱养活你和孩子。顺子摸了摸山花高高隆起的肚子，小家伙快出来，爹给你买好吃的。山花笑得很灿烂。顺子看着她有种触电的感觉，心里美滋滋的。

顺子在地里挖洋芋时，桃花街几个光棍站在地边说他命好娶了漂亮媳妇，问他是用啥办法把山花弄到手的。顺子憨憨一笑，这东西讲究情分呢，情分到了跑不掉的。那几个光棍骂顺子饱汉子不知饿汉子饥，净说些光面子话。顺子停下手上的活说，我们是在汉江认识的。那几个人问，就这么简单？顺子点了点头。走走走，我们也去汉江边看看，说不定情分一到也弄个媳妇回来呢。几个人一溜烟就不见人影了。顺子站在那里哈哈大笑，你们以为是捞鱼呢？

没过多久，孩子出生了。顺子风风火火忙进忙出，脸上堆满了笑。山花的心也逐渐跟他走到了一起，两人很恩爱。山花在家缝缝补补带孩子，顺子就在桃花镇干一些临时工，生活虽不算富裕，但过得很舒心。

孩子长到三岁时送进了桃花街幼儿园，山花对顺子说，以前孩子太小，我怕一个人带不好，现在他上学了，一个人就能照顾过来了。你看王大妈家的小井，听说这两年在外打工挣了不少钱呢。顺子低着头唯唯诺诺地说，我走了，怕别人欺负你们。山花冷哼一声，开玩笑，屁大个桃花街还能把我吃了？我也是闯荡过江湖的人。顺子抬头看了一眼山花，山花立即闭住了嘴巴。

顺子没有跟王大妈家的小井去南方，他听说那里都是技术活，自己干不了。他一个人在火车站晃悠，听到有人在给煤矿招工。他想，挖煤就是出力气的活，这对于他来说小菜一碟。顺子到了煤矿才知道远远超出自己的想象，活不但累而且脏，好在钱挣得不老少。山花得知顺子去了煤矿，鼓励他好好干多挣钱，说她明年就给他生个孩子。顺子跟疯了一样，心里乐开了花，把浑身的力气都用在了挣钱上。

前年回家的时候，山花对他百般温存，可绝口不提生孩子的事。山花每次完事，都会吃一粒药。她说现在趁着年轻有一把子力气应该好好去挣钱，挣够了钱再要孩子也不迟，我还很年轻呢。顺子心里虽有怨气，但山花的话不无道理，孩子的事再放十年也不晚。

顺子想着想着就特别想山花了。他半眯着眼睛，幻想着山花脱光衣服的样子。他喜欢摸山花的背，光滑得像一条鱼。

每个月矿山放的那一天假，顺子都是猫在镇上吃点东西，很多工友喊他去城里，说城里有个地方可以败败火，顺子骂他们不是东西。顺子才不想把辛苦挣的钱花到其他女人身上。

他想着开年后即将和山花重逢，心里异常火热，盘算着先不给山花说，要给她一个大惊喜。

4

明子站在值班室门口说，今年真是个干冬，连点雪都没下。顺子说，快了，再有几天工友们就来了，我们也该解放了。不到二十天的时间里，顺子和明子喝了几十瓶二锅头，值班室里随处可见空酒瓶。顺子看着这些空瓶子笑着说，咱俩真是酒鬼呀。

老板再三挽留，顺子和明子还是走了。他俩先到城里住下，在宾馆里好好洗了个澡。下午顺子拉着明子去了一家金店，他想给山花买一条金项链，给她个惊喜。明子说他对女人好，是个好男人。顺子捶了他一拳，笑着说，废话，自己的女人不心疼，让别人去心疼吗？明子哈哈大笑。挑项链的时候，顺子不太懂，明子像个行家，让店员拿了好几条出来，又让那几个店员戴在脖子上左看右看。顺子说，你把人家姑娘的脸都看红了。明子说，这你就不懂了，顾客是上帝哦，我们买项链一是买金子二是买服务哦。顺子笑了笑没说话。

明子建议顺子买那条带有一个镂空坠子的项链，顺子说那条项链不实在，坠子是空心的。明子气得走出金店一个人抽烟。顺子挑来挑去，没挑到合适的，要么是花纹不好看，要么是造型不美观，拿不定主意，最后拿着明子建议的那条看了起来，旁边的几个营业员也都说这条好。镂空坠子是个心形，做工很精致。顺子向外看了看明子，招手让他进来。明子见他拿着自己建议的那条，高兴地笑着说，你是个识货的人，就买这条吧，回去你媳妇会爱死你的。旁边几个姑娘呵呵地笑了起来，顺子像是看见了山花一样。

顺子紧紧地捂着自己的包，生怕项链飞走了。明子笑他跟个女人似的，一点都不大方。顺子说，买的可是金子呀，贵着呢。明子说，你够可以的，买条项链花了四千多，大手笔呀。

距离发车时间还有两个多小时，顺子突然想起个事。他拽着明子去了移动营业厅，说还要给山花买一部手机呢。明子说他真能造，挣一点钱全扑到女人身上了。顺子说他去年答应给山花换一部华为手机，都一年了，一定要买。明子帮着顺子挑选了一部两千多元的华为手机，顺子身上的钱不够，明子借给他一千五百元。

到了桃花街，明子说他先去找他表哥，一会儿再到顺子家。顺子走在不长的桃花街上，好多人像没看见他似的，没人理他。他正纳闷，心想是不是山花在家把人家得罪了。黑牛拽住了顺子，顺子哥，还以为你死在外面了呢！顺子笑呵呵地递了一根烟给他，点上了火。黑牛拿着烟看了看，嚯，不错嘛，都抽上芙蓉王了。顺子问黑牛咋没出去打工？黑牛一笑，要打工就带着婆娘一块儿出去，不然的话……黑牛嘿嘿嘿地笑了起来，后半句话没说出来，像是被笑声淹没了。黑牛拍了拍顺子的肩膀，顺子哥，你回来得真不是时候呀。顺子看着黑牛的背，真想冲上去踢他两脚。他心想，我咋就不能回来了？回来还挑时候？顺子吐了一口痰，骂了句，他妈的。

顺子走过桃花街大桥，几个老人给他打招呼，他心里暖暖的。他远远看见自家门口停着一辆黑色小轿车，心想这肯定是哪个走亲戚的人把车停在门口的。

顺子大包小包地进了院子，四下里看了看，没找到山花和孩子。他暗暗一笑，他要给山花一个大惊喜。

顺子轻手轻脚推开了堂屋门，隐隐约约听见有人说话的声音。他想自己一会儿出现在山花面前，她肯定会高兴地跳到他身上来。顺子像是走着太空舞步，屋里静得仿佛能听见心脏的跳动。顺子轻轻地向房门口走了两步，听见了山花娇滴滴的声音，他面带笑容，又朝前走了两步，呼啦一下推开房门冲了进去。

山花正在给谁打着电话，脸上笑成了花，突然看见顺子出现，手机没拿稳掉在了地上。顺子赶忙弯腰捡了起来，你换手机了？山花拿过手机说，我的手机坏了，借别人的。你咋回来了？顺子一把抱住山花，我想死你了。山花挣扎出顺子的怀抱，问，你为啥现在就回来了？顺子笑着转过身从包里拿出一个盒子递给山花，山花问是啥，顺子说没有你借别人的苹果手机贵，但这是你去年最想要的华为手机。山花皱着眉头，接过手机看也没看就扔在床上说，你乱花钱，又花了不少吧。顺子说，也就两千来元，不算贵，回头你把别人的手机还了。山花哦了一声。顺子问，你借谁的呀，谁能把这么贵的手机借给你？山花的脸红了起来，支支吾吾没说出一个名字。顺子又一次抱住了山花，我想死你了。顺子把山花按到床上，山花使劲推着顺子的胸口，顺子看着山花狼狈的样子就笑了。山花却吼着说，起来，我先去给你做饭。山花起身的那一刻，顺子看见她脖子里挂着一条金项链。

顺子坐在一旁皱着眉头抽着烟，山花问他咋了，他说没事。山花看了看他，在他额头上亲了一口说，等晚上我再好好伺候你，便转身去灶房做饭。

顺子心中憋闷，走出了大门。山花拦着他说饭快好了，顺子说不饿，想出去走走。山花看着顺子走出的背影，跑进屋里拨通了电话。

5

山花站在门前大声喊着顺子，顺子黑着一张脸进了家。山花问顺子咋了，顺子没吭声，端着一碗面条使劲搅拌着，像是把筷子插在五脏六腑里翻动着。山花说，看你把面都搅断了，来来来，我给你搅。顺子把身子转到一边，看了看山花，没理她。

山花跳了起来，冲到大门口，双手叉腰喊道，嚼舌根子的人烂嘴巴，不得好死。山花向着东面骂几句，又向着西面骂几句。顺子听不下去了，啪的一声把碗摔在院子里，你给我闭上臭嘴！山花怔怔地看着他。顺子一副想要吃人的样子，山花打了个冷战，快速跑进屋里，扑到床上号啕大哭。

明子来的时候，顺子正在洗碗。明子皱着眉说，顺子，你咋还亲自洗碗？顺子微微一笑说，没啥。明子问，嫂子呢？顺子说她不舒服。明子说他跟表哥说好了，明天就可以去金矿上班。顺子说，你去吧，我过几天还想回煤矿上，老板对我一直很好。明子不解地看着顺子，发生啥事了吗？咱们之前不是都说好了吗？

山花端了两杯茶走了进来，递给顺子和明子。明子正要开口喊嫂子，山花笑着说，你是明子吧，听顺子电话里说就是你们两个过年给煤矿上看门吧。明子赶忙站了起来，是是，是我。明子又说，嫂子你劝劝顺子吧，我觉得就在桃花沟金矿上班挺好，离家又近，我表哥开的工资又高，可顺子不愿意去呢。山花的脸莫名地红了，看着明子笑着说，谢谢你表哥的好意，顺子有自己的打算呢。明子看了看顺子说，真搞不懂你这个人，说话不算数。

顺子每天都把儿子架在自己肩膀上在桃花街里闲逛。山花看着父子俩的背影，神思恍惚。桃花街的人看到这父子俩，都说顺子是个好人。有的人还会多两句嘴，说山花不是个东西。

几天后，顺子带儿子在桃花街的理发店里理发碰到了明子。明子拽着顺子出了理发店，说，我表哥不是个好东西，你啥时候回煤矿记得叫上我。顺子面无表情地站在那里。明子知道自己的话伤了顺子，拍了拍顺子的肩膀说，想开些，别像我一样把家弄没了。顺子看着明子的背影，紧紧捏起的拳头慢慢放松了。

顺子走的那天，山花从房里也提了两个包走了出来。顺子，你带着我一块儿去煤矿吧。顺子心里一怔，你去干啥？山花说，我想跟你待在一块儿。顺子说，儿子咋办？山花说，带上。顺子说，矿上太苦了，你们去了受不了的。山花说，我想通了。

顺子从包里拿出金项链递给山花。那个镂空的黄金心摆动着，山花拿着那颗金子心，翻来覆去地看，像是看见了顺子跳动的心脏，看见他一头扎进汉江把她从死亡线上拽了回来的那个午后。她清晰地记得她睁开眼的那一刹那，金黄色的阳光晃着她的眼睛，她隐隐约约看到了一张朴实憨厚的脸。

山花哭了起来，她说自己不是东西，对不起顺子。顺子看着她默不作声。山花一把从脖子上揪下了项链扔到地上，用脚踩了又踩，想把它踩成粉末，踩进地里。顺子看着山花的脚像是煤矿上的粉碎机一样，发出哼哼哼的声响。

山花停止了哭声，说，顺子，你能帮我戴上你买的这条项链吗？顺子没有说话，默默地站了起来，接过项链，走到山花身后替她戴上了项链。山花转过身扑进顺子的怀里呜呜地哭着。顺子摩挲着山花的后背和她长长的头发，突然想起他娶山花的那个夜里的誓言，他说要让山花成为桃花街里最幸福的女人。怀里的山花哭湿了他的绒衣，他感觉胸前有泪流入，心里骂自己无能，没能兑现自己的誓言。

这时，山花的手机响了。山花看了看，猛地把手机砸向地面，叭的一声，手机的碎块四散飞去。

幻想亭

1

桃花街不大，在地图上连个点都够不上。桃花街不长，几分钟就能走完。桃花街里古怪的人有那么几个，癫头就是其中的一个。他爱幻想，幻想了一辈子，桃花街的人背地里都叫他幻想家。

我们叫癫头为癫头爷爷。小时候我们一群伙伴总喜欢围在他身后，缠着他讲故事。他肚子里的故事多得讲不完，像是装着桃花街后的长安河一样，终年不枯。癫头爷爷身上的糖也多得数不清，我们童年是被他的糖果甜大的。那时我们一放学不是先回家，而是先去癫头爷爷家听故事。

癫头爷爷的家是桃花街的最后一户，挨着山，是一座茅草屋，墙是用篱笆和黄泥夹起来的。如果是冬天，坐在屋里能感受到从墙上灌进来的风。他家的墙角有一个大火坑，里面架着一个硕大的树根明明暗暗的燃烧着，烟雾很大，整个屋里都是呛人的味道。我们顾不上烟味，齐刷刷地望着他，等他讲故事。他不慌不忙地拿出了一杆长烟袋，掏出烟丝按在烟锅子里，对着火坑吧嗒吧嗒地抽了起来。我们急得心都快跳出来了，一袋烟抽完了他才开始讲故事。

桃花街里有一首关于癫头爷爷爱幻想的打油诗：

癫头癫头，圆溜溜的光头。

脑袋上长草，他还喜欢幻想。

吃五谷想六谷，半夜起来想媳妇。

走东串西，他还想当皇帝开飞机。

癫头癫头，圆溜溜的光头。

……

现在已经无法考证这个打油诗是出自桃花街哪位高人之手，但说的也不是没有道理。我小时候听我爷爷说过癫头爷爷的事。癫头爷爷是地主家的儿子，年轻时是去省城上过洋学堂的人。那时他头戴瓜皮帽，穿着长衫子，骑一匹高头大马，翻山越岭去了城里。

头两年还好，第三年癫头半夜回到家里精神恍惚。地主请了好多大夫，他们都说是惊吓过度。地主派人去城里打听，看看癫头到底发生了什么事。回来的人说癫头为了一个姑娘被一群当兵的打了，那些当兵要抓癫头为壮丁。癫头瞅准机会一溜烟就跑了，当兵的在后面就开枪。地主指着癫头骂他是个爱管闲事的混蛋。癫头的病渐渐好了些，但再也不去城里上学了。地主无奈，就四处给他说媒找老婆，癫头不愿意，说他提起女人头就痛，不要老婆。癫头的母亲气得在院子里嗷嗷直哭。

那一夜桃花街上的大火烧了三天三夜，癫头从火里扛出了母亲，自己的头发也被烧完了。那场大火洗劫了桃花街，烧得什么都不剩了。癫头仰天长哭，他疯了。光光的头上有几块火烧的疤痕，头发再也没长起来过，人们看着疯疯癫癫的他像个乞丐一样走街串巷，嘴里时不时还蹦出之乎者也来。

我们小时候见到的癫头爷爷的疯病已经好了。据说刚改革开放的时候，桃花街里来了一个游医，看见了疯疯癫癫的癫头就向他招手过来。他问癫头叫啥，癫头说他们都叫我癫头。游医笑了笑，又把了脉。他开了几服药给癫头。癫头不要，说自己没病喝药干啥？游医被慢慢聚拢的人围了起来，他说，算了我索性就治好你的病。他去了癫头的家，煎了药，一日三次哄着癫头喝。十来天后，癫头看人的眼神不再那样恶狠狠直勾勾的了，变得缓和有了温度。癫头也不再去其他地方一逛几个月才回来一趟了。那游医也在桃花街上扎下了根，开了自己的药铺，生意极好。

很快人们就发现癫头的疯病是好了，但人却变得爱幻想了。仔细听听他满嘴那些天一句地一句的话，还是跟个疯子差不多。每次只要天上有飞机飞过，癫头都会说，我要是能开上飞机多好呀，在天上游泳多自在，天上可大着呢。

癫头不干活的时候，喜欢跨坐在桃花大桥的栏杆上，看着长安河的水。他自言自语地说，可惜了这一河的好水了，这是老天爷的恩赐呀，可却就让它这样白白地流走了。他转身一声长叹，哎……有些多事的人哈哈哈一笑，问，癫头你又在幻想了？癫头转过头说，你懂个屁，学都没上过几天，住嘴。那人脸上红一阵白一阵就不再说话了。

我爷爷说癫头不是幻想家，只是人们认为他是，他也没法捂住别人的嘴。他说癫头去城里读书上的洋学堂，学的是水利工程。有一次，他去癫头家看见他在一张纸上画画，他看不懂。问癞头，癞头说画的水电站的施工图。爷爷说癞头当时的眼里射出了金光，他说他要是县长就安排人在长安河上修一座水电站。爷爷问他水电站是什么玩意，癞头看了看没说话。他领着爷爷来到他后菜园子里，我爷爷惊呆了。癞头在菜园子里弄了一个跟长安河一模一样的地方，里面还有好几座房子，不过都是缩小版的。

这个消息被爷爷传到了桃花街，很多人不信就去癞头家看。起初，癞头还给看，人一多了，他就不让别人看了。手里捏着一根棒子把人都堵在菜园子外面，不让人进。看了的人说癞头厉害，没看见的人说癞头还他妈是个爱幻想的疯子。有几个好事的人扯着喉咙对癞头说，你个疯子，小心乡上的警察把你狗日的抓去，一天乱想个毬。

癞头设计了长安河电站的消息传到了县里。县里来了人，癞头领着他们去了菜园子。来人刚进去又转身气呼呼地走了，说传言真是不能信。我爷爷说癞头晚上悄悄地把那些缩小版的模型都毁了，上面种了小青菜。

2

桃花街没人愿意去关注癞头的事，很多时候都只是把他当做生活里的乐子。遇到癞头的时候就问，癞头又在想啥新玩意儿？癞头笑笑不答。是想媳妇了吧？大家一阵笑声。

癞头结过一次婚，其实那也不算结婚。那天，一大早癞头去挑水，在路口看见一个女人倒在那里奄奄一息。他叫了几声，没反应，就把女人抱回了家。他给她喝了些水，那女人醒了过来。女人看见癞头圆溜溜的头变得紧张了起来，赶忙坐了起来，跳下了床，双手比划着。癞头不明白意思，问她想干啥？那女人急地涨红了脸，手不停地比划着。癞头从灶上拿了一个白馍给她，癞头说，你先吃，我出去一下。

癞头一路小跑，找到了我爷爷，说了女人的事。我爷爷奶奶跟着癞头去了他家。我奶奶烧了一锅水让那个女人洗了把脸，又做了一碗面条给她吃。癞头跟我爷爷坐在门外的石头上聊。我爷爷问癞头想不想要个媳妇，他脸红红的只是笑，不说话。我爷爷说，你都四十好几快五十的人了，也该成个家了。我看屋里那个虽然是个哑巴，但你也别再挑了。癞头茫然地点了点头。

那个女人不知是从哪来的，更不清楚是要到哪里去，不会说话不会认字，大家都认为她是个逃荒要饭的。在奶奶的撮合下，那个女人答应了。结婚那天，癫头家挤满了人，都想看看他的新媳妇是啥样的。换上了新衣的女人羞羞地走了出来，大家惊呼了起来，都说癫头有艳福，快五十的人了还能找到这么漂亮的媳妇。夜深了，人们都走了。黑暗里，癫头窸窸窣窣地在女人身上摸索着。不一会儿工夫癫头哎呀一声掉到了床下，窗外哄堂大笑，呼啦一下就跑了。癫头点燃了煤油灯，女人脸朝里背对着他，手不断地打着床。

癫头那段时间跟换了一个人似的，总是在桃花街里揽活，什么活他都干。他挑着一担粪走过桃花街，人都骂着说，你个老东西，你女人就不嫌你臭？有几个二球半吊子大声说，癫头，晚上受不受活，一晚上整几回，你的枪怕都生锈了吧。这话像是戳到了癫头的痛处，他放下扁担，用粪瓢舀了粪就朝那几个人泼了过去。那几个人大喊，妈呀，狗日的来真的了。癫头挑了一天大粪，换了几个钱，回去就交给他的女人。女人把饭菜端上了桌，比划着让他脱了衣服，洗洗手，吃饭。

癫头既喜欢黑夜又害怕黑夜的来临。他悄悄去找过治好自己疯病的医生，说他晚上行不了房，硬不起来。那医生又是把脉，又是让癫头脱下裤子瞧，也没有好的办法。吃了几服药，作用不大。

渐渐的那女人开始嫌弃他，饭也不好好做了。但天天都逼着癫头出去挣钱，挣回来的钱如数交给她。癫头跟我爷爷去上山砍柴，他坐在山上狠狠地哭过一回，他说他的命太不好了，有想法没办法。我爷爷不知如何安慰他，只是摇摇头，叹口气继续抽旱烟。

一个月后，那女人带着癫头所有的钱不辞而别了。有人看见她上了一个拉木头的卡车走了。癫头哭着喊着顺着公路跑着。谁都劝不住。

癫头在屋里睡了三天，没吃没喝，我爷爷给他端了一碗饭过去劝他。他接过饭呼呼噜噜吃完了。他说他要养羊，说畜生比人好。我爷爷怔怔地看着他。

不久后，癫头领着一公一母两只羊走过桃花街。有人笑着说，癫头，媳妇跑了不找了？癫头没有发怒，看了看那人。又有人说，癫头，咋，你幻想完电站又开始幻想养殖场了？癫头说，畜生比人好，它不会跑。那几个人都不说话了。

以后，癫头就专门开始放羊了，再也不给任何人干其他的活了。癫头几乎没有了笑容，唯有他跟羊说话的时候，有像父母一样的神情。

十几年过去了，癫头的队伍逐渐庞大了起来，他还被乡上评了一次养羊大户，得了一点奖金。从那后，没有人再叫过他疯子。每次更新换代的时候，癞头都是以很低的价格把那些老的走不动的羊卖给羊贩子。桃花街里的人说他是个笨蛋，说他不知道三个多两个少。他笑着说，那羊跟了他那么多年，他舍不得，羊比人好。

自打癞头养上了羊，我们桃花街里的人都得到过他的恩惠。谁家生了小孩奶水不够，癞头听说后就会端一大缸子新鲜羊奶送过去。有人就劝他弄个鲜奶供应站，可以挣很多钱。癞头摇着头说不行，不能挣乡亲们的钱。

有一回，半夜里癞头听见羊圈有动静，就爬起来去看。他刚走到院子，就被人打晕了。他强撑着睁开了眼睛，看着那两个人赶着他的羊出了圈。癞头勉强爬到了学校，让校长使劲的敲铃。桃花街里的人都醒了。

那两个盗羊贼终于被抓住了。在人们推推搡搡中，忽然有人认出了其中一个人，大声喊着，你们看那个女人是不是癞头之前的哑巴媳妇。

癞头赶了过来。那女人百般抵赖说自己不是什么癞头的媳妇。人群里就有人说只是长得像而已，癞头那个媳妇是个哑巴，这个女人口齿伶俐着呢。癞头看了一眼那女人，那女人低了低头又抬起了头，一副死猪不怕开水烫的样子。女人耳后的那颗痣让癞头明白了，癞头没有当面戳穿她。癞头抬了抬头，大声说，你们认错了，她不是那个哑巴。有人就高声喊，先打他们一顿再说。还有人说，把偷羊的人手剁了去，扭到派出所去。癞头站在石坎子上，劝大家别打他们，也别交给派出所。人们不知癞头葫芦里卖的啥药，等着他接下来的行动。癞头一挥手，大家都散了吧，这两个人的事我来处理。

癞头带着那一男一女回了自己家。女人跪在癞头面前泣不成声。癞头没说话，转身从箱底拿了几十元钱交到了她手上，让他们走了。

3

有一次我问起癞头爷爷放了那个女人值吗？癞头爷爷摸了摸我的头说，就你是个机灵鬼，连这事都知道？我不怪你爷爷告诉你，你爷爷是好人。你知道吗？那个主意还是你爷爷给我出的。几十年过去了，现在想想你爷爷是对的。当时我心里也很生气，想把那个女人扭送到派出所去，你爷爷说何苦把事做那么绝，毕竟她当过你老婆呢。

每到清明或寒食节的时候，癞头爷爷都会去给我爷爷上坟烧纸。爷爷死后，很大程度上我都把癞头当做我的爷爷，我爸妈对他也很照顾。如今他的年岁已高，早就卖了那些羊，背着手弯着腰穿梭在桃花街里面看热闹。

去年我买了车，开回桃花街，癞头爷爷看见我的新车比我还兴奋，好像这车是给他买的一样。他买了一个红被面给我车上搭了红，说这样吉利。他还燃起了一挂鞭炮，放得震天响。他满是茧子的手摸摸这儿摸摸那儿，像是摸着自己的新媳妇一样。他的眼里充满了羡慕。我开车走的那天，他紧张得像个孩子，轻轻地说，让我坐一回你的车，就一回。我的鼻子突然一酸。

我拉开了车门，让他坐到了副驾驶里，帮他系上安全带。我带着他在桃花街里兜了几圈，他在车里变得话多起来，一会儿问这个按键是干啥的，一会儿问那个按钮有啥用，我给他解答着，他还重复着我的话，生怕忘了。我笑着问，癞头爷爷你是不是想学开车？他一笑，满脸的褶子挤在了一起，他说，有这个想法。我笑了起来。他定定地看着我，咋了，笑啥，国家不准我开吗？我说，你年龄太大了，考驾照有年龄限制的。他说，多少岁？我说，像要考我这种自动挡的车的驾照，年龄18周岁以上，70周岁以下。他突然不说话了。我侧头看了看他，笑着说，癞头爷爷，以后我经常回来拉着你兜兜风就是了。

我从后视镜里看到癞头爷爷不停地向我张望，风中的他像一个雕塑，那样虔诚地看着我离去。

听我爸说癞头爷爷经常问我啥时候回家，我知道癞头爷爷想我了。爸爸说癞头爷爷的疯病好像有复发的兆头了。我问咋了，他说癞头爷爷不太爱说话了，看一棵树都能定定地看一天。镇上敬老院给他做了很多次工作，他还是不去那里养老。电话里我爸在叹着气。

挂上电话，我躺在沙发里想起了癞头爷爷，距离上次买车回了趟桃花街已经快一年时间了。我知道癞头爷爷不是疯病复发了，他肯定是又在幻想了，多半是在想着开车的事。

又过了两周，我抽了周末的时间回了趟桃花街。我去了癞头爷爷的家，他正坐在门前眯着眼睛晒太阳。我没有打扰他，静静地看着他。

我想他大概是我见过脸上褶子最多的人了吧。横着的竖着的那些皱纹深深地镶嵌在他的脸上，它们是无声的岁月，日复一日年复一年地夺去了他的一生和一切。他曾经给我说过，他那年如果没碰到几个士兵调戏姑娘的事，他的人生应该会是另一番景象。他说他年轻时候也经常幻想，他曾幻想过自己是一个水利专家，会像大禹一样把每条河治理得很好，会修很多水电站让百姓早日用上电。

桃花街还是前几年才用上了电。供电的电站就修在长安河上，跟癞头爷爷曾经幻想并设计的一样。听我爸说，电站建成输送电的那天，癞头爷爷又哭又笑，买了好多鞭炮足足绕了桃花街一圈，他在鞭炮声里大声哭着，跳着，笑着。很难想象那时癞头爷爷的心情，我相信那肯定是一种迟到的幸福。

树上传来一阵喜鹊的叫声，癞头爷爷睁开了眼，他看见了我。你啥时候回来的？他说。我说我刚回来。他颤巍巍地站了起来。我看着他觉得我爸错了，癞头爷爷的精神头挺好，丝毫没有疯病的迹象。

我握着他的手，他的手在抖动着。他一脸笑容。他实在太老了，在阳光里像个老太太，嘴里的牙齿早就掉完了，额头上的皱纹挤在了一起，能夹死任何一只蚊子。他的视力也下降了，要把眼睛眯得更小好像才能看见我。

我问他吃饭了吗？他说喝了点稀饭，还是你妈端过来的。我知道，爷爷临死的时候一再嘱托我爸妈要照顾好癞头，说他一辈子太可怜了。癞头爷爷除了每个月可以拿国家的低保还享受着五保政策。我爸妈也曾多次劝他去敬老院养老，他很倔强。

我拿过了一把椅子，扶着他重新坐了下去。他笑着说，老了，老了，眼睛里就流出了泪。我问他这段时间身体咋样？他说还行。我很奇怪他为何见了我不提开车的事了。我找着话题跟他谈。我说癞头爷爷你这辈子有没有最值得骄傲的事？他坐起了身子，娃呀，每个人都有最骄傲或最失落的时候。他说他最骄傲的事是政府采用了他设计的长安河水电站的设计图。我听得一头雾水。他说，你爷爷肯定说县上来人看，我把菜园子里都种上了菜吧。我说是的。他说那天晚上他连夜去了乡上，找到了县里的人，把设计图纸交给了他们。我说，那为何过了那么多年才修这个电站？他笑了笑，那些年政府也穷呀，那个电站可是得花不少钱呢。我说你的幻想实现了，你高兴吧。他说，高兴，但那不是我的幻想，那是我的梦想。他接着说，那年桃花街被烧，我一无所有，只剩个老娘，我心里受不了就疯了，那段时间就是我最失落的时候。可从那个时候开始，我就喜欢幻想了。

我看着他苍老的面容，心里有些难过。我突然就想劝他去敬老院生活。

4

第二天下午，敬老院的车来接癞头爷爷。他执意要让我和我爸跟他一块儿去敬老院看看他即将生活的地方。他颤巍巍地把家里的钥匙交给了我，叮嘱我把家里的东西看好，里面有留给我的念想。

我们登上了金杯面包车，癞头爷爷跟我和我爸一排，他坐中间，两只手一边拉着我爸，一边拉着我，他笑着看看我又看看我爸。车里的他没有坐我之前的车时候兴奋，他问我，你买那个车得多少钱？我说不算贵，大概十来万。他说还不够呀，差得远呀，算了。我问他啥不够，啥差得远，算了啥？他一笑用手指着窗外说，今年的庄稼长得好呀。

我爸不住地叮嘱他到了敬老院要听人家的话，不准乱跑，不能跟人家生气。他点了点头说他想眯一会儿了。我爸向旁边挪了挪，我搂着癞头爷爷让他靠在我怀里。

从桃花街到敬老院大概也就四十来分钟的车程。那天那辆车开得太慢，像是开了四个小时，颠簸的路面摇得我们都昏昏欲睡了。听到有人喊叫下车，我才醒了过来。我叫了一声癞头爷爷，没见他答应，我又摇了一下他，他还是没动。我爸让我起身把癞头爷爷平放在座椅上，我爸用手在他的鼻子前试了一下，对我摇了摇头说，人走了。我哭了起来，嚷着让敬老院的医生过来看看。医生确定地说，癞头真的走了。

癞头爷爷的死讯整个桃花街的人都知道了。那天为他送殡的人群里有一个老太太被人搀着，蹒跚着爬到了癞头爷爷的坟前。她跪了下去，大哭。这个女人不是桃花街的人，没人认识。我在脑袋里寻找着蛛丝马迹。那老太太哭着说，老哥哥，我这辈子对不起你呀。我不该骗你呀。我知道这个老太太是谁了。

我走了过去扶起老太太说，癞头爷爷在心里一直都在幻想着你啥时候能回来找他呢。她看了看我，哭的声音更大了。

过完头七，我和我爸打开了癞头爷爷的房门。他的床头上放着一个带锁的铁盒子，里面有一个存折和一封信。我们打开存折，上面有七万元的余额。我突然意识到了癞头爷爷临死前说的还不够还差得远的话的意思了。我爸说别看你癞头爷爷一辈子是个农民，可骨子里竟是一个追赶潮流的人呀，我很同意我爸的说法。

我认为整个桃花街里没有任何人有癞头爷爷的心气和肚量了。

我又打开那封信读了起来：好娃呀，我怕是不成了，存款是留给我孙子的，他知道干啥。我一辈子都在幻想，唯一幻想成功的就是那个电站，真好。我幻想自己开车，是不想老，可我真不行了，我听娃的话去敬老院了，你们有空了来看我。人要有梦想，更要敢于幻想。

我满眼是泪地在想着，这封信肯定是他答应我去敬老院后写的，他当时肯定是流着泪写完的。他的手指那么细，该如何写下这段话的。

我在床下找到了一个木头做的汽车模型，做得很精巧。我爸说自从癞头爷爷坐了你的车后，就在院子里开始做这个模型。我站在院子里，仿佛看见了他正在用他那几乎没有力量的手拎着斧头一下下劈着木头，用砂纸一次次抛光着这个车模，他必须觑着眼睛，半跪在地上，砂纸发出唰唰唰的声音。我哭了。

我爸问我癞头爷爷的钱是要做什么？看那信里的意思显然不是买车。我说我刚才也理解错了。

上一次癞头爷爷坐在我车上说，他死了后想让我帮他把房子翻盖成一座幻想亭。我问为啥要建个幻想亭？他说他一辈子都在幻想，想给我留个念想。我说他不会死，还能活到一百岁。他笑着说，活一百岁不也要死吗？我答应了他。

如今的桃花街依然不大，地图上还是找不到它的踪迹，但在桃花街的尾巴上，有一座幻想亭拔地而起。

登 云

1

穿上登云牌皮鞋就能登云了？贱皮子蹲在地上摸着凤梨发着黑光的皮鞋说。凤梨使劲弹了一下脚，去去去，把你的脏手拿开，摸花了你赔不起。贱皮子一屁股坐在了地上，气呼呼地看着凤梨。蒜头站在一旁痴痴地笑着。凤梨穿上登云牌皮鞋像是一个巨人，散发着耀眼的光芒。贱皮子拍拍屁股上的灰笑着说，你别生气，我不是故意的。凤梨脚上的登云牌皮鞋不光吸引了蒜头和贱皮子，更让桃花街上的其他少年羡慕不已。凤梨最好的两个朋友就是蒜头和贱皮子。他们都在离桃花街二十公里的桃花中学上学，三人同一个班。

登云皮鞋是舅舅从上海给凤梨买回来的。那天周六，凤梨骑着自行车满脸是汗地回到了家。他看见舅舅就扑了上去，像饿狼扑食一样，舅舅一个趔趄差点摔倒。舅舅说，凤梨又长高了。凤梨笑着说，舅舅，带啥好东西了？凤梨最盼望见的人就是舅舅。舅舅每次从上海回来都会给他带一些新奇的玩意儿让他在学校里出风头。舅舅看看凤梨的脚，一双黄绿色的解放鞋，鞋面的边子上渗出了黑色的汗渍，还有一股臭脚丫子的味道扑面而来。舅舅说，去，打盆水把脚洗了。凤梨问，洗脚干啥，又不是晚上？舅舅说，洗了脚我送你一双皮鞋。凤梨长长的脸上掠过了一道彩霞，像吃了一勺蜂蜜。遵命。

凤梨看着舅舅拿出了一双皮鞋，漆黑，放着亮光，能照出人影子。他接过鞋子像拿着一个金元宝，黑色的皮质发出淡淡的幽香，鞋面上两旁的缝线像两条蜈蚣绕成了一个弧形。黑色的鞋带柔软地穿过鞋孔，交织在鞋面上。想起自己之前穿的那双解放鞋，又臭又硬，一股胶味，凤梨的手颤抖着，皮鞋掉在了地上，房子里腾起了一小股灰。他迅速捡起了皮鞋，鞋面弄脏了。他哭着说，鞋脏了。舅舅笑了笑，又从包里拿出了一个刷子和一盒牙膏样的东西递给他，不怕，脏了就用这个刷，这是刷皮鞋的专用鞋油。凤梨接过刷子和鞋油，仔细端详着。快穿上，让舅舅看看。舅舅说。

　　凤梨特意去拿了一双新袜子。这双袜子还是舅舅去年送给他的，凤梨一直舍不得穿。凤梨用袖子擦了擦鞋面，穿上鞋系上了鞋带站在了原地。舅舅说走两步看看。凤梨想要迈开腿，却怎么也迈不开。舅舅噗嗤一笑，你咋了，路都不会走了。凤梨长长的脸像紫红色的茄子，皱着眉头看着舅舅说不出话来。舅舅让他先迈右脚，凤梨提起了右腿向前迈了一步，又提起了左腿跟上，屁股却扭得比一个姑娘还欢实。舅舅偷偷地笑了一下。凤梨又不会走了。舅舅坐在椅子上训练他走路。凤梨走着走着，左脚和左手，右脚和右手，搭配了起来，一起向前。舅舅刚喝了一口水就喷了出来，上气不接下气地说，你这是香港脚。凤梨停住了，右脚和右手悬在空里，呆呆地望着舅舅。他快哭出来了。

　　舅舅站起了身，来，跟在我后面，男子汉就要迈开大步，甩开膀子，一路向前。凤梨跟在舅舅后面学着他的样子，渐渐会走了。舅舅说，上海的学生都穿这种鞋，洋气得很。凤梨低着头看了看脚上的鞋，笑了起来。舅舅说，出去玩吧，别踩到街上的狗屎上了。凤梨本想狂奔出门去找蒜头和贱皮子，看了看脚下的鞋，小心地走出了门。

　　凤梨站在桃花街上，拍拍身上的灰，拉了拉衣角，朝手上吐了一口唾沫，两手搓了搓，摸了摸头发。他迈着异于往常的奇怪步子，轻轻地走在桃花街坚硬的石条路上，看见谁都冲着人家笑，边笑边用眼睛看看自己的皮鞋。这孩子有毛病吧？一个人说。桃花街上的人并没有因为凤梨穿的一双登云皮鞋而改变什么，整整一下午竟没有一个人注意到他的鞋。凤梨在不长的桃花街上走了若干个来回，食堂饭店、理发店、杂货铺里的人都依然在忙忙碌碌。他像一个泄了气的皮球，蔫了。他恶狠狠地瞪着从自己身边过的那些人，心里骂他们乡巴佬。他看了看他们的脚底，不是解放鞋就是布鞋，还有穿草鞋的。他觉得那些人不配看他的鞋，准备回家。

　　凤梨在桃花大桥上遇见了蒜头和贱皮子，问他们干什么去？蒜头说，凤梨，走去河里砸鱼，正找你呢。以前的周末，他们最大了乐趣就是去长安河里砸鱼。他们三人分工明确，凤梨负责站在上游的水里踏水惊吓鱼，追使它们钻入石头下面，蒜头负责用八磅锤砸石头，贱皮子负责搬开石头捞鱼，每次都是收获满满。他们把鱼平均分配后，一人折了一个柳条叉树枝，剥去柳皮，把鱼串在上面，挂成了一挂，提在手上走过桃花街。回到家里，要么烧成一碗白浓白浓的鱼汤，要么和在面粉里炸成金黄的面鱼，一口一个香酥脆。

凤梨扬了扬头，每个周末都去砸鱼，长安河的鱼都被你们弄断种了。蒜头和贱皮子瞪着他，你个怂，这不像你说的话呀。凤梨冲着他们笑，笑得面如桃花，笑得蒜头和贱皮子直起鸡皮疙瘩。贱皮子说，你疯了？凤梨朝自己脚上看了看。贱皮子像是发现了新大陆，惊叫了起来。

蒜头和贱皮子围在凤梨的身边，一会儿摸摸凤梨的鞋，一会儿又把自己的脚比在皮鞋的旁边，叫着说，大小刚合适。两人像两只摇尾乞怜的狗向凤梨摇着尾巴说，让我们试一下。凤梨晴转阴地拉下了一张更长的脸，没门。蒜头和贱皮子像丢了魂，但他们的眼睛发了一下午光，叹着气说，凤梨狗日的命好，有个在上海工作的舅舅。

凤梨趾高气扬地穿过桃花街，蒜头和贱皮子灰溜溜地躲在身后，紧紧盯着那双登云皮鞋看。蒜头悄声对贱皮子说，穿皮鞋会不会被皮子夹了脚？贱皮子说，你看，凤梨每走一步鞋面上都有皱皱，那些皱的地方肯定夹脚背，但我觉得他的鞋子应该是坏了。蒜头说，坏了？你个狗东西，观察地还挺仔细。贱皮子嘿嘿地笑。凤梨转过头看见他们，你们两个在后面偷偷地说啥呢？贱皮子指了指鞋，你鞋子坏了，脚背上都有一道裂缝了。凤梨蹲了下去仔细看着，大哭了起来。蒜头和贱皮子看着风一样跑走的凤梨，嘿嘿嘿地笑了起来，活该，张狂个球。

2

舅舅教凤梨给皮鞋打好了油，登云皮鞋如初，凤梨笑着说，蒜头和贱皮子知道个屁，还说皮鞋裂缝了呢。

那天晚上凤梨睡觉的时候，把皮鞋放到了炕柜上，他躺在床上望着鞋，嘴里念叨着登云两个字。他心想，这名字起得真好听，登云，登云，那是能登上白云的。想着想着就睡着了。凤梨在梦里看见自己一个筋斗就攀上了白云，他惊呼自己有了孙悟空的本领。他坐在云上看桃花街，真是屁大一点地方啊。他忽然看到了小梅，小梅正在河边割猪草，她背着一个很大的背篓，里面有一半的猪草了。他站在云上大声喊，小梅，小梅！小梅像个聋子一样头都没回一下。他使劲一跃，整个身子像是掉进了漩涡里，翻江倒海，头晕目眩。他吓醒了。他睁开眼见自己躺在炕上，舅舅在脚那头打着呼噜，房盖子都快被掀开。

凤梨在黑夜里笑了笑，心想这下小梅该会对自己另眼相看了吧。小梅是从外地转过来，两条大辫子在屁股上一甩一甩的，大眼睛会说话，小嘴巴背起课文很流利。自从他给小梅写了一封信被老师收去，当着全班同学的面读了后，小梅就不理他了。同学们暗里都说小梅是他的媳妇，每次他心里都很激动。小梅却板着脸，像是跟他有杀父之仇一样，冷眉冷眼。小梅恶狠狠地瞪他一眼，他心里就会难受半天。小梅曾狠狠地说，啥时候别人不说咱们的闲话了再理你。如今有了这双登云皮鞋，他在心里盘算着，简单。凤梨想了半晚上，呼呼呼睡着了。

第二天下午要去上学，凤梨跟他妈为了皮鞋的事发生了争执。他妈说皮鞋很贵重要留在家里，过年了再穿。凤梨犟着说，鞋子买回来就是让人穿的。一个要推着车子走，一个拉着车子不松手。舅舅让凤梨穿上解放鞋，带着皮鞋，才平息了母子的争执。蒜头和贱皮子一见凤梨就朝他脚上看，登云皮鞋呢？凤梨故作深沉，我妈不让穿。蒜头和贱皮子像是被人打了一样，低眉垂眼，不高兴。凤梨把自行车骑得飞了起来，后面扬起了一层灰。

路上，他们三人在一棵大槐树下歇息，看见小梅走过来了。三个人像是约好了一样，同时给小梅打招呼。贱皮子还屁颠屁颠地向小梅跑了过去，说让小梅坐他的自行车。看着贱皮子跟小梅有说有笑的样子，凤梨骂了一句，贱皮子狗日的真是贱货。蒜头歪着头笑了笑，贱皮子也喜欢小梅呢。凤梨说，他狗日能配得上小梅？学习又差，见谁都是贱不兮兮的样子，长得贼眉鼠眼。蒜头哈哈哈地笑了起来。贱皮子转过头问他们笑啥，凤梨摆了摆手。凤梨把嘴巴伸到蒜头的耳边嘀咕了几句。蒜头说，真的？凤梨点了点头。晚上睡觉的时候，从不在学校洗脚的凤梨洗了脚，舍友像怪物一样看着他。蒜头只是笑没有说话。贱皮子追到水房问，你是不是把那双登云带着？凤梨扭着头看他，没有，我妈不让带。

第二天早操铃响了，学生像潮水一样涌进了操场。各班点名登记。响亮的"到"在操场的上空回旋着。刘凤梨还没来？老师问。没人回答。谁知道刘凤梨去了哪里？这时同学们指着操场上跑来的人说，来了来了。凤梨在老师面前说来了的时候，队伍里就有人惊呼，天呐，你们看他脚上穿的是啥鞋呀，好漂亮。老师低头看了看，冲着凤梨笑了一下，入列。初二三班的队伍不像其他班跑得整齐，口号喊得干净，前面的人回着头看凤梨的脚，后面的人低着头看，像一群溃败逃跑的队伍。老师没办法，叫出了凤梨，让他站在操场边上。凤梨气得脸都涨红了。他想破脑袋都想不通老师为啥不让他跑操了。操场一圈四百米，每隔几分钟都能看见二三班的队伍，他们齐刷刷地盯着凤梨的脚看，凤梨浑身不自在。下了操，同学们围住了凤梨。他像皇上一样被人前呼后拥着，除了男生，女生也很羡慕。凤梨成了学校里的新闻人物。他发现小梅看他的眼神也变得柔和了。在饭堂里，贱皮子一拳打在凤梨背上，你他妈的骗我，还是不是朋友？凤梨反手一个耳刮子就打在了贱皮子的脸上。蒜头冲了过去把两人隔开，都是哥们儿咋还动手呢？贱皮子看了看凤梨的鞋，呸，吐了一口唾沫，灰溜溜地走了。整整一天，贱皮子没跟在凤梨和蒜头的身后，总是远远地躲着他们。

凤梨在一个课间十分钟的时候，站在讲台前说，只要大家以后别再乱说乱喊我和小梅，从今天起，你们就可以近距离看我的登云皮鞋了。你们要知道，穿上这鞋子就能登上白云的。有的同学就起哄，那你飞到白云山让我们看看。一阵哈哈哈大笑。凤梨看见小梅也笑了，他的心里像是有了底气。我说话算数，同意的举举手。凤梨像个演说家一样站在台上为自己拉票。

瞬间，讲台下面举起了很多手。蒜头站到讲台上，一二三四地数了起来。他发现最后一排的贱皮子没有举手，就使劲给他眨着眼睛打着暗语，让他举手。贱皮子白了他一眼，两手趴在了桌子上。蒜头大声说，全班四十个人一致通过，大家鼓掌。贱皮子虽然个头不高，但在凤梨心里还是有分量的，毕竟是好多年的哥们儿了。贱皮子的举动没能逃过凤梨的眼睛。凤梨笑着感谢大家，拜托大家以后不要再乱开他和小梅的玩笑了。小梅也跑到讲台上给同学们鞠了几个躬。

下午，凤梨、小梅和蒜头三个人在食堂吃饭，像打了一场胜仗兴奋不已。蒜头说，你们看，贱皮子一个人坐在墙角跟个要饭的一样，看着可怜。凤梨看了看，活该。

啪的一声，凤梨被别人打了一耳光。那人说，你个小杂种，有皮鞋了不起吗？就招摇过市？凤梨、蒜头和小梅都站了起来，才发现是高他们一级的白毛几个人。凤梨看着白毛，没敢还手。白毛又说，把你的鞋脱下来让爷爷试试。凤梨说，死也不给。他暗暗用劲，使劲踩着。白毛笑了一下，你狗日的小心着，就一脚踩在凤梨脚上后扬长而去。凤梨脱了皮鞋心疼地抚摸着。

晚上下了自习，蒜头还是如愿地穿上了皮鞋。他也像凤梨一样不会走路了。舍友们哈哈哈大笑，贱皮子坐在上铺笑出了声。凤梨像舅舅教他一样教着蒜头，蒜头在宿舍前的空地里来回走了好几圈，宿舍前的那块空地就热闹了。宿管老师看着聚集了很多人，以为有人打架，大声喊着，干啥？干啥？人就一哄而散了。

3

又一天的下午体育课，凤梨去宿舍换鞋，碰到了贱皮子。凤梨看了他一眼，换上解放鞋就准备出宿舍。贱皮子说，你就那样把鞋扔在这里，不怕人偷走？凤梨心里一惊。他转过身对贱皮子笑了笑，到底是老哥们儿了。他走过去抱着贱皮子拍了拍他的肩膀，只要你答应不再喜欢小梅了，咱们就和好，咋样？贱皮子说，他妈的这是谁在造谣呀，我啥时候喜欢小梅呀？贱皮子说小梅是他远房的亲戚，是他表妹。能喜欢表妹吗？那不是乱伦吗？凤梨高兴极了，明天给你穿我的鞋。真的？贱皮子问。凤梨点点头。

当贱皮子穿上登云皮鞋的时候，整个脸都红得像猴子的屁股，斜着眼睛看着脚下，一步都迈不开，紧张得浑身发抖，嘴里喘着粗气，蒜头说他没球用。凤梨嘿的一声大叫，贱皮子吓得一屁股坐在了地上。这鞋子我穿不了，穿不了。贱皮子就脱了下来。凤梨和蒜头看着直笑。凤梨说，你个怂，只有穿布鞋的命。贱皮子急忙穿起了自己的布鞋，站了起来，还是布鞋穿着舒服。后来他又试穿了一次皮鞋，承认自己不是穿皮鞋的料。

周六的早上，凤梨哭喊着说自己的登云皮鞋不见了，宿舍里顿时阴云密布。眼看就快上早操了，贱皮子和蒜头围在凤梨身边劝他先去上操。凤梨哭着说，我真后悔昨天晚上没抱着皮鞋睡觉。凤梨抱着皮鞋睡觉的话让他们两人很吃惊，你以前是抱着臭鞋睡觉呢？贱皮子急得有些结巴，我看、看、看见你，把鞋、鞋脱在地上的。凤梨说他前几天每天晚上都是等宿舍的人睡着了后悄悄起来把鞋捂在被子里，放在胸口上的，只是昨晚大意了，忘了。

早操铃响了，蒜头和贱皮子拖着凤梨去上操。一路上凤梨没说话，身旁鱼贯而出的同学奇怪地看了看他，又看了看他的脚，唉，你咋没穿你的登云呢？这话就传得人尽皆知了。大家都围着凤梨看，像是在看一只动物。蒜头不耐烦地说，去去去，凤梨是怕上操跑步跑坏了鞋，才穿着解放鞋呢。大家信以为真。

蒜头和贱皮子让凤梨去找老师告状，让学校帮忙查一下。凤梨不去，说怕老师骂他笑话他，他说要自己查。蒜头和贱皮子问，咋查？

上课的时候，凤梨不在教室。老师问凤梨人呢？蒜头说，凤梨肚子痛去了医务室。贱皮子眼睛瞪得老大，看着蒜头。蒜头给贱皮子使了个眼色。

凤梨在学校的角角落落都找了个遍，他又去了宿舍，心想是不是谁在跟他开玩笑故意藏了他的鞋？他在宿舍里把每个人的床上、柜子里都翻了个遍，又爬到床底下去找，还是没有。他一屁股坐在了地上。

他突然想起来，自己早上是第一个起床的人，发现宿舍门是开着的。第一节课下了，他把宿舍的人集合在一起挨着问昨晚是谁起夜后回来没锁门？几个人七嘴八舌地都说不是自己。凤梨见蒜头没说话，就问蒜头。蒜头想，他昨天半夜去上了一趟厕所，如果承认自己去了，凤梨就会把他当成怀疑对象。蒜头一口咬死说自己没起过夜。贱皮子也摇着头。

凤梨蹲在墙角上哭着说，找不着皮鞋，我妈会打死我的。蒜头和贱皮子不知如何安慰凤梨，只是劝他别再哭了，很多人都看着呢。小梅站在教室门口向这边看了看，又转过头去看着操场上的一棵槐树发呆。

学校住宿的人不是很多，男女宿舍在不同方位的两排平房里，共用的厕所在两个宿舍之间。小梅昨晚后半夜肚子不舒服去了厕所，刚脱了裤子就听见隔壁男厕所有人说，把你的皮鞋扔进粪池子里看你狗日的还狂不狂，还登云，让你登个屁。小梅紧张得没拿稳手电筒，啪的一声掉在了地上。隔壁传来，谁，是谁？小梅大气都不敢出。小梅走出厕所就被白毛两个人拦住了。

最后一节课铃声一响，凤梨三个人没等老师走出教室就奔了出去。他们三人站在校门口，六只眼睛像扫描仪，看着每一个出校门人的脚。一双双布鞋、球鞋、解放鞋从他们眼前飘过，没有见到凤梨登云皮鞋的影子。三个人斜靠在学校门前的榕树下，像三条丧家之犬耷拉着脑袋。

小梅远远地看见三人，从学校大门旁边的小门走了出去。凤梨发现了小梅，喊了一声。小梅转过头，三人就推着自行车过来了。

小梅坐在自行车后看着凤梨的后背湿完了，心里很不是滋味。她说，你别伤心了，就当鞋子是狗叼了去。凤梨没说话。他站起了身子拼命地蹬着自行车，车轮飞快地跑了起来。小梅紧紧地抓着自行车后座下的钢管，她在心里告诉自己不能说白毛的事。她想起白毛那天晚上的那把弹簧刀，眼前就浮现出寒光闪闪的刀刃，她摸了摸自己的脸。

蒜头和贱皮子气喘喘吁吁地追上了凤梨，大声喊着，你骑那么快干啥？凤梨停了，小梅跳了下来。四个人坐在路边休息。凤梨说，我觉得那双鞋应该是白毛那小子偷去了。小梅心里一惊。蒜头说，对对对，我们咋把那个狗东西忽略了呢。

贱皮子看着凤梨说，那天我们闹矛盾，就听高年级的同学说白毛要杀你的威风，那天下午他就在食堂打了你。几个人越分析越觉得白毛的嫌疑最大。说着说着，凤梨就把自行车掉了个头说现在去找白毛问清楚。小梅站了起来，拦在自行车前说，上学再找也不迟，他偷鞋也是为了穿呀。现在去，你知道他家在哪？凤梨叹了口气，坐了下来。

4

那天乌云密布，像是快下雨了。凤梨抬头看了看天，阴着一张脸。贱皮子跑了过来说，白毛在宿舍呢。打架事件发生在白毛的宿舍。凤梨三人推开白毛的宿舍门，白毛嘴里叼着烟，几个人正在宿舍里打扑克。白毛骂了声，滚出去！凤梨看见白毛脚上穿着一双皮鞋，大骂着，你个小偷，老子打死你。蒜头和贱皮子跟着一拥而上，大声喊着，打小偷了，打小偷了。整个宿舍混战在一起。凤梨三人被白毛宿舍的人打出了宿舍。宿舍外面早就围了一圈看热闹的人。

凤梨顾不上自己的鼻血，用袖子一擦就指着白毛脚上的皮鞋说，大家看看，就是这个小偷偷了我的皮鞋穿在了他脚上。白毛跳了起来，脱下鞋子指着里面的标签说，放你妈的屁，我这双鞋是周末去县城才买的，睁开你的狗眼看看，这双是远足牌子的，不是你那个狗屁登云。

贱皮子凑近看了看，望着凤梨说，还真是远足，不是登云的标志。小梅站在人群里，默默地看着他们离去的背影没出现，也没说一句话。白毛冲着小梅笑了笑，还比了一个大拇指。小梅红着脸离开了。

小梅跑进了厕所，推开了舀粪池的门，里面空荡荡，她傻眼了。她忘了学校每到周末都会让人把粪池清理干净。她躲在厕所里偷偷地哭。她每次看着凤梨带着蒜头和贱皮子两人站在学校大门口看每个进出学校人的脚时，心里都不是滋味。蒜头和贱皮子劝凤梨别找了，找也找不到。凤梨不说话。一个古怪的人就成了校园里的新闻话题，蒜头和贱皮子慢慢远离那个古怪的人。

一周过去了，一个月过去了，校园里的皮鞋越来越多，各式各样的，让凤梨眼花缭乱，可他还在寻找着自己的那双登云皮鞋。凤梨像是换了一个人，变得不爱说话了，对谁都是爱搭不理的。小梅偷偷哭过好几回。她拿起笔给凤梨写了一封信。

小梅趁教室人不多的时候，快速把信扔进凤梨的桌肚里。凤梨回了一封信给小梅，只有四个字：我答应你。

凤梨不再苦苦寻找那双梦里的登云皮鞋了。他开始跟着小梅去图书室看书，去操场散步，去教室里复习。蒜头和贱皮子奇怪地看着他们，似乎明白了什么。

这一切发生在 1996 年，他们上初中的日子里。

盲 娘

1

接完舅舅的电话，一道闪电划过，白光让我窒息。

我怎么都没想到，那个我恨之入骨的人竟然失明了，彻底成了一个瞎眼婆。我突然想笑，想对着老天大喊。

这是一个没被封闭的阳台，当初装修房子的时候我故意没让工人封闭，想给自己留一个大口呼吸的地方。丈夫不解，跟我怄气，说我把好端端的房子弄得不伦不类。我不与他争辩，我行我素，这片空间算是保留了下来。后来的日子里，我让工人靠墙做了花架，摆满各色盆栽。地脚做了一个四米长、半米宽的池子，填满黑褐色的腐土，种上了几苗豆角和黄瓜秧。阳台中央摆放了躺椅和茶几，成了既可以养花又能养生的地方。平日里，我身在其中，闻着花香，品着茶，躺在椅上，眯着眼，慢悠悠摇晃，一切烦恼都会烟消。这是我的世界我的乐园。丈夫不再指责我了，反倒跟我争夺起这片乐土来。

我躺在椅子上，秋海棠居高临下，涨着红脸望着我，我却分明看到那张脸，一个激灵就站了起来。这盆海棠我是为了纪念父亲而栽种的。父亲活着的时候，在老家的屋后种了一大片海棠，各色的都有，他说他喜欢看海棠的花儿，总能让人神清气爽，充满斗志。我笑着说父亲不像个农民，而像个诗人。父亲急忙摆手，嘘声说，不敢说，让你娘听见又要打雷下雨了。如今，一想到我这个娘，我就会浑身哆嗦。

夜，彻底黑了。闷雷翻滚，几滴雨点打在我脸上，阳台里的那些花儿苗儿的，又将面临一场新的搏斗。我站起身来，看着那些绿植，心里徒生怜惜，它们跟我竟是如此相像。雨，彻底落了下来。闪闪烁烁的小城笼罩在了白雾里，仙境一样，我看得出神。

那一年，我上二年级，父亲带着我第一次来小城，也是一个雨天，也是雾气蒙蒙。父亲一手撑着伞，一手牵着我，问我城里好还是村里好。我仰着头，扑闪着眸子，对着他笑而不答。父亲说我是个傻女子。雨停了，父亲背着手，我跟在身后，眼睛不住地环顾四周，高高低低的楼宇把我的心填得满满的。路过一家玩具店，父亲停住了脚步，向我招手。我随父亲走进店里，仿佛置身于童话世界，琳琅满目的玩具让人迷醉。父亲随手拿起一个芭比娃娃递给我，喜欢吗？我没伸手接，而是摇摇头说不喜欢。我看着父亲的眉头皱了一下，深深的皱纹随即就堆上了额头。店主满脸是笑，大概是看出了我的怯懦。他笑着说，城里像你这么大的女孩子都喜欢这个芭比娃娃呢，你看这造型，这裙摆，这头发，这眼睛多漂亮呀。我愣在那里，父亲看着我，似乎等着我去拿芭比娃娃。店主依然喋喋不休，我一屁股坐在地上哭了起来，边哭边说，就不喜欢这个。父亲笑着走过来，一把拽起我。我扭头看了看店主，他的脸变红了，待在原地望着我。父亲对店主说，我家这女子是个假小子，喜欢男孩子的玩具，你帮着介绍一下。店主慌乱中拿起一把冲锋枪和一辆坦克，来来来，看看这个，本店男孩子的玩具最多。我被他的热情打动了，但最后还是没有买男孩子的玩具，而是买了一大盒积木。

　　走出玩具店，父亲问我今天咋了，为啥要买积木而不是冲锋枪？我指了指四周，父亲疑惑地看了看四周，又看看我，说，你的意思是你用积木搭建这些房子？我点点头。父亲转身走进玩具店，又买了盒积木拿了出来。他说积木越多，搭建的房子就会越多。我很高兴，紧紧地拽着父亲的手，生怕他找不见了。

　　夜，同样的黑夜，可小城里的黑夜竟是灯火通明。父亲带着我行走在河堤上，河水潺潺，行人如织，我似乎被这景致吓到了，心里满满的都是震撼。我们那个村子，一到夜里，除了几声狗叫之外，到处一片漆黑。我曾经在这漆黑中摔断过腿，所以之后的夜里再也不敢独自出去玩。眼前的景象让我流连，那每一束色彩斑斓的光像是一个生命的个体，在交织中折射出绚烂。我生怕一眨眼，这一切都不见了，我走得很慢，看得很细。父亲笑笑说，小丫，你说是村里好还是城里好？我回答说，城里好。父亲哈哈哈地笑了起来，那笑声，那模样，犹在眼前。路途中，碰到一对母女，她们相互拥着，满面春风，我心头一沉，无声地落下泪来。父亲帮我拭去泪水，抱起了我。那个时候，我的娘却几年不知踪影。站在河堤上，我对娘的恨更深了。

2

对于娘的印象，我停留在小学一年级前。那时候，娘是我们那个小村子里最艳丽的人。她穿着一件红色的风衣，头上顶着时髦的卷发，一双高跟鞋行走在乡间的小路上，婀娜多姿。村里的人背后说娘的坏话，我朝他们吐口水，说他们不懂时髦。

夜里，我在娘的怀里跟她说村里的人背后骂她妖精，娘笑了，说那些人没见过世面，别理他们。我觉得娘说得对，心里更加维护娘。

那时候，我们村里有个木材加工厂，父亲在厂里领着一群人装车，路上运木头的货车川流不息，热闹非凡。娘的脑子转得快，在路边开了一家餐馆，生意很是红火。南来北往的人，都拥进餐馆里吃饭。娘自然是乐开了花，随后她的穿着打扮更加漂亮了。嘴上浓厚的口红，被村里的人说成是"吃了猪血"；漂亮的衣服，被他们说成是"狐狸精"；就连娘的笑容，都被他们嘲笑为"勾魂笑"。我被这些语言重伤，哭着闹着去找娘，让娘擦了口红，脱掉那些奇奇怪怪的衣服。娘看着我，大吼了一声，奔进厨房拿了一把刀，站在餐馆门前破口大骂。娘的举动吓住了我，我看着慢慢聚集过来的人，跑着去找父亲。

父亲正和工友们抬着一根巨大的圆木装车。父亲穿着背心，汗水湿透了整个背。我大声喊着父亲，父亲吃力地转过头看着我微微一笑。我看着父亲他们把那根圆木装上了车，可就在那一刹圆木瞅准了父亲，一骨碌砸在他的腿上，父亲撕心裂肺的喊声让我惊恐。几个工友抬开圆木，叫来一辆货车把他送去镇上的医院。我追在车屁股后面哭喊着父亲，车后扬起的灰尘扑面而来，我的鼻里口里满是灰。我气喘吁吁地跑到餐馆时，门口人山人海，那些人七嘴八舌地说我父亲命苦出了这么大的事。我在人群里寻找娘，想让娘带我去医院。我没看见娘的影子，急得大哭，李奶奶告诉我说娘跟着车去了医院，让我这几天在她家里住。李奶奶长叹一声，可怜的孩子呀，她摸着我的头。

下午，舅舅来了，要领我和弟弟去他家，说我娘一时半会儿还回不来。我哭着说想去看父亲。舅舅不准，说我们去了反倒增加负担。李奶奶也说舅舅的话对着呢，让我们听话，别添乱。舅舅的家在深山里，那是娘的老家，我总共也就去过两次，翻山越岭，挺远的。

我牵着弟弟，舅舅拉着我。一路上，我低头不语，只有弟弟像个没事人，蹦蹦跳跳，我大声呵斥他，他躲在舅舅身后。舅舅制止我，说弟弟小，不知道什么。我问舅舅，父亲会不会跟村里的严叔叔一样，以后要拄拐子走路。舅舅说，不会，你爸身体壮，恢复快。我回过头，向家的方向望去，但愿父亲没事。

再次回到家的时候，父亲已经回来了。他躺在床上笑眯眯地看着我和弟弟，我走到他身边，摸了摸那条粗壮的腿。父亲笑着说，孩子们，没事，就是骨折了，爸爸躺两个月就能恢复的。我为此欢呼，在房间里唱起了歌。弟弟围着我转圈。这时，娘进来了，她大声喊道，高兴啥呢，这日子都过不下去，你们一个个还高兴个屁！看着母亲黑着的脸，我和弟弟停了下来。父亲说，孩子嘛，懂个啥，你把他们吓坏了。娘没吭声，坐在一张椅子上，竟然抽起了烟。天呐，娘竟然抽烟了，她在抽烟了！我当时心里一百个不愿意信，可事实就摆在了眼前，娘真的在抽烟。自打我生下来，我在村子里从没见过哪个女人抽烟，这让我对娘心生厌恶。我讨厌看她抽烟的样子，可她偏偏就在我的面前抽烟。她的鼻子像烟囱，黑乎乎的烟顺着鼻孔往里钻，嘴巴像地道，黑乎乎的烟从里面吐了出来。

接下来的日子，我的家再无宁日了。娘和父亲的争吵越来越频繁，话越说越难听了。我和弟弟时常被李奶奶拽到她家里，她长吁短叹，说我们可怜，拿出点心或者鸡蛋糕给我们吃。那个时候，李奶奶的家像我们的避难所。

3

我上一年级的时候，娘走了，毫无征兆地走了。村里的人说娘是跟一个有钱的老板跑了。我问父亲，他抱着头蹲在地上不说话。我和弟弟彻底成了没娘的孩子。父亲是个孤儿，本就无依无靠。他的腿好了，但是干不了重活，就跟同村的王叔跑起了运输，我和弟弟成了李奶奶家的常客，吃喝拉撒睡全由李奶奶照看。十天半个月都见不上父亲一面，弟弟一到晚上总是哭着闹着要娘要爸爸，李奶奶抹着泪哄他入睡。我在心里恨死娘了。

李奶奶放下熟睡的弟弟后，坐到我身边。她问我想不想娘，我点点头，又摇摇头。李奶奶叹气说，哪有儿女不想娘呀。我问李奶奶知道我娘为啥走吗？李奶奶说，那能为啥呀，还不是为了钱。你爸出了那么大的事，家里的钱不够给他治病的，你娘又是个爱面子的人，所以就过不下去了。那个老板真该千刀万剐了，硬是把一个家扯散了。李奶奶佝偻着身子进了睡房，边走边招呼我说，小丫，你也赶快去睡，明天还早起上学呢。

夜里，我怎么也睡不着。恍恍惚惚，一会儿看见娘浑身是血站在我面前，一会儿看见父亲一瘸一拐地向我走来。脚头的弟弟微微发出鼾声，我怕弄醒他，咬着被子角，泪流不止。我索性不睡了，拿出积木搭建房子，多少个夜里，我都是这样度过。上课难免要打瞌睡，同学们都笑话我是瞌睡虫。笑就笑吧，我反倒很踏实。只是班主任张老师批评我说，穷人的孩子早当家，可你是怎么做的呢？她的话像千斤重担压在了我身上，更像是孙悟空头上的紧箍咒，我对着山野喊，对着河流哭，我渐渐学会了认命，不再恨娘，心里始终盼着她回来。

冬去春来，花谢花开，我依然没等到娘的归来。父亲也从不在我面前说娘的事，我从李奶奶嘴里知道父亲不怪娘，怪他自己没本事养不活她。我觉得父亲是个傻子，怎么能那样想，是娘抛弃了我们，而不是我们不要她。我要找父亲理论。

那是一个冬天，父亲跑车回来，我带着弟弟正巧放学回来，父亲老远就喊我们，我们飞奔而去。弟弟兴奋地爬上父亲的肩膀，父亲架着他转圈。阳光下的他们幸福无比，熠熠生辉。父亲说，这次回来买了很多菜，他要给我们做好吃的。真的有很长时间都没吃到父亲做的菜了。他忙了一下午，做了一桌子菜，特意请来李奶奶。父亲把一盘可乐鸡翅放在我和弟弟面前，弟弟狼吞虎咽，我却放声大哭起来。弟弟放下筷子，问我哭啥？我说想娘了。父亲端起一杯酒一饮而尽，没说一句话。李奶奶给我夹了一个鸡翅放在碗里，快吃吧，小丫，你娘肯定会回来的。

我抬起头看着父亲，问他为啥说娘走了不怪娘，而怪你自己？父亲一愣。他又端起酒杯，还是一饮而尽。父亲说，小孩子别管大人的事，爸爸不在家的时候你把弟弟照顾好才是正事。李奶奶在一旁说，你爸说得对着呢，大人的事你别操心，好好学习才是正事。你娘没有文化，不识字，肯定是被人骗走的。我越发哭得伤心。父亲给我夹了一块红烧肉在碗里，劝我别哭了。这顿饭我是就着眼泪吃完的。本来不再恨娘了，此刻心里又萌生了对她的恨，我恨她没文化，恨她无情，恨她抛弃了我们。

上初中的时候，我长高了，也长大了，弟弟就是我的跟屁虫。直到现在，弟弟对我都是言听计从。在他眼里也许没把我当作姐，更多的是把我当成了娘。我在镇上读初中住宿，弟弟在村里的学校读小学跟李奶奶住一起，每周才能见上一面。一见面，弟弟就抱着我眼泪汪汪，说想我。看着瘦弱的弟弟，我心里很痛，几次要求父亲把弟弟转到镇里的小学由我照顾，父亲不同意，说我是个女孩子，又在上初中，学业负担重。

有天夜里，下大雨，门房刘大爷到宿舍找我说，你弟弟来了，浑身都被淋湿了。我跑到门房，一把将弟弟抱在怀里，哭着骂他，你不听话，这么大的雨，路上遇到滑坡咋办？弟弟挣脱出来，哭着说，姐，你快回家看看吧，李奶奶好像死了。弟弟结结巴巴地说他上厕所看见李奶奶屋里有灯，喊她关灯睡觉，喊了几声都没见反应。他走进屋里，看着李奶奶的头歪在一边，手耷拉在炕边。他摇了摇李奶奶，还是没有任何反应。弟弟说他第一个想到的人就是我，就跑了十多里的山路来找我。听完弟弟的叙述，我的脑袋嗡的一声。我带着弟弟敲响了镇子里王叔的门，说明情况后，王叔开着面包车带我们一起回家。

因为李奶奶的突然离世，父亲不得不把弟弟转到镇上读书，他让我们都住在王叔家里。王叔王婶对我们挺好，只是王婶总是在我耳边唠叨说我娘是个坏女人，害了我父亲。我尽量不去想娘的那些事，我觉得那是父亲的耻辱。可一到夜里，不论学习再晚，只要躺在床上，娘的事情自然就进入了大脑。我在心里幻想着娘，不知她变成了什么样子，有时候又觉得她挺可怜，那个他对她好吗？打她吗？这一连串的问题让我有点神经衰弱。

初三第二学期，娘突然出现在学校门口。她让门房刘大爷喊我。我见到娘的那一刻，转身就跑，没有给她认我的机会。娘那天在校门口整整待了一天，我站在教学楼上清楚地看见了一切。娘似乎过得挺好，依然那副妖娆的打扮。她靠在大门旁，地上放着一个大皮箱，银光闪闪。我在心里问，难道是娘良心发现还是那个人死了或者是什么别的原因？我横下一条心，不打算认她，一辈子都不再叫她一声娘。

我的防守，最终还是被弟弟攻破了。弟弟穿着她买的新衣服，哭着喊着说要跟娘回家去，要跟娘在村里上学。

4

娘回来了，父亲也回来了，弟弟跟着他们回去了。我在心里骂父亲是个软骨头，骂他不是个男人，可他听不见。人家一家三口其乐融融，小日子过得挺红火。

当然，关于他们的一切我都是从王婶嘴里得知的。

那天，父亲开车专程来接我回家，我不回去。父亲狠狠地批评我，说我是个不孝女。他问我身从何来？我低头不语。娘哭着从车上下来，一把抱着我，说都是她的错，不该不管我和弟弟。娘的哭声融化了我的心，可我依然坚持不回家，我嘶吼着说自己是个野孩子，就该自生自灭。

娘扑通一下跪在我面前，哭着让我原谅她。我转过身背对着她，父亲站在一旁吼我，说我太不懂事，知识学到狗肚子里了。我默默地流着泪。娘忽地站了起来，大声说，你不原谅我，我就去死。她边说边向不远的河边跑。我吓蒙了。父亲从后面拦腰抱住了娘，大声呵斥我，让我跪下。我没有跪，而是走近娘，握住了她的手。娘笑得像一朵花，她半拥着我，低着头笑着看我，说我长大了，说她不是个好娘，说从今以后好好照顾我。我的心里五味杂陈，怎么都高兴不起来。我任由她拥着上了车，始终都没叫过她一声娘。

跟娘在一起的日子没有几天，我对她没有任何称呼，更多是以表情动作代替了语言。周末放学回家，我的衣服自己洗，为此她骂了我，说我还没原谅她。我心里始终在跟自己较劲儿，这些年我已习惯了各种家务，突然娘回来了，我觉得家里多出了一个陌生人。

九月，我进县城读高中，娘给我准备了很多衣物，我以不符合高中生的身份为由拒绝了她。走的那天，我看见她坐在门口抹眼泪，那一刻我从心里彻底原谅了她。三年高中，我跟娘的关系仅仅是维系了母女情分，从没跟她谈论过我的喜怒哀乐和心中的小秘密。娘的缺失早就把我锻炼成了一个百毒不侵、独立自主的人了。

一次，娘到县城去看我，我没见她，主要原因是她依旧打扮得那么妖娆，我不想为此落人话柄。娘像上次回来一样，在校门口等了整整一天，天快黑时在门房放下给我带的核桃饼子走了。我躲在教学楼上，心里不是滋味。三年高中生活更让我懂得人生，知道了生活，我以优异的成绩考入了南方的一所建筑大学。

收到录取通知书，娘从父亲嘴里得知我考上了大学，高兴得跳了起来，满村子里宣传，那副模样直到今日我都记忆犹新。那天，娘是真高兴，当天下午做了一桌子菜给我庆祝。娘一整天脸上都挂着笑容，那种笑容是我从未见过的，我似乎又看见了我心里那个盼望已久的娘。那天我喊了她一声娘，她愣在原地，手中的碗被惊掉在地，发出清脆的响声。一家人都看着她，她的脸慢慢地抽搐、拧巴，直到号啕大哭。娘抱着我，轻抚我的脊背，哭声不断，嘴里一直说着，小丫，娘让你受罪了，小丫……我抱紧娘，哭着说那次娘去县里看我的事，说自己做得不对。父亲笑着劝我们，说我考上大学是喜庆的事不能哭。我和娘止住了哭，一家人吃饭。娘的筷子像一个机械臂一样，不停给我夹菜，叮嘱我多吃点。

晚上，娘让我跟她睡，我没拒绝。夜里，娘跟我说起她的事来。娘说她这辈子做得最错的事就是不该扔下我们，跟别人跑了。我问她为啥要跑？她说她跟父亲没感情，正好遇到一个喜欢她的人，她就狠心走了。娘说她跟那人去了广东，结果发现那个人有家室。娘跟他闹，让他离婚，他满嘴好听的话，就是不办实事。时间一长，娘没有后路，只能跟着他，任听他安排。娘说那人对她挺好的，也不吝惜给她钱花。我看见娘说起那人眼里闪着光，心里就不舒服。我问娘，那你还回来干啥？你不过得挺好挺滋润吗？

娘的脸色一沉，说，那人是个短命鬼，死了。

我问，死了？咋死的？

娘说，车祸。

我说，该，这是遭天谴。

娘没说话，低着头，一副难过的样子。我看见娘这样，气就从心底迸发了。

我说，原来是这样呀，还以为你是良心发现才回来的，看来我们都弄错了。娘辩解着说，你们是我的孩子，是我身上掉下的肉，我心里一直都在想着你们，我原本打算一死了之，可想起你们我就没有去死。

我问娘，那我父亲算什么？他算什么呀？对他公平吗？娘挤出了一丝笑，说，我和你父亲根本就没有感情，我们是村里人硬撮合成的，这谁不知道。你看看他，哪一点配得上我？

我掀了被子，下了床，骂了一句，你个疯女人。娘那晚哭到半夜，父亲一直陪在她身边。

5

大学毕业，我分配到县城建局工作。父亲一如既往地开一些工程车辆。娘每个月像挤牙膏一样，把父亲身上的钱挤得干干净净。我很少回村里，我觉得那是一个魔窟，我会失控的。日子在平淡中度过，时间在平淡里流失。

父亲出事的消息，让我的天塌了。我从单位赶往出事地点，父亲是在工地上开推土机不慎坠河摔死，那个惨状让我撕心裂肺。我没时间去悲伤，父亲的尸体停在太平间等待工程公司的处理办法，一切善后赔偿都还需要我去谈。我带着弟弟奔走在相关部门和公司，对方公司的法律顾问就赔偿问题跟我们谈判。这时，我舅舅带着娘和一些亲戚来县城找我。娘一见我面就问一共能赔偿多少钱？她能分多少钱？我咆哮着骂她不是人，不是我娘。我的心里滴着血，娘心里却想着钱。如果不是弟弟拽着我，我会冲上去给她两巴掌。

忙完父亲的后事，我筋疲力尽。看见娘那张面孔我就来气，我指责她种种不是。她像个没事人一样，任由我说，不接话。她一支烟接着一支烟抽，独自享受着烟雾缭绕。

舅舅提议我们召开家庭会议商量父亲的赔偿款的分配。我说没什么可商量的，一切按照对方公司当初的赔偿方案分配就是。我没要那钱，娘和弟弟一人一半。娘的表情有点夸张，像中了彩一样。我在心里诅咒这个疯女人，为父亲感到不值。

之后，我再也没回过老家。娘的只字片语都是弟弟硬说给我听，我说我不想知道她任何事，我没她那个娘。弟弟的心我懂，他一直劝解我，说娘慢慢老了，可还不服老，在家门口的工地上做饭挣钱。挣了钱却舍不得花一分钱。我问弟弟，她那么爱钱，舍不得花钱？假话吧。弟弟说，是真的。他说娘这些年也变了不少，整日沉默寡言。弟弟劝我回去看看娘，我拒绝了。我说我没那个娘，也不认那个娘。弟弟叹着气走了。我莫名地流出了泪。丈夫说我是刀子嘴豆腐心，我白了他一眼。

每逢佳节倍思亲，看着别人家幸福团圆，我心里有种说不出的痛。丈夫劝我回家看看娘，我说，要去你去，我不去。丈夫笑了笑，说，我还真回去了一次。他说他前不久下乡的地点刚好是我老家，他给娘买了一些补品送去，娘让他给我带话，说想我了，让我回家一趟有事给我说。我问啥事？丈夫神神秘秘的，说，你去了就知道了。

我给弟弟打电话，问娘是不是有啥事？弟弟叹着气，说，娘想找个老伴。啥？我真是气死了。挂了电话，我破口大骂。

几天后，弟弟来县城找我，说娘天天在家闹，说我们不孝顺，不管她的死活，她想找个老伴我们不支持。我头嗡的一下涨大，不知道用什么话说她了。弟弟也很气愤，他的意思是不同意。她问我。我的意思是，她想结婚可以，但是父亲的钱不能动，父亲的房子不能住。弟弟说，对，不能用父亲的命钱去养活别的男人。

娘最终没结成婚，她把矛头全都指向了弟弟，整日以泪洗面，骂弟弟不孝顺。弟弟到了县城，就来我这里诉苦。看着弟弟的无奈，我的心真不是个滋味。我真没想到我的娘竟然是这样的人，我发誓不再回去看她，哪怕她死了。

舅舅的电话让我左右为难。丈夫这些年一直也都在劝我，让我回去看看娘，毕竟年岁大了。我决定回去一趟。

再次回到这个我不愿意回来的地方，老远就看见娘站在路边，她挂着一根竹竿，蹒跚着，一双眼睛毫无光泽。娘边走边喊着，是小丫回来了吗？我的泪水夺眶而出。弟弟扶着娘，娘低吼一声，滚，我没你这个不孝儿。娘嘴里喊，小丫，小丫！我走近她，挽着她的胳膊。娘颤颤巍巍地从身上摸出了一个存折递给我说，小丫，这个存折给你，这是你爸的命钱，这些年我一直不舍得用，今天给你。

我把娘搀扶到家里坐下，娘拿存折的手一直半举在空中，我没接。娘又一次让我拿着存折。我说我不要，这是父亲留给你养老用的。娘说，那好吧，这个折子你不要，那下一个你一定拿着。娘又在身上摸索出另一个折子递给我说，这里面有十万元都是我这几年里给工地做饭挣来的，是我的血汗钱。我没养你小，这是给你的补偿，你拿着。娘说完一直往我怀里塞，我没接。娘哭了起来，她说我和弟弟一辈子都不原谅她，她过得苦，她也想要一个完整的家。

很多年都没回到这里了，这儿的一切都没变，房子还是那座房子，路还是那条路，只是娘已经变成了盲人，一个生活难以自理的盲人了。看着这一切，我的心里酸涩不安。

一阵风迎面而来，天空中一群鸟飞过，娘坐在大门口，她的世界一片漆黑。我莫名地羡慕起那群鸟，特别是那只领头鸟，让人更加肃然起敬。

我重重地叹了口气，说了句，娘已经老了。娘在门口大声问，小丫，你说啥？你刚才说啥呢？

白水青菜面

若曦看了一眼墙上的钟，时针指在了九上，轻叹一口气走到了飘窗里向下张望。透过星辉斑斓的夜，她依稀看见了自家的车位空着。若曦转过身，钟面上时针和分针笔直方正的直角映入了她的眼帘，莫名的就冒起了想要摔碎钟表的冲动。要不是儿子武浩然在写作业，她真会冲过去，拿下那个破钟表将它砸碎，踩成粉末。

丈夫武阳回家的次数越来越少了，她把这一切都怪罪于那个破钟表上。分针转着圈，时针像它的恋人一样紧随其后不停歇。一天，两天，一年，两年的时光就被那该死的钟表呼啦啦转完了。她看见时针与分针所形成的直角更烦，凡是有棱角的东西她都不喜欢。她喜欢弧形，弧形有一种圆润感，看上去不伤人。看来武阳今天又不回家了，算了，不等了。她想。

若曦看着儿子吃饭的样子，一颗愁心舒缓了下来。儿子武浩然抬头看了看问，妈妈你咋不吃呢？若曦说，你吃吧，妈不饿。武浩然自顾自地吃了起来。若曦看着浩然，眼里就迷离了。

浩然和武阳像是从模子里刻出来的，同样的瓜子脸，鹰钩鼻，一笑脸上还有两个小酒窝。若曦笑出了声。浩然看着她，妈妈，你这段时间怪怪的。若曦掩住笑，我是在笑人的神奇，你跟你爸长得多像呀，跟双胞胎差不多。浩然说，这是遗传基因学，你不懂。

若曦拢了拢头发，眼睛又瞄了一眼时钟，彻底死了心。武浩然13岁，在一家私立学校上初中。每日校车按时接送，若曦和武阳省了不少心。浩然吃完饭，回自己的房里了。

若曦起身去收拾碗筷，看着几乎未动的菜和饭，一下就倒入了厨房的垃圾桶里。她站在厨房里，看着垃圾桶，眼里噙满了泪。

要不是武阳让她离开公司回家做专职太太，她也不至于这么无奈。她洗碗的时候，把盘子和碗碰撞在一起发出了叮叮当当清脆的声音。她意识到浩然还在家，就立即放轻了手脚。厨房的玻璃门上拉长了若曦的影子。瘦长的身影让她觉得自己不像个女人，倒像是农村老家地里的稻草人，一天到晚孤等待着。

若曦走过浩然房间的时候，向里看了一眼。浩然正在看书。浩然没有察觉到若曦对他的偷窥，他很安静。他把全部身心都放在了自己的世界里，对于若曦和武阳的世界从不关注。浩然像是早就习惯了武阳不在家的日子，从来没有主动问若曦，爸爸去哪了？若曦抬头看了看时间，已经十点多了，她催促着浩然睡觉。

浩然睡了，若曦躺在客厅沙发上看电视，欢声笑语让人烦躁。遥控器在她手里不停地被挤压着，电视画面像动画片一样飞快地跳跃着。若曦无心于电视。她不像那些专职太太一样，练瑜伽，逛商场，追韩剧，看宫廷大戏。她觉得那不是她所想要的生活。

十年前，她和武阳还是一穷二白的时候，为了省钱，她扛着从批发市场进的服装挤公交车。从东郊到西郊要倒三趟公交，上车下车的遭了许多白眼。她去进货，武阳负责在天桥下售卖。若曦扛着包像扛着世界，一双麻杆腿在风中颤抖着。武阳每次看见她一摇一晃的走过来，老远就跑了过去。若曦靠在灯杆上，大口喘着粗气。武阳用毛巾给她擦拭着脸上、脖子里的汗。完了还不忘用手捋捋若曦的额头前的刘海。

她和武阳才来城里的时候，靠着在路边贩卖服装维持生计。白天站在路边，武阳吆喝着，走过路过不看就错过，又便宜又实惠的衣服。若曦最喜欢武阳的吆喝声，她说他的声音跟磁铁一样富有磁性，能洞穿人的心。武阳笑着说哪有那么神奇？若曦就笑着说，你只要一吆喝，咱们身边的人就围了起来，这不是有磁性嘛。城里在创建卫生城市，城管的车忽的一下过去了，忽的一下过来，武阳蹬着三轮和若曦飞奔，绝不亚于体坛上那些百米冲刺的运动员，他们躲过了一劫又一劫。气喘吁吁后，他们看着对方哈哈大笑了起来。回到租住的那套小房子里，他们才彻底放松了下来。若曦在厨房里忙着饭食，武阳抽着烟抱着一本时装设计书津津有味地看。市场上那种最为廉价的烟被武阳抽出了境界，他给若曦表演吐烟圈，烟圈正在空中还没散去，一道烟杠又从中穿过。若曦惊奇地看着武阳的表演，笑着说，你这独门绝技还是戒了得好，呛得人眼都睁不开了。若曦打开了窗户，屋里的烟味向外散去。

那天中午，武阳和若曦被城管抓住了。一个大个子指着他们说，今天终于逮住你们了。走，回队里接受处罚。

武阳和若曦从城管大队出来的时候，天快黑了。城市的霓虹让他们无暇顾及，除了几大包衣服和三轮被没收了，还给队里写了保证书，缴了400元罚款。武阳耷拉着脑袋，若曦的眼里滚落出了泪。

回到家里，武阳大口的吞噬着烟，不说一句话。那些烟子像变了戏法一样被武阳吸进了肺，又从嘴里流出，又被鼻子吸了进去。若曦起身去做饭，看看厨房，又摸了摸衣服口袋，走出了家。

若曦拿着皱皱巴巴的两元钱，买了5毛钱的青菜，买了1块5的鲜面条。若曦是哭着做好这顿饭的。现在想起来，武阳大概是饿了，一碗半点油腥都没有的白水青菜面，竟被他吸吸溜溜地吃的满头大汗，还边吃边说，以后每年咱们结婚纪念日就吃一顿这面，咋样？若曦看着武阳的吃相，点了点头，破涕为笑。那晚他们相拥而眠，回味着白水青菜面的清香。

若曦端起酒杯喝了一口，骂了一句，王八蛋。关了电视，遥控器被她扔在沙发上翻了几个跟头。她起身从酒柜里拿了一瓶红酒。对于红酒她根本不懂，只是觉得红酒的颜色猩红猩红的很美。武阳回来的日子少了，她学会了喝酒，总是在夜深人静的时候喝。若曦端着高脚杯摇晃着，杯里的酒像她的心在跳动着，旋转着，一下一下激荡着杯壁。若曦站在飘窗前，一只手拿着杯子，一只手抱于胸前，看着窗外。远处的公路像一条银蛇一样在交错着，蠕动着，川流不息。高楼身上披满了五彩霞衣，闪闪烁烁。今晚的月儿真圆，像一个白玉盘子挂在天边，洁白无瑕。若曦用手轻轻擦了眼泪，一扬脖子，一杯红酒像开了闸的洪水一样倒入了她的口中。干涩的酒在她的味蕾、口腔、喉管穿流而过，到达胃里就开始翻滚着。若曦打了一个激灵，试着酒劲冲了上来。她回着头又看了看墙上的钟，12点了。她瞪着一双眼睛，侧着耳朵仔细听了听门外，没有任何脚步的声音传来。若曦瘫坐在了沙发上，树袋熊的抱枕在她的手里成了一缕一缕的布条，里面的海绵填充物散落了一地。

若曦拿起酒瓶倒满了酒。她看见茶几上那个被她洗得发亮的烟灰缸卧在那里，晶莹剔透的吸收着屋内的灯光。若曦拉开茶几下面的柜子，取出了一盒烟。她学着武阳抽烟的样子，半靠在沙发里，打着了打火机，含着烟猛吸了一口。若曦顿时被呛得咳了起来，鼻涕眼泪一起下来了。她说真不知道这烟有啥好抽的，十年前的武阳曾经还满屋子里找烟屁股抽。

若曦拿起这盒烟看了看，如果没记错的话，这盒烟已经静静在柜子里躺了个把月了。若曦曾经在书里看到，说男人抽烟多半不是嗜好，而是在思考，特别是在遇到重大的事时候，烟能让他们舒缓情绪，想出解决问题的办法。若曦知道武阳嗜烟如命，好像烟就是他的一切。每次碰到什么难事了，武阳都会一个接着一根抽，烟不离嘴，嘴不离烟，好像不烟抽就活不了命似的。若曦第一次尝试烟的滋味，虽然被呛得难受，却依然在抽。

若曦点开了武阳的微信，朋友圈里没有他的任何信息。若曦顺着沙发溜坐于地，想要爬起身来却浑身无力。若曦继续划拉着微信，她发现武阳的朋友圈不知啥时候被设置成了允许朋友查看最近三天。她咬着嘴唇，像是要把它咬出血。若曦端起杯子一饮而尽，整个身子蜷了起来，贴在了地上。她的眼泪顺着眼角向下流淌，直流到冰冷的地面上。

若曦坐起了身，飞快地在手机上敲了几个字：亲爱的，明天是我们的结婚纪念日，记得回家。她点击发送，这些文字像电流一样传了过去。若曦紧紧地等着武阳的回应。

一瓶红酒被若曦喝了个底朝天，烟灰缸里躺着密密麻麻的烟屁股，却没有等来武阳的回应。若曦晕乎乎的走进了卧室。

天亮了，若曦强忍着头痛起床了。看着客厅里的狼藉，她很羞愧。趁着浩然还有半个小时才起床的空档，她顾不上自己的头，赶忙收拾。她在心里自责着，我这是咋了，又喝酒又抽烟的？在她的印象里，那些喝酒抽烟的女人都是她从电视电影里看来的，现实生活中她还真没遇到过。一个女人，又抽烟又喝酒成什么样子？她的脸红了。

以前她还为了武阳抽烟的事两人发生过激烈的争吵，武阳一句话都不说，依然还是把鼻子当烟囱，呼啦啦的向外冒着黑烟，一口牙被烟子熏得黑漆漆的。为此，每年还去口腔医院里洗两次牙。洗白了又熏黑了，若曦没办法以后也就睁只眼闭只眼任由武阳腾云驾雾。

若曦把烟灰缸洗得白亮亮的放回了茶几上，客厅里整齐有序。她坐在沙发上用手一下一下按压着太阳穴。她在心里问着自己为什么要喝酒？不就是武阳忙，近一个来月几乎没回家吗？也许他是真的忙呢？做人不能太自私了，武阳为了这个家更辛苦。若曦这样想想，觉得自己不是一个好妻子，好女人。她狠狠地捏了一把自己，说自己又不是林黛玉，整天弄得像个泪人一样。她发誓再也不喝酒，更不能抽烟了。这要是让武阳知道了，还指不定会把自己想成啥女人呢。

窗外的太阳升了起来，大地一片金黄。若曦伸了伸懒腰说，美好的一天又开始了。她走进浩然的卧室轻轻摇了摇，浩然一骨碌就爬了起来。若曦看着浩然上了校车，转身回了家。若曦记起了昨晚给武阳发微信的事，就立即拿起手机翻看。她的眉头紧锁了起来，武阳并没有发来只字片语。若曦看着窗外，刚刚还温和的太阳变得暴躁了起来，若曦的身体像被阳光万箭穿心了一样。

她骂了一句，疯女人。她用双手在脸上上下的搓了几下，一口整齐的牙齿在阳光下显得洁白如玉。她的嘴角呈上扬的形状。也许武阳想给自己一个惊喜呢？这种事在他们的婚姻生活里已经屡见不鲜了。若曦这样想着。突然间她意识到什么，急匆匆的背上包走出了家。

若曦大包小包的回到了家。她拿起杯子咕咕咚咚，像乡下父亲喂牛一样，一口等不及一口。

她进了厨房，开始准备起了晚餐。客厅里钟表上针按着它的步伐一圈又一圈的走着，时间被它牢牢抓着。

若曦在厨房里像一个农村大嫂。袖子挽得老高，叮叮当当的奏起了一曲厨房里的乐章。她做的第一道菜是情人泪。当初她和武阳从乡下来到城里打拼，在一家小饭馆的菜谱上看见了这道菜名，觉得很稀奇，就点了一份。菜端上来了，两人大失所望。武阳指着这菜问服务员说，这不就是咱乡下的凉拌粉丝吗？情人呢？泪呢？服务员看看面前土了吧唧的他们，吊着一张脸说，乡巴佬。若曦劝住武阳不要惹事，就率先拿筷子夹菜，她的嘴张得老大向外哈着气，眼泪簌簌的向外流，指着这盘菜说不出话来。武阳赶忙拿起筷子夹了一口粉丝，滑稽的样子让若曦一本子都忘不了。服务员走了过来还没开口说话，武阳一本正经，强忍着芥末辛辣冲鼻的味道说，你们的情人泪很不错，不错。服务员笑了笑走开了，几个服务员聚在一起向他们指指点点。后来他们回到租住屋里，就研究起了这道情人泪。这是他们进城后吃的第一个名字洋气，吃起来滑稽的大菜。若曦边做边回忆当年的情景，忍不住哈哈哈的大了起来。她想，一会儿跟武阳吃饭的时候一定要揭露他当年的糗事。

若曦又想起了一道必做的凉菜，这道菜的名字还是她起的，叫：悄悄话。若曦念着这道菜的名字浑身就来劲。这么多年他们一直相濡以沫，很久都没跟丈夫说过悄悄话了。她在菜场买菜的时候就想到用这道菜的寓意重温一下两人的小甜蜜。她从袋子里掏出了卤猪口条和耳朵，认真地切了起来。切菜的时候她在想，待会儿吃饭的时候，如果武阳先夹口条吃，那她得吃猪耳朵，说明他有悄悄话对她说。反之，她就对他有悄悄话说。嗯，反正一肚子话要对他说呢。若曦的身体轻微地颤栗了起来，好像武阳的嘴唇正在她的耳朵周围游荡着，温热的气体触发着她的敏感区。若曦发出了一声低吟，脸就红到了脖子里。她在心里重重地骂了句，你咋成了不知害臊的荡妇？

凉菜准备好了，她又开始准备热菜。武阳喜欢吃豆制品，特别是喜欢吃豆皮炒肉，这菜他一辈子都吃不够。若曦曾经问过武阳为啥喜欢吃这道菜，武阳说得泪流满面。小时候家里穷，父亲死得早，母亲常年起早贪黑在家磨豆腐卖钱养家。在豆腐还未成形前，母亲都会揭下几张豆油皮专供给那些有钱人。他很好奇豆油皮的味道，缠着母亲给他做。他吃过后，就不吃豆腐了，只吃豆皮。母亲的收入少了一小半，豆皮没再卖过了。武阳给若曦说这段往事的时候，哭得很伤心。若曦搂着他说，我知道，这菜里有妈妈的味道。若曦嫁给武阳的时候，没见过婆婆的面。据说是得了重病死了。

另外一道热菜她是专门做给儿子的，清蒸鲈鱼。若曦先将鲈鱼清洗干净，然后用刀在鲈鱼身上划了花刀，又给鱼身抹上了料酒、盐、耗油等调味品，腌制在容器里。孩子长身体的时候，吃鱼营养价值高。这个结论是武阳说的，武阳说这是酒店大厨说的。若曦像圣旨一样记住了他的话，儿子也乐意吃，每次几乎是一个人包了。关于主食若曦早就有了想法。她要做一盆白水青菜面，她觉得这面才是世界上最好的饭食。

一切准备停当后，若曦来到客厅看了看墙上的时钟，才下午四点多。她低吼了一声，该死的时间，你今天走得好慢。

若曦坐在客厅里，拿起手机看了看，依然没有武阳的回复消息。她笑了笑，好你个武阳还用以前的招数，一会儿让你先吃猪口条。

若曦拿出了她买给武阳的礼物，是一款名牌剃须刀。中午出门的时候，若曦找遍了整个家里，发现武阳的剃须刀不见了。也许是他拿去了公司或是丢了？她有必要给他重买一款。个把月都没见了，前几次他打电话回来说又是出差又是谈生意，忙得都快飞了。估计胡子都长很长了吧。若曦想到这里，心里就决定了买啥礼物。

若曦拿出这款剃须刀，银色的，亮亮的，做工很细，有档次，很配自己的男人。打开剃须刀的开关，嗡嗡嗡的蜂鸣声，像一首专唱男人的歌，让若曦着迷。她想，如果他的胡须已经剃得光光的了，说明他很会照顾自己。如果武阳回来胡子巴拉，她要亲手给他剃掉胡须，免得他的胡子成了他们之间不和谐的音符。若曦的脸不由自主地又红了起来。

听见门响，若曦赶快走到门口，迎接武阳。门开了，进来的却是儿子浩然。若曦瞅了瞅时间，可不嘛，都快六点了。

浩然走进家就问，妈妈，饭好了吗？若曦说，等你爸呢。浩然哦了一声，就钻进自己的房间做作业。

若曦又看了看时间，觉得武阳也应该快回来了。她到厨房先蒸上了鲈鱼，估计鲈鱼蒸好了武阳也就回来了。

若曦按着自己心里的时间做好了饭菜，餐桌上扑鼻而来的都是美味。武阳却迟迟没回来。若曦拿起手机连发了三遍微信，想想不妥，又发了三个短信。浩然出来问了两次啥时候吃饭，若曦都是说再等等，说不定你爸已经走到楼底下了。

若曦透过窗子向楼下看去，自家的车位还是空的。她掏出手机拨打武阳的电话。电话里传出了她熟悉的《甜蜜蜜》彩铃声，却一直没人接。直到里面传来"对不起，您拨打用户无人接听"，后面又是一长串英语叽哩哇啦的。若曦再拨，依然如此。

浩然走了出来，看见桌子上的菜、一瓶红酒和一个插满蜡烛的灯台，高兴地问，妈妈，见天是啥日子，这么隆重？

若曦放下电话，今天是我和你爸爸的结婚纪念日。

浩然，哦，那爸爸早就应该回来了呀。妈，我突然想起了一件事。

啥事？

学校组织我们中午去一家养老院做公益活动，路过世贸大厦的时候，我坐在大巴车上看见一个阿姨挽着爸爸的胳膊进去了。浩然小声说。

若曦的身体颤抖了起来，她的腿发软，眼发花。呆呆的坐在那里一句话也不说。若曦想大声哭，又想眼前的浩然一定会被吓坏，她放弃了。

若曦说，咱们吃吧。

浩然问，不等我爸了？

你爸应该有地方吃饭。

一盘子情人泪是被若溪吃完了，芥末的味道让她找到了哭的借口。浩然笑她说，吃个饭都把你吃哭了。她继续哽咽着、哭着。过了一会，若曦把那些菜倒进了垃圾桶。若曦给自己煮了一碗白水青菜面，她像吃毒药一样边吃边流着泪。

漫漫黑夜，若曦无法入睡。看了看浩然的房子里没有了灯光，她拿出了红酒，开酒器在她的手上已变得娴熟起来，砰的一声，软木塞子被拔开了。

武阳在第三天回家了。

那天，若曦中午去买菜，进门就看见了武阳的皮鞋。她心里一热，喊了声，阳阳，是你回来了吗？若曦喜欢称呼武阳为阳阳，她觉得这个称呼很暖心。从年龄上来讲，若曦大武阳两岁。当初若曦当教师的父亲不同意他们的婚事说，一个比你小的男人是不知道照顾你的。若曦生气地说，我照顾他也是一样。婚后，父亲的话得到了验证。若曦像武阳的母亲一样照顾着他。衣服在哪？鞋子在哪？吃喝拉撒样样离不开她。若曦习惯了照顾武阳的一切。突然间的这个把月，武阳回来的少了，反倒让若曦不适应。

若曦在卧室里看到了武阳。武阳回头看了一眼若曦，迅速地躲着她的目光，像一个做错事了的小孩低头不语。武阳打开保险柜找着什么。

若曦看着武阳的背影，眼睛莫名的潮了起来。她一把从后面抱住武阳，脸牢牢地贴在他的背上。武阳此刻有些僵硬，不知如何是好。窗外满天的黄沙翻滚着，太阳被它遮挡住了，天暗了下来。武阳说，天气预报说今天有沙尘暴，真准。若曦说，是呀，这世上要是有人心预报就更好了。武阳的心震了一下。他拨开了她的手，从上衣兜里掏出了一个精致的小盒子递给了若曦。若曦问，这是什么？武阳说，是给你的礼物。

若曦拿着盒子走出了卧室，这盒子像是一把寒光闪闪的刀正在一点一滴快要将自己杀死。她打开了盒子，里面躺着一条项链。连续好几年了，武阳每逢他们的纪念日就会送给若曦一条项链。项链都是大同小异，所不同的是项链下面的坠子没有一次是重复的。若曦拿起项链，比在了自己的脖子上。这个坠子很特别，是一个镂空了的心，心里面还套着一颗红色的玛瑙心，漂亮极了。

武阳说，喜欢吗？若曦点了点头。武阳帮若曦把这条项链戴在了脖子上。武阳的举动让若曦感到有些陌生。以前那个他根本是不会注意这些细节的，若曦心想，看来武阳是被别的女人历练成熟了。

武阳说，若曦，你那天给我发的信息我看见了，可我正在北京谈一个生意，后来陪对方喝酒喝到半夜，第二天又睡了整整一天，今天才赶了回来。别生气好吗？

浩然的话在若曦的脑子了又重新响起。若曦想看看自己的最爱还会表现出什么嘴脸，没有戳穿他。她冲着他笑了笑说，武总辛苦了。武阳一愣。武阳跟若曦谈起北京之行，说得口若悬河。若曦望着眼前的他，心如同刀绞。

若曦从床头柜里，拿出了礼物递了过去。武阳接过，说了声谢谢，就拿出剃须刀就刮起了胡子。若曦笑着问，你的胡子已经刮得很干净，还需要这么夸张吗？武阳摸了摸嘴唇，胡子长得快，又长起来了。

若曦拽着武阳进了卧室。若曦咬着武阳的耳根说，阳阳，我想你了。武阳笑着说，晚上吧，这大白天的让人难为情。若曦像被点燃的火球，浑身发烫。她一件一件地剥着武阳的衣服。一阵急促的电话铃声，武阳挣脱了出来。"好好好，马上来……"武阳看了看卧室里的若曦说，有个急事马上走。若曦翻过身去，泪流满面地给了武阳一个后背。

啪地一声，门关了。若曦的心也死了。

若曦躺在床上，点燃了一支烟。她细细回想着一切。武阳的胡子刮得很干净，他竟然没有抽一支烟，他成熟了好多，会在女人面前献殷勤了……

浩然放学回家，推开母亲的卧室门，临退出母亲的房间时，发现了床头柜上有个瓶子，跑过去一看，这是母亲长时间无法安睡所使用的安眠药的瓶子。

浩然哭喊着，摇着若曦。

武阳接到儿子浩然的电话，赶到医院的时候，若曦才洗完胃躺在病床上。武阳握着若曦的手，泪像雨点一样掉落在地上。

若曦不想见到他，挣扎着翻过了身子。浩然碰了一下武阳，递给他了一张纸。武阳看着那些话，整个脸都拧在了一起，痛苦万分。

武阳跪在了床前，轻唤着若曦，请求若曦的原谅。

若曦嘤嘤地哭了起来。她说，武阳，咱们离婚吧，我给你自由。这里的一切我都不要，我带着孩子回乡下。

武阳站起身，半弯着腰用毛巾给若曦擦着泪。咱们别离婚好吗？我离不开你的。

浩然站在门外透过玻璃窗静静地看着里面，眼泪也落了下来。他哭着跑出了医院。

病房里面安静的只剩下了他们两人的呼吸和心跳。白色的墙，白色的床，白色吊顶，让这个空间里的他们暗自流着白色的眼泪。

约莫一个来小时，浩然提着保温桶走了进来。爸妈吃点东西吧。

若曦转过了身子，惊讶地看着浩然。

浩然从保温桶里倒了两碗白水青菜面出来的时候，若曦和武阳放声痛哭起来。

护士推开门说，半夜了，别太自私了，要考虑别人的感受。

紫藤花开

1

紫藤花开了，王姨躺在花下的摇椅里，阳光穿透花瀑，王姨脸上的褶子更加清晰。摇椅有节奏的发出吱吱吱的声响，混合着花间蜜蜂嗡嗡嗡的声音，王姨似乎陶醉其中。

前几天，我妈说王姨要回来住一段日子，让我去他家把院子打扫一下。当时我很纳闷儿，城里住着不好为啥要回村里来？我问我妈，她叹了口气说，你王姨老了老了，变得可怜了。我笑着说，人家王姨在城里过的是好日子，咋会可怜呢？我妈摇了摇头，没吭声。

王姨是我家的一个远房亲戚。以前，我在县城上初中时，每周都会去王姨家一次，这也是王姨三令五申给我规定的事。每次去王姨家，她都会做很多家乡风味的菜，特别是那道腊肉炒粉皮绝不会少。这道菜做起来有些麻烦，要先把洋芋粉用电饼铛做成煎饼状大小的薄饼，要选用乡下人烘制的腊肉，配上葱姜蒜和小米椒大火翻炒，香气四溢。王姨每次端上这盘腊肉炒粉皮这道菜都要说一句，腊肉还是你家的好吃，你们闻闻多香呀。

每年我爸妈都会在年末杀猪后给王姨家送猪肉，一半是两块儿新鲜的猪肉，另一半一定是两块儿上好的腊肉。可王姨家的这些腊肉基本都是被我消灭掉的。我的脸不由得就红了。王姨的丈夫是个外地人，也是单位里的领导，说一口普通话，对人很客气、和善。吃完饭，她又递给我一个苹果，说饭后吃点水果有助于消化。那时，我心里觉得王姨对我就像母亲一样。

王姨回来那天，我刚好从村里的小学下班回来。王姨的老屋在村西面，离我家不远，中间就只隔了三家人。王姨回村成了新闻，老街坊老邻居老熟人都涌进了她家的院子，原本宁静的村子像烧开的水，咕咕嘟嘟泛着水花。

下午，我妈做了一桌子菜请王姨吃饭。王姨的性格还是没变，依然很爽朗，见我就拉着我的手问长问短。对于王姨我心里觉得愧疚，工作几乎快两年了，还没孝敬过她，连一条纱都不曾给她买过。五年前，姨夫离世，我们学校正在期末考试，无法请假就没前去吊唁。事后想去，我妈说王姨去外地旅游散心去了，直到今天才见到了王姨。王姨比以前消瘦了一些，脸上长了一些黑斑，皱纹也多了一些，个子似乎也矮了。王姨看我的眼神还和之前一样，是那种让人暖暖的感觉。

王姨不停地给我碗里夹菜，嘴里直夸我妈做的菜好吃合口，我觉得有些主次颠倒了。我站起身端着酒杯敬王姨，她先是一愣，端着酒杯的手颤了起来，杯中的酒荡漾了起来，顺着杯身流。王姨极力克制自己颤动的手，她用另一只手握住了端酒杯的手，笑着说，人老了，不中用了……

王姨家的事我都是从我妈口中知道的，直到今天见到王姨，我才理解了我妈说王姨老了老了变得可怜了这句话的意思。在我的印象里，王姨是能喝几杯酒的人。那时候，我还小，王姨一家每年春节都会回到老家来过年的。我们两家人在春节的日子里几乎天天都会在一块儿吃饭的。那时的王姨比现在可干练多了，一手端酒杯，一手比划着她所讲的一些事，逗得满桌子的人哈哈哈大笑。笑声一停，王姨举杯与大家共饮，眉头都不带皱的。我妈是最佩服王姨的。她说，你王姨厉害，从一个村妇联主任干起，一直干到了县妇联主任了。王姨呵呵一笑，没什么厉害不厉害，我那是运气好，当初乡上召干，我就去试了试，结果就成了。

我妈和王姨是同班同学，初中毕业后都回到了农村。我妈听说听教，几年后就跟我爸结了婚。王姨心气高，他爸没少数落她，骂她心比天高命比纸薄，是个不省心的疯丫头。记得有一年春节，我妈和王姨聊天就说到过这些事。我妈说王姨命好。王姨摆摆手说，这不是命好。

王姨说他爸妈天天催她结婚，家里的门槛都被提亲的人磨平了。她那时候看着我妈都已经结婚了，心里很烦，可又不甘心。碰巧村里的老妇联主任身体不好辞了职，村长和乡上的干部就来她家做工作，让她承担妇联主任的工作。王姨的父亲一百个不同意，说女儿还小干不了妇联主任的事。王姨却喜笑颜开，一口就应承了下来。乡干部和村长走后，王姨的父亲大发雷霆，骂王姨不知道天高地厚，不晓得蛇会咬手。王姨像燕子一样飞到了我妈面前，激动地说她要当村妇联干部了。两年后，王姨嫁给了乡上才调来的干部。后来，王姨召干了，姨夫提拔了，先后去了县上工作。

王姨家院子里的那个紫藤花也就是他们结婚时两人共同种下的。我妈说，你王姨回来的当天，站在紫藤架花下一个多小时呢。她这是想你姨夫了呀。我的心莫名的沉闷了起来。

2

王姨回村后,我常去她家里,隐隐约约从她的话里了解了一些事情。因为房子的事她害了一场病,那次我妈也去县城看过王姨。

王姨在县城的家是她和姨夫当年买的地基修建的,是那种老式的旧建筑,不像现在的商品楼,里面几室几厅几个卫生间,是一个整体。王姨家的房子是一个三层楼房,临街而建,全是一间一间不成套的房子,且卫生间是修建在三楼后面挨着山体上的旱厕。我记得第一次去她家时,有种走入皇宫的感觉,而现在这幢楼房沦落为县城里最不起眼的旧楼,那些连排的旧房子成了脏乱差的代言词,拆迁的对象。

王姨有两个儿子,大儿子婚姻不幸,离婚后去了外省打工,在外省安了家,四五年也不回来一次。小儿子在县城电力公司上班,儿媳是一名教师,他们和王姨生活在一起。姨夫在世时,家里一切安好,姨夫是出了名的勤快人,大翻小事都安排的妥妥当当。姨夫走了,王姨很不习惯,觉得生活没什么意思,家里的大小事不想管也不想过问了。家里原本的一切和睦瞬间被打破了,一会儿家里没电了,一会儿没水了,一会儿又该去换煤气罐了,时间一久,小儿两口子就有了怨言,但是没有明着说出来。

直到有一天,小儿两口子对王姨说他们在对面的芸嘉小区登记了一套房子还缺伍万元钱,王姨一愣,看着他说,你们啥时候买的房子?咱家这么大住不下吗?小儿子吞吞吐吐说家里房子太旧,配套设施不齐全,住着不方便。王姨想想,也就没说啥。

王姨第二天给小儿子取了伍万元钱,提出想去看看新买的房子。小儿子两口带着孩子和王姨去了新房。王姨这看看那看看,直夸这房子好,没有浪费的地方,采光也不错,小两口喜笑颜开。孙子明明拽着王姨说,奶奶,你看,我爸说这间房子是我的。王姨被明明拽进了一个不大的卧室里。王姨又在新房里转了一圈,这才弄明白了,原来这是一套两居室的房子。当小儿子一家三口还沉浸在喜悦中时,王姨突然就有点失落了,她没说话,默默地走出了那套不属于她的新房。

我妈从县城回来时,就喋喋不休地说王姨命苦,他的小儿子太不懂事了。我问她咋了?我妈说,你王姨得了抑郁症了。我心里一惊,这咋可能?王姨一直都是一个大度开朗的人呀，怎么突然就得了抑郁症了？我妈说，还不是为了房子的事。

王姨患病期间，大儿子也从省外回来了，不过只待了十天时间，就匆匆走了。大儿子指着小儿子的鼻尖骂他不孝顺，是个白眼狼。小儿子两口子拉开了要打架的式子，说大儿子图清闲，跑去千里之外，把老娘扔给自己。哥俩针尖对麦芒，几天都不说一句话了。我妈说她狠狠地把那两兄弟训了一顿，说他们的当务之急是给王姨治病，这才把矛盾藏了起来。我妈说王姨的抑郁症不是很严重，不乱跑也不乱骂人，就是心情很烦躁，看啥都不顺眼，嘴里不停地嘟嘟嘟，好几次把孙子明明都吓哭了。

夜深人静，王姨喝了药依然还是睡不着。我妈说她就陪王姨聊天，不知是连续几天那些安神补脑的药起了作用还是王姨心里突然放下了的缘故，她的意识很清楚，思路也很清晰。王姨说自从老伴去世后，自己心里一直就很郁闷，儿子孙子除了下班放学回来吃饭，很多的时候老是自己一个人在家。我妈劝她别想得太多了，儿孙自有儿孙福，只要自己开心快乐就行。王姨说她开心不起来，两个儿子，一个离得远，一个太自私，特别是小儿子两口子这些年从来就没给家里交过一分钱的伙食费，买车买房子她都给了钱，到头来新房里却没她的卧室。王姨哭了起来，我妈劝她别为了这事怄气，想想以后的生活才对。我妈说那天晚上她们一直聊到半夜，王姨的病似乎在一夜间全然好了。

过了几天，我妈要回家了，临走时王姨拉着她的手依依不舍。王姨说她也彻底想开了，与其跟儿子们怄气还不如改变自己的生活。我妈说，你这样想就对了。

三个月后，王姨打来电话说她学会了上网冲浪。我妈问她啥是上网冲浪？挂上电话，我妈笑着说，你王姨真厉害，都会侍弄电脑了。我站在一旁就笑了起来。我说王姨是个时髦的人，现在会使用电脑的老年人真不多，何况她还是自学成才呢。我妈问啥是网上聊天？我笑着说，王姨是用一种叫QQ的聊天工具在网上交友聊天呢。我妈更惊讶了。

王姨家的房子拆迁了，两个儿子聚在一起，都盯着拆迁款，王姨暂时被安置在了一个临时过渡的两室一厅的房子里。大儿子不要房子只要钱，小儿子要了一套房子和一部分钱，母子三人之间签订了一份协议，第二天王姨就把相关的钱款转给了两个儿子。大儿子走后，小儿媳妇阴阳怪气地说还是老大好，对家里的事漠不关心，眼里全都是钱。王姨没说话，但心里明镜似的。王姨宣布了一个重大的决定。从那天起，她跟小儿子一家就不在一个灶上舀饭吃了。小儿子入住新房的时候，我妈代表家里去送了乔迁新居的礼。王姨那天也当着众人的面给小儿子包了一个 5000 元的红包。

我妈那次去县城陪了王姨 3 天，回来就把王姨的一些事讲给我听。我妈说，你王姨家现在虽然说因为拆迁成了有钱人，可她的日子过得不舒心。从早到晚总是一个人，整日都守在电脑前聊天，还说什么视频聊天，一聊就聊到半夜。我笑着说，看来王姨是把全部身心都寄托在了电脑上消磨时间，时间长了也不好呀。我妈说是呀，这样下去身体就会垮了。我让我妈打电话劝劝王姨，不能这样。我妈说她当时就劝了，不起作用。我妈说王姨告诉她说自己在网上认识了个跟她年纪相仿的老头，人是省城的，她已经去省城见过面了。我笑了起来，说王姨太时髦了，竟然在尝试网恋了。我妈打了一下，你个缺心眼的，你也不想想你王姨家的小儿子两口子，这事他们还不知道呢。我的心突然就紧了起来。

3

那两年有个怪相，村里的人去县城买房，县城的人去市里或省里买房，王姨的儿子就是其中的一个。省城的房子平均一万多一个平米，王姨的儿子想买一套一百平米左右的房子，钱不够。他找到王姨说了自己的想法，还说以后让王姨在省城养老，那里的医疗条件好。王姨觉得儿子突然懂事了，看得长远，还想着让自己的养老问题。王姨也大方，也没问儿子还缺多少钱，就去银行给儿子转了 20 万元，小儿子很快就在省城买了套拎包入住的精装修房。

收房那天是个周末，小儿子开车拉着一家老小去了省城。这是一套小三居的高层，王姨看后很高兴，提出一家人去酒店聚个餐，由自己来买单。孙子明明高兴的拍着手跳了起来。

王姨点了一桌菜，每个人都很高兴。孙子明明闹着要吃金丝大虾，王姨说再等等还有一个人。小儿子两口子异口同声，还有谁呀？王姨一笑，待会儿就知道了。话音刚落，包房的门被人推开了，一个白发老头走了进来。王姨说，我给你们介绍一下。这位是我的朋友，我们认识了半年了，你们叫他李叔吧。小儿子两口站了起来，儿媳在暗中捏了一把丈夫，一双滴溜溜转的眼睛在老头的身上转。李叔喊明明过来，明明看着他又看看她妈。李叔从包里掏出了一个红包，明明妈给明明使了个眼神，明明跑了过去，接过红包转手递给了她妈。儿媳扫了一眼老头，微微一笑转身就把红包装进了包里。

饭桌上，王姨频频举杯，心情很好。小儿子自顾自地吃菜，很少说话。儿媳妇很殷勤，一会儿倒水，一会儿夹菜的，王姨专门端起酒杯跟儿媳妇干了一杯酒，夸儿媳妇这些年一直默默的操持这个家，一心一意相夫教子。王姨说了句，慧慧，你辛苦了，妈感谢你。儿媳被婆婆的这句话惊到了一样，一些酒从杯里洒了出来，流到了手上。她连忙抽了几张纸，擦了擦手，满脸通红，笑了笑说，妈，这个家里你最辛苦，劳累了一辈子了。儿媳说这句话时，声情并茂，感情充沛，气氛一度有些伤感。王姨眼角默默地流出了泪。李叔递给王姨两张抽纸，你们别这样呀，今天你们正式收房了，值得庆贺呀。来来来，我敬大家一杯。

饭后，王姨和李叔走在前面，小儿子两口拉着孩子走在后面。儿媳指着前面的说，看样子你妈是想成家了，真没看出来呀，老了老了还冒出这么新奇的想法。小儿子瞪了一眼媳妇，你狗嘴吐不出象牙。媳妇说，你刚刚没听到那老头说的话吗？他说跟你妈经常在网上聊天，觉得是同病相怜的人，还让我们多理解和照顾她呢。你说，就前面那个糟老头子，他算老几？真不知道你妈在他面前是咋说我们的呢。小儿子叹了口气，晚上问问妈，看她到底想咋？如果想结婚，没门儿。媳妇诡异地笑了笑，你这当儿子的真够可以呀，我看那老头出手很大方嘛，刚刚给咱家明明了一个千元大红包呢。你妈如果有结婚的想法，我看也好呀，她就找到依靠了。小儿子斜了他一眼，你懂个屁，头发长见识短。

到了晚上，儿媳妇早早就哄睡了孩子。她端着水果盘放在了茶几上，拿了一个苹果削皮。小儿子在阳台上抽烟，漠视着窗外。外面灯火璀璨，流光溢彩，他自言自语地说，大都市就是有魅力呀。王姨走了过去，还是你的眼光好，想得长远，妈谢谢你了。王姨轻轻拍了拍儿子的肩膀。你爸要是还活着，指不定高兴成啥样了？王姨说。儿子按灭了烟，转过身说，我爸要是在，说不定还不同意在省城买房子呢，他那么顽固的一个人。王姨笑了笑，也许吧，可现在的时代进步的很快了，我们这些老年人的思想也应该要发生变化才对。儿子似乎意识到了什么，妈，我觉得你还是挺厉害的，像电脑那么复杂的东西，你都能学会，不但会打字还能浏览微博，还能在上面写文章。王姨拉着儿子坐到了客厅的沙发上。

王姨说，今天你们见的那个李叔不单单是我的网友，我们虽说是在网络里认识的，但彼此都很关怀对方。我一直瞒着你们，我直到今天才让他跟你们见面，之前怕你们接受不了，现在咱们也在省城安了家有个窝了，我们彼此见面的时候就更多了，我们已经商量好了，准备领证结婚。王姨一口气把这些话说了出来，小儿子两口子的脸拉得很长，勉强听完了王姨的话。

儿媳首先发问，妈，你也不看看你都多大年龄了，还结婚？是你照顾他，还是他照顾你？如果你再年轻个十岁，我支持你，也免得你一个人孤独。可……王姨说，我们彼此照顾，老来伴就是个相互陪伴嘛。儿子说，妈，那你们结婚后住哪？王姨说，住这里也行，住他家也行。儿子又问，你手上还有几十万的拆迁款呢？也给他用？王姨有些生气，你的意思是不同意我们结婚？儿子低着头抽烟，没说话。儿媳说，妈，不是不同意，而是有些事情咱们要说在前面呢。那个李老头家里是个啥情况我们一概不知，难道就这么糊里糊涂的结婚？

王姨说她去年就已经跟李叔的子女见了面，对方都很支持他们结婚，早就把老房子收拾出来了让他居住。你们看看人家的子女，多理解老人。王姨说。儿子说，你别跟人家比，人家在这城里住了一辈子，咱们是小地方的人，住哪咱先不说，我就怕你手里的钱被骗。再说了，我爸才死了几年，你这是背叛。儿子的话彻底惹怒了王姨，王姨嚎啕了起来，说儿子不孝，眼里只有钱，从不想自己的孤苦，还口口声声说让她在这里养老。

小儿子开着车，一家三口连夜赶回了小县城，王姨被扔在了省城的房里。那晚，王姨真正哭了一夜，天不亮的时候，我妈就接到王姨的电话，说她养了个畜生。我妈整整一天都是精神恍惚，操心王姨会不会寻了短。

4

第二天一早，王姨把事情的原委学给李叔听，李叔直摇头叹气，王姨靠在沙发上默默流泪。他们两人商量了对策，王姨打算把手里的几十万元钱给儿子，但转念一想觉得不妥。她就拨打了大儿子的电话，大儿子说要结婚也行，手里的钱应该平分给他们兄弟两人，不能把钱带到对方家里去。王姨彻底崩溃了，原想着让大儿给自己撑撑腰，没想到都是一路货。王姨哭得太厉害，以至于血压急速升高，晕了过去。

王姨在医院住了5天院，出院后她分别给两个儿子打了电话，让他们来省城有重要的事。又过了一天，两个儿子都回来了。不同的是，这次大儿子带着一家4口人回来的。王姨只见过大儿媳妇一次面，孙子孙女还是第一次见，她显得很激动。

那天他们开了家庭会议，李叔是外人不便参会，孤零零地站在楼下等待会议结果。

李叔看了看表，想着应该把问题解决好了。按照他和王姨商量的，王姨手头有60万元，自己留10万元养老钱，给两个儿子一家分25万元，他们结婚后住李叔家，李叔当时就说这是个皆大欢喜的结果，孩子们一定会满意的。李叔却想错了。

一阵警笛声响起，越来越近，一辆救护车停在了楼下，李叔预感到王姨出事了。王姨是被担架抬出来的，李叔急哭了，追着救护车跑。我爸妈那次一块儿去了省城看王姨，王姨的儿子喊我妈表姨。我妈说她那天实在忍不住，就在医院的走廊上狠狠地骂了那两兄弟。他们抱着头，跪在了病房里半天。

王姨还是因为血压太过于激动，导致了休克。她醒过来的时候，李叔守在床边紧紧地握着她的手。王姨看了看李叔的女儿说，太难了，太难了，还是算了吧，算了吧……李叔那天像个孩子一样哭得很伤心，李叔的女儿见自己父亲这么伤心，站在一旁气就不打一处来，恶狠狠的瞪着那两兄弟，只恨自己没长一张老虎嘴，否则一口就会把他们吃掉。

我妈断断续续，前前后后给我讲了王姨的事，我才真切地感到了王姨的不易。我妈说王姨出院后去旅行团报了个环世界游，她跟着一群陌生人去了世界各地。我问李叔呢？我妈说李叔的女儿见王姨家的儿子难缠，阻止了自己的父亲。我又问，李叔现在人呢？我妈说李叔半年后突发脑溢血死了。我的心忽的像被凉水浇透了。

那天，我下班独自去了王姨家。刚走到门口就看见王姨在紫藤花瀑布下摇着摇椅，那副神情活像一个悠闲自得的仙人。我没有打扰她的悠闲，可还是从她紧锁的眉头和眼角的泪痕上看到了王姨的孤寂。

院子里的紫藤花今年开的格外茂盛，紫色的花也格外耀眼，无声地让这个孤寂的院落更加孤寂。我转身时，手臂碰到院门，王姨叫住了我。

王姨说她这辈子活的太累了，生命的后半程就落叶于此了。我说好着呢，村里虽然条件不好，可空气新鲜，吃的这些食物都是绿色的。王姨笑了笑，说她想去村办的小学里做点事，不要工资，纯义务的。我没想到王姨咋会突然有这个想法，一时不知如何回复她。我结结巴巴地说学校也没有什么可做的，学生不多，老师也只有我们5个人。王姨说她义务去打扫打扫卫生，我并没有拒绝，也不忍心拒绝她。

王姨蜷在躺椅里，看着那些紫色的花，若有所思。她在想什么呢？那瘦弱的身体随着椅子慢慢的荡漾着。

我悄悄地走出了院子，那架紫藤花聚成的瀑布仿佛流动了起来。

人面桃花

1

妈妈告诉我，打雷闪电的时候不能站立于大树之下，以免遭雷击。

奶奶也曾对我说，被雷击中的人都是些忤逆不孝的人。我从刚刚的惶恐中稍稍平复了一下心情。缓缓站了起来，去客厅倒了一杯水，咕咕咚咚一饮而尽。

我失魂落魄地瑟缩在客厅的一角，浑身莫名地颤抖着，望向窗外。觉得刚刚窗外那道闪电好像击中了我。玻璃被雨水袭击的面目全非，溅起的水花牢牢地封锁了透视的功能。屋里和屋外被分割成了两个世界。

母亲和奶奶的话，让我的泪水不住地倾泻。是我的忤逆正怒了雷神？可前几天才给秦岭山里的母亲寄去了钱？惊恐中身体抖动的更厉害了，玻璃杯哐啷一下打在了地上，我发疯似的哭了起来。

他妈的一个大男人，半夜三更哭丧呀！这句话随着门咚咚咚的响声挤了进来。我立即就住了声。门外似乎也没了声音。突然，砰的一声，隔壁关门的声音，震得整栋楼嗡嗡作响。

我大骂一声，真 TM 有病。

阿雅不耐烦地催我赶快睡，说，明天还要开店干活。

我说，你先睡，我喝点啤酒，解个乏，一会儿就睡。

打开冰箱，取了几罐西京啤酒。我拉开拉环，一饮而尽。在啤酒与空气接触的那一刹那间的变异所发出的滋滋声，无比美妙，这声音是我百听不厌的乐曲。我常在心里把自己想象成啤酒，一滩与世无争的碳水化合物。

可事与愿违。

大学毕业，我留在了西安。这座最为熟悉的城市开启了我的人生道路。对于脚下的厚土有着一种发自肺腑的敬重。我独自走在古都的街上，看着那些秦砖汉瓦，回想着历史上的风雨硝烟，总是浮想联翩。

我的第一份工作是在西高新的一个广告公司做创意设计。作为美院的毕业生，还算的上专业对口。经我策划的几个项目，为公司赚取了不菲的价值，因此我如鱼得水，在公司的地位不断提高。原本平静的心，几乎像是要飞了起来。我开始膨胀了。

遇见辉子是两年后的事。是在一家腊汁肉面馆里偶遇了。那天辉子见到我，眼睛先是一亮，闪烁着几分光芒，转瞬间就低眉垂眼。以往那个满身珠光宝气，吆五喝六的辉子像是变了一个人。

我喊了一声，辉子。

他抬起头看着我，眼中就流出了泪。

那天我们就在这个小店里，整整喝了两箱啤酒。我们酩酊大醉，勾肩搭背的走了，一直走进了我所租住的屋里。

辉子的父亲因为贪污受贿，整个家族轰然倒塌。辉子从一个富二代，沦落成了连我都不如的社会最低阶层的人。我同情他，收留了他，带他进入了公司。

辉子动情地对我说，这一辈子都认我为哥哥，亲哥。

我笑着反驳他说，咱们是同学，是哥们儿。

他露出了森白的牙齿，跟着笑了起来。

我们很快成了公司老总最为赏识的年轻人。

辉子父亲出事那段时间，母亲和妹妹靠辉子养，我的银行卡成了他坚强的后盾，给他解了很多燃眉之急。

当年上学，我心里一直铭记辉子对我有恩。那时辉子家里殷实，父亲开着宝马，掌管着一家国有大企业。辉子在学校是出了名的富家公子，身边的女朋友络绎不绝，比换衣服都快。他出手阔绰，挥金如土。我没少占他的光。红烧肉、东坡肘子都是他买单请客。金钱让他的身份变得让大家仰视。

有一年，西安的冬天特别冷。辉子见我衣服单薄，就把他的一件羽绒服给了我。他笑着说，兄弟，别嫌弃我穿过的，这是我最好的一件羽绒，送你了。

我看着他，想要拒绝。舍友们大都知道我家里的条件，他们都劝我接受馈赠。我的个性没有抵挡住寒冷的西北风，欣然接受了。

说实话，那是我第一次穿羽绒服。看着单薄，穿在身上却很暖和，我在心里深深地感激这个富家子弟。

大学四年，父亲为了我的学费累断了肠子。母亲靠着东挪西借，省吃俭用勉强维系了我的学业。

辉子在我困难的时候，通过一些我至今也没搞明白的渠道，竟然帮助我争取到了一个帮厨的名额。我的饭食就有了着落。母亲也不再为了我的一日三餐焦头烂额了。

辉子是我的恩人，我打心眼里敬重辉子。

本以为毕业后，也许这辈子都不会再见到辉子了。当时毕业晚会上，很多同学都谈了毕业后的去向，辉子说他父亲已经安排好了去法国深造的事。这让很多人羡慕不已。我只是在心里默默祝他学有所成。

分别那天，辉子做东，请我们几个舍友去了西安城最豪华的酒店猛搓了一顿。饭桌上大家哭的稀里哗啦，唯独辉子是笑着安慰大家说，等哥们儿回国后，成了大画家，尔等有事尽管开口。

几个舍友当即呐喊回应，谢主隆恩。

想起这些，我心里竟流淌着温暖，这是久违的感受。我嘴唇又急需要啤酒的浇灌了。又开了一罐啤酒，一饮而尽。这种酣畅淋漓的感觉，让我很享受。固然头有些晕，眼有些花了，可啤酒穿过喉咙直达到胃囊的快感是一种无法言说的美妙。

2

看来，今夜我注定无眠了。

我的头很晕，眼睛眨巴着难受。我使劲儿的摇了摇头，直勾勾的看着窗外。模糊的街灯连在一起，像一条火龙把城市照得通亮。

我从沙发上溜了下来，半靠着身子，半眯着眼睛，低垂着头颅，空虚的坐在地上。啤酒成了唯一的麻醉剂。

那年高考后，我和几个同学在班主任高老师家汇报考试情况。师娘热情地招待了我们。那天我第一次喝啤酒，竟被这不起眼的液体撂倒了。同学们说我不行，像个小女人，没有男子汉的气概。他们说啤酒在他们眼中就是一种饮料，是解渴的东西。

高老师送我回家的时候，对我说，啤酒毕竟也是酒嘛，喝醉也很正常，喝醉了也并不能代表什么，别往心里去。

我低着头，小心翼翼地问高老师，你喝啤酒醉过吗？

高老师笑着看着我说，你要知道，是个男人都有喝醉的时候。

他又笑着拍了拍自己的胸脯，说，我也是个男人呀。

那晚，我和高老师聊了很多关于啤酒的话题，我清楚的明白了，自己的人生还未精彩，岂能被几罐啤酒打败。

从那以后，对于酒，我只选择啤酒。渐渐地，我对啤酒酷爱了起来。不管天晴下雨还是雨雪冰霜，都会在别人的惊讶下咕咕咚咚的将一罐罐啤酒饮它个底朝天。

窗外的雨依然，窗内的我在啤酒的作用下，想着一切。身边的画有钟鼓楼画面的啤酒罐散落在一旁，一个、两个、三个……

辉子跟着我进入公司后，发挥了他善于交际的长处。上到公司领导，下到保洁阿姨，对他的印象大加赞赏。几个女同事更是为他争风吃醋，闹出了很多笑话。对此，辉子总是显得很谦卑。

辉子对绘画是有天赋的，但在创意设计方面稍稍略显不足，可他用良好的人际关系弥补了缺憾。

我的女友阿雅，曾不止一次的在我面前说起过辉子。她说辉子以后一定是一个能干大事的人，比我强多了。

我笑着说，但愿他能成就一番事业，这也是我心里期盼的事。

半年后的一个早上，我出去晨练。

回家的时候，我买了油条豆浆和凉皮肉夹馍，兴冲冲的进门。

一阵糜烂的呻吟声从辉子的房间里传了出来。我放慢脚步，轻轻放下早点，蹑手蹑脚进入自己的卧室，想问问阿雅是那个女孩子一大早就去了辉子的卧室里。

我卧室的床上空无一人，我仔细聆听那让人作呕的呻吟声，明白了一切。

我走出卧室，走出客厅，大吼了一声，不要脸的东西后，使劲儿甩门而去。

灿烂的阳光照射着大地，照得我眼睛睁不开。我奋力地打了一个喷嚏，心里隐隐作痛。阿雅跟我同居了两年，我们彼此真心相待。前段时间还商量着去看看楼盘，准备按揭买个房子呢。

我的手机接二连三的响了起来。辉子和阿雅不停地拨打着，我没接。不一会儿，微信和短信都弹了出来。我没看，而是奋力的把手机摔在了路上，摔了个粉身碎骨。

夜幕降临的时候，我喝得大醉，摇摇晃晃的回了家。

茶几上有一封信。我扫了一眼，其中大致意思已经明白了。辉子和阿雅彻底搬出了我这个免费的旅馆。

当天晚上，我向公司老总撒谎说母亲身体不好，请了一周的假。我跟着旅行团去了一趟内蒙。在那一望无际的大草原上，我骑着骏马奔驰，对着澄明的蓝天，喊出了自己的悲伤。

手机依然每天都在响，辉子每天都会打十几遍。我还是没接。上百条微信和短信的意思都是请求我原谅，成全他们的姻缘。

那天我从马背上摔了下来，突然就摔明白了。人各有志，强扭的瓜不甜。每一个人都有争取自己幸福的权利。我从心里原谅了他们。

当我再次碰见他们的时候，三个人显得极为尴尬。一时间没有了话语。辉子提议晚上喝啤酒，我却同意了。

那晚，我和辉子都喝醉了。不同的是阿雅与我有了很明显的距离，她一直搀扶着辉子，歪歪斜斜的站在路边打车。而我，孤零零的一个人看着他们远去的背影，五味杂陈。

喝酒的时候，辉子说，兄弟如手足。

我补充着说，女人如衣服。

阿雅用眼睛恶狠狠地瞪了我一眼。

我厚着脸冲她笑着说，照顾好我的兄弟，别把他吸干了。

辉子举起杯说，干杯，谢谢你的大度。他仰着脖子，一口干了。

他们两人走后，我想起了母亲，她是这个世上唯一真心对我好的女人。

我曾在大雁塔下发过誓，要靠着自己的能力在这座繁华的城市里扎下根，要把母亲从穷困的秦岭小山沟里面解救出来。可是，几年一晃就过去了，命运如故，母亲依然还是面朝黄土背朝天，耕种着她的那几亩薄田。

我该为自己的誓言奋斗了。对于辉子，我已仁至义尽。

3

阴霾在一个来月的时间里烟消云散了。

这时公司来了一个重磅人物，她漂亮，气质好。

周一例会上，公司董事长隆重介绍了新上任的创意总监。

他说，王雯刚从国外归来，有丰富的创意设计经验，美术造诣得国外著名画家的真传。

我从同事们赞许的眼神里发现了辉子那颗不安的心。

三个月后，我知道了事情的真相。一是这个王雯竟然是公司王董事长的掌上明珠；二是辉子和阿雅分手了；三是阿雅辞去了公司总经理助理的工作；四是辉子和王董事长的女儿双双出入高档会所。

那天在街头，我偶遇了阿雅。

她哭着说，我是鬼迷心窍，对不起你。辉子他妈的就是陈世美，负心汉。

我看着她哭得红肿的眼睛，心里很是气愤。

阿雅婉转表达出想要和我重归于好，我断然拒绝。

她很失落，临走前提醒我，以后要防着辉子。

我说，防着辉子？从何谈起呢？

阿雅说，我是被辉子勾引的。跟他好了后，他一直让我打听公司内部的人事调整。

我笑了笑，没说什么。求上进是人的本能。

当天晚上我约了辉子。

一见面我就打了他一个摆拳，他的嘴角冒出了血。

他没有怒。看着我说，我知道早晚都会有这一顿打挨，我不是个东西，不该抢你的女人，更不该抛弃她。

我又是一拳把他打倒在地。指着他窘迫的样子说，你他妈真不是个东西，早知道你这样，老子当初就不该收留你。

他像个孩子一样哭了起来。

他说，我一穷二白，只有这副臭皮囊可以利用。你说我攀高枝也好，走捷径也罢，或者更难听的那些话都可以。但你看看，我有什么，我还有什么？我不像你本来就很穷，你是体会不到从高处跌落的感受。

我大声呵斥，住口。这些都是在放屁。这是一个男人说的话吗？

辉子从地上爬了起来，拍了拍屁股上的灰，说，男人？有时候，我都想变成女人。这世界上就他妈属男人命贱、辛苦。男人没钱，什么都不是。

木已成舟，就算打死他也无济于事。我转身走了。

辉子在公司依然是以一个靓男的形象出现在大家的面前。在王雯的帮助下，他顺利拿下了几单生意，这让董事长另眼相看。在辉子成功的影子下，我反倒显得才思枯竭，人微言轻。

王董事长找我谈话，话里话外透露出的都是关于创意总监职位的人选消息。

他说，你是公司的老员工了，这几年为公司的所作所为我都看在眼里。我希望你能考虑一下创意总监的职位，这对你的发展将是一个质的飞跃。

我对王董事长的为人很是佩服，他明知自己的女儿王雯正在和辉子谈恋爱，却将此消息放给我。我内心感激。笑着向王董事长连连致谢，感谢他的知遇和提携之恩。随口问了一句，王雯不就是创意总监吗？

他摇了摇头说，她不行，承接不起的。我打算让她去宣传部。

一个月后，公司并没有直接下达对我的任命，而是出了一张竞选公告。大致意思是从公司所有年轻人中通过创意大赛的方式遴选出这个创意总监的人选。

同事们个个都摩拳擦掌，跃跃欲试。我也是格外用心，希望能抓住机会。

辉子那段时间总是有意无意地打探着我的创意方案，让我心有顾虑。我总感觉自己的身后被一双陌生的眼睛时刻盯着。

周末的下午，正是我的方案完成的时刻，我接到了辉子的电话。他邀我去冰凉一夏主题啤酒屋喝酒。

我到达地点，王雯也在。我们起先是三人边聊边喝，一会儿功夫又加入了几个不知从何而来的美女。东一杯，西一杯，我喝得人事不知了。

第二天下午，王董事长召集全体干部开会，宣布比赛结果。

辉子成了创意总监，他儒雅地站起身向在场的人点了点头。

接着王董事长恶狠狠地瞪着我说，鉴于公司里有人剽窃他人作品，这个人被解雇了。他用手指着我说，请你马上离开。

我明白了一切。

我极力争辩。说，一定是辉子将我的设计方案从我的 U 盘里拷贝走了。

辉子正满面微笑，突然间就凶神恶煞的面目狰狞。我百口难辩。

对于辉子，我诚心对待，就连我的银行卡密码都告诉过他。就在公司老总质问我设计方案的成型时间和存储时间时，辉子像玩魔法一样拿出了我窃取他的证据。我很清楚，辉子不是在玩魔法，而是先拷贝走我的方案存储邮箱，又从邮箱直接发到了公司的内部邮箱里。我无力争辩。

辉子尽情表演着一切，他嘴角那一抹杀人的笑容，让我心里鲜血淋漓。我浑身颤抖，欲哭无泪。

我转身跑出公司大门，一路狂奔，一直跑上了国贸大厦的楼顶。我的心被人用利刃一刀一刀地凌迟，眼前一片血肉模糊的景象。

我并没有乘坐电梯，爬楼梯上楼。到达国贸大厦楼顶的时候，我几乎已经丢了半条命了，濒临垂死。

我瘫坐在国贸大厦的楼顶，像一堆烂泥了无生气。

脑海中气愤的充斥了一张张丑恶的画面。公司老总当着同事们的面，说我不思进取，靠着窃取别人的设计方案蒙混过关。说我是麻绳穿豆腐，烂泥扶不上墙。

老总重重的将两份设计方案摔在了我的面前。我慌乱中翻开。我的头嗡的一下大了，两份方案竟然完全雷同。所不同的是一份上面写着我的名字，而另一份方案上面却是属着辉子的名字。

我站在大楼的边缘，心好像已经死亡了。迷幻中我听见辉子对我说，跳吧，快跳吧，跳下去一了百了。跳呀。

我整理了一下我凌乱的头发，转过身背对着街，想着这样跳下去也许会死的仰面朝天。我要在死的那一刻瞪大双眼，看看老天爷那副面孔。

我下意识地回了回头，向下看了看，很奇怪并没有路人驻足向上张望。那些在电影电视里的桥段，却没有出现。

我又想，此时公司里肯定正在为辉子庆功。辉子因为设计方案的事也肯定被任命为创意总监了。

我心灰意冷地看了看公司的方向，大声喊着，别了，肮脏的职场！别了，西安！

我闭上了眼睛，慢慢将身体向后倒。

突然间，狂风大作，天黑沉沉的就暗了下来，我感到自己的身体被一股强大的气流冲击着。我已经倾斜的身体瞬间被推直了。我看见一只硕大的乌鸦，正盘旋在我的头顶。我惊讶万分。

小时候，奶奶但凡听见枝头的喜鹊叫，就会笑着说，今天有喜事。可奶奶只要听见乌鸦叫，就会奋力地叫着驱赶乌鸦，她说乌鸦叫是一种不吉利的征兆。

我看着那只硕大的黑乌鸦，心想这么高的楼层它就能飞上来？我冷笑着，指着乌鸦大声说，你成凤凰了，还是一只黑凤凰呢。它一个俯冲就停在了我的眼前，悬置于空。它居然扑打着翅膀指着我，张口说我是懦夫，是一个没用的家伙。人生短暂，珍惜为念。

我战栗着身子，惊恐地望着它。

它突然跃过我的头顶，两只巨大的爪子使劲蹬了一下我的背上，我被它蹬了一个狗吃屎，匍匐在了国贸大厦楼顶的中央。

也不知过了多长时间，我醒了过来。我草草收拾好了心情，顺着楼梯一步步向楼下走去，到达一楼的时候，我的心情轻松了很多。好险，身体发肤，父母所给，为了那不值得的人和事差点就铸成了大错呀。

4

我开始在城市里流浪。

在酒吧买醉的日子里，我迷上了红酒。猩红的酒在高脚杯里默默的散发着清香，映照着我悲惨的人生。我有意识学外国电影里那些金发碧眼的漂亮女人们品红酒的高贵的样子，自乐其中。

我却不知道，自己正被一双贪婪的眼睛盯住了。每次去酒吧，我只要一只红酒。慢慢品咋，轻轻地嘬它，味蕾里涌动着翻天覆地的变化。直到一瓶红酒被喝个底朝天，我才晕晕乎乎的喊买单。

服务员告知，有位女士已经买过单了。我四下里张望，一个臃肿的女人冲我招手。看样子是个富婆，我向她拱了拱手，径直走出了酒吧。

一连好几个晚上，同样的事不断地发生着。那个胖女人，主动走进了我。

一来二去，接触的多了，彼此也就熟知了起来。为了羞涩的口袋，我成了她的员工，做起了服装设计效果图的绘画工作。这虽然与我在美院学的专业大相径庭，但毕竟还是拿画笔的。

这个女人四十多岁，一脸横肉，生得五大三粗，除了走路带风，并无半点女人的温柔，让人有一种望而生畏的感觉。私底下我们几个同事都叫她——尔顿（二吨）。

跟着这个女强人，我大开了眼界。短短两个月的时间，我感受到了她对我的攻击。我时常忍受着这个老女人在我身上摸一把或掐一把，我厌恶至极。

在她一次醉酒后，她想用一张50万的现金支票，买我做她的情人。我感到极度不适，断然拒绝了。

我不想做辉子那种人。

她是一个典型的女强人型。老公常年在国外，她独自一人撑起这么一家企业也实属不易。在她公司期间，我画小样的工作成了第二，陪她倒成了首要工作。当时我一度想放弃，但她开给我的薪金却很诱人。

我发现自己变了。

直到有一天，我在她的公司碰见了那个我一辈都不愿意再见的辉子，我再一次被命运戏弄。

辉子和王雯手挽着手，和我相遇了。辉子西装笔挺，身边的美人熠熠生辉，幸福甜蜜的一对才子佳人。

辉子慢下了脚步，调侃着说，哟，你还活着呢？

王雯咯咯直笑，像母鸡下蛋。

我淡淡地看着他们说，鬼都没死，人被上帝留着！

他们立即红霞满天了。

算算日子，已经6年了。看来辉子已经是新一代的当家人了。辉子见我的表情竟然没有丝毫愧疚感，他瞪了我一眼，就拽着王雯走进了胖女人的办公室。

那天晚上，胖女人约我去了酒吧。

她问，你们之间有过节？

我说，不说了，都过去了。

她又说，辉子想以少赚10个点的让利生意，让我轰你走。

我的心立即就扭曲了，想要报复辉子。

那天晚上，我成了这个老女人的猎物。辉子的生意也因此黄了。

当然，两个月后，我就像一件旧衣服一样被那个老怪物丢弃了。因为她又瞄上了新的猎物。

我默默地离开了，就像那次想轻生一样的心境。

后来我竟阴差阳错的又遇见了阿雅。

阿雅显得成熟了许多。她说这几年一直在心里忏悔着自己的过失，反思着对我的伤害。她说她这些年都距男人于千里，不敢越雷池一步。

我们又开始了新的恋情。

我们共同经营起了一家面馆，用一双手擀着自己的明天。

上周，我和阿雅去逛商场，发现了王雯和一个外国人也在商场里。他们亲密的举止，使我心里有些别扭。

王雯看见我的时候，一脸不屑的样子。

我和阿雅惊诧地看着她说，辉子呢？

王雯笑了笑说，那就是一个废物点心，早离了。

阿雅跳了起来，高兴地看着我说，狗日的活该，罪有应得。

那晚我一直都在想辉子，失眠了一夜。

啤酒的成分大半都是水，我的膀胱憋得难受。我晃悠悠地走进了卫生间，看着镜子，我泪流满脸，最后竟然痛哭失声。

阿雅睡眼惺忪地走出卧室，像一个泼妇一样大声叫嚷着说，你有病呀，半夜不睡，还喝酒，哭什么哭？

我用毛巾擦了擦眼睛，返身回去睡觉。

第二天中午，我在街上闲转。看见一个穿病号服的人狂颠不已，正被几个穿白大褂的人追逐着。病号终于被后面追的人按在了地上，周围忽的一下就围观了人群。

嘀嗒—嘀嗒，一辆车身写有"某某精神病医院"字样的车开来了。我走进人群，突然发现那穿病号服的人正是辉子。

我喊了一声，辉子。

他转过头，定定地看着我。倏忽又狂躁了起来，他被几个人扭胳膊拖退，连拉带推地塞进了车。

救护车的警报声，划破了城市的天空，呼啸着失在了我的眼前。

王小毛的一个夜晚

1

王小毛趴在天桥栏杆上，看着对面的国贸大厦。他想不通爸爸今天为什么像个疯子一样，对他又吼又骂，还动手打了他一耳光。他摸了摸脸，火辣辣的。

不就是这次月考成绩不理想吗？至于吗？王小毛想。王小毛生气地哼了一声，一巴掌打在了栏杆上。

下午，班主任老师把月考试卷递给王小毛，他快速翻阅，心里凉了半截。班主任老师笑着摸了摸王小毛的头说，你呀，真是聪明反被聪明误呀。王小毛真想有土行孙的本事，能一下钻到地底下去。他低着头，没有发现能钻下去的地缝，脸却羞得一阵发烧。

最后一节自习课，他趴在桌子上，瞪着天花板，等待放学。他心里盘算着如何跟爸妈交代。他想过很多种方法，最后还是被自己否决了。比如说，用红笔改分数，可他觉得那样很难哄骗爸爸，弄得不好还会罪加一等，不划算。他看了看前排的铁哥们儿魏明轩，要么跟他换换试卷，用改正液把名字改了，写上王小毛的大名？他准备把这个想法告诉魏明轩，又觉得不妥。不就是一次失败吗？魏明轩以前也失败过。

这时，放学铃声响了。

他和魏明轩一块儿走出了校门。在校门口，魏明轩问他，你这次考得不好，回家该不会挨打吧？王小毛斜着眼睛看了他一眼，乌鸦嘴，我爸妈心疼我着呢。魏明轩白了一眼王小毛，你这是不知好歹。算了，我一会儿回家主动给你妈打个电话，就说你这次是因为肚子疼发挥失常的。明天我帮你复习一下，补起来。

王小毛的眼里闪着光，挠了挠头，笑着说，不愧是学霸呀，脑子灵活。那我回家等你电话了。

王小毛愁容顿消。途经广场的时候，见围了很多人，王小毛挤了进去，看到一个中年人在指挥一只猴子翻跟头、作揖、打猴拳，看得大家哈哈大笑。王小毛笑不出来，他觉得自己就像只猴子，是一只被爸妈牵在手中的猴子，让他向东他不敢向西，否则就是拳打脚踢。

王小毛看着来气，钻出了人群，一个人坐在石凳上。他想起自己还在乡下时，老家的大山里也有猴子。那是一群猴子。那群猴子有时会出现在山脚的玉米地里，他和小伙伴曾经看到过几次。他们从家里拿来一些食物放到地里，猴群中的猴王捡起食物，自己先尝了尝，然后再分给其他猴。伙伴中有人说，那只大猴子自私，自己先吃。王小毛反驳着，你知道个屁，那只是猴王，它是在检查食物有没有问题呢。

那时，王小毛就在想，如果自己是那只猴王，一定会把猴群带领好，照顾好，不让它们中间的任何一只受到伤害。

后来他把看到猴群的事说给回家过年的爸妈听。爸爸笑着说，小毛放心，爸爸一定会把你这只猴子照顾好的。可事实上，正月初八还没过，爸妈就走了。他哭喊着不让爸妈走，可爸妈还是坐上了去省城的车，车屁股一溜烟就消失在了路的尽头。

奶奶一路小跑，抱住了王小毛，拉着他回家了。他心里恨爸爸，说爸爸说话不算数，说好了要像猴王一样照顾好自己这只猴子，可一转眼就走了。

王小毛写过一篇题目为《我是猴王》的作文，被村办小学语文老师当范文在全班朗读过，还被推荐到县教育局办的《小花》杂志发表了。他拿到杂志和20元稿费，在山间狂奔。

他请老师用稿费从镇上的水果店里买来了几个桃子，先是拿给了奶奶一个，剩余的就拿着去山下的田地里喂猴子。几个下午，没见猴子的踪影，他只好把桃子放在了地里。他连续几天去看，桃子还在，只是被鸟儿啄了几个窟窿。后来，直到桃子腐烂了还是没等到猴群。

王小毛听语文老师说村子快被拆迁了，设计队正在山里勘探呢。他气得大骂，怪不得猴群不来了。

他怀念那群猴子，认为那群猴子比杂耍的那些猴子有个性、有骨气。

王小毛伸了伸脖子，向着人群方向吐了口吐沫，擦了擦嘴，起身回家。

刚到楼下，王小毛的手机响了。妈妈问他走到哪里了，他说快到了。

妈妈在电话里重重地说了句，你个不争气的东西呀，赶快回来。他举着手机，愣住了。他的眉头挤成了疙瘩，像是上了一把锁。

他拿出手机打给魏明轩，电话里传来：对不起，您拨打的电话已关机。

王小毛又连着拨打了魏明轩的电话，电话里传来了同样的声音。他六神无主，瘫坐在了楼下药店门口的铁椅子上。

几分钟后，王小毛抬头向五楼的窗户看去，他想着爸爸的那张脸和那双眼睛，觉得害怕。

他不知在药店门口坐了多久，里面的店员看看他，好像知道他马上要挨揍似的。

一阵风吹过，王小毛不由得激灵了一下，整个心在颤抖。他深呼吸，拿出手机看了看，七点半了。

他突然想起老师发卷子时说的那句话，他想找个地洞，像老鼠一样钻进去不出来了。

他的电话又响了起来，还是妈妈打过来的。他按下了拒接键。三秒后，电话又再次响了。他觉得自己最喜欢的音乐铃声此刻更像是黑白无常的索命链，他又一次挂断了电话。

他抬头看了看五楼的灯光，挺了挺胸脯，扯了扯衣服，硬着头皮回家了。上楼的时候，他在心里埋怨着魏明轩的不仗义，打算从明天开始跟他绝交。

2

王小毛的手机是爸爸奖励给他的，原因是王小毛在小升初摇号中顺利被重点中学摇上。爸爸说，摇号是凭运气的事，你既然被摇上了，咱们在城里就有学上，否则你小子还得滚回老家那所中学去上，可那里已经拆迁了。

王小毛的手机是花了几百元买的那种最便宜的华为手机，但他视如珍宝。他五年级转学到城里的一家私立小学，看着同学们不是有电话手表就是有手机，他向爸妈提出过要手机的想法，爸爸一声吼终结了此事。

参加完毕业班的迪士尼研学活动后，爸爸就没收了王小毛的手机，说，完成了新学校布置的暑假作业后再给他。

王小毛的心被猫抓了一样，生怕爸爸不给他了。

暑假里，他趁爸妈不注意，在柜子里找出了手机。他像捡了一个金元宝一样，暗自欣喜。他一个人关上门，美其名曰在做作业，其实多半都是在玩手机。王小毛的爸妈觉得他突然间知道了学习的重要性，没少表扬他。

开学的时候，爸妈把手机还给了王小毛，叮嘱他手机是方便联系的，不是用来玩的。王小毛连连点头，当场保证。

王小毛进入了新学校，新环境，结识了新同学，就把爸妈的话忘到脑后了。

起初，他在课堂上还有所顾忌，后来胆子大了，上课的时候也敢玩手机。王小毛做得很隐蔽，他把手机放入上衣内兜里，把耳机线从袖子里面穿过去，耳机就在他手掌里了。他用手撑着脸，一副专心致志听讲的样子。班主任老师在开学两周后的家长会上表扬了王小毛，王小毛的爸爸笑得合不拢嘴。

王小毛的把戏，只有魏明轩清楚。魏明轩碍于面子没有戳穿他。

终于，在两周后，王小毛的行径被英语老师发现了，当场没收了手机。王小毛害怕这件事被爸妈知道，哀求英语老师原谅他，保证以后不在课堂上玩手机了。

英语老师原谅了他，可各科的老师都开始关注课堂上王小毛的表现。

王小毛玩手机的时间被压缩到了课间十分钟里。虽然上课不再玩手机，却老是想着课间十分钟手机里面的内容，上课经常走神，对老师让他回答的问题，他答非所问，逗得全班同学哄堂大笑。

王小毛的成绩是在第二个月考时出现严重下滑的。他第一次月考就很吃力了，幸亏魏明轩突击给他补了一下，又押中了一些考试题，否则今天的耳光在一个月前就应该打在脸上了。

他又一次摸了摸脸，也摸了摸肚子。脸似乎不是很痛了，可肚子饿呀，咕噜又是一声，肚子里发出了惨叫。

王小毛想，也不知爸妈的气消了没有。哎，就算消了，自己也不能就回去。刚刚出门，谁让自己很英雄地说了那一句话，我再也不回来了，我的死活跟你们没关系。

爸爸怎么能那么狠心地说，滚，不争气的东西，我就当没你这个儿子。王小毛摸了摸胸口，一阵阵痛楚，他觉得爸爸太暴力了。

王小毛很怀念那个像他爷爷一样的乡村老师。听奶奶说，那个老师还教过王小毛的爸爸，村子里很多人都是他的学生。王小毛每次犯错或是成绩考得不好时，那个像爷爷的老师真的是像爷爷一样摸摸他的头，笑眯眯地帮王小毛寻找原因解决问题。这让他心里每次都有一股暖流流过。

还有那个私立小学的语文老师，王小毛觉得那是一位比妈妈都好的老师。他刚从乡下转学过来，语文老师经常暗中观察他。他也总觉得背后有一双眼睛在注视着他。在老师的帮助下，他从一个乡下孩子变成了城里的孩子。最让他难忘的就是老师把他的那篇《开心的一天》作文投到了城市的晚报上发表了。语文老师总是在高兴的时候，才会用手摸摸王小毛的头。

下午班主任老师也摸了摸王小毛的头，王小毛现在想，都是摸头，可最后的结果却大不一样。当时，王小毛就有一种不好的预感，真没想到班主任老师还是告了黑状。

王小毛知道老师是为了引起爸妈对自己的重视，可他就是绕不过去这个弯。

望着天桥下的车，王小毛的眼泪不由自主地流了下来。他走下了天桥，想回家看看。

3

小区保安看了一眼王小毛，点头对他笑了笑。王小毛躲在小区八角亭子里朝不远处的那排公共健身器材看去，从那一堆人群里没有发现爸爸的身影。他又看了看长廊下的秋千，几个孩子在飞舞着，他们的父母一下一下在后面推着。王小毛揪了一把四季青的叶子，抛在了地上，使劲地踩了踩，像是这些叶子跟他有多大仇似的。

王小毛爬上了五楼，来到家门口。他屏住呼吸，把整个耳朵都贴在了门上静静地听着。屋内没有爸爸和妈妈的声音，只听见电视里传出了枪炮的声音。"冲啊"，又是一阵冲锋号的声音。

王小毛明白了一切。他有一种被水浇透的感觉。他觉得爸妈真的不要他了，对他的出走他们竟然无动于衷，竟然还能躺在沙发上看电视？王小毛的脚向后挪了挪，眼泪滑落在了门前的毯子上。他踮着脚又从猫眼向里看了看，转过身子，下了楼。王小毛不甘心，下楼的时候故意把脚步踩得咚咚响，然后回头向楼上看了看，门并没有开。

王小毛哭着跑出了小区的大门。他一路狂奔，一直向前跑着。

他的胸口跑痛了，停了下来。他坐在一家银行门口的台阶上，大口喘着气。银行门口的荧屏上显示，现在已经9点钟了。他看着眼前路上的行人，没有谁像他一样愁容满面。不远处跑过来了一个小女孩，看上去也就四五岁的样子。女孩在前面跑着，嘴上还大声说，我第一，我第一。后面的妈妈追逐着说，追上了，追上了……

王小毛看着他们，忘记了自己的烦恼，冲着她们笑了笑。小女孩的脚步停在了王小毛的面前，一双大眼睛看着他说，小哥哥，你咋不回家？你没有家吗？

王小毛一时间不知如何回答，他觉得眼前的这个小女孩很可爱，长长的睫毛，粉嘟嘟的小脸，头上还有两只俏皮的花辫子。王小毛伸出手，想要跟小女孩玩玩拍手歌的游戏。小女孩的母亲一把拉开了小女孩说，你忘了，妈妈不是告诉过你，不能跟陌生人讲话吗？

小女孩的母亲瞥了一眼王小毛，继续说道，走，咱们走吧，你看他脏兮兮的，肯定是个流浪儿童。

王小毛正要辩解，那女人牵着小女孩的手走了。王小毛站了起来，冲到路边，一拳打在了梧桐树上。手背上破了一层皮，血渗了出来。王小毛大声对着树吼道，我不是流浪儿童，我不是流浪儿童。路人用异样的眼神打量着他，有些人还在指指点点地说，这孩子该不会是个疯子吧。

王小毛很伤心。他扭头看了看四周，觉得这个地方很熟悉，就仔细看了看，他笑了。

他站起身，穿过街道的斑马线，进入了一个小巷子。这个巷子不宽，很陈旧，可人却是川流不息。

没错，这里就是他刚从乡下来时，爸妈租房子的地方。这儿是一个城中村。他曾经在这里住了一年半，对这儿的一切很熟悉。

王小毛走到了以前租住的地方，碰到一个阿姨下楼。那个阿姨的目光在王小毛的脸上扫来扫去，看得王小毛心里发毛。阿姨用浓烈的四川话大叫了一声，小毛，是你吗？王小毛这才看清了那个女人的脸。原来是李皓月的妈妈。

阿姨好！

阿姨拉着王小毛上了三楼，进门就大声说，皓月，你看看是谁来了？

王小毛和李皓月兴奋地抱在了一起，高兴地喊着、闹着。

李皓月的妈妈笑着说，还是小毛的命好呀，摇到了重点中学，咱家皓月运气不好，现在只能上个普通的中学。

王小毛红着脸，冲着阿姨笑了笑，没答话。阿姨问小毛，咋会想着这个时间过来找皓月玩呢。王小毛说，今天作业少，没事就过来了。皓月的妈妈扭着头看了看墙上的钟，突然想起了什么，大声说，呀，都九点多了。

她说，你们玩，我下楼给你们买小馄饨吃。这每天晚上的加餐不能少了，你们正是长身体的时候呀。

就是巷口老刘家的小馄饨，你还记得吗？

王小毛笑了笑说，记得，那味道真好。

皓月的妈妈走出了门。王小毛跟着皓月钻进了他的卧室。

不大的卧室里井井有条，墙上的书柜很别致，里面塞了满满的各类书籍。窗边的写字桌上干净整洁，一叠试卷映入了王小毛的眼帘。王小毛拿起试卷才知道，这是皓月的月考卷子，成绩比自己好多了。

王小毛羞愧地低了低头。皓月发现王小毛的神色不对，就笑着问王小毛，咋了？有事吗？

面对皓月的疑问，王小毛不想再隐藏自己了，皓月是一个可以掏心窝的人。王小毛一股脑地把自己今天的遭遇说了出来。皓月怔怔地看着王小毛，不知如何去安慰他。

王小毛让皓月一会儿给他妈说，让自己今晚住在他家。王小毛叹了口气说，实在是不想再回那个冷冰冰的家了。

王小毛突然就哭了。他告诉皓月，自己太压抑了，爸爸否定了他的一切，从没看到过他的进步，只是一味地责骂，甚至是拳脚相加。妈妈整天都是围着那个屎尿孩子在忙活，一会儿发烧送医院看，一会儿没奶粉了往超市跑，一会儿又要打疫苗了，从来都没关心过他。他就像个没人管没人要的孩子。皓月听着听着，眼里也涌出了泪。

你知道吗？我刚悄悄回了一趟家，以为他们正在四处找我呢，可是……哎，我有时候都想去死了。我刚才都想爬到国贸大厦上跳下去算了。王小毛说。

皓月说，王小毛你变了，没有以前那么阳光快乐了，记得咱上小学那会儿，就属你书看得最多，故事也最多，你可是个故事大王呢。爸爸听说后，就让我学你，给我买了很多的书呢。其实，我一直是拿你当榜样呢。

王小毛低着头默默不语。他觉得皓月的变化很大，以前那个贪玩贪吃的皓月全然不在了，好像突然间就判若两人了。

小馄饨来了。皓月的妈妈高兴地喊道，那样子就像一个十足的店小二。

吃完小馄饨，王小毛觉得肚子不太舒服，他想大概是饿得太久了的缘故。他起身去了卫生间。

皓月走到妈妈身边，把王小毛的事简洁明了地说了一通。皓月妈妈的样子和皓月刚才的样子如出一辙。她嘴巴咕咕叨叨地说，这个王大哥两口子可真是看不出来呀，平时对外人热心快肠，有求必应，咋对孩子这样苛刻呢。

王小毛走出卫生间的时候，皓月妈妈一把就把他搂在了怀里，安慰着说，小毛，你今晚就住阿姨家，让他们着急去。

几个人重新坐在了客厅那张不大的沙发里，皓月妈妈说，其实你爸妈他们人很好，皓月的爸爸昨天回来说，你爸前天自己拿钱给几个家里有急事的人垫付了工资呢。也许是他这段时间工作上碰到了烦心事，所以就拿你当了出气筒了。别怪他了，他毕竟是你爸爸呀。

王小毛的手不住地揪着自己的衣服角，沉默不语。

这时，皓月突然间想起了什么，拉着王小毛又进了自己的卧室。

皓月说上周老师布置了一篇作文，自己到现在都还没个头绪呢，今晚不能便宜了你这个作文大王。

4

皓月的妈妈透过卧室门上的那道缝隙，看见了两个孩子快乐的样子，她悄悄走出了家门。

王小毛看着皓月的作文题目说，这是一个半命题作文。他拿着书，像老师一样踱着步子在房间里走动着、思考着。他说，这篇文章既然是半命题，老师给你了一半权利，你就要从你最熟悉的地方入手，挖掘出最熟悉的事件，才能写出感人的文章。比如这篇，"我的"可以是，我的爸爸、妈妈、玩具，或是什么宠物……这题目可大可小，可深可浅，可以写景状物，可以借景喻人，还可是议论文，总之不管是什么文体，都能达到抒发情怀的目的。

皓月听着王小毛的讲解，心里佩服极了。

王小毛接着说，我觉得你应该写一写"我的妈妈"，我感觉阿姨是一个很称职、很耐心，对你无微不至的好妈妈……你要从妈妈身上挖掘出能表现她对你的爱的最具代表性的事件，通过刻画妈妈的形象感动人，这样的文章才是一篇好文章。

你还记得我六年级的那篇《开心的一天》作文吗？我就是从最基本的地方找

素材的，爸爸妈妈放下工作陪我去游乐场玩，把玩的感受和自己的心理以及渴望写出来，让别人明白我确实开心，为啥开心，最主要的不是玩的那些游乐项目，而是因为有爸爸妈妈的陪伴。

皓月情不自禁地拍起了手，谁知掌声突然大了起来。王小毛和皓月同时回过了头，发现四个大人正在奋力地鼓着掌。

王小毛诧异地看着爸妈，眼泪一下就涌了出来。

王小毛走到皓月妈妈的面前说了句谢谢阿姨的小馄饨后，转过身就去拉门。

王小毛的爸爸一把拉住了他，王小毛想要挣脱，大声说，让我走，让我走。

王小毛的妈妈挡在门口，看着他说，你咋这么犟呢，让我们好找呀。你知道吗？自从你跑出去，我们就开始找你了。要不是你阿姨打来电话，我们咋也想不到你会到这里来。

王小毛的嘴里冷冷地哼了一声。他更加厌恶眼前的父母了，他觉得他们不但暴力，而且还撒谎，亏得他们之前还教育自己说要做一个诚实的孩子。

爸爸抓着他，让他没有反抗的余地，王小毛气得大哭了起来。他哽咽着说，你们撒谎，骗人，我回去过，亲耳听见你们在客厅里看电视呢。

王小毛的妈妈笑着说，那是我们走得太急了，没有关电视。谁让你一下就跑了出去呀。不信的话，你现在回去看，电视还开着呢。

王小毛陷入了沉思，不再说话了。他在想，难道是自己错怪了爸妈？

王小毛的爸爸放开了他的手说，儿子，爸爸今天心情不好，不该打你呀。能原谅我吗？

王小毛哇的一声扑进了爸爸的怀里，呜呜呜地大声哭了起来。站在一旁的两位妈妈泪如泉涌，但她们不约而同地又笑了起来。

夜色依旧迷人。爸爸紧紧地握着王小毛的手，生怕他消失了似的。妈妈把婴儿袋横跨在自己的身上，一只手扶着怀里的婴儿，另一只手攥着王小毛。他们一家人穿行在霓虹闪烁的街上，高楼林立的城市在这个夜半时分依然没有停止喧嚣。王小毛抬着头看了看天空，他觉得没有繁星的夜空虽然缺失了一种自然的美，但很安详。想着今天发生的一切，他羞愧地低下了头。

爸爸的手指在他的手背上弹了一下问，儿子，你在想啥呢？

王小毛看着爸爸摇了摇头，没有说话。

爸爸向四周望了望，自言自语地说，周末爸爸要去外地一个月，那个工地的进度太慢了。

爸爸的话一下子就打开了王小毛的话匣子。王小毛几乎是用一种哭腔说，爸爸，我不让你去，你走了我咋办？

爸爸摸了摸王小毛的头说，爸爸要去挣钱，你的学费、补习费可不老少呢。你看看城里的孩子们，哪个不是出了学校就又进了补习班呢。

王小毛放开了爸爸的手，停住了脚步，他蹲在了路边的一棵榕树下，心情很失落。

爸爸走了过来，像王小毛一样也蹲在了树下，没有说一句话。他点燃了一支烟，烟头处的火光一闪一闪的，变成了巨大的烟雾，直飞上了天空。王小毛看着那些烟雾，似乎那是爸爸心里的话，只是那些烟雾随风而逝，消失在了夜空里。

妈妈走了过来，轻轻地拍了拍丈夫的肩膀说，走吧，快十二点了，孩子明早还要上学呢。

爸爸扔掉烟头，拉起了王小毛说，儿子，爸爸决定了，明天去公司推掉这次外出的机会，少挣点钱也没啥。

这时天空稀稀拉拉地飘起了雨，街边的霓虹灯依然艳丽得让人动情，城市在渐渐隐去的喧嚣中沉睡了。

风　筝

1

风筝飞了起来，王小毛手舞足蹈，大喊着，爸爸真棒。

风筝越飞越高，爸爸黑牛一副得意扬扬的样子，冲着王小毛说，来，你抓着线轮。

王小毛拽着风筝线，仰着头看着飞上云霄的风筝，心里有着一种说不出的激动。

王小毛在这之前，曾无数次幻想过放风筝的情景，终于如愿以偿。

王小毛上五年级了，头一次见到真风筝。这是一个很简易的风筝，三根竹片是风筝的骨架，宽大的背部被一根弹性很强的橡胶条撑了起来，一个像飞机一样的风筝就展开了。风筝左右两边飘着长长的丝带，绸布上画着奇怪的图案，像是一种什么鸟的眼睛，又像是某种动物的图案，花花的，亮亮的，甚是好看。

王小毛逐渐熟悉了放风筝的技巧，扯着风筝线忽左忽右，风筝冲着太阳的方向飞了过去。

黑牛看着儿子的高兴劲儿，脸上飘起了五彩云朵。

这个风筝是黑牛和妻子二丫从城里回来过年时，走了几条街，在一个不起眼的小店里花了20元钱买到的。他们这次没有食言，风筝成了王小毛的新年礼物。

王小毛在远处大声对着爸爸说，我要是一只风筝该多好。

黑牛嗯了一声，又看着小毛说，你咋会变成风筝呢？你也想飞上天空？快收点线，别放那么高，越往高天上的风越大，小心线断了，风筝就跑了。

王小毛小心地拉了拉风筝线，他可不想让自己这只心爱的风筝挣断了线，飘走。他慢慢地摇着线轮，风筝逐渐地清晰了起来，一下子长大了许多。

黑牛说，儿子你看，这样的高度才好，看得清楚。太高了，就有危险了。

几日后，年还没过完，公司老板打来了电话，王小毛的爸爸和妈妈就背着行李走了。

王小毛含着眼泪，不顾奶奶的阻止，悄悄地跟在黑牛和二丫的身后，直到汽车呼啸而去，他才流着泪，无精打采地走回家。

不过，王小毛的风筝让他成了这山坳村里的明星。一群孩子围在他的身边，想亲眼看见一下他那只风筝在天空中飞翔的雄姿。

王小毛也很大方。他学着爸爸的样子，放起了风筝。头几次都失败了。一些孩子就起哄说，你的风筝坏了，飞不起来了。

王小毛不服输，脑子里快速地回忆着爸爸的动作。他先试了试风向，快速迎风跑着，风筝终于飞起来了，大家欢呼了起来。他慢慢调整角度和风筝线，风筝被他放得老高，几乎快看不见了。

王小毛突然想起爸爸的话，身上惊出了一身冷汗。他小心地收绞风筝线，生怕一个差错线断风筝亡。他边收线边说，风筝不能放得太高，太高的话会被天上的大风刮跑刮断的。王小毛把风筝调整到了合适的高度时，身边的伙伴们都夸奖说这只风筝漂亮，像只老鹰在空中飞翔。

王小毛让伙伴们排好队，每个人轮着感受一下放风筝的喜悦。伙伴们都说王小毛是个讲义气、不吝啬的人。他的心里暖暖的，莫名的就流泪了。

2

山坳小学离王小毛的家有 10 里路。那是一个只有二十来个孩子的学校，李老师是那里唯一的一个老师。课堂上，李老师采用的是复式教学。原本一节 40 分钟的课在这里却成了 1 个小时。全校 6 个年级的学生在一个班里上课，每个年级 10 分钟。李老师忙得不亦乐乎，孩子们被动地接受着其他年级的课程，气氛活跃，所学却很有限。

天不亮，奶奶就生火做饭。王小毛总是带着满满一盒午饭，跟几个孩子一块去上学。直到下午天快黑了，王小毛才肚子咕咕地叫着回家。一进门就像一头饿了很久的狼一样，吃得风卷残云。

奶奶笑着看着小毛，提醒他慢点吃，别呛着了。

王小毛边嚼着饭，边向奶奶说，我们李老师这一学期结束后，就走了。他要去看病，说身体里长了一个啥疙瘩。

奶奶说，哎，你们那个李老师年龄比我都大，在山坳村教了一辈子民办了，真不容易呀。

李老师走了，山坳小学并入了镇中心校。

黑牛和二丫考虑再三，决定接小毛来城里上学。

城里的一切都让王小毛惊喜。王小毛仰起脖子，看向云端，自言自语地说，我的个老妈呀，这楼房好高呀，像是戳进了云里。我的个老天呀，这可咋上去呢？

二丫和黑牛看着儿子的表情，几乎是笑翻了。

王小毛扑闪着一双大眼睛怒气冲冲地说，咋了嘛，你们吃了笑婆娘肉了？有啥可笑的呀？

黑牛和二丫忍不住，又是一阵笑，王小毛气鼓鼓地白了他们一眼。

王小毛走进父母租的那套两室一厅的房子，欢呼雀跃了起来。他把每个房间都进出了好几次。

王小毛舒服地躺在沙发上叹了一口气说，要是奶奶也能来就好了，这里多好呀。

黑牛和二丫怔怔地看着小毛，心里五味杂陈不是滋味。

黑牛和二丫费了九牛二虎之力终于给儿子联系了一所学校。开学那天，黑牛当了一回有钱人。两大沓崭新的钞票递给了报名处，换来了一张报名收款收据。王小毛顺利入学了，他们两人才长长地舒了一口气。

二丫哭丧着脸说，这学费太贵了。

黑牛说，钱是王八蛋，没有了再挣。

二丫接着说，也对，咱儿子也是人，城里人能上，咱们也能上。

他们目送儿子进了校园，脸上的皱纹也就平展了起来。

王小毛站在讲台前向同学介绍自己的时候，大家笑他是个土老帽，乡巴佬。他很生气，争辩着说，我是城里人。

班主任刘老师及时制止了即将爆发的口水战。王小毛整整一天都心事重重，打不精神来。

下午回到家里，王小毛想对黑牛和二丫倾诉自己憋闷了一天的心，可屋子里空荡荡，他们还没回来。

王小毛想起自己在山坳小学时的情景，突然就开始怀念起了老家的一切。在山坳小学，王小毛可是那里的孩子王。那里大多数孩子的父母都长年在外打工，爷爷奶奶在家照顾孩子上学。王小毛带着一帮孩子上天入地，狂奔在大山的河道沟岔之中，自由自在的就像鸟儿一样。

王小毛开始在心里责怪起了自己。他不该和别人争辩，自己还不是一个真正的城里人呢。同学们说他土老帽，乡巴佬，难道不是吗？那天，黑牛和二丫刚接他进城。王小毛看见高楼大厦，看见车水马龙的景象，夸张的表情和连连感叹的言语，也遭到了路过人的白眼，也听到有人说他"乡巴佬""神经病"。二丫搂着小毛说，儿呀，别在意他人的眼光和语言。想当初我第一次进城的时候还不如你呢。我见了汽车就叫铁疙瘩，见了高楼就喊宝塔，见了城里那些漂亮的女人还以为是盘丝洞里的妖精呢。

王小毛扑哧一下，笑出了声。他们三个提着大包小包的乡下人，站立在现代化都市的街边嘿嘿嘿地大笑起来。

黑牛提议去吃饭，三人兴高采烈地走进了路边一家凉皮店。

黑牛走进店对服务员嚷嚷着说要三份三秦套餐。王小毛小声问母亲，三秦套餐是啥玩意儿？

二丫故作深沉，卖关子说，一会儿端上来你就知道了。

服务员很快就把三秦套餐端了上来。王小毛睁大了双眼，一份三秦套餐里面有一瓶写有"冰峰"字样的饮料，一碗像面条一样的面，还有一个圆圆的饼子鼓囊囊地装在一个半截纸袋子里，另外还有一碗稀饭。

父亲黑牛笑着对王小毛说，吃吧孩子，这三秦套餐是地地道道的老陕特色。很好吃的。

二丫看着拘谨的王小毛，眼里忽然就湿润了起来。她哽咽地说，咱们简直是羞先人呢，这么简单普通的吃食，孩子都没吃过。哎！

父亲给王小毛说，这三秦套餐说白了就是凉皮肉夹馍。你看这凉皮用油泼辣子一调就变得油光水滑的，让人食欲大增。你再看这个肉夹馍，肥而不腻，香喷喷的，傻孩子别看了，快吃吧。

王小毛拿起肉夹馍咬了一口，油汁顺着嘴角直流。王小毛说，真香呀。但是这肉夹馍的名字起错了，应该叫馍夹肉才对嘛。

二丫微笑着用手摸了摸王小毛的头说，我儿子说得对，我也感觉叫肉夹馍不对，明明就是馍夹着肉嘛。

黑牛喝了一大口稀饭，看着妻子和儿子笑了笑说，人家这名字都叫了几百几千年了，你们说人家错了，能错吗？

王小毛辩解着说，爸爸那你说肉夹馍该如何解释呢，不符合实际呢。

傻儿子，肉夹馍，肉夹馍，意思就是肉夹在馍里面呀。黑牛边吸溜着凉皮边说。

王小毛像是发现了新大陆，高兴地说，爸爸这样一解释，好像也能说得过去了。

整整一个暑假，王小毛跟着父母长了很多见识。他才发现，城里最为简单的饭食莫过于第一次进城所吃的"三秦套餐"了。

想到这里，王小毛自责的心又重了一些。他自言自语地说，我是一个十足的乡巴佬，土老帽，同学们并没有说错。

黑牛和二丫回家的时候，王小毛趴在沙发上睡着了。

二丫摇醒了儿子。王小毛睡眼惺忪地看着他们。

二丫问，儿子，今天上学的感觉如何？

王小毛绝口没提同学笑他的事。回答说，挺好的，就是有一门英语课，山坳小学从来就没开设过。其它课程也比以前多了很多。这里的老师都是只给一个年级上课，不像我们李老师一个人教六个年级呢。

二丫笑着说，傻儿子，山坳小学咋能和城里的学校比呀？这才是学校，咱那山坳小学充其量就是个大人领着孩子混日子的地方。

王小毛不解地看着母亲，他在心里并不认同二丫的说法。

黑牛笑着说，儿子，你今天的家庭作业完成了吗？

王小毛一头雾水，才想起还有家庭作业这一档子事。他急忙在书包里面翻找着作业本。

黑牛又说，我知道，你以前在老家学校上学，老师基本不布置家庭作业。现在可不同了，城里的学校天天都有家庭作业呢。

王小毛这才真正意识到了城里学校和山坳小学的大不同。

3

周末的时候，二丫带着王小毛去了一个校外辅导中心，给他报了语数英同步课程辅导班。王小毛意外地在这里遇见了自己班上的几个同学。他们用异样的眼光看了看王小毛，流露出了一种不可思议的表情。

巧的是王小毛在辅导班里的同桌和在学校里的同桌是同一个人，他叫李皓月。李皓月和王小毛都觉得这是一件很特奇的事，两人之间逐渐熟悉了起来。

李皓月生得威武长得白胖，看上去要比同龄的孩子大些。王小毛对这个比自己高半头的同学渐渐的有了好感。两人也成了无话不说的好友。

李皓月问王小毛，你以前真的在山里面待过？

王小毛笑着说，骗你是小狗，我真的是从山里来的。

李皓月就缠着王小毛给他讲讲山里的事。

王小毛说，山里哪有城里好呀。你看看你们城里人吃的好，玩的好，有那么多的公园，还有大马路，大汽车，高楼房，山里除了山就是水，啥都没有。

那你就说说山里的事嘛。李皓月期盼着说。

王小毛就给他讲起了自己上学的情境，李皓月听得目瞪口呆，张着大嘴巴一副不可思议的表情。

你们那里真是那样上学的？

是呀。

那多好，多自由，又没有那些该死的家庭作业。放了学不仅可以上山捉迷藏，还可以下河摸鱼，好爽呀。我可真想去你们那里看看。李皓月一张想入非非的面孔透着渴望。

李皓月虽然每周都在辅导中心补课，可是学习效果却不见起色。母亲梁爽为了他辞掉了高薪工作，专职在家一门心思地照顾他的生活起居。

王小毛随着与李皓月的频繁接触，不但会熟练操作电脑，玩手机游戏，更是慢慢地进入了梁爽的视野范围。

第一单元测验成绩公布后，梁爽就跟踪着王小毛到了他家。

梁爽见了王小毛的妈妈二丫后，就劈头盖脸地指责起了王小毛影响了儿子李皓月的学习。

二丫一听，气就不打一处来。两人你呛我一句，我还你一句，针尖对麦芒，互不相让。站在一旁的王小毛呆呆地看着她们滑稽的表演，心里反感极了。

黑牛下班回来，两个女人的战争已经结束。她们刚刚当面锣对面鼓地说好了，以后李皓月和王小毛不允许再在一起玩耍。

这个决定让王小毛的心里很难受，他生气地鼓着嘴倒在自己的床上，直勾勾地看着天花板。他怨恨这两个妈妈，为了自己的目的，不择手段地破坏他和李皓月的友情。

黑牛听着二丫的控诉，脸上的颜色甚是难看。

黑牛大喊一声，王小毛，你给老子滚出来。

王小毛极不情愿地低着头走了出来。

黑牛的话像雨点一样，打在王小毛的身上。

他说，我中午就接到了你们老师的电话，你说说你小子整天在学校干啥？老子辛辛苦苦把你弄到城里来上学，你倒好，语文考了40分，数学考了25分，英语考了18分？你简直是要气死我了。

黑牛说着，就从腰间抽出皮带，啪的一声抽在了王小毛的身上。

二丫吓了一大跳，一下就抱住儿子，阻挡黑牛继续打儿子。

黑牛让二丫滚开，二丫坚决护着孩子。两人说着说着，便动起了手。

一阵暴风雨后，二丫的脸上多了几道鲜红的指头印子，黑牛的下巴被抓烂了。他们气喘吁吁地坐在沙发上，恶狠狠地一起看着王小毛。

黑牛和二丫又你一句我一句地教训起了王小毛。

你呀，也该争点气了。难道你将来也要像我一样，白天黑夜的去送快递？像你妈一样拿着拖把当保洁？黑牛粗声粗气地说。

王小毛流着眼泪，默默地摇了摇头。

二丫自言自语地说，看来这孩子的基础实在太差了，不行，我要想办法给他再报那种一对一的辅导班。

黑牛大声说，还找辅导班？咱就那几个卵子钱，都花在他的学习上？值吗？我看他就不是一个上学的材料。

二丫生气地说，你就没听到城里人经常说的一句话吗？人家都是不让孩子输在起跑线上，而我们呢？孩子好不容易才来城里上学，早就输在了起跑线上，还不应该花钱弥补？

老子信奉的就是棍棒底下出孝子，不好好学的话，我就打。黑牛气愤地说。

王小毛听着他们的话语，心里像是被针刺了一样难受。他突然间很怀念在山坳小学上学的日子了。在那里没有爸妈的吼声，没有打骂声，只有宁静的天空和欢喜地玩耍追逐声。

当天晚上，王小毛就做了一个梦，他梦见李老师治好了病，又重新回到学校给他上课了。

梦醒了，王小毛泪流满面，再也睡不着觉了。

他看着窗外霓虹闪烁的街灯，回想起这段时间在学校上课的情境。

这所学校里的每个老师走进教室的举动基本差不多，私底下他和李皓月把老师上课的环节称为程咬金的三板斧。第一板斧是说教：从"现在的社会是知识爆炸的社会，时间等于金钱等于生命"开始，到"仅仅学好课本上的知识是远远不够的"；第二板斧是讲课，老师的口头禅是：听不懂的只说明你没按照老师的要求预习，课后请用"某某家教机"或上"某某培训班"；第三板斧是题海战术，永远也做不完的习题，各大名校的卷子。

李皓月对王小毛说，我早就厌倦了这样的方式，心里可还真向往你们山里的方式。

王小毛笑着说，我的基础太差，一时半会儿也补不起来。这儿的老师真怪，课后你问他题，他却动员你去报作业辅导班。我家穷，哪来那么多钱呀。

李皓月安慰着王小毛说，现在这社会又不是只有上学一条路可以走，你看看人家比尔·盖茨，大学都不上，去自己创业，还不是干了大事。我们现在进了学校学习，出了学校依然还要上很多种培训班。烦死了。

王小毛睁着一双大眼睛，想着二丫说是要再给他找一对一的辅导班，眉头就紧锁了起来。

4

第二天，王小毛和李皓月见面的时候显得有些尴尬。气鼓鼓地一个瞪了另一个一眼，埋怨对方的母亲。

他们不约而同地向后回了回头，梁爽和二丫的眼睛毒毒地正看着他们，两人快速地分开走了。

进了教室，班主任老师不由分说地调整了他们的座位，一个前一个后，再也不是同桌。他们相互看了一眼对方，眼神里充满了不舍。

又一次月考试卷发了下来，李皓月原地踏步没有长进，而王小毛的成绩有了飞跃，一下就跻身为全班前五的行列了。

王小毛的进步被二丫全都归结在了一对一辅导班的功劳上了。黑牛也转变了自己粗暴的方式，笑着对妻子二丫说，还是你的教育方法好。

二丫在没有经过王小毛同意的情况下，又给他报了一门素描和一门电子琴课程，说是要让孩子全面发展。

起初，王小毛还有点兴趣，渐渐的他开始逃课。

忙着打工的黑牛和二丫终于从补课机构那里知道了儿子的行为，气急败坏的黑牛又一次抽出皮带，一下急似一下地抽打在王小毛的屁股上，而这次二丫却没有阻止。王小毛咧着嘴，不声不响地承受着爸爸黑牛的打骂。王小毛没有掉一滴眼泪，更没有哼哼一声。

半夜的时候，王小毛偷偷跑了出去。

他一个人漫无目的地走在街上，川流不息的车流也平复不了他烦闷不堪的心。

突然间王小毛和李皓月迎面碰在了一起，两人惊讶地望着对方。

李皓月说，大晚上的你在街上瞎溜达啥？

王小毛说，那你呢？你不在家待着，出来干啥？

俩人哈哈大笑了起来。

李皓月微笑着问，咋了？又挨打了？

王小毛不好意思地点了点头，问，你呢？

李皓月叹了一口气说，同是天涯沦落人呀！

李皓月提出想去王小毛的老家看看，两人一拍即合。

李皓月拿出手机打了一辆车，他们钻进车里呼啸而去。

俩人到老家的时候，天已经大亮。

王小毛见到奶奶，一下扑进她的怀里大声地哭了起来。李皓月站在一旁，眼睛不住地打量着身边的一切。他兴奋极了。

奶奶得知王小毛是半夜偷着走的，就抱怨孙子不懂事。

王小毛却说，他们谁又能懂我的心？

山高皇帝远，奶奶只有拜托村里人去镇上给黑牛打电话。

回到山里，王小毛就像是鱼回到了水里一样，整个人精神焕发。他带着李皓月在山里玩耍，去河里捉鱼。还特意带着李皓月去了一趟山坳小学。

他们走进校门，破败的气息迎面而来。操场上早已长满了杂草，以前的欢声笑语荡然无存，寂静的院落让王小毛心情沉重。

王小毛指着一间教室对李皓月说，这就是我给你说的我们上课的地方。你别看这地方破旧，可这里没有那么多的辅导班和作业。

李皓月笑着说，这地方真好。山清水秀，空气清新，自由自在，哎，只可惜我生错了地方。

王小毛走进操场，开始拔那些荒草，李皓月也不甘示弱地加入其中。整理完操场，他们又拿扫帚进行了清扫。

王小毛看看天，说，时间不早了，咱们回家。明天一大早，我带你来这里放风筝。

李皓月惊讶地问，放风筝？你还有风筝呢？我都没放过风筝。

王小毛听着李皓月的话像是触了电一样，急声问，你是城里的孩子，没放过风筝？

李皓月惭愧地低着头说，我爸妈一直都没带我放过风筝，总说学习第一，放风筝又不加分，真是气死我了。我真羡慕你，你有爱你的爸爸和妈妈。

王小毛看着李皓月心里酸酸的，说，明天一早就让你感受一下风筝的魅力。

天刚发亮，王小毛和李皓月就起了床，拿着风筝迫不及待地去了山坳小学的操场。

太阳的光芒照着山峦，山峦金灿灿，暖洋洋的。

当风筝飞起来的时候，李皓月这个来自于城市的孩子，竟欢呼雀跃了起来，他手舞足蹈地大喊着，王小毛你真棒。

风筝越飞越高，王小毛一副得意洋洋的样子，冲着李皓月说，来，你抓着线轮。

李皓月拽着风筝线，仰着头看着飞上云霄的风筝。他第一次放风筝，心里有着一种说不出的激动。

王小毛和李皓月放起了风筝，好像是拉起了自己的人生一样，快乐写满了脸庞。

就在他们转头的一瞬，发现各自的父母神奇地出现在他们的身后。山雀叽叽喳喳地叫个不停，这宁静的时空里增添了几分热闹的景致。

风筝越飞越高，王小毛小心翼翼地握着线轮，慢慢绞动了起来。他牢牢地记着爸爸的话，别放那么高，越往高天上的风越大，小心线断了，风筝就跑了。

向阳扶贫号

1

王向阳开着"向阳扶贫号"穿行在泉水村的路上，心里像吃了蜜。他回头看了一眼后座里的货物，脸上就开成了一朵花儿。

有了车，他的腿就长了。三岁的儿子坐在车里看着窗外向后飞过的树，大声喊着，爸爸，你看，树会飞了，树会飞了。王向阳和妻子任静大笑了起来，儿子一脸懵懂地看着他们。哇的一声哭了起来。王向阳说，树儿说得对，说得对，树会飞了。妻子说，咱家树儿脸皮薄，为这事都能哭鼻子。任静把孩子搂在了怀里，给树儿唱起了歌。

王向阳被单位派到了泉水村当第一书记，临走时，任静气呼呼地说他在单位混的背，别人都能一推六二五，唯独他老实。王向阳笑着说，农村广阔，大有作为，比整天待在办公室里强。任静白净的脸被他气成了红苹果。任静说，就你能，别人都是想方设法逃离，你可好，千方百计的要去农村，你去吧，去了就别回来了。

任静啪地一下关上了门，王向阳站在屋外望着门发呆。

一把手钟局长找王向阳谈话的时候说，第一书记人选一要党员，二要年轻有为，三要后备干部，咱局里好多年都没又进新人了，排来排去，只有你比较符合要求。王向阳想都没想就应承了下来。王向阳走了，李局长重重地舒了一口气，点燃了一根烟。

王向阳背着双肩包提着妻子捆好的被褥下了楼。他仰起头朝自家的窗户上看了看，儿子树儿正向他挥着手，妻子的脸比锅底都黑。王向阳跨上摩托车，一溜烟就不见了。

泉水村是秦岭深山里最为偏远的一个村落。王向阳到达的时候，屁股都被颠簸成了几瓣。一双腿麻的沾不得地。他勉强停稳摩托车后，一屁股就坐在了地上。村头的一伙人，跑了过来问，咋了？王向阳笑着说，我是来村上报到了。一个胡子吧啦的人问，你是王向阳？王向阳点了点头。那人一挥手，几个人就扶着王向阳进了村委会。

王向阳瞧了瞧村委会，心里当下一沉。那个胡子吧啦的人说，前几天我替支书去镇上开会，说过几天后有个叫王向阳的人来我们这里当第一书记。小伙子，你给我们说说这个第一书记到底是个多大的官？比我们支书的官大吗？王向阳笑了笑问，你是？那人说，我叫钟海涛，是这个村的文书。哎，这活儿揽在身上就甩不掉了，耽误了我好多挣钱的门路呢。

这时，从屋外一前一后进来了两个人。文书钟海涛立即上前笑着说，老支书，这就是咱村来的第一书记王向阳。王向阳赶忙起身，伸出了手。老支书哦了一声，并没有伸出手来。老支书说，小王，咱们这里山大够深，交通不便，你一路上也已经晓得了。你是县上派来的，这里以后可就只靠你了。王向阳说，以后还靠你老支书和大伙多多支持呢。

钟海涛指着老支书旁边的人说，这是咱村的村主任刘大军。刘大志笑着跟王向阳打了招呼，两人握了一下手。

老支书安排了一下王向阳食宿的问题，大火就散了。钟海涛帮着王向阳收了一下屋子，勉强支起了一个床。晚饭是在老支书家吃的，临走的时候王向阳硬塞给老支书十元钱。老支书气得直骂娘。

王向阳躺在黑漆漆的屋里，想着老支书说的那些话，心里很不是滋味，压力无形的就重了起来。他整整一夜都在想泉水村的发展问题，直到鸡叫的时候，才昏昏睡去。

第二天中午，镇政府来了两个人。一个是副镇长李爱国，一个是包村干部秦东浩。老支书召集村两委开会。会上，李爱国宣读了王向阳被正式任命为泉水村的第一书记的文件，明确了他主抓脱贫攻坚和党建工作的任务。

王向阳在会上做了自我介绍后，把自己昨晚的想法一股脑说了出来。副镇长说王向阳有魄力，有想法，镇政府全力支持。老支书鼻子里哼了一声，说王向阳是毛猴子，球啥不懂。王向阳红着脸，笑着说，单位既然派我来泉水村驻村扶贫，我绝不会辜负单位的希望。我年轻，可我也是土生土长的农村人，农村的事我是不太懂，但不懂是可以学的呀。老支书看了一眼王向阳，摇了摇头，笑了笑。

下午，王向阳又去了老支书家吃饭。老支书笑着说，你娃娃嘴上没毛办事不牢，你对农村了解的太少了。以后有你难受的时候呢。王向阳说，老支书，我是真心向你请教呢，你说咱村该如何发展？

老支书哈哈哈大笑，你听你问的话，我要是知道咋发展，县上还派你来干啥? 王向阳觉得自己在老支书面前就像个幼稚的孩子一样，心里很不舒服。老支书拍了拍王向阳的肩头说，别怕，既来之则安之。你可要做好吃苦受罪的准备。王向阳笑了笑。

2

王向阳的"向阳扶贫号"停在了尤小兵的家门口。他下了车。大声喊着，老尤，老尤。尤小兵夫妇从屋里探出了头。尤小兵笑着说，王书记，你等一下，我正在拔鸡毛呢，马上就好了。尤小兵的媳妇刚忙给王向阳倒了一杯水端了过来。

王向阳接过水，跟着他们走到了他家后院子，二十只鸡整整齐齐的摆在一个大圃篮里。王向阳提起一只鸡仔细地看了起来。好家伙，你烫鸡拔毛的功夫大有长进。你看鸡头上的毛都被你弄得光光的。王向阳说。

尤小兵说，城里人时间忙，人家能买咱的鸡，咱就要给人家把鸡子拾掇干净。王向阳笑着说，不错，不错，你的服务意识进步很大。你还记得第一次卖鸡的事吗? 尤小兵说，咋不记得，当时我还生气说不卖了。两人哈哈哈的笑了起来。

王向阳从车上拿了称，一只一只地称了起来。他又掏出了一个笔记本，把尤小兵的账记了下来。

王向阳打开后备厢，看里面已经被塞得严严实实的。他把这二十只鸡放在了副驾驶位上，整个车被压得喘不过气来，发动机昂昂的直吼，排气筒向外冒着黑烟。

王向阳用了近一个月的时间，带着村干部挨家挨户，翻山越岭的入户访问，做了一个详细的发展规划。老支书看了这个规划后，高兴地命令老婆子煮腊肉，说是要好好招待一下这个嘴上没毛的第一书记。

王向阳把这个规划提交到了局里。一把手钟局长带着班子成员先后四次深入泉水村调研，觉得王向阳的计划可行，全力支持。

村民都说王书记厉害，一年不到的时间干成了他们一辈子都不敢想不敢干的事。王向阳走在村子里，像个胜利的将军，接受着士兵对他的敬仰。

一天晚上，尤小兵不知在哪里喝了酒，醉醺醺的来找王向阳。进门就让王向阳给他找个老婆。

王向阳苦笑着说，找老婆的事只有靠你自己，我们扶贫干部管不到你的婚姻大事上去。尤小兵眯着眼，歪着头说，你说的是球话，国家让你们帮我们脱贫致富，就是因为我穷才找不到老婆呢。你们都包了我一年了，我还是个穷嘛。

王向阳见他喝醉了，打电话让钟海涛把他送了回去。尤小兵走后，王向阳清醒了。他想，这个村子里像尤小兵一样的光棍汉为数不少，这是个很棘手的问题。这两年村子确实也发展了，可贫困户的收入仅仅停留在很多转移性支付上，靠的还是国家的扶持。一旦没有这样那样的补助，这些人又该咋办？

这个问题一直像个挥不去的影子嵌在了王向阳的头脑里。为此，他多次召开会议研究。会上争论得很激烈。老支书说，都是穷字闹得。村里的姑娘远嫁他乡，小伙子就成了光棍。王向阳一时间没了主意。他想，局里已经尽了最大的努力改变了泉水村的基础设施，关于产业发展还得靠自身。于是，他又带着村两委的人开始了调研走访。

前年夏天，王向阳去了尤小兵家。一进门，尤小兵就说，王书记是来给我说媳妇的吗？王向阳说，要想说媳妇还得靠你自己好好挣钱。尤小兵说，我也想好好挣钱，可是没有门路哦。王向阳说，你可以外出打工嘛。咱村有几个年轻人出去不都挣了大钱嘛。尤小兵，笑了笑说，屁，挣大钱？那几个货，在外一吃一喝，回来剩不了几个子儿了。我才不出去呢。我在家养养鸡，天天有肉吃就行。

王向阳说，你会养鸡？

不信你去鸡圈里看嘛。

王向阳跟着尤小兵去了他家后院。老远就听见咯咯咯的声音。王向阳看了一眼鸡圈，大概有十几只鸡。这些鸡个个长得油光水滑，看着很雄壮。王向阳拿出手机啪啪啪地拍了起来。王向阳问，你卖不卖？尤小兵说，不卖，卖了我吃啥？

王向阳笑了起来。你用卖鸡的钱卖粮食吃嘛。尤小兵说，鸡肉好吃。我想喝酒的时候，就给别人一只鸡子换几瓶酒喝。吃不完的我都把它烘干挂在楼上，想吃了是现成的。

王向阳看到尤小兵楼枕上那一排腊鸡，气不打一处来。当即就狠狠地骂了尤小兵。王向阳问尤小兵想不想找老婆？尤小兵说想。两人当即就约法三章。

当天，王向阳试着把自己照的那些雄壮的公鸡照片发在了微信朋友圈里，他还附上了一段话：正宗乡下土鸡，纯粮喂养，需要者微信联系。大概不到半个小时，王向阳就接到好几个买鸡的电话。当晚，王向阳就从尤小兵家带走了十只鸡子。几天后，王向阳给了尤小兵 1000 元钱。尤小兵拿着钱，傻傻的，呆住了。

王向阳似乎找到了一条出路。他紧急召开会议，商讨泉水村农产品销售的问题。泉水村的这些产品经过统计，还真不少。大到香菇木耳、核桃板栗、蜂蜜、禽蛋、肉类，小到地里的辣椒大蒜、土豆、蔬菜。

王向阳在微信朋友圈里售卖农产品的消息一传十十传百，微信朋友圈里的朋友越来越多，天南地北的人都有。王向阳成立了泉水村农产品销售合作社，全村人都加入到了个这社里。

王向阳把自己的车开到了修理厂，让师傅给车身喷了"向阳扶贫号"。每周两趟定时定点从泉水村运送农产品出来。出来是货，回村就把现金兑付给了农民。

半年后，尤小兵成了远近闻名的养鸡能手。"向阳扶贫号"拉得最多的就是尤小兵的土鸡，每次都是十只二十只的。王向阳瞅准了城里人杀鸡不方便的空档，尤小兵就把鸡杀好洗净，价钱也跟着翻了一倍。王向阳从瓦子村给尤小兵领回来了一个媳妇，尤小兵高兴得不会说话了。王向阳问尤小兵说，这女的男人死了，没有孩子是个寡妇，你嫌不嫌弃？尤小兵笑着说，我不嫌弃，只要人家愿意跟我就行。

尤小兵结婚的时候，王向阳的扶贫号成了他女人的婚车。媳妇接进家的时候，尤小兵当着全村人的面咚咚咚的给王向阳磕头。王向阳扶起尤小兵，像兄弟一样一把抱住了他。那天，王向阳喝醉了，他第一次在泉水村喝醉了酒。

第二天，从泉水村就传出了"扶贫号接寡妇改嫁，王向阳酒后吐真言"的段子，这段子最后被人弄成好几个版本。这些段子传到了任静的耳朵里。任静指着王向阳的鼻子说，你可要当心，千万不要在农村里惹出啥花花事来。王向阳摇着头苦笑。

3

王向阳的事情被镇政府专题汇报到了县里。县脱贫指挥部派人实地查看，说泉水村走出了一条特色的扶贫之路，给泉水村争取了一个电商运营的名额。王向阳喜出望外。

王向阳回到家里，把这个喜讯告诉妻子任静。任静把一个日记本摔在了王向阳的面前，说，看你干的好事。

王向阳拿过日记本一看，上面密密麻麻的记录着自己给车加油从妻子那里拿钱的金额。王向阳一下就明白了妻子的意思。

任静说，真不知道你脑袋里面装的是啥？你扶贫，别人也扶贫，你可倒好，自己贴着油钱帮贫困户卖东西？

王向阳没有反驳妻子的话。他起身给妻子倒了一杯水，说，为了肚子里的孩子，你消消气。

你还知道我肚子里有孩子呀？任静说完就哭了起来。

王向阳看着妻子，心里很不是滋味。他想出去走走。

王向阳走在小城的河堤上。回想着自己下乡扶贫后，整个家里的担子就落在了妻子的身上。妻子没有工作，在县城开了一家服装店，维持着一家人的生活。那次，儿子树儿半夜高烧不退，妻子急得哭着给他打电话。王向阳正在准备一个引资项目的资料，回不去。王向阳一夜没睡。第二天赶回家，已是下午了。树儿烧成了肺炎，住了院。任静一见王向阳气就不打一处来，黑着脸愣是没理他。迷糊的树儿一见爸爸，一双小手紧紧地握着他的手，像是永远都不愿意放开。树儿问，爸爸你在干啥？我好久都没见过你了。王向阳说，我在乡下扶贫。

扶贫是干啥？

扶贫是帮助穷人富起来。王向阳说。

那他们富起来了没有？

王向阳摸着树儿的脸，还没有呢。

树儿侧着头，又昏昏的睡了过去。

任静说，你去扶你的贫去吧，我和树儿跟你没关系。

那天下午，老支书打来了好几个电话，催着他赶快回村里，说是那个老板来他们这里看泉水，等他回去洽谈。

王向阳想着妻子刚刚给他下的最后通牒，让他在扶贫和家庭里选择。他苦恼极了。

王向阳回忆起了跟妻子任静相识的过程，脸上渐渐平复了下来。那年他大学毕业，一个人去小县城里的人事局报到。在拱桥上看见一群人闹哄哄的围在一起，水泄不通。王向阳挤进去一看，一个高挑的姑娘正拉着一个小伙子嚷嚷着让他给坐在地上的老者道歉。那小伙子一百个不愿意，还说姑娘多管闲事。姑娘的不依不饶，使得小伙子极不耐烦，嘴里的脏话就出来了。眼看小伙子就要对这姑娘拳脚相加了，周围的人没有一个人敢跳出来指责。王向阳大吼一声，一把就封住了那小子的衣领，两人瞬间就扭打在了一起。

从派出所出来，那姑娘就前后粘着了王向阳。

王向阳在心里丝毫都没怪任静如今对自己的冷漠。他想，现在泉水村的扶贫工作基本已经上了正轨，自己也该回县里来弥补一下对家里的愧疚。王向阳抬起脚向单位走去。

路上他遇到了好多给他打招呼的人，那些人称他为"卖光光书记"。王向阳的心里有一种莫名的兴奋。"卖光光书记"是村里人送给他的外号，随着生意越来越好，这个外号也越来越响了。他喜欢这个外号，能把村里农民家自产的东西卖光光是他为之奋斗的目标。

王向阳走到单位门口遇到了副局长杨明，杨明说，小王，回来了。找局长有事？王向阳说，有点事。

杨明又说，老大去市里开会了，没在。

王向阳说，也没得啥事，就是想给他汇报一下村里的近期工作。

王向阳跟杨明简单交流了几句后，他去了县城的农贸市场，买了很多菜回家。妻子早就去了服装店，树儿也去了幼儿园。王向阳开始做饭，烧了几个任静最爱吃的菜。没下乡扶贫前，王向阳主动承担起了做饭的事情。每次他下班回家做好饭，又用保温桶装着给任静送到店里吃。店里的生意全靠任静的薄利多销而红红火火。身边的人都说任静有福气，找了一个好男人。

王向阳提着饭菜走进了服装店，树儿喊着爸爸，就扑进了他怀里。店里面有几个顾客正在跟任静谈着价钱，一见王向阳，其中一个顾客惊讶地说，你不就是那个卖光光书记吗？我在电视上见过你呢。王向阳笑了笑，冲她点了点头。那个顾客问任静，他是你男人？任静点了点头。你可真有福气，这么优秀的男人被你收了，你厉害呀。任静看了看王向阳，噗嗤一声，笑了出来。

王向阳殷勤地给任静盛饭，夹菜。任静的眼睛里闪着泪花。

4

泉水村的农产品成了王向阳微信朋友圈里的抢手货，特别是那款秦岭高山土蜂蜜供不应求。村子里的养蜂能手胡明军以前在自家的房前屋后养着二十来桶蜜蜂。每年收割的蜂蜜数量不少，除了送送亲戚朋友外，其余的都积压在了手里。胡明军让父亲照看那些蜂桶，自己跟着邻村的朋友去了省城打工。王向阳得知此事，亲自上门给胡明军的父亲做工作，让他把儿子喊回来，把养蜂的事情做大。

胡明军家的土蜂蜜质量优，得到了消费者的认可。价钱从无人问津的十几二十几元卖到了五十几元一斤。胡明军看到了甜头，当即向王向阳承诺说，王书记，你放心，我一定好好养蜂，多割些纯正的土蜂蜜。

王向阳说，不光你要养，你还要带着全村的人共同养。胡明军问，为啥？王向阳说，这样才能共同致富增收。胡明军不理解，心想这么好的生意大家都来，自己还赚啥子钱？回家后，他就对父亲说，王书记那人啥都好，可他想把咱家这好事让大家都来整。

一周后，王向阳从省城请来了养蜂专家开起了培训班。胡明军没参加。王向阳找他谈话，他自顾自地抽着烟，看都不看一眼。

王向阳哈哈一笑，你是舍不得把自己的技术传给别人？胡明军说，是的。大家都来养蜂，蜂蜜一多，价格就低了，那我还咋挣钱？王向阳这才知道胡明军的心结原来是在这，便说，你要知道一个道理，有钱大家挣，咱们村才能共同发展呀。

胡明军依然是不屑一顾。王向阳说，过段时间好好找他再谈谈。胡明军起身走了。

胡明军有多年的养蜂经验，如何招蜂，咋样分桶，怎样侍弄蜂王，他有他的一套办法。在别人还在摸索阶段，他快速地增加自己的蜂桶。一时间，蜜蜂成了俏手货。王向阳和村两委商量从外地购买蜜蜂，但因为时间、条件、蜂桶等一系列事情的相互交织，最终没能顺利开展起来。唯独胡明军家的蜂桶达到了300多桶，王向阳通过微信给他卖了七八万元。胡明军笑得嘴都合不拢了。

过年的时候胡明军给王向阳送去了2000元钱，说是感谢。王向阳当场拒绝，说胡明军以前在外打工学坏了，让他别搞这些歪门邪道。胡明军坐着迟迟不肯走。他把钱塞给了王向阳的妻子任静，转身就跑了出去。王向阳气的大声喊胡明军把钱拿走。

任静把2000元钱扔在了茶几上说，这人是有良心的人，你不要的话会伤他心的。王向阳瞪着眼睛说，屁话。

大年初三，王向阳带着局里全体干部去村里慰问贫困户。家家户户都要求请包帮干部在家吃饭，王向阳说，大家的好意我们心领了，我们有规定，绝不拿贫困户一针一线，绝不吃贫困户一餐一食。胡明军跳了出来说，你这样说就是看不起我们贫困户。很多人都随声附和了起来。

钟局长见状，站了起身，大家的心意我们干部们都心领了，只是现阶段你们还没有富裕起来，等你们都脱了贫了富起来了，我保证会带着干部去你们家里吃饭的。

王向阳一把把胡明军拉进了屋里，把那 2000 元钱塞到了他的上衣口袋里。王向阳说，你这是让我犯错嘛。

胡明军笑了笑说，哎，好吧，不要算了，我明天就去信和存了。

第二年夏天，王向阳被人告到了县消协，说他们村卖的蜂蜜是假冒伪劣产品，要求赔偿损失。

胡明军知道有人告了王向阳的事后，坐卧不安。父子两人就商量起了对策。

调查组进了村子，第一个问的就是胡明军。胡明军坚持说自己的蜂蜜是纯正的高山土蜂蜜。调查组从他家里取了一些样品拿回县里化验，结果整个村子里就是他家的蜂蜜里面掺了白糖。

胡明军站村委会办公室里，村两委的干部指着他的脸啥话难听骂啥话，他想找个地缝钻进去。王向阳并没有责骂他，只是给他举例子，讲道理，说他的这种行为跟小偷无异。

王向阳说，我知道你想多挣些钱，可是你不能惨假呀。胡明军的脸彻底红完了。因此，胡明军上了泉水村二季度新民风建设黑红榜中的黑榜，羞愧的半年都没到村委会来了。

王向阳专门去了胡明军家几次。为了挽回泉水村的声誉，胡明军在王向阳的朋友圈和电商平台网络里录制了一段真心致歉的视频，点击量蹭蹭往上直涨。订单比往年还多了起来。王向阳告诉胡明军这个好消息后，胡明军双手合十，跪在院子里，谢天谢地。

在新民风建设中，王向阳和村两委班子特意把农产品不得以次充好，不得出现假冒伪劣的条款写进了乡约村规里面。

胡明军开始主动指导想养蜂子的人，他还牵头成立养蜂合作社。挂牌仪式上，胡明军回忆起了自己造假的糗事，脸上挂满了泪水，王向阳的眼角也湿润了。

5

王向阳的扶贫号成了整个村子的标志。几年下来，这车浑身发出了响声。王向阳盘算着换一辆新车。

妻子任静已经习惯了王向阳的事业。她在心里既不支持也不反对。这个结果归功于他的父亲。

任静的父亲是瓦子村的支书，看着自己女婿带着泉水村致富增收很是羡慕。父亲多次到家里找王向阳取经。任静说，人家现在是名人了，比总理都忙。父亲一听话里有话，就问了起来。任静憋在心里多年的苦水哗哗啦啦奔涌了出来。谁知，父亲指着任静骂她是个忘本的东西。任静触了一鼻子灰，心里似乎有些理解王向阳了。

王向阳回家的时候，任静就说了父亲的事。王向阳开着车就去了瓦子村找岳父。两人一拍即合。那晚父子两人喝得酩酊大醉。

王向阳说，爹，任静啥都好，就是不理解我的心。

我的女子我知道。你多陪陪她，她快生了。

嗯。

王向阳跟一家外省公司接洽的矿泉水项目有了眉目。

对方带来了水质检测报告，专业人员给镇村领导讲解起了泉水村的水质。王向阳听完后，激动的带头鼓起了掌。泉水村的水里面含有丰富的矿物质，尤其硒元素占主导，这是大家没想到的事。

一个月后，泉水村委会跟对方签订了泉水村富硒矿泉水项目开发协议。对方一个副总见王向阳开着一辆破车，当即表示给他换一辆。王向阳笑着拒绝了。

王向阳得到妻子任静流产的消息是在签订协议的当晚十点多。王向阳在第二天早上六点多，像头发疯的野猪一样跑进了病房。

任静面无血色，一见王向阳就哭了起来，边哭边说，向阳，咱的孩子没有了，我对不起你。

王向阳紧紧地握着妻子的手，流着泪不住地摇着头。王向阳的声音在一天里哭得沙哑了，整个人显得很憔悴。

下午的时候，病房里面挤满了人。任静捂着被子哭得天昏地暗。王向阳劝大家回去，说自己过几天就回村里。老支书、刘大志、尤小兵、胡明军等很多人都哭丧着一副脸，不愿离开。王向阳连拉带推的把大家赶了出去。老支书捏着一叠子皱皱巴巴的钱递给了王向阳。王向阳推开了，蹲在地上嚎啕了起来。

任静出院了。回到家里，她递给王向阳一个存折说，向阳，这里面的钱是准备生孩子和养孩子的。现在用不上了，你拿去重新买辆车吧。

王向阳打开存折看了看，5万多。王向阳摇摇头说，都是我不好。

任静一把捂住了王向阳的嘴。窗外射进了一缕阳光，两人沉浸在了温馨之中。

王向阳的事迹被逐级上报，各类记者络绎不觉得来采访他。妻子说，天天都有人采访你，烦不烦呀你。王向阳说，这是好事，这样更能增加泉水村的知名度。记者问王向阳苦不苦，累不累？王向阳说，这是一件值得苦和累的事。如果说苦和累，最苦的最累的是我的妻子。

任静是从电视里看到了省台记者对王向阳的这段专访视频，她流着泪，红着脸，低下了头。

半月后，王向阳开着一辆崭新的"向阳扶贫号"发着光，穿行在秦岭深处。任静和树儿一脸兴奋，她们这是第一次去泉水村。一路上，树儿高兴地喊着，去扶贫了哦，去扶贫了哦。

转　学

①

　　终于把孩子转到省城来上学了，张一鸣如释重负地叹着气对妻子吴小雨说。吴小雨满脸喜悦，一边用水果刀削着苹果，一边看着丈夫张一鸣说，是呀，还是你有远见，要不然咱儿子还是窝在那个小县城里上学，让人揪心。张一鸣点燃了一支烟，一双眼睛直勾勾的看着天花板，嘴里吐着一道道烟杠，若有所思地说，一切为了孩子，为了孩子的一切。

　　张一鸣有想给儿子张浩转学的最初想法还是缘于一次同学聚会上，几个来自省城的同学和他谈起孩子的教育问题，他们一直认为现在就是一个知识爆炸的年代，孩子不从小培养，不多学一些本领，将后来肯定就会沦为社会里的底层人。为人父母哪个不想看着自己的子女成龙成凤，能有一番作为。于是，张一鸣就向着几个同学讨教起了他们是如何教育子女的。一个同学说，他从小就把孩子送进了一所国际幼儿园，里面的教师大多都是外国老师，三年幼儿园上完，孩子都能叽里呱啦说一口流利的外国话了，现在孩子已经进入了省城的一个名校了。其他同学都说这孩子将来考一个重点大学不成问题，就好像是买了保险一样。张一鸣向同学投去了羡慕的眼神，想想自己的儿子一直跟在自己的身边，没见过啥大世面，更没见过外国老师，像是放牛放羊一样现如今都已经上到小学四年级了。张一鸣突然间在心里就有一点对不起儿子的想法在内心隐隐作痛。那个同学继续说道，其实孩子的教育是需要父母给他创造一个良好的学习环境的，人不是都常说一句话吗，近朱者赤近墨者黑嘛，有一个良好的学习环境，就不怕孩子学不好。拿当今社会的发展来说，孩子的学业成绩直接和你的经济收入挂钩。张一鸣的心再次被同学的话震撼，仔细想想同学的话是有一定道理的。就像自己的孩子，虽然说上着县城最好的小学，可每年都还是有家长想方设法将孩子转到省城去求学。有的家长干脆就在省城租一间房子专心陪读，还有的家长每周末都不远几百公里的路程去陪孩子度周末。张一鸣就在心里感叹了起来，他想起自己小时候上学每天都要翻一座大山，趟一条大河。那时候的条件和今时今日相比，没有一点可比性。他感叹祖国的快速发展，更感叹现如今的幸福生活。可是一想到孩子的教育问题，他的心就会难过起来。同学们都滔滔不绝地说着孩子的教育，有的说不能让孩子输在起跑线上，有的说孩子的前程是靠父母在把控着，有的说现在不给孩子打个好基础，孩子将来怎么可能有出息，这是一种因果关系，还有的说现在就是拼爹时代，现在不全身心的拼这把老骨头，将来这把老骨头就有可能被孩子吃光。张一鸣听着，想着，在心里仔细琢磨着。心里就有了想给孩子转学的想法，他特意给其中一个同学说，让他帮忙留意一下省城一些学校的招生启事。儿子张浩目前上四年级下半学期，距离放暑假还有两个来月的时间，给孩子办撰写的时间充裕。张一鸣在心里想着，盘算着。他决定把孩子转学这件事提到家庭的重要议事日程上来。

回到家，张一鸣就把这个想法说了出来。妻子吴小雨第一个反对，她认为如果把孩子转出去一是花费难以承受，二是孩子没有一个落脚的地点，不利于成长。张一鸣的母亲也不同意，她认为孩子年龄小，过早的把孩子推到一个陌生的环境里对孩子是一种摧残。母亲和妻子的反对意见像是结结实实给张一鸣浇了一盆冷水，一直冰到了他的心里。张一鸣想，难道自己的想法是错的？可他又转念一想，不会呀。自己的出发点还是为了孩子，用现在的一句流行语说，一切为了孩子，为了孩子的一切。张一鸣动之以情晓之以理的和妻子及母亲探讨起了此事。最终他们达成了一个共识，就是找一家教育培训机构测测孩子目前的学习水平后再比较比较后定夺。

张一鸣通过在省城工作的同学很快就找到了一家教育培训机构，正巧这家机构在下个月有一个免费考试的机会。张一鸣把同学通过微信发过来的地址电话都抄在了一个笔记本上，隔了两天就和对方联系了一下。在联系的过程中，对方说孩子现在上四年级很关键，通过测试后就能知道他的情况，如果想让孩子能考入重点中学，补习培训必不可少。这点张一鸣很认同，因为前两年同事的孩子去省城参加小升初名校招考时，结果成绩差的让人咋舌。同事的孩子可是在县城六年级全集排名前三的呀，可到了省城成绩却是如此的差。那时他听同事聊了之后，心里就存下了一个问题，小县城与大城市的教育有这么大的区别吗？培训教育机构老师的话，让张一鸣更加下定了决心。

2

　　张一鸣为了让孩子参加考试，认真地找孩子谈了一次话。之后每天晚上，张一鸣和妻子都守在孩子的身边，报听写复习字词，报单词读句子复习英语，做难题过关练习数学，孩子叫苦连天，大人疲惫不堪。好不容易帮助孩子突击复习了一个月，张一鸣和妻子吴小雨带着信心满满的儿子张浩去了省城。考场外张一鸣和吴小雨一脸焦急的表情。张一鸣说，也不知道孩子考得咋样，会做吗？吴小雨忧心忡忡，可是想着自己的儿子在班级里的学习也是名列前茅的，她笑着对丈夫说，我看应该是问题不大，那家伙聪明着呢。他们夫妻两人在考场外面等待的两个半小时，仿佛让他们等了好几年。张一鸣说起自己小时候上学的事，吴小雨一会儿皱着眉头，一会儿又哈哈大笑起来。不会吧老公，你小时候还是那样上课的呀。一个教室两个年级，那老师咋教呀？真是不可思议呀。张一鸣紧锁着眉头说，那种教学方式是复式教学。我们当时是一、三年级在一起，老师先给三年级布置默读课文的内容，立马返回来教一年级孩子读拼音，交完一年级拼音后让孩子拿出拼音本书写，然后又转入三年级的语文教学。那时候的老师可是都快忙飞起来了，一堂课 40 分钟，没有一丝喘息的机会。吴小雨想象着那种复式教学的方法，好像有些明白了。是呀，你在那种环境下最后不也都考上了学，找到了工作。现在的环境比以前不知好了多少倍了，你还想给孩子转学？张一鸣笑着说，社会发展得太快了呀，不努力不行，不努力就会被淘汰，孩子也是一样，环境决定着一切。说到环境就会有起点的问题，起点高就等同于他步子大，起点低的人也许一辈子都达不到别人的起点线呢。吴小雨听着张一鸣这些话，自己也是似懂非懂，心里也开始毛燥不安。她知道自己和老公就是一对很平凡很普通的工薪阶层，自己这辈子也就这样了，孩子是他们唯一的希望，培养孩子也是一种投资呢。吴小雨想想丈夫的话，也会心的一笑，从心里觉得丈夫是一个眼界长远，很有见识的人。这时儿子张浩，慢悠悠的走出来了，张一鸣满脸笑容地问儿子考得如何，张浩低着头一语不发。张一鸣心中也就猜出了一个八九不离十的结果了。吴小雨又接着问孩子，孩子摇着头说，卷子上的语文题都没学过，大部分都是课外阅读的知识，数学也尽是一些怪题，从来没有接触过，唯独英语做起来还顺畅。张一鸣和吴小雨一路心事重重带着儿子张浩乘坐长途汽车返回了他们所居住的小县城。

　　3天后，那个教育培训机构给张一鸣打来电话告知孩子的成绩，语文20分，数学30分，英语40分。这个成绩让张一鸣惊恐万分，意想不到。如果此时地上有个裂缝，他张一鸣肯定都会快速钻进去。电话那头的老师一点一点地分析着孩子考试结果的问题，什么知识掌握不够灵活，课外阅读能力差，解题思维混乱等等，最终说到了正题上，就是让张一鸣立马着手给孩子报补习班的事。小县城离省城有3个小时的车程，如果每周去补习一次，来回跑，大人、孩子肯定都吃不消。张一鸣随便找了一个借口挂上了电话。孩子的考试成绩犹如晴天霹雳般笼罩在了这个家庭的上空，原来那个自以为是的儿子伤心的哭了起来，自认为儿子学习不错的吴小雨也一言不发，母亲更是唉声叹气地说老张家自古以来还没一个人考过这么差的成绩。一时间，这个家陷入了迷茫之中。显著的差距让他们惊讶，这时，张一鸣再一次提起了孩子转学的事，家里无任何人再反对，就连儿子张浩也表示愿意去省城上学。

3

　　张一鸣统一了家人的思想后，就着手联系起了孩子转学的事。他一连跑了省城好几所小学校，得到的结果是，传说中的几大名校不但需要高得离谱的赞助费，更需要有相关人员的批条；公办学校则以学区为由拒绝接受；民办学校可以接受但需要昂贵的学费，要想给孩子转学只有走民办学校这一条路了。张一鸣带着这个结果再一次为孩子转学的事召开了家庭会议，吴小雨说在贵也要转，贵有贵的质量嘛。母亲认为还是量力而行，有多大脚穿多大鞋。张一鸣的意见更倾向于妻子吴小雨的说法，大不了自己戒烟戒酒，就是砸锅卖铁也要给孩子转学，不然聪明的儿子就会被荒废了。母亲并没有过多的纠缠，在她的心里也希望孙子将来能出人头地，最终也默认了儿子和儿媳的想法。

　　张一鸣连续给单位请了几次假，奔波于省城的那些民办学校里。再三权衡对比之下，智慧小学进入了他们的视线。智慧小学教务处的老师说，放假前夕要带着孩子先来考试，语数英三卷合一，总分150分，达到125分以上则录取，正常收费。未达到录取分数线，原则上不予录取，如果想上得交2万元赞助费。又要考试？张一鸣一听到考试，头嗡的一下就大了，他怕孩子再像上次一样丢人现眼。可是也只有智慧小学给出的条件还合乎情理，其余几所民办学校都是考上了还要交一笔赞助费。也只有一搏，听天由命了。张一鸣给智慧小学留下了联系电话，约定了考试时间后就返程回家了。

张一鸣一到家，水都没顾得喝一口就开始说起自己找学校的情况。妻子吴小雨和母亲满脸疑云，一脸不悦。母亲说现如今可真是金钱社会呀，一切都向钱看，学校也分成了三六九等，公办学校不掏钱可咱上不成，民办学校能上可得掏那么多钱呀。吴小雨没说话，可她正在心里盘算着孩子上一学期的花费，不觉地打了一个激灵。张一鸣看着婆媳两人的反应笑了笑说，其实看上去是一笔巨额的开支，可是如果孩子在这里能努力学习，将后来上初中高中甚至考大学都会有不错的归宿，能省下很多钱的，你们的眼光应该放的长远些，别捡了芝麻丢了西瓜呀。吴小雨终于开口说话了，她说小学最关键的也就是五六年级，我看这两年咱们咬紧牙关，集中力量让孩子试试大都市里的新环境。我刚大概算了算，每学年大概得花3万左右，两年也就是6万。母亲插话道，如果孩子没考上，那不是还得花2万，这前后就要花8万呀，你两口子那点工资够折腾吗？吴小雨笑着说，只要妈肯帮忙，那就够了。母亲一脸迷惑地说，我帮忙，我咋帮忙？吴小雨说，妈有退休工资，等孩子上学了，我和张一鸣的工资存着，家里的生活开支就靠妈了。母亲笑了笑说，我退得早工资又不高，但养活你们吃饭勉强还够。全家人把转学的事前前后后想了一遍，张一鸣又把几个学校的状况分析了一遍，最终决定选择把孩子转进智慧小学。但最后有一个条件就是，孩子必须自己考上被录取，否则就打消转学的念头。

为了儿子能顺利被录取，张一鸣夫妻二人这次没有自己亲自辅导，而是把孩子送进了小县城唯一一家补习机构，花费2000元请老师补课。约定考试的日子很快就到了，张一鸣和妻子再度陪着儿子张浩来到省城，临近考场前，张一鸣告诉儿子说，你一定要好好考，考上了就等于给咱家挣了2万元钱呢。儿子一双明亮的眼睛望着张一鸣点了点头后，大步走进了考场。这次来参加考试的孩子真不少，仅四升五像儿子张浩这种情况的就多达四十来个人。张一鸣夫妇看着这壮观的招生考试现场，他们的心都快要跳出来了。吴小雨双手合十对着天在祈祷。张一鸣躲在走廊的一角偷偷的猛吸着烟。时间一分一秒的过去了，张一鸣的手心都是汗，他不住地拿出手机看时间，他觉得这时间过得真是太快了，一晃一个小时就过去了。张一鸣回想着上次同学聚会时，大家在一起谈论的关于孩子的那些教育问题，他真正才意识到了对孩子的教育是多么重要的事呀。他不住的在心里盘算着，孩子如果能顺利考上那自然是喜事一件，可如果考不上呢？他不甘心呀。临到省城来的前几日，张一鸣还去找了县城的黄半仙算了一下，黄半仙只说了一句话，命里有的终须有，命里无的莫强求。这让张一鸣的心里忐忑了几天，为此还花了100大洋。这是他瞒着母亲和妻子偷偷去找的黄半仙，要是让她们知道了，又该说自己不信科学信迷信，乱花钱。这时张一鸣突然想起黄半仙的话，心里渐渐平静了下来。虽然黄半仙并没有明确给他指出一条路来，可他的话是对的，这话自己也知道也明白，可是从黄半仙的嘴里说出来那效果却是截然不同的。张一鸣苦笑了一下，摇着头骂自己是个笨蛋。吴小雨看了看丈夫张一鸣，笑着说，你咋了？我看你比儿子都紧张。你还不是一样，张一鸣反驳着说。

铃声响了，儿子张浩走出了教室，看见父母便飞奔了过来。张一鸣和吴小雨不约而同地问，儿子考的咋样？张浩笑着说，应该还好，这些题基本都做过，很简单。张一鸣听了儿子的话很是兴奋，一把就把儿子抱了起来，旁边路过的人都向他们看了过来。其中一个孩子的家长说，兄弟你儿子看来考得很不错呀。张一鸣放下孩子向那人笑了笑。那人接着说，我儿子考砸了，不过没事，我到时交2万赞助费就行了，人有失足马有失蹄，何况是孩子呢？不过你家孩子争气，小小年纪就给你挣了2万元钱。说完那人哈哈大笑，拉着自己的孩子走了。吴小雨冲着那人的背影说，德行，又是一个财大气粗的老板呀。张一鸣慈爱地看着儿子张浩说，孩子呀，希望你能明白我和你妈妈的心呀。儿子张浩则说，我挣的钱可以给我吗？张一鸣和吴小雨一惊，张一鸣严肃的对儿子说，你如果考不上咱也就不转学了，现在还不知道你的成绩如何呢？你这自大的臭毛病咋就改不了？张浩委屈地低着头，一言不发，眼中噙满了泪。吴小雨瞪了张一鸣一眼，拉着张浩走出了校园。

4

几天后，张浩的考试成绩出来了，他果然不负众望，考了145的好成绩，学校通知张一鸣三天内去学校先交报名费办手续，等开学后直接入校。吴小雨为庆祝儿子旗开得胜，专门做了一桌子美味佳肴以示庆贺。张浩成了家人的骄傲，奶奶和妈妈不停地给他夹菜，张一鸣更是喜上眉梢，暗暗高兴。当晚母亲就递给了张一鸣一个两万元钱的折子，说是当奶奶的一点心和一份力量。张一鸣推脱着不要母亲的钱，但母亲决意要给，也只好收下了。

第二天张一鸣就去智慧小学交了1.5万元钱的学费，拿着学校开出的票据张一鸣的心激动万分，眼角流出了几行热泪。他自言自语地说，终于把儿子弄进了省城上学。张一鸣前几日还和妻子吴小雨盘算着说，原本今年想给家里买一辆汽车，暂时也就不买了，把存的钱都要用于儿子张浩的教育上。他们还原本计划想要一个二胎，现在也打消了念头，以前在小县城里感觉孩子的教育基本不花什么钱，现如今他们要集中力量培养孩子，所以那些原本计划的事都有所改变和调整了。关于二胎，他们是决意不敢要了。

开学那天，张一鸣和妻子吴小雨陪着儿子入校。因为在这座陌生的城市里，张一鸣和吴小雨并没有自己的家，没有自己的一片天空，他们只能让孩子住宿，又是一笔近5000元的费用交入了学校。夫妻二人看着手中一张张不同项目收费的票据，无奈的、尴尬地笑了笑，摇了摇头。自我安慰，相互安慰这说，一切都为了孩子，为了孩子的一切。孩子虽然是住校，交给了学校，可毕竟他从未离开过父母独自生活，临别那天，张一鸣拍着儿子的肩膀说，儿子你一定要好好学习呀。为了你我和你妈的腰都快断了。儿子张浩扑闪着一双大眼睛说，你们放心我会照顾好自己的，之前暑假你们不是给我报了军事夏令营吗，我学会了照顾自己了。说起军事夏令营，这是张一鸣有意为孩子将来住校打的基础，为此他们又花去了3000多元呢。这所有的花费，张一鸣都认为是值得的，只要儿子能体会到家长的辛苦，就一定会努力学习，光明就在前方。想到这里，张一鸣就有一种成就感，他终于在心里感觉能对得起孩子了。安顿好一切，孩子进校了，他们也返程回家了。

儿子张浩不在家，这个原本嬉闹欢笑的家顿时变的冷清了许多。吴小雨一说起儿子，思念的情绪就随着泪水簌簌喷发。张一鸣其实也很想孩子，以前孩子在身边他觉得烦，突然间没在身边就觉得缺少点什么。母亲更是如此，隔三差五嚷着想去看孙子。就在他思儿心切的时候，儿子张浩的班主任打来电话说孩子独立能力差，适应能力差，学业跟不上，家庭作业不按时完成，总之习惯差，毛病多，听得张一鸣怒火中烧。张一鸣反问老师，孩子住校，家庭作业小学没老师辅导吗？老师却在电话里笑着说，有是有，也就是生活老师守着他们让他们自己做，生活老师负责安全不负责作业。老师还说，建议给孩子报一个作业辅导班，每月也就600元钱。挂上电话，张一鸣气急败坏地说，哎，现在什么都是向钱看呀，就连教育也不例外了。张一鸣火速赶到学校，给孩子又报了校外作业辅导班。

张一鸣走在省城的大街上，看着高楼林立的城市，看着存折上空空如也的数字，他的心中泛起点点悔意。突然他又想到了母亲说的那句话，有多大的脚就穿多大的鞋，他觉得母亲的话很有道理。可是张一鸣在内心深处依然还是觉得为了孩子的一切，一切为了孩子。于是，张一鸣又有了一个新的想法，他想在省城买一套房子，他想让孩子能在周末回到自己的家中。他又想起孩子的教育，可是一想起公办学校和民办学校他的头就开始莫名的痛了起来。

阳春白雪

1

女婿建军生病，女儿晓芬的这个家就散了架，阳春和白雪像两个孤儿一样。

建军生病前是一个很有本事的人。他经营了一家木器厂，生活过得红红火火。一年到头没有少贴补山里老丈人和小舅子一家。现在，厂子兑出去了，还借很多的钱，都花在了医院那个深不见底的黑洞里。

她已经记不清是多少回从山里到山外了。晓芬曾偷偷的跟她说，建军病得很重，已经是危在旦夕了，看病也只是为了让自己心里好过一些。她想着这些事，一时间无半点睡意，一双眼睛睁得老大，直勾勾地望着房顶发呆。

她一夜未睡。天刚露出鱼肚白，就起床了，生火、烧水、做饭，忙个不停。这时，天空突然下起了大雨，空气一下就变得凉爽起来。雨滴叮叮咚咚的敲打着房顶，阳春睁开了眼睛，迷迷糊糊的叫了一声外婆，又接着问，下雨了呀？

外婆走到床边，笑着说，夏天的雨说来就来，说不定一会儿就又晴了呢。

阳春坐起了身子，开始自己穿衣服。外婆摸着阳春的头又说，还早呢，现在才五点多，你再睡一会儿。

阳春眯了眯眼睛，又躺了下去，接着睡了起来。

阳春和白雪从未见过自己的爷爷奶奶，听爸爸说，在他们降生前，爷爷奶奶前好多年前就因病过世了。在他们的心里，外婆外公就是自己的爷爷奶奶。他们也最喜欢去外婆家。特别是在火热的夏天，他们都会去外婆家住上一段日子，享受山里的清凉。爸爸生病后的这两年，他们就在也没能如愿去过山里了。

外婆蹲下身子，从床下找出了阳春的雨靴，又从柜子里找出了衣服整齐地码放在床边。她用爱怜的目光看着熟睡的阳春和白雪，心里莫名的就想哭。她想起了昨天下午去村委会接到女儿晓芬打来的电话。

女儿在电话里说，妈，建军这次需要做手术切除身上的那些疙瘩，住院的时间会比以往长一些。辛苦你照顾两个孩子了。

阳春的外婆在电话里哭了起来。她哽咽地说，孩子的事你放心，照顾好建军，钱不够的话就给你弟志明打电话。

挂了电话，她的双腿像灌满了铅一样沉重，迈不开步。

白雪叫了一声外婆，拉回了她的思绪，她陡然间发现墙上的钟表已经快七点了，麻利就喊阳春起床。

白雪见哥哥自己穿衣服起床，也学着他的样子穿衣服。

吃早餐的时候，白雪突然笑着嚷嚷着说，外婆，我昨晚梦见爸爸和妈妈了。他们从城里给我买了好多好吃的东西呢。

外婆笑着看着白雪，阳春白了妹妹一眼生气地说，你个吃货，就知道吃，咱家的钱要给爸爸治病，哪有钱给你买东西呀?

白雪噘着嘴，争辩着说，有钱，就有钱。哼。

吃完饭，阳春撑着一把伞，背着书包和外婆一块儿走出家门，向学校走去。

路上，外婆叮嘱着阳春上课要好好听讲，不能东张西望，在学校不能和同学打架。白雪笑嘻嘻地爬在外婆的背上一句一句的学着外婆的话。

泥泞的村道上，两把伞像两个移动的小帐篷，一高一低的在雨中蠕动。

临进校门的时候，阳春说，外婆中午不用来接我，我自己回去。

外婆笑笑说，行，咱们阳春长大了，知道心疼外婆了。

阳春又望着白雪说，你听话些，别惹外婆生气，要不然我放学回家就打你的小屁股。

白雪嘟着小嘴，哼了一声，把头转向了校门对面的包子铺看着那些热气腾腾的包子。

2

阳春的舅舅舅妈来了。一进门就数落起婆婆对孙子不关心。

白雪撅着小嘴巴说，不许你说我外婆。

舅妈气急败坏地说，你个小东西，哪有你说话的份?你外婆就是偏心眼，你弟弟都病成啥了，她却在这里不管不问。

白雪被吓哭了。

外婆边擦着白雪的眼泪，边问儿媳说，孩子得啥病了?

儿媳说，啥病？要命的病。

外婆显得慌乱了起来。从儿子的嘴里得知孙子只是高烧引起了肺炎，已经治好了的消息，悬着的心平缓了下来。

外婆破天荒的买了一点肉，炒了几个菜。阳春和白雪像饿狼一样风卷残云的吃相，让几个大人心里难受。

外婆哽咽着说，你姐他们现在的日子很苦。看病需要钱，她走的时候，留的一点钱眼看就快用完了。

儿媳低着头不悦地说，我们不能又贴劳力又贴钱呀。看来我们也不指望妈能回去帮着领孩子了。

吃完饭，儿子悄悄地拉着母亲进屋，递给了她500元钱。

儿子小声说，妈，这钱是爸让我给你的。这钱我媳妇不知道的。

舅舅舅妈抱着孩子走了。外婆看着他们的背影，心里不是滋味。

阳春下午放学回家后，吃过饭，带着妹妹白雪和几个小伙伴在门前玩着游戏。

一个伙伴说，你们知道这世上什么东西的威力最大？

锄头？汽车？飞机？大炮？坦克？电？

那个小伙伴一直摇着头说，都不对。

阳春灵机一动，说，是火还是水？

答对了，是火和水。那个孩子说。

阳春又说，不对，应该是火的威力更大。你们看咱们这里，都是从井里舀水，等你把水舀起来，火早就烧得很大了。

他们几个人发生了争执。决定，试试看到底是水还是火的威力大。

他们一起走进阳春家的院子，阳春和其中几个小伙伴围着外婆，要她讲西游记里那个石猴子的故事。白雪悄悄溜进灶房，拿走了火柴。

假装听完故事的他们，一哄而散的奔出了阳春家的院子。

不多时，阳春用火柴点着了一堆干麦草。

一阵风，火星子就被刮进了麦草垛子里。

霎时间，火光冲天，映红了半个村子。

外婆急的大声呼喊着阳春和白雪的名字。

白雪答应一声，外婆顺着声音找了过来。阳春扭头撒腿就跑。外婆大声喊着，别跑，阳春别跑。

阳春在前面跑着，听见后面有人说，火是阳春点的。

阳春很害怕，后悔极了。

阳春一口气跑到了村上的打麦场，远远的向家的方向看着。他想知道火到底被扑灭了没有，就爬上了一棵树，高高地张望，却依然看不见。他浑身发着抖，吓得默默地哭了起来。他怕回家挨打，就从窗子钻进了村保管室。

火终于被扑灭了。

天都已经黑了下来，还没见阳春的踪影。外婆央求邻居们寻找阳春。外婆也拉着白雪在村子的犄角旮旯里寻找。

终于有人在村保管室发现了阳春。找到杨春的时候，他看着对方，祈求别把他关进监狱里。

对方沉着一张脸说，你这叫故意放火，肯定要坐牢。

吓得阳春哇哇大哭了起来。

那晚，阳春不断地给外婆道歉。外婆并没有责怪一句阳春，而是搂着他，摇着蒲扇说，水火无情呀，以后不能随便玩火了。

3

半个月后，爸爸妈妈回家了。家里顿时就充满了欢声笑语，只是阳春和白雪的爸爸在没有像以前一样陪他们做各种游戏，而是整日都躺在了床上。常常都是夜半时分，阳春和白雪都能听见爸爸痛苦地呻吟声。

外婆几个月都没回家了，急匆匆的赶回了山里的老家。临走的时候千叮咛万叮嘱阳春白雪兄妹两人要听爸爸妈妈的话。

阳春的母亲扛着锄头去了地里干活。

阳春领着妹妹白雪在院子里玩。白雪玩累了就躺在了爸爸的身旁睡着了，阳春被几个小伙伴叫出去玩打"鸡公仗"游戏了。

白雪睡醒后，找到哥哥的时候，已是下午了。

白雪开心地给阳春说，哥，爸爸刚让我给他找了一个小瓶子的药水，爸爸喝完腿蹬了几下，就睡着了，我咋喊他都没醒。

阳春一听就觉不对，立即跑回家，喊爸爸，没有任何反应。阳春哭着跑到母亲正在干活的地里说了白雪刚说的话。

晓芬突然扔下锄头，连哭带喊的就朝家里飞奔而去。

阳春看着母亲发了疯似的样子，吓得大哭了起来。阳春小步跑在母亲的身后，边跑边喊她等等我。母亲头也不回的自顾自的向前跑着。

阳春回到家里的时候，母亲正抱着父亲的身体使劲的摇晃着，嘶喊着，娃他爸你就真的这么狠心撇下我和娃们，我们以后该咋活呀？

白雪愣愣的站在一旁不知所措，也不知道发生了什么事。

这时家里陆续来了很多人，隔壁四邻的人和村里的干部都涌进了那间不大的房子里。每一个走过阳春和白雪身边的人都哭丧着脸摸摸他们的头说，苦命的娃呀。

房前的街道里搭起了棚。建军已经被装进了黑乎乎的木头匣子里，放置在了院子中。

晓芬叫阳春和白雪过来跟着她一起给父亲烧火纸。阳春走近白雪，一耳光抽在了白雪的脸上，大声吼着说，都是你害死了爸爸，你赔，你赔爸爸的命。

外婆一把抱起白雪，护着她。外婆吼着说，你疯了，她是你妹妹，她这么小知道什么？你不能打她。

阳春坐在地上，看着黑漆漆的棺材，嚎叫着哭着。

父亲被埋的第三天晚上，家里的院子里莫名其妙的被人扔进了砖块瓦片，玻璃都被打碎了。大门也是被人像是用铁锤在重重敲打着。晓芬紧紧地抱着阳春和白雪蜷缩在床上。阳春问母亲是谁在砸门？母亲说，肯定是那些债主。

这时，外婆从另一间房子里走了进来。她盯着她们三人哭了起来，大家哭做了一团。

那帮人最后被隔壁的李爷爷大声呵斥着赶走了。阳春在房子里清楚地听见李爷爷骂着说，你们还是不是人？建军刚死了，你们就这样逼她们孤儿寡母？他人活在的时候你们也没少从他们家里挣过钱吧？良心都叫狗吃？

李爷爷的一阵狂吼乱骂赶走了那些该死的逼债的人。母亲扑到炕上大声的哭了起来，阳春和白雪围在她的身旁也是哇哇大哭起来。

阳春恶狠狠地骂白雪说，都是你，是你害死了爸爸。

白雪被阳春恶狠狠的样子吓得大声哭了起来。

外婆用手轻轻打了一下阳春说，那是你爸爸不想活了，你咋能怪白雪呢？

阳春歇斯底里的吼叫着，说，就是她找到了敌敌畏，递给爸爸喝的。

第二天一大早，又有些债主带着人来到阳春家要债。他们见没有钱，就开始搬东西，洗衣机、电视、缝纫机、大立柜、自行车等稍微值钱的东西转眼间就被洗劫一空了。

晓芬发了疯地哭的震天响。她看着家徒四壁，一副破败不堪的景象，哭着跑了出去，就再也没回来。有人看见她跳进了村上灌溉的机井里。

外婆的眼睛几乎快哭瞎了。阳春变得两眼无神，一句话都不说了，忽然间像长大了一样。

不管外婆一家人如何劝说阳春，让他回山里的舅舅家。阳春却坚决不愿意，他对外婆说，我要在这里守着爸爸和妈妈。

白雪依然前后缠着阳春，阳春丝毫都不再理白雪了，更不和她说一句话了。

外婆留了下来了，白雪被舅舅接去了山里。

4

舅舅来接白雪那天，阳春躲在屋里一直不肯出来。白雪哭着喊着说，我不走，我要哥哥。屋内的阳春手捧着父母亲的遗照，听着白雪的哭声心里难受极了。

舅舅安慰着说，小雪别哭了，小雪乖，跟着舅舅回山里，舅舅带你下河抓鱼……舅舅抱着白雪走出了院子，外婆低沉着脸，提着一个袋子紧随其后。

阳春跑出了房屋，站在大门口张望着舅舅疾步而行的背影。他蹲了下来，把脸埋在胳膊里大声哭了起来。

李大爷听见了哭声，从房内走了出来，扶起了阳春。

阳春扑进了李大爷的怀里，放声痛哭。李大爷摸着阳春的头说，去吧，去送送妹妹吧。她是你在这世上唯一的一个最亲的人了。

阳春擦了擦眼泪，一路小跑的去追赶。跑过村子打麦场的时候，阳春远远地看见舅舅抱着白雪上了车。他大声喊了起来，但无济于事。

阳春一路跑，一路喊，一路哭。他身后传来了外婆哽咽的叫喊声，阳春，别追了，快回来。

阳春跑不动了，一屁股坐在路边的一个石条上，汗水顺着脸颊脖子朝下趟，好像刚刚从澡堂子里洗完澡的人一样。

外婆气喘吁吁的走了过来，她坐下身子，搂了搂阳春的胳膊，笑着说，别哭了，妹妹只是短暂地离开，以后你寒暑假的时候可以去舅舅家看她的。

阳春停住了哭泣，看着奶奶说，那等我放假了咱们回山里去。

外婆笑着说，嗯。

阳春露出了笑容，伸出小拇指要和外婆拉钩。外婆也伸出了小拇指，跟阳春拉起了勾。

坐了几个小时车的白雪，一脸疲惫的被舅舅抱下了车。

外公放牛回来看见了白雪。白雪甜甜的喊了一声，外公。外公喜极而泣。一把就抱起了白雪，说去小卖部给她买糖吃。

白雪坐在舅舅家门前的核桃树下，剥了一颗水果糖放在了嘴里。外公看着白雪的样子，脸上笑开了花。

外公掏出了旱烟袋，呼呼的吸了起来。他若有所思的回想着那天阳春扇白雪耳光的那一幕，心里很不是滋味。随口就说，阳春，真不是个好东西。

白雪忽的一下她站起来，说，外公，不准你骂我哥哥。

外公哈哈哈的笑了起来，说，真没想到，你还很维护阳春呀。阳春打你的事都忘了？

白雪低着头，眼睛里含着泪，说，我做错了事，害死了爸爸，该打。

外公惊讶地看着白雪，一时无语。

这时，核桃树下又来了几个比白雪稍大的几个女孩子。她们手里拿着纸，折着什么。白雪走进她们，问其中一个小女孩，说，姐姐在折啥呢？

对方答道，我在折千纸鹤呢。

千纸鹤是干啥的？白雪又问。

千纸鹤代表的是一种祝福和思念，给谁折，就是思念和祝福谁。

白雪接着问，那你是折给谁的？你也有思念的人？

对方笑着说，我是折给妈妈，她去了很远的地方。

白雪向对方要了一个千纸鹤，左右观察，爱不释手。心里打定了给哥哥阳春折千纸鹤的主意。

别看白雪年龄小，学东西还真快。在那个女孩子的教授下，很快就学会了。从那天起，白雪把对阳春的思念都一点一点的存在了花花绿绿的千纸鹤里。

舅舅给白雪买来了各色的彩纸，白雪把自己所折的千纸鹤都装进了舅妈送给他的大瓶子里。

白雪的动手能力很强，不仅学会了千纸鹤的折法，还学会了很多用纸折出来的新玩意儿。她会折菠萝、宝塔山、手枪，想把这些东西见哥哥的时候送给他。最令她满意的还是那只舅妈帮助她完成的风铃。那风铃就挂在她睡觉的房子里的窗户上，微风轻过，风铃就发出悦耳动听的声响，系在风铃上的那些千纸鹤像活了一样，展翅飞翔。白雪给这个风铃起了一个名字：思念之声。这风铃在她的房子里不停地发出悠远绵长的思念阳春的声音，她百听不厌。

有天晚上她梦见了哥哥阳春。他们两人在一个梦幻的世界里相遇了，白雪拿着风铃叮叮当当跟在阳春身后。阳春举着一个火把在前引路，一不下行掉进了万丈深渊。白雪拼命地哭着喊着哥哥，哥哥没有丝毫的回应。

白雪被吓醒了，呜呜的哭了起来。

5

外婆为了贴补家用，在后院里养起了鸡、鸭和大白鹅，阳春一放学就帮着外婆喂它们。离他家不远的地方有一个池塘，阳春赶着鸭子和那只健硕的大白鹅去池塘。

自从白雪去了山里，阳春的心里一直都是空落落的。以前妹妹跟在他身后，像个小矮人似的，虽然有时很讨厌，让他在小伙伴面前丢尽了脸，可也能让他感到有一个小跟屁虫尾随在身后的快乐。

阳春独自赶着一群嘎嘎叫的鸭子和那只高傲的大白鹅走在村子里，像是一个将军一样统领着自己的队伍。他给每一只鸭子都起了名字，什么小鸭鸭、大脚板、老皮、灰先生等名称随口而出。鸭群在他的统领下变得很听话，村里的人对他另眼相看。大家都说阳春变了，变得懂事了许多。

阳春最钟爱的其实是那只大白鹅。大白鹅走在队伍的最后，像是压阵的主角一样，一摇一晃，慢悠悠的向前走。很多时候，阳春在一转头的刹那间，都把这只大白鹅当成了妹妹白雪。他索性就给这只大白鹅起了一个小雪的名字。

阳春坐在池塘边，静静地看着鸭群戏水，大白鹅卧游，就想起了妹妹白雪。他冲着大白鹅喊道，小雪，游过来，到哥哥这儿来。

大白鹅很通人性，像是听懂了阳春的话。悠哉悠哉的向他游了过来，冲着他引吭高歌，兴奋不已。

阳春仿佛看见了妹妹白雪的样子，很多时候妹妹不正是这样昂着头冲着他大声的哭吗？阳春微微一笑，自言自语地说，也不知妹妹过得咋样？她想我了吗？

阳春从身上的黄挎包里翻出了一个画画本，拿起铅笔开始画眼前的景致。一个大大的池塘上游着一群快乐的鸭子，离岸边不远的地方有一只大白鹅正在伸长了脖颈冲着天空中的鸟儿欢鸣。岸边有一家四口，爸爸妈妈妹妹和哥哥，妈妈指着池塘里的鸭子给妹妹说着什么，爸爸则和哥哥蹲在大白鹅的一旁高兴的说这什么。

阳春看着自己已经完成的画作，幸福的表情挂满了脸。一双眼睛写满了向望和怀念。阳春的眼泪顺着脸颊不由自主的流了下来。

他又翻了一页本子，专注的看着那只大白鹅许久。他动笔了。妹妹白雪的样子跃然纸上，稚嫩的眼睛清澈见底，两个小辫搭在身后，灿烂的笑容在脸上绽放出美丽的花朵，调皮的看着一望无际的原野。猛然间，阳春把本子捂在心口，嗷嗷的哭了起来。

昨天作文课上，老师表扬阳春说，阳春同学在这次作文竞赛中获得了第一名。瞬间，同学们爆发出了热烈的掌声，齐刷刷的看向了阳春。阳春的脸略微有些红，在老师的要求下，他拿着作文大方的走上了讲台，读起了那篇写妹妹的文章。

"我的妹妹叫白雪，白白的脸上挂着两个的小酒窝。她很喜欢笑，笑起来像花朵一样美一样艳。她也喜欢哭，哭起来就没完没了，直到爸妈准备打我时，她才善罢甘休。妹妹是我的跟屁虫，她像胶水一样整日粘着我，让我不厌其烦。爸爸妈妈死后，我的妹妹跟着舅舅去了山里住。也不知她现在过得好不好，有没有想我？我真不该把爸爸的死赖在她的身上，为此我打了她一耳光。现在想想，我真后悔。也不知何时我才能见到妹妹？我多希望下一秒就能见到她，多希望身后再能出现这个跟屁虫的身影呀。妹妹是我在这个世上最亲的人了，我一定要照顾好她，让地下的爸爸妈妈放心。白雪妹妹，我爱你，我一辈子都爱你。"

教室里面静悄悄的，同学们被阳春的文章感动的眼泪哗哗。阳春读完作文，泪水早已满面。有几个同学也抽抽的哭了起来。

一个月朗星稀的夜晚，阳春抬头看着天上的皓月，说，外婆，你说妹妹能不能看见这么明亮的月亮？

外婆笑着说，傻孩子，这世界上就只有一个月亮，你能看见的，白雪也就一定能看见。

那你说，白雪现在在干什么呢？阳春望着外婆说。

外婆伸了伸脖子，说，她呀，肯定是坐在老家门前的那颗核桃树下听你外公讲故事呢。

阳春笑了，过了一会儿又问，外婆，舅妈会不会嫌弃白雪呀。她会不会打白雪？

外婆笑了笑说，你舅妈其实是那种刀子嘴豆腐心的人，没啥坏心眼。她不会打白雪的。再说了，你舅和你外公都在呢，她不敢的。

咋了？想白雪了？外婆问阳春。

阳春，说，想她了。真想。

夜色慢慢凝重起来，外婆抱起熟睡的阳春走进了屋里。

6

时间过得很快，转眼间到了阳春放寒假时候了。外婆告诉阳春，说，你外公过几天就送白雪回来了。

阳春的眼里闪烁着兴奋。钻进自己的房间，他要精心的布置一下，好给妹妹一个惊喜。

三天后，外公领着白雪回家了。

白雪冲着外公喊，外公，赶快把我要送哥哥的礼物拿出来。

一个精致的纸菠萝、一罐子千纸鹤、一把纸枪、一个漂亮的风铃，被白雪悉数交给了阳春。

阳春接过这些礼物，说，天呀，白雪，这都是你折的？

白雪开心的说，是我亲手折的。哥哥，你知道吗，千纸鹤是代表思念的，我每次想你的时候都会给你折千纸鹤。

阳春这发现白雪的变化很大。她不光变得会说话了，还会了折纸的本事呢。

阳春领着妹妹走进了屋。白雪尖叫了起来，哥哥，你的画太像了，太美了。

院子里，外公对外婆说，我看咱们以后就在这里照顾他们兄妹吧。儿媳那头我都说好了。

是呀，不能让这两个小家伙再分开了。外婆说。

邻家小妹

1

从民政局走出来，虽然房子车子存款都归了她，我并不觉得伤感，依然闻到了空气里的甜味。我看了看路边，路旁的花开得竟是如此娇艳，已经太久都没这样细致地看一丛花了。

前妻不削一顾地从我身旁走过，她说，这下你可以去找你的那个旧爱了。

几周后，我安排妥了公司的事，独自一人开着车漫无目的穿梭在这个城市的角落。大醉了几场后，我突然有了想回老家去看看的念头。

算算时间，距离上次专程回老家为秀姑祝贺已经十年多了。看着道路两旁的景致，我感慨万千。山还是那座山，河还是那条河，以前的村庄像换了容颜一样，村里新修了很多平房、楼房，只剩我家和秀姑家的两所土坯房屹立在村东头，显得格格不入。站在院子里，那些杂草半人高，大门被那些杂草遮挡的几乎看不见了。房上的瓦脱落了几块，静静地躺在草丛里。我又看了看隔壁秀姑家，大门上的锁早已是锈迹斑斑。我正在纳闷，秀姑的父亲不是应该在屋呢？

是谁在院子里呢？路外有人问。

我走出了院子，原来是发小王二娃。

王二娃一眼也认出了我，不由分说地拉着我去了他家。不大一会儿，王二娃端上来了几个家乡菜，我们喝酒聊天。王二娃告诉我，秀姑大学毕业回来后就把她爸接到了县城里，秀姑在县医院上班方便照顾。王二娃说他四年前送老婆去县医院生孩子，当时还是秀姑帮忙协调的病房。我问他，这两年看见过秀姑吗？他说，这几年都没去县城看过病了，也就没再见到过秀姑了。

2

我把家安到西安的那年，秀姑考上了大学。那天，我跟公司请了假，专程陪父母回乡送礼道贺。一路上，母亲几次流泪说起秀姑，说秀姑给家里争了气，说秀姑的爸爸终于熬出了头，说秀姑的妈妈在地底下可以放心了。我的心很沉重。

秀姑的母亲做得一手好豆腐，每天做两箱，推着三轮车沿街叫卖，因为豆腐品质好，很快就卖完了。小时候，我可真没少吃秀姑家的豆花和豆浆，那味道远比城里的好。我比秀姑大几岁，每到上学的时候，秀姑像个跟屁虫一样跟在我的身后。冬日里，红色碎花布做成的棉袄把秀姑包裹的很臃肿，像个棉花包子，更像现在 QQ 图标的小企鹅。

小学和初中都在镇上，我们每天天不亮就起床，第一件事就是去秀姑家的豆腐坊里吃一碗热乎的豆花。秀姑的母亲用那种农村里常见大敞口土碗，从锅里舀上来泛着金光的豆花，整个碗都像是镶了金边，热气腾腾，让人食欲大增。秀姑的母亲给碗里倒入一些酱油醋，又添了一小勺子油泼辣子，递给我，那味道真是绝了。

吃完豆花，我们就出发了。山路崎岖难行，秀姑背上背的饭盒和书包跟一座大山一样，压得她喘不过气来。我看着心疼，就想接过来替她背着，可秀姑还强装自己可以背动。笑着说，哥，我能行。那时，她读小学四年级，我上初三。我们到达镇上的时候，天已大亮，来自各个村的学生都汇聚在了街道里，正是学生们最多的时候。我每次都是先送秀姑去学校，看着她进了校门才离开。

记得有一次，我们刚到镇上，我送秀姑去小学路过中学门口的时候，我们班几个男生大声喊着：你们快看，小驹子又带着他的小媳妇。一阵哄笑让我的脸腾的一下就红到了脖颈里。我冲上去，一把抓住说话的那个同学，一拳打在他的脸上，其余几个同学见状上前帮忙，很快我就被压在了下面。混乱中，我听到了一声惨叫，大家都停了手，只见其中一个同学捂着胳膊，歇斯底里地冲着秀姑骂着说，你是疯狗呀。我没想到秀姑一点都不害怕，她站在一旁，瞪着眼睛，大声说，谁让你打我哥的？我咬你，你活该。那同学，没说话，却向秀姑走过去。我意识到那个家伙想打秀姑，就一个箭步冲了过去，拉着秀姑向小学那边跑去。

那晚我回家，母亲发现了我脸上的瘀青，一直追着问，我死活都不愿意说。母亲只好去了隔壁秀姑家问情况，秀姑没有遵守她的承诺，原原本本把事情发生的来龙去脉说了出来。我一个人站在院落里，心里一直埋怨秀姑不该说。谁知，从秀姑家的窗户里飘出来了一阵笑声。我母亲说，要是秀姑能给我家的驹子当媳妇那还真是好事呀，咱们两家人知根知底，他们两个又是从小一块儿长大的，多好呀。秀姑的母亲说，是呀，是呀，驹子这孩子我放心。我的脸烫的像火炉，心里却莫名奇妙地印下了"小媳妇"这几个字眼，那一晚我翻来覆去睡不着觉。后来秀姑见了我，嘟着一张小脸，前后追着让我原谅她。我耍着小性子，自顾自的往前走，不理会她。秀姑急得跟在我身后哭出了声，边哭边说，我以后听哥的话，再也不乱说话了。我停住脚步，回头看着秀姑说，你说的哦，以后听话。秀姑冲着我直点头，像是挖到了宝一样开心。秀姑手舞足蹈地跑在了我的前面，大声唱着歌，那歌声穿透了寂静的山林，优美的旋律响彻了山谷。我的心被这天籁般的声音所俘获，脑海里隐隐约约显现出了"小媳妇"几个字，我的脸莫名的烧了起来。秀姑停住了歌声，扑闪着一双水汪汪的大眼睛问，哥，你的脸咋红了？是感冒发烧了吗？我假装摸着脸说，没有，大概是走热了。秀姑笑着走了过来，像一个小大人一样，伸手就要摸我的额头。我见状，把头向右一偏，说，你个小孩子，还想当医生呀？秀姑笑着说，哥，我还真想当医生呢。我说，你去年不是说想当歌星吗？咋变这么快？秀姑皱着眉头说，我以前是想当歌星的，可是当医生就可以给我妈妈治病了。我问，你妈病了？秀姑点了点头说，我妈每天晚上都捂着肚子只喊疼呢。秀姑母亲的病我也曾听我母亲跟父亲说话的时候听到过，好像是老毛病了，要靠喝中药治疗。我看了看秀姑说，你这个想法挺好。

3

秀姑母亲去世时，我正在省城上中专，学校组织我们即将毕业的学生去省外的一家电子厂实习。暑假，我回家听母亲说了秀姑母亲去世的事，难过了一个星期。看见秀姑一张憔悴的脸，我的心也像被刀绞了一样。我跟着秀姑一块儿去她母亲坟上。我们的到访打破了寂寞的山林，突突突几只鸟雀从树林里窜了出来，黑色的乌鸦盘在树枝上呀呀呀的叫着。秀姑皱着眉头捡起一颗石头，使劲向乌鸦扔去，乌鸦扑棱棱的飞走了，天空厉害留存着它那不祥的声音。一路上，秀姑低着头不说一句话，我们就这样默默地穿行在大山中。

祭奠完秀姑的母亲，秀姑的脸色比来之前好了很多。回家的路上，秀姑提议说去我们小时候常玩的那个核桃树下坐坐，秀姑说，哥，你还记得我们小时候在这棵树下打秋千吗？我点了点头说，记得。那时候，村里没啥玩的，秀姑的爸爸和几个大人用粗壮的绳子在核桃树的一棵大枝丫绑了一个秋千，这里就成了我们的天堂。大人小孩都喜欢来这里玩，成了村子里唯一的娱乐场所。白露一过，核桃成熟了，这棵大树上爬上去好几个大人，他们拿着长长的竹竿敲打着那些核桃，瞬间核桃如雨，哗哗啦啦的掉了下来。这个大核桃树因为是公家的，村子里的男女老少就齐动手，一块儿捡核桃。大人们把捡到的核桃卖给从山外来的贩子，卖得的钱交公。我们小孩子也不是为了吃核桃，大多都是为了做一个核桃风车玩。秀姑的爸爸是村子里的篾匠，他做的核桃风车耐玩、漂亮。用手拉动线绳子，核桃上风车的翼发出呼啦啦、呼啦啦的声响，让我们着迷。小伙伴们都围着秀姑的爸爸，央求他做核桃风车。那时的秀姑像一个女王。

秀姑侧过头，问我，哥，听说你是国家最后一届包分配的学生，那你能分配到哪里上班？我看了看四周，空无一人，小声说，我不打算回来了。秀姑腾的一下站了起来，大声说，哥，你不回来了？我赶忙向她挥挥手，示意她小点声。我说，我想跟几个同学在西安的一家电子设备厂里工作，那里工资高。我回来前，那家厂子去我们学校招聘，我已经跟他们签订了合同了。秀姑惊得半天合不拢嘴，轻声说，哥，你傻不傻呀，你是包分配的呀，最不行也会分到县上哪个部门工作呢。我告诉她说，我县城里有同学，我早就打电话问了他们情况，这次包分配县上准备把所有民办教师清退了，让我们这些中专毕业生回来当教师。秀姑望着我说，当教师不好吗？我站起了身说，当教师不是不好，如果我当了教师我所学的专业就荒废了，那四年中专不就白上了？秀姑若有所思的看着我说，哥说得也对着呢，不过你爸妈肯定不会同意你的想法。我叹了口气说，所以我就提前签了合同。秀姑点点头又说，我妈死了，我爸还是个残疾，我也不想上学了。我说，你胡说，秀姑你放心，只要有哥在，我就一定会想办法让你继续读书，我会给你寄学费的。秀姑的脸竟然通红，转而又哭了起来。秀姑哭着说，哥，我妈临死前说的话你千万别当真。我丈二和尚摸不着头脑，就追问秀姑，可秀姑红着脸跑回了家。

回到家里，我问母亲秀姑的妈临死前说了啥话没有。母亲看了看我问，秀姑都跟你说了吗？我说没有。母亲欲言又止。我继续追问。母亲皱了皱眉说，也没说啥，就是拜托我们帮着他们家，帮着秀姑把学上出来。我哦了一声，母亲看了看我，就问起我毕业的事来。母亲说，你舅说让你过几天去县城一趟，给你说点关于工作的事。提起工作，我的心里就很不安，生怕父母不同意我的想法。我的不安被母亲看出来了，索性我就说出了自己的想法，拿出了合同。父母听完看完后，坐在凳子上呆呆发愣，气氛一度让我窒息。

先爆发的是父亲，他骂我是个傻子，说我的学白上了，知识学到狗肚子里去了。他扇了我一耳光后，就走出了家。母亲坐在地上嚎啕着骂我，不知好歹，放着国家教师的这个铁饭碗不端，偏偏去工厂打工，说我上学上傻了。

秀姑闻讯赶来，秀姑的爸爸也挂着拐子一步一瘸的到了我家。我像是惹发了蜂窝，我爸带着村长和几个人也赶了过来，大家对我指指点点，七嘴八舌。就在我几乎快要崩溃的边缘，秀姑站了出来。

秀姑说，你们别责怪我哥了，他又不是一个笨蛋，他有他的想法呀。再说了，他能走出这一步那该需要多大的勇气呀。你们看看，现在合同都跟人家签了，能反悔吗？

秀姑的几句话说得大家顿时就偃旗息鼓了。秀姑的父亲急着拽着她走了，村长等人看了看我，摇了摇头，没说一句话，也走了。父亲蹲在墙角使劲地吸着烟，母亲哽咽地说不出话，气呼呼的走出了屋。我跪在了父亲面前，请求他原谅。父亲站了起来，看都没看我一眼，也走出了屋。

偌大的堂屋就剩我一个人，阳光欠着身子照了进来，身心疲惫我的走进了我的房间，扑倒在了床上，呜呜呜的哭了起来。

4

从王二娃家出来，日头已落了。我向那棵古老的核桃树走去，树下的石凳子早就被人们磨得溜光发亮。我抬头仰望，大树的枝叶依旧繁茂，密不透光。几个小孩子正在树下做着游戏，一个小女孩不小心摔倒了，哇哇哭了起来。一个小男孩扶她起来，嘴上不停地说，妹妹乖，不哭了哦。我转过背，眼泪就顺着脸颊流了下来。

那年，秀姑考上了大学，我带着前妻和父母回老家向秀姑祝贺。秀姑是我们这个小村庄里唯一一个大学生，前来祝贺的除了乡里乡亲的，还有县镇两级的一些领导。我喝了很多酒。县上考虑到秀姑家的条件，县卫生局与秀姑签订了资助协议，条件是秀姑毕业后必须回县医院工作三年。这个结果让人喜出望外，秀姑的学费不但不愁了，而且还连工作都算是安排好了。

当初，我离开家并没有食言。秀姑上高中的时候，我开始每个月给她寄钱，每次都是寄到高中学校里。搬家那次，秀姑因为冲刺高考，我没能见她。这次回家祝贺，我有一肚子话想给她说。

晚上，客人们都已散去。我和秀姑又一次去了那棵核桃树下，一切照旧，只是核桃树上增添了照明设施，像一个灯光球场似的。

秀姑说，哥，谢谢你这么多年来对我的资助。

我生气地说，秀姑，你咋要这样说，我可是你哥呀，我不管你谁管你？

秀姑低头不语，手一个劲儿地搓着衣角。秀姑抬头看了看我，说，哥，你还记得咱们小时候的事吗？

我问，哪件事？

就是别人说我是你的"小媳妇"，你跟别人打架的那件事。秀姑认真地说。

我笑了笑说，哦，那件事呀，我记得呢。都这么多年了，一个小插曲而已。那次，我被几个同学打惨了，倒是你很勇敢呀，把我其中一个同学的胳膊都咬烂了。

秀姑说，看来哥把这件事没当回事。哥，那你妈该给你说过我妈临死前的遗言吧。

我使劲在脑海中寻找这个信息，但丝毫没有任何印象。我摇了摇头告诉秀姑，我母亲从没有跟我说起过遗言的事。

秀姑哭了，哭得很伤心。她边哭边说，哥，你知道吗？我从小就喜欢你，可你还没等我长大就结了婚。听了秀姑的话，我的脑袋嗡的一下，不可思议地看着她。

秀姑继续说，当年我妈死的时候，说让我长大后嫁给你，你父母当时都在场，他们都答应了的。你知道吗？当我得知你在西安结婚的消息，我差点就从学校的楼上跳下去了。

我彻底蒙了，这中间竟然还有这些事呢。我突然想到了一件事，几年前妻子一和我吵架就拿出一份秀姑给我写的信来。真不知道那封信是如何到她手里的。平日里秀姑跟我是有书信来往的，无非就是向我汇报她的学业情况和家里的情况。唯独那封信的结尾，秀姑用钢笔大大的描成了几个艺术字"哥哥等我"。从那以后，我打电话到学校传达室告诉秀姑，以后就不写信了，有啥急事打电话就行。秀姑答应了，之后就再也没收到过她的信件了。

哥……秀姑欲言又止。

我看了看秀姑说，秀姑，你是我的妹子呀，你永远都是我的妹子。当初，你母亲的遗言是可以理解的，此一时彼一时呀，咱不能当真。

秀姑低吼了一声，我当真了。

秀姑一把抱住了我，哭着说，哥，我已经长大了，有选择爱的权利，不管你结没结婚，我这辈子都会等你。

我惊愕地看着她，心里五味杂陈。要说一点都不喜欢秀姑，那绝对是假话。我的手轻轻地拍打着秀姑的肩膀，任由她在我的肩膀上哭泣。忽然，一个身影跑了过来。一把拉开秀姑，啪的一声耳光打在秀姑的脸上。妻子的那些脏话像炮弹一样落在了我和秀姑的身上，她发了疯似的咆哮声引来了很多围观的人，她把这件她自认为的丑事公布于众。这一巴掌也彻底打碎了我们夫妻间的一切。打那以后，我再也没见过秀姑了。

手机响了，我看见了舅舅的号码。不多一会儿，舅舅喘着粗气来到了我身边。舅舅生气地说，都到家门口了也不去我那里坐坐，要不是你妈给我打电话说你有可能回来了，我还真不知道你到这儿了，走走走，回舅舅家。

我离婚的事母亲大概也告诉了舅舅，舅舅一个字也没提没问。我知道舅妈就在县医院工作，于是就问起了秀姑的情况。舅妈告诉我说，秀姑那孩子是个有骨气的人，敢想敢干。前年，医院评职称，秀姑各项评比都在前，可最后被人顶替了。我气愤地站起来说，那她就没去相关部门告？舅妈说，告，她能告倒谁？顶替她的那个人关系深着呢。那人逢人就说秀姑不地道，国家的政策让她一个人都占完了，上学不掏钱，工作不花钱，如今职称还想要，没门。哎，秀姑勉强干满了三年时间，就辞职去了省城。真是个有血性的姑娘呀。我听着舅妈的话，我的心里郁闷至极，快要透不过气了。

5

告别了舅舅，我开车回到了西安。到达西安已是夜半时分了，我钻进了一家酒吧，要了一瓶威士忌，狂饮了起来。

突然间，酒吧里响起了熟悉的旋律，一个打扮妖娆的姑娘为大家献唱齐豫的《橄榄树》。那姑娘一开口就博得了大家的掌声，"不要问我从哪里来，我的故乡在远方，为什么流浪，流浪远方，流浪……"我醉眼蒙眬向台上看了过去。是秀姑，我使劲揉了揉眼睛，没错就是秀姑。

我冲上了舞台，台下一片安静。我望着秀姑说，妹子，可算找到你了。秀姑的眼里涌出了泪，扑进了我的怀里。台下口哨声喝彩声四起，几个虎头虎脑的小伙子以为我喝醉了酒闹事，就上台制止我的行为。秀姑向他们挥了挥手，搀着我走下了舞台。

我被秀姑带进了酒吧里的一间房，房子不大，看样子这里是酒吧歌手的化妆间。秀姑从柜子里拿出了一瓶红酒。她说，哥，这一晃我们已经十年多没见面了，为了我们的重逢干杯。我端起杯子一饮而尽。我说，秀姑，我刚从咱老家的县城回来，你的事我都知道了。秀姑笑了笑说，那些不愉快的事咱不提了。秀姑告诉我说，她从小想当歌星，这也算是给自己打造了一个小舞台。秀姑又端起酒杯说，哥，那些年你对我的照顾，我没能报答你，却还影响了你的家庭。秀姑说完，一口把酒杯里的酒喝干净了。我看着秀姑，觉得她变了。

秀姑满脸通红，站立不稳地说，哥，你那时候为啥就不能等等我呢？我给你写了那么多信，你竟然很少给我回信。我让你等等我，你却在我考上大学前就结了婚，你混蛋。

我一时不知如何辩解，只能静静地听着秀姑说。秀姑说她自从那次被那个女人打了之后，大学四年就没在回过村里。说完就哭了起来。

后来，我不知道自己是怎么走出酒吧的，独自一人飘荡在星空下的街头，心里好像在流血。我抬头望着天空中的繁星，迷离中似乎看见了老家的那棵粗壮的核桃树，树下站立着曾经的那个邻家小妹。

继　父

接到母亲的电话，我的世界一片漆黑，她在电话里哭喊着。

下了飞机又坐进了大巴，父亲的样子一直在飞机和大巴里穿插着。他瘦弱的身子被风吹了起来，像风筝一样越飞越高，越飞越远，我胡乱抓了一把，根本没有风筝线。

春暖花开，父亲领着我和妹妹在望江楼一侧的空地上放风筝。他的技术很棒，手上像有魔法。别人家的风筝多数会夭折在半空，带着失望俯冲下来。风筝在父亲的手里，总是高高跃起，带着欢笑直插云霄。我和妹妹在一旁高声喊着，飞起来了，飞起来了。父亲手里的线弹奏着欢快的乐章。

风筝比望江楼高出了很多，父亲让我拽着线，教我如何调整，如何用巧。风筝的劲儿很大，似乎快把我的小手拉飞起来，他握住我的手，别急，慢慢收点线，稳着点。他说我们的风筝线太短了，等下次去城里买一卷一百米的线。我在心里幻想着一百米的高度该有多高呢。他笑着说能碰到天上的云，我倒吸了一口气，不可思议地看着他。妹妹站在一旁吵着也要放风筝，我说你太小，风筝会把你拽到天上去。妹妹紧紧闭着嘴巴不在吵闹，父亲笑呵呵的把她架在肩上仰望着天空，那副模样在我的脑海里定格了下来。

父亲是个农民，村里没人会放风筝，只有他会。我不知道他放风筝的本事是跟谁学的，我问他，他憨憨一笑，跟望江楼边上的那群人学的。

望江楼临江而建，汉水从它脚下流过。我们村子离望江楼有一段距离，要沿着河堤走五公里拐进小山坳。周末望江楼最为热闹，小车停了好几排，不大的空间，人满为患。父亲说他起先站在望江楼上看那些城里人放风筝，看着看着就会了。他告诉我说放风筝不能心急，就像干一件事样不能火急火燎，要静心。风筝在放飞的那一刻最为关键，要慢慢养护才能飞得高。村里人笑父亲不务正业，说他跟个孩子一样，不懂事尽干些没边界的事。父亲憨憨一笑，左手牵着我，右手牵着妹妹从小山坳里去望江楼放风筝。

站在小山坳的坳口，望江楼宛如一个巨人，屹立在江边守卫着江水。父亲这时总是指着望江楼说，你们看望江楼独自站在那里多寂寞。于是，父亲加快了脚步，我和妹妹变走为小跑，赶着去陪望江楼。直到后来我才知道，爷爷是把命丢在了修建望江楼上，那时父亲才十来岁。

父亲考上中专那年，家里没钱，他选择了锄头，开始了他的黄土生涯。奶奶坐在门墩上哭天抹泪，说儿子命苦。父亲扶着奶奶进屋，跪在地上求她把这一页翻过去。奶奶抱着他嚎啕大哭。

父亲的手很巧，我的童年是在他手上度过的，他的手是我成长的摇篮。核桃成熟的季节里，他用一枚小小的核桃给我做了一个核桃风车。他用小刻刀把核桃的顶端、底部和中间刻出三个小洞，又用一根锥子把里面的核桃仁掏出来，插上木质的旋桨，他拽着线身子一拉一放，核桃顶端的十字选浆呼呼作响，虎虎生威。父亲笑呵呵地看着我，递给我。我捧着核桃风车，我觉得那是一件艺术品，惊讶的不知所措。父亲说，试试，好玩着呢。我学着他的样子，核桃风车也呼呼作响起来。父亲摸摸我的头，让我去找小伙伴玩。他爬上了核桃树，拿着一根竹竿不断地敲打着核桃。那些核桃像下雨一样落了下来。我回家的时候，父亲和母亲已经坐在院子里把那些核桃铺摊在院子里晾晒。父亲说买了核桃就能给家里添置一台黑白电视机了，我高兴地跳了起来，在院落里喊着，买电视啰，买电视啰。

父亲会一点木匠，他给我做了一个滑轮车。村上唯一的水泥场地在秋收过后不忙的日子里，滑轮车派上了用场。滑轮车上的三个滑轮是父亲去县里废品回收站里买的。他用一根手腕粗的木头做滑轮车的后车轴，滑轮充当车轮子，把一块木板钉在车轴上，另一个滑轮连在方向轴上，从模板前端掏出的大洞里穿过来，一辆简易的滑轮车就成了。虽然跑起来，滑轮和地面摩擦和滑轮的转动声音很刺耳，但这辆车无疑是最高端的玩意儿。我坐在滑轮车上，伙伴们在后面推着我前进，像一个胜利的将军，开心极了。父亲叮嘱我慢点，说这个滑轮车没有刹车装置。我问他该如何刹车，他说只有靠自己的两只脚与地面摩擦。

大学毕业时，父亲问我有啥打算，我说想去南方闯荡。父亲摇了摇头，说我的想法不切合实际。我跟他对立了起来。他一言不发，默默地去了望江楼。有时候在望江楼上他能坐小半天。我无法理解。母亲说我不懂事，不听话，不知道生活的艰难。

我和父亲僵持了十来天，他终于开口了。父亲说，你想去南方闯荡，精神可嘉，但不如参加公务员考试有一个稳定的工作。我说人的一生不能太安逸无忧了，那样活着没劲儿。父亲抬眼看了看我，从他的眼里我读到了一种失望和失落。那夜我们谁都没再说话，父亲抽烟呛得咳嗽了起来，断断续续的咳嗽声持续了一夜。

父亲像一个斗不败的公鸡，他带着我去望江楼，我知道他会再次劝阻我。父亲立在望江楼的栏杆旁，指着一江水说，你看看这江水，千百年来湍流不息。我说是啊，这是上天的恩赐。父亲转过头，拍了拍我的肩膀说，你想做这一江水，一往无前的流下去，我不反对了，好男儿志在四方，但你要学会水的柔美，你的性格太要强了。听到父亲同意我外出闯荡，我心里像开了花，似乎之前拧巴纠结在一起的毛细血管突然畅通了。早上母亲还喋喋不休地说我的不是呢。父亲突然转变的态度让我惶恐。我问他为啥不在阻止我了。他说他想开了，说现在的孩子向往的是自由和兴趣，不像他那个年代，图的是稳定。父亲瘦弱的身板在土里摔打了几十年，薪火相传的接力棒却没能交到我手上。母亲说我上大学时，父亲常常跟她提起我将来的工作。他的心里一直盼着我能考上公务员，有一份稳定的工作。看着父亲失落的样子，我的泪涌了出来。我不知该如何安慰他，想过去抱抱他，可那份年少时的依赖却做不出来了。他坐在木凳上抽烟，我望着脚下的江水暗暗发誓。

走的那天，父亲塞给了我 2000 元钱，叮嘱我在外注意的事项。他提着我的箱子，送我去了车站。车窗外的父亲表情凝重，他挥动着手，像重重的巴掌打在我的心上。那一刻我突然意识到了父亲的心里肯定在滴着血，我打开车窗看着他哭了起来。父亲冲着我笑，说大人了，别动不动就哭。车开动了，父亲的身影变小了，变远了，变成了一个黑点。我想他的腿肯定像灌满了铅，不知那一天他是如何回去的。

同样的情形还发生在他送我去大学报名的那次。我和父亲都是第一次踏进省城，我们无暇于繁华的都市，逢人就问学校的方位。他那天穿着一件中山装，那是他最喜欢的一件衣服，平时舍不得穿，只有到过年或者去县城才穿。天蓝色的中山装洗的有些泛白，穿在父亲的身上显得很精神。漂亮的校园里穿行着报名的新生，父亲的中山装格外耀眼，我们仿佛成了另一个世界的人。我故意离父亲远了一些，他似乎察觉了出来，但没说破。父亲脚上当时穿着一双深腰解放鞋，原本绿色的解放鞋忽然就显得陈旧不堪。到了大地方，我觉得父亲太卑微了，像一只蚂蚁样引不起任何人的注意。

收拾停当了一切，我催促着他快点走。他说，咱们昨晚不是说好要在城里逛逛吗？我说临时改变，才开学事情多，等以后吧。他好像看穿了我的心，走了。

我站在宿舍楼的窗户上看着他驼着背，不时地回头看看，慢慢地走远了，看不清了，看不见了。

我们曾经说好的事，在我进入了城里的大学却都变了。月末，父亲来学校给我送生活费。他依然穿着那件泛白的中山装。我见面就埋怨他说，你就在没有其他的衣服了？父亲惊讶地看着我，没说出一句话来。他带着我去一家羊肉泡馍馆说是要给我改善一下伙食，我说不用了，还有功课没做完。父亲急忙说，功课等吃完饭再做嘛。我红着脸说，学习任务重，时间紧张得很。父亲哦了一声。他站在路边的行道树下掏出了300元钱递给我。我拿了钱就要走。他让我等一下。他又从包里拿出了几个核桃饼子，说是母亲一大早烙的。我顺手拿了过来，转身就走了。父亲追了过来，又递给我50元钱说，这个钱也给你，本打算咱俩吃顿羊肉泡，要一盘酱牛肉的，你有时间了拿这个钱自己去吃吧。我愣住了。父亲说着就把钱塞进了我衣服的口袋里。

几个同学走过来跟我打了招呼，问我这人是谁，我支支吾吾说是一个亲戚。我的话父亲肯定听见了，他看了我一眼没有说话。同学走后，我告诉他说以后不用每个月来城里送钱，一是路远不好坐车，二是花费大不划算。父亲张了张嘴想要说啥，又没说出来。他向我点点头说，我走了。我在原地站了很久，直到看不见他的背影。

后来父亲再也没来给我送过钱，每个月末一张汇款单会准时到我的手上。我从那个时候嫌弃父亲的穷酸样，讨厌那件泛白的中山装。我还在心里抱怨人生的不公，抱怨送子菩萨为什么要把我送到那个穷山沟里。我认识到了钱的重要性，开始在学校里做各种兼职赚钱。大学毕业决定去南方闯荡的目的不是父亲所说的自由和兴趣，一切都是为了钱。

我在南方打拼的那几年很少回家，每次打电话父母都说家里好着呢，一切都好着呢。父母逐渐淡出了我的视线，我全身心地投入到了自己的事业中。

去年母亲打来电话说父亲生病了，不像是小病。我催促他们快去省城的大医院里检查，母亲说父亲不愿意，说他说是小毛病，忍忍就过去了。我让父亲接电话，母亲说他去了望江楼转去了。我的事业正在上升期，一忙起来就把这事忘了。

年底的时候，我特意回了一趟家，带着父亲去省城的医学院做检查。医生的话像晴天霹雳打在我头上。我和母亲瞒着他结肠癌晚期这个诊断结果。医生说得这个病的人最后都是被痛死，很难受的。我的心像是被插上了一把尖刀，滴着血。

在医院住了十天院后，父亲吵着要回家，公司也催着让我回去。我只好听从医生的话采取保守治疗的方式，通过中医中药进行调理治疗。父亲一直都说他这是小毛病，不大事。他说，你赶快也回去，当上经理不容易呀，公司一大摊事等着你呢。我强装言笑，告诉他说中药治疗的效果好些，要按时喝药。父亲点头答应了。

我走后的那段时间，每天都会给家里打电话。母亲说他好像不那么痛了，没怎么听见他哼的声音。我的心里稍稍轻松了一些。

我在南方咨询了很多大医院，都说父亲的并不容乐观。我知道他的日子不长了，但没想到他竟然会是以这种方式给自己的生命画上了句点。

车窗外一片漆黑，远处零星的灯光让我显得更加焦躁。我觉得自己很不孝，没能在他最需要我的时候陪在身边。以前的那些过往，像电影一样播放在眼前。

小时候，母亲领着我和妹妹走进了父亲的家，我们有了一个新家。那时我六岁，妹妹三岁。很多时候我羡慕妹妹能肆无忌惮的喊他爸爸。然而"爸爸"这个词对我而言，始终没喊出口过。我一直喊他"伯伯"。我上大学那年，母亲找我认真谈过一次，说父亲常当着她的面说以后绝不给我添麻烦，包括他的后事他都会提前安排好。那时我对他开始有了一些看法，觉得他心里没把我当做他的儿子看待，之后我们的关系随着环境和时间的变化有了隔膜。母亲还说父亲这一辈子不容易，他和我们一样，小时候爸爸死得早，受了很多白眼和欺负，让我将来好好孝顺他。他让母亲放心，一定会好好待他的。

进了父亲家的门，他从没因为什么事打骂过我。那时村子里还不通车，没有车路。我高烧不退，昏迷不醒，他背着我走了一夜，县城的医生说再晚送来我的脑子就会烧坏了。他连连给医生鞠躬作揖感谢人家。对于改姓改名字的事我一直都没答应他，我想这事在他心里肯定也是个大疙瘩。可这么多年来，他却从没表现出来，对我百般心疼。母亲骂我铁石心肠，他在一旁拦着母亲，说改姓和改名不重要，重要的是要明白生活的艰难。他的话我牢牢记在了心里，很多时候都是我奋斗的动力。

我只见他醉过一次酒，是我考上大学那次。那天来了很多亲戚朋友、隔壁邻舍的人，他说我考上大学这事是他这辈子最高兴的事。他端起酒杯逢人就喝，喝的趴在桌子上了，嘴里还说要喝。那天他是真高兴。他还没喝醉的时候，搂着我的肩说，儿子，你真棒，老爸为你骄傲。一旁的人起哄着让我喊一声他爸爸。我的脸顿时红了，烧乎乎的。我看了看他，他似乎也在等待着那两个字。众目睽睽下，我成了十足的哑巴。父亲一挥手，瞎起什么哄，来来来，喝酒。我像个木桩子戳在那里，不知所措。他一把拉着我去给客人们敬酒。

那时候，村里有人在背后嚼舌根，说父亲不划算，当牛做马的替别人拉扯孩子，将后来会不会享福还很难说。这话传到母亲和他的耳朵里，母亲很生气，准备去找那几个嚼舌根的人。父亲拦住了她，他在家闷了好几天。他对母亲说，谁人背后不说人呀，让他们说去吧，咱们只当没听见。

我到家已经半夜 12 点了。母亲一见我就扑进了怀里，她哽咽着说他不该就这样走了，到现在连个尸首都还没找见。妹妹嫁进了城，离家近，第一时间就赶了回来。她坐在炕边，像丢了魂的孩子，嘴里念叨着"爸爸、爸爸"。

母亲说乡亲们已经连续打捞了两天了，还没发现他。她的眼睛哭肿了。她递给我一张纸，说是他留下来的。

父亲的死早有预谋，这从他的信里可以看出端倪。他在信里写道：孩子们，我走了，永远地离开了，我的病我知道，我不能给你们留下大麻烦。虽然你们不是我亲生的，但在我的心里，你们就是我亲生的孩子。你们不要难过，更不要自责，这条路是我自己选择的，跟你们任何人都没有关系。你们兄妹从小就知道上进，心地善良，你们是我这辈子最大的骄傲，我以你们为荣。军子和英子每次给我的钱，我不舍得用呀，你们的孝顺我心里收到了，钱我存了两份，一份给军子，一份给英子。我这辈子没有什么本事，没干出惊天动地的大事，但也从没做过一件伤天害理的坏事。孩子们，你们原谅我的不辞而别，我去医院问过了，这病最后都是痛死的。我不想让你们看着我在床上痛死的模样。我选择了懦弱和逃避，但我心里永远都爱着你们。如果还有来世，我依然会选择当你们的父亲……

我擦干了泪，问母亲他啥时候去了医院？母亲说他一个人悄悄去了医院，回来就不对了，整日都好像是在告别，教我咋安排一些事。我要给你打电话，他不准，还威胁我说敢给你打电话，他马上就去上吊，吓得我也不敢给你们兄妹说。母亲说完呜呜呜的哭了起来。

母亲把他留下的存折给了我和妹妹。我看存折的日期正是我第一次从南方寄钱给他的日子，折子里面整整 5 万元，他竟然没花过我给他的一毛钱。妹妹的存折上也有两万来元，她说，爸爸，你好傻，儿女给的钱你连一毛都不舍得花？我们不孝。

我和妹妹跪在了堂屋灵堂下，他的那张照片看上去很年轻。母亲说他后来就没照过相，那张照片还是补办身份证时照的一张。我记得，那次他们带着我和妹妹去县城置办一点结婚用的东西，顺便去照相馆里照了那张照片。那天我们这个新家庭还照了一张合影，他抱着我，母亲抱着妹妹，他的笑容最灿烂。我拿出钱夹子，那张照片夹子里面。妹妹看见照片放声痛哭了，我们哭成一团。

半夜三点多了，我扶着母亲去床上休息。妹妹一双眼睛熬得通红，不愿去睡。她说妹夫从城里联系了一个救援打捞机构，明天在汉江里找父亲。我说好。我们不断地给父亲烧着纸钱，他的遗像上落了一层灰。

母亲不知什么时候起来了，她倚着大门看着我，不知道她看了多久。她说，我知道你心里留有遗憾，别怪他，他太痛了。我转过身，看着母亲，我到今天才真正明白他的伟大。母亲说她好几次都看见他用一根木棒顶着自己的肚子，睡觉一直都是趴着的，脸上的汗珠一颗颗朝下滚。我很难想象出他的那副痛不欲生的模样，但我知道他肯定一直都在坚持，在跟病魔做着斗争。

妹夫开着车急匆匆地回来了，见面就问我为啥不再打捞父亲的尸体了。我知道父亲生前对他这个女婿很满意。妹夫哭着说要让父亲入土为安，一定要找他。

我说我们要遵循父亲的意愿，他选择了汉江选择了水选择了自己的归宿，我们该成全他。妹夫不再反驳。

父亲的葬礼很简单，没有棺木，没有花圈，没放鞭炮，没有唢呐鼓声，我们默默地拿着他生前的遗物来到村里的坟园。父亲的墓穴前天都已挖好了。我们把他的遗物埋进了墓穴中。我身上装着他的那只"英雄"牌钢笔，他曾说他就是用这支钢笔考上了中专，是他人生的金笔。父亲留下来的那块儿"蝴蝶"牌手表，我给了妹夫，他是做生意的人，时间对于他至关重要。妹夫摩挲这那块陈旧的手表，跪在父亲的坟前大哭着说，我们不孝，没有珍惜跟他在一块儿的时光。我的泪顺着脸颊落下，落在了父亲的坟上。我想以前的我们都是时间的奴隶，而不是时间的主宰，我们真的忽略了最宝贵的东西。

下午，我带着全家人去了望江楼。我们在江边烧了纸钱，纸灰打起了旋，母亲说，你们的父亲在天有知了。

我们爬上望江楼，站在父亲最喜欢站的地方，像他一样凝视着汉江。我想象着父亲跳下去的那一瞬间，他的心一定是痛的，不舍的。我在望江楼上依然还能感受到父亲的温度，很长时间我一直都觉得他没离开我。

绝 招

朋友小王大学毕业后，通过参加公务员考试，幸运的成了一名国家正式的公务员。

正式上班那天，他就在心里暗暗地对自己说："我一定好好工作，做一名合格的公务员。"小王踏实肯干，腿勤嘴甜，面对难题从不叫苦，这让局里大到领导小到一般职工都很欣赏。因此，小王时常受到领导的夸奖，小王在工作上也就更加卖力了。

一次，李局长让小王去某局协调一项工作，小王欣然领命，风风火火的走了。当小王推开那局领导的办公室门时，傻眼了。只见张局长倒在地上正张着嘴，大口地喘着粗气。小王见状立马跑过去，背起领导就送往了医院。幸亏小王送得及时，突发脑溢血的张局长得到了及时救治，并无大碍。从此，小王就成了张局长的救命恩人。张局长对小王呵护有加，时时关心小王的工作和生活，他们成了无话不谈的忘年好友了。

小王和张局长的关系在局里传开后，大家都说小王攀上了高枝，以后提拔的事是指日可待的。小王却笑着说："你们别胡说，我和李局长属于忘年的君子之交，不像你们说的那么不纯洁。"

八年了，小王只是变成了办公室主任，几次提拔的机会都和他擦肩而过。好几次张局长都有意帮助小王，可小王再三谢绝，这让张局长对小王这个人更是另眼高看了。直到前不久，局里调进了一个新人，才让小王感受到了行政工作上的明争暗斗竟是如此的无情。

人还没来，局里的一些人就议论了起来。

"你们知道吗？这个要来局里的小伙子是一个官二代，他的父亲是某局的'一把手'，他和咱们的李局长是同学呢。"一个同事说。

"啥？这是真的吗？"有人问。

"这还有假？我认识他父亲。"办公室老刘说。

在一旁专心工作的小王表面上没在意，心里却记住了大家的话。

老刘叫了一声王主任说："小王呀，你今年可要加油了，一定要想想办法了，明年局里的周副局长就退二线了，这次可是要抓住机会了，别再让这个毛头小伙子捷足先登了哦。"老刘说完，拍了拍小王的肩膀。

小王很礼貌地说："谢谢大家对我的关心，我会努力的，还望大家多多支持。"

第二天一早，新同事来了。李局长安排小王去酒楼预定两桌子酒席，说是大家辛苦了聚一聚。小王一个电话就将此事搞定了，又挨着给局里每个人说，下午下班后在清风酒楼聚餐。

"聚餐？好家伙，纪委管得这么严，李局还敢聚呀，他疯了吧。"老刘率先在办公室说了起来。

一些同事就七嘴八舌的说了起来。

有人说："八成是给那个新来的接风吧。"

有人说："估计是给那个新来的壮胆吧。"

一时间大家议论纷纷。只有小王没有言语，默默地写着文件。

下了班，大家如约都走进了久违的酒楼包间。大家坐定后，李局长端着一杯酒站起来说："这段时间大家都辛苦了，今天把大家聚在一起一是感谢大家对我工作上的支持，二是感谢大家上次推选我为优秀党员。今天纯属于是我个人请客，与单位无关，大家不要有啥思想包袱，这杯酒我敬大家。"李局长说完仰脖一口干了，大家也都纷纷响应。

李局长倒满酒又端起了杯子："这第二杯酒我还得敬大家，单位今天调进了一个新人小孙，这小伙子是我看着长大的，是一个很能干的人。他爸爸和我也是同学，我们关系一直很好，希望大家以后在工作上多多帮助他，能让他快速成长起来。来，大家干杯。"大家又纷纷拿起酒杯干了，忍不住地向小孙看了过去。

坐在小王旁边的老刘使劲地拽了一下小王，小声对小王说："看，我说得没错吧，这分明就是壮胆明态度嘛。你小伙子可得想办法呀。"

局里的一些同事，听完局长的介绍后，就迫不及待地开始和小孙套起了近乎。坐在一旁的李局长也没闲着，一个劲儿地给小孙介绍同事。小孙是来者不拒，并还要每人再加喝一杯印象酒。一会儿加一杯第一次见面酒，一会儿再加一杯照顾酒，一会儿又喝一杯回敬酒，总之左一杯右一杯，这酒席显然成了小孙的专场。为了李局长脸上有面子，大家纷纷出访，小王也不例外，举起酒杯完成这个必要的程序。喝完酒吃完饭，都已十点多了。酒席结束后，小王走在回家的路上，脑袋里闪现着李局长那副嘴脸，也闪现着小孙那洋洋得意的面孔，气就不打一处来。

小王像掉了魂一样，闷闷不乐，心里充满了疑云，心中有火，提拔轮也该轮到自己了，前几次都怪自己大意，总想着领导和群众的眼睛是雪亮的，可到头来还是把机会放走了。小王并无睡意，就独自去了公园溜达。正巧在公园碰见了他的忘年交张局长也在公园散步，于是两人就坐在公园的长凳上聊了起来。

"小王呀，你年龄也不小了，我发现你对自己的事不是很上心呀。"张局长说。

"大哥呀，不是我不上心。你也知道，我在局里工作了十几年了，虽然现在是办公室主任，可到现在还是一个小小的科员。我心里也着急，可急又有啥办法呀。现在这社会就是一个拼爹的社会，我爹呢他只是一个整日面朝黄土背朝天的在地里刨生活的老农。他们能把我养大，供我上完大学就已经很不错了。"也许是喝了酒的缘故吧，小王竟说着说着眼泪就掉了下来。

张局长用手拍了拍小王的肩膀说："哎，你的难处我理解，我是过来人。我年轻的时候也像你现在一样，工作上兢兢业业，任何人都无可挑剔，为人处世也很不错，可就是一直提拔不起来。那时，我也很着急，我同样也是老农民的儿子。我运气好，幸亏是遇见了牛县长到我们乡上下乡看上了我，之后我就给牛县长当了秘书。再后来，在牛县长的帮助下才逐渐走上了领导岗位。"

小王问："你也是农村出身？"

"是呀，如假包换。"张局长爽朗的笑出了声。

张局长看着小王继续说："古言不是说过，千里马常有而伯乐不常有嘛，你就是一匹千里马那还得有伯乐相中你才行呀，这事只要自己尽力，对得起你自己的工作，对得起国家给你的一碗饭就行，也别背太大的思想包袱。"

小王说："我心里就是不舒服呀。前几次提拔，我以为自己工作突出，胜券在握，哪承想到头来一场空，不是空降的就是让人意想不到的人被提拔了。"

张局长语重心长地说："小王呀，你还是太年轻了，太老实了，你把这个社会看得太简单了，特别是你想混政界，就必须要有城府，要有手段才行呀。千万不敢有想当然的思想，或者是有那种应该轮到我了的念头呀。工作不但要干好干出色，你还应该时时察言观色呀，要学会揣摩领导的心思，不能只是一昧的埋头干工作，适当的时候还应该抬起头看一看四周，否则就算干一辈子你都会是在原地踏步走。"

小王听了张局长的这席话似乎明白了一些窍门。小王感慨地说："原来如此呀，难怪每次看着大好的机会都离我而去了。大哥你知道吗？上一次我们局一个下属单位缺一个副科领导，李局长曾经问过我愿不愿意去，我激动得几晚上都没睡着觉，结果一个比我晚两年进单位的人去补了那个缺，为此我一度迷茫，百思不得其解。这就是犯了没能很好揣摩领导意图的错。"

"你仅仅是没揣摩好领导意图吗？你们李局长既然能给你说这话，就是有意提拔你，你竟然一点反应都没有？你当时都没想到给他送点钱吗？人家千里为官为的是啥？"张局长气愤地说。

小王又说："哎，其实我也想过，可当时我正按揭买了房子，一时拿不出钱来，转念一想，我在办公室岗位上任劳任怨，对他百依百顺，为他服务了几年，没有功劳也有苦劳呀，他应该要考虑到我呀，可谁知……"

"小王呀，你这就是典型的想当然主意在作祟啊。哪有那么多应该呀，他又不是你的亲爹亲舅，你不想想他又能干多少年呢。你不仅失掉机会，还会在李局长心中留下笨蛋的印象。你看看前几年，一个才出学校，没工作两年的人，就像坐上了火箭一样，不到三十岁都是这个镇或那个局的一把手了。我都快四十五岁了，才被提拔成局长的。想想，他们的资历够吗？经验足吗？"

"大哥，那你说我现在该咋办呢？"小王说。

"你的事我心里有数。你的能力不成问题，你差就差在了出身上。你和我不同，我当时是和县长混的人，那时容易提拔。像我们这种农村出身的人提拔成领导很不容易的。你发现没有，中国自古至今都没逃掉子承父业的怪圈，父亲是领导，儿子将来肯定也是领导，甚至孙子都会是领导，所谓一人得道鸡犬升天用在这里是很合适的。你知道像我们这类人就是别人口中的'草鞋干部'，而那些官员的子女被叫做'皮鞋干部'。"张局长说。

小王感觉和李局长今天的聊天收益很大，就把局里目前的现状说给了张局长听。

张局长听后说："看来，你又是凶多吉少了。不过也别担心，从去年开始中央已经出台了若干个纪律作风、人事制度等文件，现在正在全国掀起反腐清廉的行动，你看看那几只"大老虎"不是同样被揪了出来绳之于法了嘛。送你几个字：踏实工作，注意动向。有什么风吹草动，你就来告诉我，我给你出主意，这总比让那些腐败分子占了上风好，即使最终你没被提拔，也比让那些腐败之人得逞的强。"张局长说完后，看了看表。

"小王，时间不早了，赶快回家休息吧，明天以饱满的热情迎接朝阳。别担心，哥哥我有绝招呢。"说完张局长又笑了起来，并催着小王回家。

小王和张局长分手后，朝着自己家的方向走去。一路街边的灯火通明，小王的心里有着一种说不出的畅快之感，小王的嘴里情不自禁的哼唱起了汪峰的那首《飞得更高》，心里的阴霾一扫而尽。

第二天，小王迎着朝阳走进了办公室。

老刘神秘地在小王耳朵旁说："小王，你真的得抓紧了，你这次的对手可不是一般人呀。我昨晚几乎是想了一晚上你的事，你到局里十来年了，你的成绩大家有目共睹呀，可就是提不起来。你自己一定要好好地分析一下原因了。明年可是副局长的位子呀，这要是坐上了就少奋斗几年呀，你可是也老大不小的了。"

小王心里很感谢老刘，这么多年不管别人如何，老刘总是站在自己的一边。小王突然间有了想请老王单独吃饭的想法，于是小王小声对老刘说："刘叔，中午我们一块吃个便饭，到时候我们再聊，现在局里说话不方便，谨防有些人搬弄是非，当传话筒。"

老刘突然间也意识到了这一点，就满口答应了小王。

中午小王和老刘去了老马家吃羊肉泡馍，两人找了一个僻静的地方聊了起来。

"小王，我快下班的时候去了周副局长的办公室，听他说这几天李局长和他们班子人准备去上级领导那里汇报工作，还要带上小孙哩。这分明就是在给小孙铺路呀，表面到是说熟悉一下上级部门。我都在局里工作了快四十年了，也从来没去过上级部门。"老刘愤愤地说。

"这样看来，李局长是有心把这个副局长的位子给小孙准备着。"小王淡淡地说。

"岂止是有心，绝对就是呀。"老刘说。

"可是有个问题，小孙才工作呀，他就能过了组织部那一关。他最起码得工作四年时间呀，这是现在的规定呀。"小王笑着说。

"哎，政界如战场，你简直是不了解你的对手呀，孙子兵法上说，知己知彼方可百战不殆呀。你还不知道吧，小孙在基层一直是大学生村官，已经干了四年了。这四年工作是会被记到工龄里的。"老刘着急地说。

"啊，是大学生村官？这我还真不知道。还是刘叔的消息灵通。谢谢刘叔对我的关心。"小王说。

"哎，我也知道你的家庭环境，我也是看着你不容易呀。农民的娃上位难呀。

你还记得几年前和那个不起眼的小东吗？人家得知局里要提拔一个人，早早就下足了功夫，又是偷偷的请吃饭送礼物，又是去李局长家拉家常。当时，小东给我发短信请吃饭，我没去，除了你我其他人都去了，最后人家顺利被提拔了，这是为啥？那次民主投票，听组织部的朋友说你就只有两票，这两票恐怕是我和你投的吧。投票前的一天，李局长挨个把干部职工叫进自己的办公室拉票，我就没听他的话，我只投了你，这你不知道吧。很多干部其实很想投你，可你自己有没给人家打招呼，人家有不知你有啥想法，人家总不能用热脸贴你的冷屁股吧。"老刘气愤地说。

"你说的这些事我竟然都不知道，我的天呀，咋会是这样的？"小王不可思议地说。

"哎，你把时间都用到无限多的工作中去了，哪有时间钻这些嘛。你看看你干的活，一把手是想累死你呢。你还像老黄牛一样，撅着屁股高兴地干着。哎，真笨呀。你没事了，多去和你的忘年交张局长聊聊，那人不错，是一个正直有能力的人。让他给你想想办法，要想提拔你就必须有所改变。其实局里很多人早都看不惯'一把手'嚣张跋扈的样子了，你稍微用点心，群众基础绝对高过小孙，别泄气，机会还是很大的。"老刘真诚地对小王说。

过了几天小孙真的跟着局领导班子去了上级部门汇报工作，此事在局里也成了干部们热议的话题。

时间一天天的流逝，小王工作更加卖力，时不时的分头请部分同事吃吃饭、喝喝酒、唱唱歌，很多人都表示一定支持小王。

半年后的一天，小王周末去省城办点事，一个人正在街边闲走。突然看见了一个熟悉的身影，定眼一看，那不是小孙亲热地拉着一个女孩子的手走在前吗？

小王远远地跟着他们，两人全然不知。当女孩转过身后，小王惊呆了。这竟然是李局长的千金李晓珊呀！顿时，小王明白了李局长所做的一切。

小王的心乱了，陷入了深深的沉思之中，半年来自己为之准备的一切都将会付之东流。小王有种生不如死的的感觉，回到宾馆，小王将自己灌醉了。

小王意识到问题的严重，回到家就马不停蹄地去了张局长家。小王将在省城所见的一幕如实告诉了张局长。张局长一时也陷入了深思之中。

约莫半个来小时，张局长笑着对小王说："小王呀，看来这次不得不用绝招为民除害了，可这样一来，你能不能提拔连一点胜算都没有了。"

小王说："大哥，我也想清楚了，当不当官其实无所谓，当官心里如果不装老百姓，真不如回家去种地，既然组织这么多年都没有选我，说明我不能胜任，无官一身轻呀。"

"小王你能想到这些，说明你开始成熟了。一个人不一定只有当了官才能为民办事，只要心里装着百姓，为百姓着想，想百姓之所想急百姓之所急，他就无愧于人民，更无愧于自己的良心。"张局长慷慨激扬地说。

此时的小王心里很感动，紧紧地握住了这位忘年大哥的手。

"大哥，我听你的，不管如何，我一定能做到无愧于心。"小王激动地说。

张局长一点一滴的给小王面授机宜。小王时而皱眉，时而大笑，时而紧张，时而犹豫，两人密谋了一件惊天动地的大事。

时间走进了腊月，年关将至，小王所在的单位突然间人多了起来，大多都是直奔李局长办公室的。络绎不绝的人流像马路上川流不息的车辆来回奔驰着。

小王在一个伸手不见五指的晚上，到了自己的办公室，拿起了那串局里所有办公室门的备用钥匙，打开了李局长的门，从那写有副"清廉从政，廉洁自律"的字画的画轴上取下了那枚带有海量存储功能的高科技针孔摄像头，快速的离开了李局长的办公室。

一周后，正是举国欢庆共度春节之时，李局长被调查的消息响彻了这个小城里的天空。

在不久的日子里，那一幕幕贪污腐败收受贿赂的罪证也将大白于天下。此时小王和张局长站在小城的一座高楼上向下俯瞰，小城依旧美丽。

"小王，你后悔吗？"

"大哥，我不后悔。"

"这样做你也不一定能提拔。"

"这样挺好，反腐清廉远比挖空心思上位有意义。"

"是呀，有领导就有职工，都想当红花，谁又来当绿叶呀。"

"是呀，大哥。绿叶衬托出了红花的美丽，绿叶更要让这美丽长久。"

说罢，两人不约而同地笑了起来。此时的天空也不在是灰蒙蒙的了，而是变得湛蓝无比，让人欣喜万分。

第一书记

1

王建设一进门，就看见儿子王军百无聊赖地靠在沙发上，两眼发呆，一副无精打采的样子，王建设心里清楚儿子这是为马上去偏远的瓦子村任第一书记而担忧，王建设没有打扰儿子，而是起身给王军倒了一杯水递了过去。

前些天，局党委李书记找了王军去谈话，李书记说："全县脱贫攻坚工作已经轰轰烈烈开展了起来，广阔的农村天地才是新时期锻炼干部的场所。从中央到省市县镇村，对于脱贫攻坚工作，所有的人都全力以赴，都在这广阔的天地里奋战。目前县上根据省委组织部文件，要从各单位选拔派驻一批年富力强，工作扎实，责任心强的干部去帮扶的村任第一书记，夯实脱贫攻坚任务，我们局党委几个领导从咱公安系统里物色了几个人选，你是其中之一，今天找你谈话就是想听听你的意见。"王军望着李书记，他从李书记的眼睛里看到了信任和坚毅。王军忽的一下站了起来，向李书记敬了一个礼，同时说："我愿意去基层锻炼，请领导放心，我坚决完成任务。"李书记同样还了王军一个敬礼说："好样的小伙子，你真不愧是我们局这几年树立的标杆，这个艰巨而光荣的任务你一定要全力以赴做好做实。"李书记让王军坐下，李书记问王军还有啥困难或者要求没有，王军不好意思地笑着说："李书记其它问题我不太担心，这几年我也一直在基层派出所工作，也知道如何和老百姓打交道，但这种打交道只是从我们公安干警的工作职责上来进行的，突然间要带领群众脱贫致富，我的心里一时没底。"李书记笑着说："你说的这种担心是正常的，我们都理解。你是我们公安局派驻的第一书记，你就要想方设法改变瓦子村的落后面貌，带领贫困群众早日脱贫，所谓的办法都是摸索出来的。你要记住，你不是一个人在战斗，你还有我们全局的战友，产业发展，脱贫致富，村容村貌的变化等这些工作需要你到岗后认真调研，随时向局里汇报情况，我们会群策群力，共同完成好瓦子村的脱贫攻坚任务。"王军又忽的站了起来，给李书记行了一个标准的敬礼，一双眼睛充满了镇定和坚定。李书记对眼前这个青年也投去了温暖的目光，李书记拍着王军的肩膀说："拿出你打击犯罪分子的勇气和魄力，出色地完成局党委交办给你的任务。回家准备准备，大概过几天你就要奔赴瓦子村任职了。工作中不懂的多问问你父亲，他可是咱们局里的元老了，有丰富的基层工作经验，有啥难以解决的问题及时向局里汇报。"王军点了点头，坚定地领受了这个在别人眼中有着老虎吃天无法下爪般的任务。

王军从小就有一个警察梦，这与他的父亲所带给他的警察形象分不开。王军小时候很崇拜父亲，父亲一身英姿飒爽的警服让他羡慕，他在幼小的心中就有了长大当警察的梦想。父亲建设也是有意培养儿子，指导孩子从小就锻炼身体，5公里越野、百米冲刺跑、跳高、跳远等运动使得王军练就了一个健壮的体格。体育成绩一直都是名列全县前茅，在几次县运动会上都打破了县上几个项目的记录，他还代表全县参加过省市运动会，都取得了优异的成绩。王军的高中班主任曾经建议王建设让孩子报考省体院，说不能埋没了孩子的体育天赋。可在高考志愿填报时，父子俩选报了中国人民公安大学，王军以高出分数线百分的成绩被录取。为此全家人高兴了小半天。临上学前，王建设告诉儿子说，进入了公安大学一定要多学习多钻研，勤练功夫少说话，学好本领为人民服务。王军向父亲重重的点了点头，转过身挥了挥手，嘴里默念着父亲对自己的希望。

四年大学时光，转瞬即逝，王军以优异的成绩毕业了。他推掉了很多高新工作以及城市繁华的诱惑，怀揣着对家乡人民的情愫回到了生他养他的故乡，成了一名基层干警。那时的王建设已经成了公安局里的一名领导，王建设并没有心存私念一步到位将儿子安排进公安局，而是有意把王军安排在了最为艰苦的偏远乡镇派出所。王军在基层一干就是8年，8年间王军靠着踏实肯干和出色的业务能力，破获过很多案子，维护了一方治安，当地老百姓给他起了一个"包公警察"的绰号，这绰号可不是浪得虚名，但凡经他手的案子都会迅速的破案。王军曾经好几次被局里专案组抽调破获了几宗大案要案，他给公安局领导留下了很深的印象。几次人事会上，好几个领导都建议将王军调回局里的刑警队，可王建设不同意，总是以年轻人还应该好好磨练磨练为由而打住。王军自己也从来没有向局里要求过调动之事，从一个小民警干到如今的派出所长，他心满意足。王军曾经给父亲王建设说过，在大学的时候老师说当警察不能贪图官职的大小和条件的好坏，要时刻把群众的安危装在心上，他工作以后就一直把这句话当做自己的座右铭。王建设当时就肯定了此话，上下两代人都有着同样的从警信念这让王建设的心里很是欣慰。

王军从李书记办公室出来后就走进了父亲王建设的办公室。儿子王军的出现他并不感到意外，之前局领导也已经征求过他这个已经退居二线的老领导的意见了。王建设对于让儿子王军去偏远乡镇的村里任第一书记的安排全力支持。虽然儿子王军在警察行业里面干得风生水起，可一想到还有很多的人口处于贫困的状态，王建设的心里就不是滋味。当年他也是从农村里面走出来的，从小双亲早亡，他是吃百家饭，穿百家衣长大的，初中毕业后就去当兵了，在部队上一干就是15年，后来转业到地方成了一名警察。乡亲们的恩情他始终都没有忘记，无论他走到那里，他把对乡亲们的感谢全都在自己的工作上体现了出来。对待每一个来办事的老百姓他都像亲人一样看待，嘘寒问暖，主动为他们排忧解难。自己没有机会带领乡亲们脱贫致富，如今全国都搞起了脱贫攻坚工作，各行各业各个部门单位都要投入到这项工作中去，面对这千载难逢的机会王建设一口就答应了局领导的想法，要不是自己的年龄大了，他还真想冲锋陷阵去第一线。王建设的内心涌动着兴奋和激动，可以亲眼看着自己的儿子投身于老百姓的田间地头和产业发展，这也是自己退居二线以来最为高兴的一件事了。

王建设看着儿子一脸严肃地走进自己的办公室，心里就明白局领导已经找过他谈话了。王建设假装不知情，问儿子回局里来是不是汇报所上的工作情况？王军没说话，在桌子上拿了一个纸杯倒了一杯水，坐在椅子上喝了起来。王建设微笑着看儿子的表情，他心里很清楚，这件棘手的工作任务让自信满满的儿子也锁起了眉头。王建设点起了一支烟，继续说，儿子，我发现你心事重重，碰到啥困难了？说出来，爸爸帮帮你。王军摇了摇头，笑着说，爸，我刚从李书记那里领受了一个艰巨的任务。王建设微微一笑，啥子任务？王军说，过几天我就去瓦子村任第一书记带领乡亲们脱贫致富。王建设哦了一声，满脸笑开了花。王建设对儿子说，那你可得加油干了，脱贫工作无小事，这工作不同于咱们所从事的警务工作，这工作就要想方设法带领群众致富脱贫呢。是呀，我心里还是没底呀，所以就到你的办公室来想听听你老人家的意见呀。王建设听完儿子的话，整个人都显得很兴奋。王建设对儿子说，农村工作不好搞，毛主席曾经说过，没有调查就没有发言权，要想搞好农村工作你就要不断的深入农户，走进农民的田间地头，多和他们沟通交流，站在一个农民的立场上多替他们想，用事实说话，用行动证明，多研究分析，多调查了解，只有这样你才能全盘掌握瓦子村的情况，才能对症下药。王军对父亲所说的话每一字每一句都默记心中，陡然间自信心就升腾了起来，胸有成竹的对王建设说，爸爸，你放心，我一定会当好这个第一书记，不管什么困难我都要干好农村工作。王建设见儿子信心满满，笑着对他说，爸爸全力支持你，如果有机会爸爸一定和你并肩作战。父亲年轻时的往事王军曾不止一次地听父亲说起过，他知道父亲对乡亲百姓的情感，父亲常常都说一句话，农民是世间最为朴实的人，他们的朴实值得我们学习。正是在父亲的熏陶下，王军的内心深处和父亲一样，都很敬重那些生活在社会最底层的农民们。现在自己马上就要奔赴农村一线了，对于未来他充满了期待。

2

王军坐正了身体，接过父亲递过来的水，望着父亲说，我今天刚刚交接完所里的工作，你看这是组织部给局里发的我的任职文件。王建设接过文件一看，笑着说，好，正式的任职文件已经来了，你明天就该去报到了。王军皱着眉头说，哎，都怪我把这事没有跟李萍说，今天我去局里取了任职文件，回家李萍看到文件后就跟我吵了起来。王建设立马收起了笑脸说，这事儿你事先都没跟她说吗？王军哭丧着脸说，忙忘了，那天我从你办公室出来就直接回所上忙一个案子，就把这事忘了跟她说了。王建设一边安慰儿子一边说，你媳妇是教师，这点觉悟应该是有的，可是现在她挺着一个大肚子，突然间知道你要去偏远的村上驻村，一时间她肯定难以接受，这事爸爸帮你处理一下。王建设拨通了李萍的电话，让她过来一趟。

王军自工作以后，一心扑在工作上，都已经到了结婚的年龄了可他还没处过一个女朋友。眼看就快三十岁了，父母看在眼里急在心里，发动亲朋好友到处托人给他找女朋友。王军的职业常常都是早出晚归，或是抓捕犯罪分子，执行特殊任务充满了危险性和不确定性，一般的女孩子都想追求稳定安逸的生活，想要寻找到一个称心如意的女朋友实属不易。加之王军生性不会甜言蜜语，不会巧妙地博得女孩子的好感，先后谈了两个女朋友最后都以失败告终。李萍是县城关小学的一名教师，前年夏天经人介绍后，两人竟有着相同的对人生价值的观念，很快他们就坠入了爱河，3个月后结婚了，结婚时王军27岁，李萍24岁。婚后，他们一个在县城，一个在基层，总是聚少离多，只有在周末里他们才得以相聚。李萍并没有因为过着这样两地分居的生活而生气，她还调侃地说，这叫做爱情的距离，内心的相守。可这次，李萍生气了，眼看自己就要生育，而王军却不声不响的要去瓦子村，谁都知道瓦子村是全县最远的一个穷山沟。她和王军结婚这一年多时间，他王军就一心在基层干工作，自己的冷热他从来就没关心过。当李萍看见王军的任职文件后，越想越生气，于是就和王军争吵了起来。王军自知理亏，索性甩门而出，直接到父母家来了。

一会儿功夫，门开了，王军的母亲一手提着刚刚买的菜，一手扶着李萍走进了房子。母亲杨霞劈头盖脸就吵起了王军，说王军不像话，这么大的事都没事先跟李萍商量一下，更没和父母通通气，王军低着头任由母亲数落。李萍坐在一旁的沙发上怒视着王军，一副不开心的样子。王建设见状，清了清嗓子说，老婆子，你别吵儿子了。儿子的事我早就知道了，只是我怕你担心不敢让你知道。杨霞怒气冲冲地说，啥？你个老头子，这么重要的事你为啥不跟我说，你看，李萍马上就要生娃娃，正需要王军照顾，可你？哎！杨霞一屁股坐在了沙发上，拉着李萍的手说，我们娘俩都是苦命人哟。房内气氛一时间就变得紧张了起来，突然间的沉默让这个家庭忽然变得清冷。王军的心里感觉亏欠妻子而时不时的偷偷望望妻子，妻子李萍则和母亲杨霞手拉着手眼里流出了泪。只有王建设心中充满了激扬的斗志，他环顾着每个人的表情，咳速了一声说，李萍，王军没告诉你固然是他的不对，刚才我也严肃地批评了他，他也是由于处理一个案子就把此事忽视了，情有可原。王军去任第一书记是局党委开会研究决定，也征求过我的意见，我和他本人都同意了的。你们想想，现在的社会经济高度发展，如今大部分人民都过上了幸福富足的生活，可还有一部分农民很贫困，他们吃不饱穿不暖，没钱看病，没钱上学，我们作为党的干部，人民的公仆，如今全国都掀起了脱贫攻坚工作，目的还不就是帮助贫困人口早日脱贫致富嘛。我们这个家庭是一个典型的干部家庭，更应该全力支持王军深入贫困一线，做好他的后勤保障，而不是哭哭啼啼拖他的后腿。也许是王建设的这一番慷慨激扬的话语打动了现场的人，也许是做为人民的一分子大家从心中认识到了脱贫工作的重要性，一时间杨霞、李萍的脸色由暗变明，由痛苦变为舒展。李萍望着丈夫王军，动情地说，你去吧，没事儿，我会照顾好自己的。我也是从小生活在农村，有些农民真的很苦很穷，急需要干部去帮扶改变。王军没想到父亲的一番话让李萍的态度有了180度的转变，王军看着老婆李萍深情地说，对不起，我没尽到一个丈夫的责任，等我的任务完成后，我一定加倍补偿你。王建设和杨霞看着这对小两口，眼角闪现出了点点泪花。一家人的心被脱贫攻坚牢牢绑在了一起。王建设笑着对杨霞说，老婆子从今天起，你把那间卧室收拾一下，我们把李萍接过来照顾，大家在一起相互一个照应。杨霞高兴地说，好，就这么办。全家人又恢复了以往的欢声笑语。

晚上，杨霞特意做了一桌子菜为儿子的明天启程而践行。那晚，王军和父亲王建设聊了很久，王建设再次讲起自己小时候的往事，老泪纵横。这也使得王军在心中更加坚定了进入农村一线开展工作的信心。他在心里暗暗地发誓，一定要干出一番事来，做群众的领头雁，让农民早日脱贫致富。

3

翌日，一大早，全家人送王军上了车。挥手道别，车慢慢的驶出了车站。王军从此踏上了脱贫之路。一路上，中巴车在茫茫秦岭里蜿蜒的道路上行驶。王军的心也随之忐忑了起来，他想着进村的第一件事应该做什么，说什么，他在心里慢慢的盘算着。车辆经过约莫三个小时的行驶，王军到了这个偏远的潭口镇。王军下了车，环顾这个从没到过的地方，如其说这里是一个镇，到不如说这里就是聚集了十来户人家的一个院子而已，不足50米的街道里有几个人影在晃动。破旧不堪的房屋，彰显了它年代的久远。远远看去，这里就像是一只大大的坛子，镇政府所处的位置正在坛子口上，顾名思义，潭口镇估计也就是这样被命名的吧。王军在心里想。王军背着行囊走进了潭口镇政府大门。接待他的是潭口镇的张文书。张文书看着眼前这位英姿飒爽的年轻人，一身警服威风凛凛，张文书便问王军说，同志，你是来我们镇上办案吗？王军笑着说，不是，我是来报道的。王军拿出了自己的任职文件递给了张文书。张文书一看文件，立马喜笑颜开，好呀，好呀我们这里正缺像你这样年轻有为的扶贫干部呀。昨天我们镇政府开会，你已经被正式任命为瓦子村第一书记了。今天镇上的领导都带队去了各村，你们瓦子村是刘宝明副镇长包挂的，他一大早也已经去了村上。这样我让镇干部小李骑摩托车载你去瓦子村。王军看着眼前热情的张文书，心生感动，一个人在这种艰苦的环境下竟然还保持着这种工作激情实属不易，不自觉的就向张文书投去了敬佩的目光。王军嘴上连连道谢，一边等待小李推摩托车，一边拿出手机给家人报了平安。电话那头的父亲早就跑遍了全县所有的山脚野凹，他知道瓦子村的状况，那里是一个极度贫困的村庄。电话里，王建设再一次给儿子打气加油，王军让父亲放心，说自己是一名警察，是一个头顶国徽心里装有老百姓的人。

小李发动了摩托车，车架后帮着王军的行李，王军跨上摩托车后，摩托车昂昂昂的奔跑在了潭口镇的路上。十公里之后，摩托车拐进了一个小山沟，道路大不胜之前的路了，狭窄不说，路上坑坑洼洼，摩托车一起一伏，人也随着起伏不定。王军反手牢牢的抓住摩托车后座的架子上，五脏六腑险些都快被颠簸出来了。一路上遇到几个村民，肩扛背驮的从镇上购买的生活日用品，王军的心莫名的有些难受。他想这条路也该要重新修修了。小李告诉王军说，从沟口到村委会大概有18公里，这里的农民基本上是晴天一身灰，雨天一身泥，这条路政府上报了几次规划，可不知是啥原因最后都没有批复下来。这个瓦子村是潭口镇，乃至全县最出名的贫困村。这村子里最大的特点就是人口越来越少，小伙子找不着媳妇，姑娘都嫁到了外地，光棍一大片。王军听着小李的介绍，心中满是惊讶和不解。王军坐在摩托车上，一双眼睛不停地向远处张望，这条沟山大人稀，农民居住的分散，有的住在半山腰，有的临河而住，零零星星的铁索桥连接着这条不规整的路和农户的院落。极少能看见砖混结构的平房或是楼房，大多数都是土坯房。但有一点让王军感觉很欣慰，这里的风景极好，青山绿水，空气清新，置身于真正的大自然中，让人有一种误入世外桃源的感觉。

大约一个来小时，摩托车停在了瓦子村村委会的门口。小李向村委会嚷着说，刘和平，刘和平，你们村的第一书记来了。村委会里走出了5个人，村支书刘和平，村主任高庆邦，副镇长刘宝明，村监委会主任饶中堂以及村文书全兰芳。刘宝明副镇长热情的迎上前和王军握了握手说，我们刚还说到你呢。王军也热情地说，我初来乍到对于农村工作还望刘镇长多多指导。刘宝明爽朗地笑了笑说，慢慢来，这有个过程的。刘宝明分别给王军介绍了其余几个村两委的班子，大家相互点头，一同走进了村委会。

瓦子村委会是前两年搞升级晋档的时候，争取了项目资金修建了几间平房，作为村委会的办公场所。王军坐在村委会里，刘宝明副镇长就给他介绍起了潭口镇的情况，随后村支书刘和平也介绍起了瓦子村的人口、产业发展、特色农业、经济状况、人民生活等情况，王军一边听一边认真地记录起了这些情况。镇村领导介绍完后，大家等着听王军对于瓦子村今后几年的发展的初步规划。王军没有立马表态，只是说等自己认真调查了解一些情况后再商议今后的发展规划。村长从侧面问王军，你们公安局一年能给村里扶持多少资金？王军笑着说，不管资金多少，我们现在的当务之急是充分了解情况，对贫困户要精准识别，哪些属于贫困户的标准，那些该纳入贫困？这些我们都得先摸摸底，只要方向对，方法合适，我们局里就会想办法争取资金的。王军从村上的领导脸上隐隐读出了一种等靠要的思想。在来瓦子村之前，王军其实是做足了功课的。王军的一个高中同学曾经在潭口镇当了几年镇长，他对潭口镇的情况烂熟于心，潭口镇这么多年来一直没发展起来的最主要原因是一些干部和领导的责任心不强，认为这里是全县最边远的乡镇，县政府每年都会向这里倾斜政策，可作为地理位置来讲，潭口镇与省城相接壤，是休闲度假的好地方，但这里的地利优势还是一直没有发挥出来。王军的同学还特意嘱咐王军说，不能轻易给村干部或村民表态，一定要通过充分的调研分析后，形成一个发展规划才行。这次的脱贫攻坚工作，从中央到地方都要扎扎实实开展，切不可走马观花，靠蒙混过关。同学的话正和父亲王建设的意思不谋而合，这让王军在村上开展工作多了几分谨慎。

晚上，王军睡不着，披了衣服站在村委会的院子里抬头看着天空中的繁星，他的心里有着像繁星一样多的梦想，他要改变这个村子，要让村子里的小伙娶上媳妇，要让这里成为游客争相而来的旅游之地，他要改变这里贫困的面貌……王军的梦想一个接着一个闪现在脑海，突然间她想起了妻子李萍，他拿出手机给李萍拨电话，手机里却丝毫没有动静，他拿着手机看看，才发现没有信号。原来手机到了这里便失去了它应有的功能，下午村长还特意给他说要想办法给瓦子村架一个移动基站，全镇唯有瓦子村不通手机了。王军苦笑着走进了村委会那件堆放杂物的房间，感叹地说，这里太苦了。

4

第二天一大早，原本说好的由村主任高庆邦带王军一块儿入户了解情况，高庆邦的孩子昨晚发高烧，他半夜就骑着摩托车去了镇里的卫生院给孩子看病。无奈之下，村支书刘和平安排村监委会主任饶中堂陪王军去入户。王军所到之处，拿着笔记本认真地记录着每一家的情况，全村110户，人口520人，有几乎一半以上的精壮劳力都去了外地，家里留下的多是老人和孩子，生活过得苦楚省简。王军真实得体会到了老百姓的贫困，看着那些步履蹒跚的老人还在河里挑水，山上捡柴，地里种庄稼的样子，王军的心里滴着血。留守老人和儿童的群体也使得这个瓦子村的事务更加的繁忙。今天这个老人病了，明天那个小孩子病了，村上的干部也是忙得不可开交，办理合疗报销，领取高龄补贴、取低保补贴等事情一事接着一事。王军用了足足20天时间跑完了瓦子村所有的农户，王军每天都是披星戴月，早出晚归。每次都是背着两桶方便面充饥，从没叨扰过任何一家农户。这些时日里，他明显瘦了黑了，可他换来乡亲们对他的认可。从陌生到熟悉，整个山沟里的农民都认识了他，都知道公安局给瓦子村派来了一位好书记。

王军除了和村两委领导班子讨论瓦子村今后几年的发展规划，还经常坐着村支书刘和平的摩托车去潭口镇给镇政府领导汇报工作，共同商议瓦子村的脱贫工作。王军利用去镇上汇报工作的时候，顺便给妻子李萍打了一个电话，得知李萍一切都好，王军含着泪挂上了电话。

王军将之前自己入户的情况形成了一个长达20余页的调研报告，对瓦子村的状况进行了深入的分析，并提出自己的规划设想和解决目前现实的困难问题。王军拿着这份重于千斤的报告坐上了回县城的车，他要回局里汇报情况。

当这份报告出现在了李书记的桌子上，李书记看着眼前这个在自己大为欣赏的年轻人从一个英姿飒爽的公安干警变成了一个又黑又瘦的，灰土土脸的样子，这让李书记心里很难受。李书记不住地对王军说，辛苦了小王，辛苦了小王。李书记拿起王军所写的调研报告仔细地看了起来，时而紧锁眉头，时而笑容满面，时而若有所思。李书记看完报告说，今天下午我们就召开党委会议专题研究你报告里面所列举的问题。你还没回家吧？王军笑着摇了摇头。李书记说，你回家好好休息休息，明早到我办公室来。王军告别了李书记就回了家。

一进门，母亲和妻子两人的眼神都惊呆了，母亲杨霞说，天呐，王军，你咋变成这样了，说着说着母亲就哭了起来，妻子李萍也早已经是泪流满面。妻子李萍因为离预产期不到一个星期了，为了保险期间已经提前请了假在家休息，准备后天住进县医院待产。李萍慢慢从沙发上站了起来，一步一步走了过来，拉起丈夫王军的手，心疼的抚摸了起来。王军被眼前自己最爱的两个女人的哭泣，弄得不知所措。他笑着说，看看你们，都多大了还像孩子一样哭，我这是去工作又不是去上战场，即便就是上战场，只要国家一声令下，我也不会皱一下眉头的。我还是我呀，不就是瘦了点黑了点吗？没事儿的，没事儿的。王军扶着妻子坐了下来，母亲杨霞赶快去给儿子倒了一杯水，又去菜市场买菜，他要给儿子好好犒劳犒劳。

　　父亲王建设下班回家，看见儿子回来了，分外高兴，不住的拍打着王军的肩膀说，好样的儿子，爸爸还以为你在那边坚持不住呢，不错你这一走就是一个月了，虽然瘦了，但看着更结实了，也更成熟了。父子两人在一起就有着说不完的话，王军从初道潭口镇讲起，说自己如何开展工作，如何调研，入户走访，调研报告的内容及亟需解决的问题等等全盘说给了父亲听。妻子李萍听着王军所说的，心里为自己能嫁给这样一个有责任有担当的男人而高兴。父亲王建设对王军的一些工作方法提出了改进意见，也帮着王军针对瓦子村目前的状况分析问题，提了几个建设性的问题。王军对父亲的建议很是佩服，及时采纳了他的意见。晚饭，母亲杨霞做了一桌子王俊喜欢的吃的菜肴，可面对丰盛的美食，王军流下了眼泪。王军给大家讲起了瓦子村里有些贫困户几乎揭不开锅，他当时毫无办法，在镇信用社取了自己的工资给几家困难户一家 500 元。王军哭着说，自己这点微薄的力量也只是杯水车薪，不是长远之计。全家人看着动容的王军，心里都是酸酸的。王军说他真没想到，现在竟然还有如此贫困的地方，他要用自己的能力早日改变瓦子村的贫困面貌。父亲王建设从不喝酒，但他今晚主动到了一杯酒郑重的敬王军一杯后说，儿子我有个想法，我想和你一块去瓦子村上驻村扶贫。看着你这么卖力的工作，爸爸的战斗激情被你点燃了，人不是常说嘛，"父子同心其利断金。""打虎亲兄弟，上阵父子兵。"母亲杨霞一口接过去说，不行，你都一大把年纪了，明年就彻底退休了，你一把老骨头了还去逞强？王军惊恐地看着自己的父亲，心想自己的父亲以前在警界可是叱咤风云的人物，从级别上来说，父亲现在可是享受县处级待遇的人呀。真没想到，父亲竟然不顾身体想和自己一同去扶贫一线工作。王建设高大的身影再次在王军的心目中立了起来。王军考虑到父亲的身体状况，他患有三高，背上曾经与歹徒搏斗受过刀伤，王军也不赞成父亲的想法。王建设的心意已决，他打算明天就向局党委写申请，要求去瓦子村驻村协助第一书记做好脱贫攻坚工作。

5

　　王军到李书记办公室的时候，李书记正在打电话。李书记挥手示意王军坐。李书记打完电话，走了过来一把握着王军的手说，谢谢你小王，你的那个调研报告太详实，写得入木三分，你的建议也很好，我们昨天晚上召开了局党委会议专题研究了你这份报告。李书记松开王军的手，两人重新落座于沙发上。我们几个领导昨晚分头行动，咱们瓦子村的移动基站问题、通村道路问题、留守老人和儿童问题、主导产业发展问题我们基本上都有了一个总体规划。你明早就带着移动公司的施工人员和交通局的设计人员去瓦子村，随后我和几个局领导将会带着农林水几个部门的负责人专门去瓦子村对产业发展这块儿实地考察一下。哦，还有就是你所提出来的利用独特的地域空间连接省城的旅游线路这个问题，我们正在组织人员起草报告，准备近期去省旅游局一趟衔接汇报一下，争取得到他们的支持。王军听到这些消息无疑像是吃了一勺子蜜，心里乐开了花。连连感谢李书记对于瓦子村的帮扶力度。李书记笑着说，咋了小王，你成了彻彻底底的瓦子村人了？你可是我们派在那里的第一书记。我们公安局就是你坚强的后盾。这次你回去，就把贫困户分配到局里每个人正式在编在岗的人头上，下次我们就要全员去瓦子村开展扶贫帮扶工作了。王军看到了局领导的真情和真心，自己的心顿时也是暖暖的，他清楚地知道脱贫攻坚不只是自己一个人在战斗。王军高兴中透着兴奋，离开了李书记的办公室。他心里想着，明天是妻子李萍住进县医院待产的日子，也不清楚联系好了没有，自己明天看来是不能陪妻子了，今天就好好陪妻子说说话。

王军前脚刚走出李书记的办公室，王建设后脚就走进了李书记的办公室。李书记见是老领导进来了，丝毫不敢怠慢，当年李书记可一直都是王建设手下的兵。王建设有意培养他，才有了他的今天。李书记笑着说，老领导你咋有空来我的办公室？王建设从身上掏出了昨晚他打夜工写的申请递给了李书记。李书记接过申请一看，天呐，老领导这不行，坚决不行，你的身体不好，你不能去，要去也只能派年轻干部去，这万万使不得。王建设脸一沉，李大书记，你不要跟我打官腔，我这么大个人了孰轻孰重我还分辨不了？我去的原因有三，一是我就想在临退休的时候站好最后一班岗；二是王军需要我，他毕竟太年轻了，有些事拿捏不准；三是了却我的心愿。你也知道我的历史，我就是靠着广大的农民，吃他们的饭穿他们的衣长大的，我无以回报，我想给他们做点实事。李书记苦笑着说，可是你的身体？身体不劳你担心，你如果不同意我就去找一把手，去找县长、找县委书记，毕竟我现在还没有正式退休嘛。李书记万般无奈，只说那这样，眼看王军的媳妇就要临产了，你等孩子出生后满了月，我们局党委在研究一下好吗？王建设笑了，笑得很开心，他知道自己的申请并不是无理之事，他说，好，那我就等着你们的批复。李书记望着王建设转身离去的背影，心里满满都是敬佩之意。老一辈的工作作风如此的扎实，不是现如今有些干部无法体会和比拟的，他们正是对祖国对人民充满了感情，所以才不会计较个人名利，更不会计较个人得失，把满腔的热血都抛洒在祖国的大地上。李书记嘴里喃喃地说，这父子俩可真像！

王军回到家问母亲医院床位联系好了吗？母亲笑着说，早就联系好了，这些事不能指望你和你爸爸，你们的心都在工作上，对于家庭你和你爸都属于那种不负责的男人。王军被母亲的话说得脸红一阵白一阵，是呀，母亲的话很对，想想自己自从和李萍结婚以后，家中的大小事情从没管过。李萍坐在沙发上感觉有些累了，王军就将她扶进了卧室躺下。王军坐在一旁说，亲爱的，你生孩子的时候我很有可能不在你身边，你害怕吗？怕，怕有啥办法？你还是不在我身边。到时候，我尽量赶回来陪你。嗯。明早我带着施工人员回村上，你要照顾好自己。你走吧，我有爸妈照顾呢。你别再吃方便面了，要按时休息，身体才是革命的本钱呀。嗯，我知道了，我会照顾好自己的。王军两口子就这样一问一答相互叮嘱着对方。李萍心里很想哭，但她强忍着不敢哭也不能哭。王军不能亲眼看着孩子出世，心有愧疚，一遍又一遍地对李萍说，你是天底下最好的女人，我以后好好补偿你。两人的手紧紧地握在了一起，他们的心更是紧紧的贴在了一起。

早上，王军坐着移动公司拉材料的车走了。想想这几天瓦子村就会结束没有基站、不能使用手机的历史，王军就很兴奋。前几年，移动也曾经来勘探过，但苦于一直没有通村路，车辆无法通行而被搁浅。现如今，虽然路不好，但勉强可以通行面包车，材料就可以运送进村，公安局和移动公司一拍即合，说干就干，短短几日基站就建好了，瓦子村终于能用手机了。建基站的事王军交给了村支书刘和平负责，自己则带着交通局的设计勘探人员来回奔波在这条狭窄的通村路上。王军明白要想富先修路，只有修好了路这个村子才有大的发展。在王军的心里，这条路要设计成一条标准的县级道路，而非乡村级道路，他的目的就是改变基础设施，好引进商家开发这里的休闲旅游资源。村里这段时间几乎是一天一个样，村子里装了路灯，自来水池也正在施工，伴随着脱贫攻坚的各项惠农政策，贫困户的房屋改造工程也逐步进行着。看着这些实实在在的变化，村里的群众都说是王军书记改变了几十年都没有变化的穷村子。王军总笑着说，这一切都是国家的政策好，大家配合得好。

就在基站建好的第二天晚上，王军的妻子李萍生了。母亲高兴地给王军打来电话报喜，王军当时还在和镇村领导商议下一步产业发展的问题，王军手握电话，激动得全身抖了起来。这个喜讯竟然成了全村人津津乐道的喜事。大家都劝王军回家一趟，都说女人生孩子是最痛苦的事，应该回家看看媳妇。王军交代了相关事宜后，晚上在镇上租了一辆私人的面包车，连夜向家的方向行进。

当车行驶于秦岭深处时，大雨伴着夜色猛烈的下了起来。雨点想都子一样大在车的前挡风玻璃上噼噼啪啪作响。雨刮器奋力的左右刮着雨。水司机说，雨太大了，停一会再走。王军望着窗外的倾盆大雨，皱起了眉头，笑了笑说，那就停一会吧，雨太大了，路也不好走，安全第一。司机靠边停了车，掏出了一支烟递给了王军，笑着说，王书记你可真厉害，这才短短的几天呀，瓦子村可真是发生了翻天覆地的变化呀。王军望着司机说，不是我厉害，而是党和国家的政策好，现在全国都在搞脱贫攻坚工作，力度是空前的大，其实只要干部群众心往一起想，力往一起处，拧成一根绳，在大的困难都不怕。司机不住地点着头，并向王军竖起了大拇指。司机说，王书记刚才我听镇上的人说你的媳妇生了？王军笑着回道，是呀，所以我才这么着急回家，我对不起妻子，在她最痛苦的时刻没能陪在她身边。司机说，哎，真没想到，你们这些当干部的也难呀。王军说，难不难的谈不上，真心实意的能给老百姓办事办实事，这才是我们的心愿。司机点头笑了笑。司机打开车门，钻到车屁股后面去小解。司机上了车，王书记，雨小了一点，我看你挺着急，咱们慢慢走吧。王军回家心切，想着自己那刚刚降生的宝贝，他的心早就飞了回去。王军说，好。司机把车瞬间就发动了起来，缓缓慢行。司机边开车边问，王书记你孩子的名字想好了吗？司机的一句话提醒了王军，王军笑着说还没想好呢。于是就在心里盘算着给孩子起个什么名字。因为是男孩，就要起一个大气的名字。"立志"、"报国"、"爱民"、"康健"、"明志"？这几个名字闪现在王军的大脑里。王军脱口而出嘴里念念有词，他问司机哪个名字好？司机笑着说，都好。王军突然间说，这几个名字都不行，有些俗气，我看就叫做"胜利"吧，这个名字虽然也有些俗，可是代表了自己对人生的态度。司机看着王军自言自语的样子，也随声附和着说，不错，胜利就是打了胜仗，就像你在瓦子村开展扶贫工作一样。王军觉得司机说的很有道理，就下定了给孩子起"王胜利"这个名字的决心。窗外黑漆漆一片，雨还是断断续续的下着，司机打开了车上的 CD，一首首悠扬动听的歌曲飘了出来。王军感觉很困，他放倒了座椅，迷上了眼睛，不一会儿功夫，轻轻的鼾声就从他的鼻孔里发了出来。

车辆行至一段土黄泥路的时候，面包车拐弯打滑，不慎侧翻，车毁人亡，年仅 28 岁的王军牺牲了。当人们还在梦中的时候，这个年轻的生命已离人们而去。在车祸事故中，司机碰巧被甩出了车，悬挂在了一个树叉上，得以活命。王军在自己的梦中跌入了深沟，找到他的尸体时，竟是惨不忍睹的景象。王军的牺牲犹如晴天霹雳，整个潭口镇，整个县城都震惊了。人们自发地走进公墓去悼念这个年轻的人民警察。

王建设一个人拿着儿子的照片，眼泪簌簌的往下流。老来丧子的痛苦，让王建设一夜之间白了头，然而王建设并没有被丧子之痛打垮。就在儿子下葬后的第四天，王建设向邮局的邮筒里塞了一封写给公安局党委的信。他背上自己年轻时最喜欢的印制有红颜色"为人民服务"字样的那个绿挎包，坐上了去潭口镇的中巴车。他要把儿子没有完成的事，接着完成。李萍从司机的嘴中得知了孩子的名字，她抱着还未满月的胜利守坐在王军的坟前整整一天，婆婆杨霞忍住了哭泣，王军留下的唯一血脉还需要他们共同来抚养。夜色中，杨霞搀扶着李萍，李萍抱着胜利步履艰难的回了家。

几天后，公安局党委李书记颤抖着一双手在周一例会上哭着念完了王建设的来信。"我为有王军这样的儿子而自豪，他人虽然永远地走了，可他的事业我会继续完成。"李书记念到此处，声泪俱下，泣不成声。

会议室里鸦雀无声，王军的音容笑貌早就刻画在了每个人的心头。这时，一个年纪很轻的警察站起来说，李书记我想报名去瓦子村继续完成王军的遗愿，顿时会场的角角落落都响起了"我要去"、"我想去"的声音，这声音一直飘向了远方。

米 奇

1

慧芝进门的时候，我正靠在沙发上，准备看我最喜欢的那本《智慧》。慧芝说，你今天还回来得早？我说也不算早，刚进门一会儿。慧芝说，向月一会儿过来找你说有事商量。我转过头问，她没说啥事吗？没有，慧芝说，一会儿来不就知道了。慧芝说她早早下班去了超市买菜，就为了招待向月。这话我相信，我父母过世得早，长兄为父，长嫂为母，慧芝在方面做得不错。再说向月一向对她这个当嫂子的很敬重。她说很久没见到向月了，得多做些好菜，让她尝尝。说罢，系上围裙进了厨房。

我翻了两页书，竟然看不进去了，又合上。我摸出一根烟点上，慧芝滑开玻璃门指着我说，别在客厅抽，去阳台，记得打开窗户。我翻了她一眼，去了阳台。我喜欢阳台这个地方，回家待的最多的地方也是阳台，一是能在这里抽烟，二是可以站在这里看街上的车水马龙。我把这里装修成了自己的书房，书架里面满当当的书，只要一闲的时候，我就会窝在这里看看书、听听音乐或是写点散文。

我在躺椅上望着阳台顶端那个漂亮的灯饰，躺椅晃晃悠悠，我的身体也随之晃动。这个灯很有特点，铜底座下面连着一个古色古香的灯罩，中间竖着一个很大的椭圆形灯泡，下面是一个拉手，这个灯可以随时拉下来，很方便。我记得这个灯还是向月陪着我去买的。

想起向月我就有一种说不清道不明的感觉，我觉得她不让人省心。慧芝一直劝我别这样，说只有向月这一个亲妹子。母亲临死前拉着我的手说，她最放心不下的就是向月，说向月胆子大，心气高，说话干事不计后果，让我以后多照应。我哭着答应了母亲。在亲戚们的眼里，向月和我是截然不同的性格，我们一个火爆刚直急性子，一个心细言辞短，他们都说向月应该生成男儿身。笑话。我看着手上的烟子顺着指缝向上飘，食指和中指内侧在灯光的照射下泛着黄，我觉得应该戒烟了，手指头的关节都熏成腊肉了。

我坐起了身子，又站了起来，把烟屁股丢进了烟灰缸中，冲着厨房说，慧芝，向月没说啥时候到？窗外已经灯火通明，路上车的灯光把天空照亮。慧芝说，快了，她说她接了孩子就过来，说好了在家里吃饭的。我哦了一声，又坐了下去。

对于母亲的死我在很大程度上都归结到向月身上。要不是向月突然辞职，母亲也不至于急火攻心，也不至于高血压病犯了，更不至于昏倒在地触发了脑梗。母亲死后的那段时间我就没理向月，觉得她是个混蛋。有次我喝醉了酒，哭着对慧芝说向月的不是。慧芝陪着我哭，劝我不要那么想，亲姊热妹的，打断骨头还连着筋呢。我闹腾了半晚上，说是要去质问向月，让她赔妈的命。慧芝把我按在床上，祖宗，求求你别闹了，向月过得也不好。她活该。我说。慧芝骂我是个白眼狼，不配当哥。我钻进被子里哭。第二天慧芝问我昨晚上为啥撒酒疯，我说我喝断片了记不起来了。慧芝在我背上打了一巴掌说，你太过分了，以后不许那样了。我默然地点头。

那段时间，我只要想起那次陪母亲去向月辞职的那家企业，就浑身不自在，成了我的心病。那天母亲知道了向月辞职，气得直跺脚，非要让我陪她去一趟那个单位。我拗不过母亲，就陪她去了，我在心里没抱任何希望。我知道，现在的工作岗位这就像去厕所蹲茅坑，人们是抢着上而没谁主动去让，我在心里骂向月是个傻子。

那个领导一脸横肉，笑起来胖嘟嘟的肉直颤。母亲低着头像一个做了错事的孩子一样。她说，请领导高抬贵手，再给向月一个机会。那人一摊手说，无法挽回了。我看着母亲的脸发白，就劝她回家。母亲站在那里不愿意走，那人装腔作势地接了个电话说要去开会。母亲又一次请求。那人无奈地笑了笑，伸手做了个请的姿势。母亲的身体摇晃了一下，我一把扶住她，搀着她走了出去。母亲路上没说话，眼睛始终盯着地下走。母亲回到家唉声叹气，第二天就病倒了。向月不知从哪里得到消息，气汹汹的来家里质问我和母亲，她说我们把人丢到月球上去，还说她的事不让我们瞎操心。母亲的血压突升，我哭着把向月吼出了家。

母亲死后，向月趴在坟前哭，边哭边说，妈呀，都是我害了你，可我也有我的活法，我不想就那么活一辈子。真没想到，你却……我站在一旁浑身发抖，想冲过去给向月两耳光，慧芝拉住了我。慧芝扶起向月，向月扑进慧芝怀里，像个孩子一样哭。慧芝轻轻拍打着向月的背说，妈也走了，以后就剩你们兄妹俩了，以后做事多跟我们商量。向月点了点头。我满脸的泪水，没看向月就独自先走了。

后来向月才说出了辞职的原委。她说她好不容易熬到了公司的中层，那个胖子不服气，三天两头给领导打小报告，让她丢了一个去深圳总公司的晋升机会。向月说工作讲的是缘分，干工作也要图个开心，跟那种恶心的人一块工作她不愿意。这个真相还是慧芝告诉我的。工作上的事我心知肚明，也就慢慢放下了对向月的不满。母亲死后，向月很少来我家里，除了上次我过生日，来了一次，就没来过了。

向月转让了服装店跟别人做起了形体管理，主要是销售美体内衣，一套价值不菲。慧芝给我说起的时候，我直咋舌。我说，简直是胡整。她那个模式不就是前些年的传销吗？慧芝笑了笑说，亏你还是个端公家饭碗的人，人家哪是传销呀，现在流行的就是直销，那是国家提倡的。我听得一头雾水。慧芝说，向月做到经理级别了，手下有三十多个人了。我问店面在哪，想去看看。慧芝说，她们做的是团队，没有自己的店面。但这个城里的东西南北一共有二十多个店面也都算是她们的店面。我越听越听不懂，觉得不靠谱。我抽时间去了向月家一趟，发现大半年没见的向月变得口若悬河，像个老师一样给我讲她们的运营模式、销售模式、团队模式。我跟个学生一样看着她的表演，心里依然在打鼓。我临走时说，不管是你那是哪种模式，别骗人就行。向月微笑着说，哥，你放心，我不会的。

我不放心又去了那家公司的官网上查了很久，整个网络没有任何的负面消息，后来又看了中央台报道这家公司的一个活动，才稍稍安了心。慧芝说我是鸭子嘴豆腐心。我瞪了她一眼没支声。

向月一家三口进门的时候已经七点多了。向月和妹夫海兵的手里提满了东西。我边接东西边说，每次来都买这么多东西？向月说她前段时间太忙了，几个月没来了。向月穿着很时尚，色彩搭配艳丽，透着一股子女强人的气息。我多看了她一眼。慧芝沏好了茶，递给了海兵和向月一杯。向月的女儿毛毛扑闪着一双大眼睛望着我像是在看一个陌生人。毛毛长着长睫毛，粉嘟嘟的脸，让我一下就想起了小时候向月的模样。我冲着毛毛说，毛毛过来，让舅舅亲亲你。毛毛看了看向月，跑了过来，我在毛毛的脸上使劲亲了一下。毛毛说，舅舅你的胡子扎疼我了。大家哈哈大笑。

　　饭桌上我问海兵单位效益如何，海兵说现在汽车行业发展迅猛，随着人们的环保意识的增强，他们厂生产的电动汽车成了抢手货。我连连说好。端起高脚杯跟海兵碰杯。放下杯子，我又问向月美体内衣的事。向月说团队已经发展到五十来个人了，大家都很努力，人们对自身的关注度越来越高，效益还不错。慧芝给向月夹了一块儿红烧肉，催着她赶快吃。向月说，还是嫂子心疼她，边吃边说好吃，跟母亲做的味道一样。短短几秒钟，我们都陷入了沉默。慧芝端起酒杯邀请大家干一杯，凝滞的空气才散开了。

　　我说，向月，你当初要是不离开海兵他们汽车公司，估计现在都能混上高管了。慧芝在桌子下踢了我一下，她盯着我，让我别哪壶不开提哪壶。我没理她，翻了她一眼。向月笑了笑说，哥，离开那个公司我不后悔的，这几年社会发展得多快呀。你看我现在还不是过得挺好。

　　向月去年把自己的那套 70 平米的小两居换成了 150 平米的三居，还带一个阳光房。还换了一辆越野车。那时，我觉得不可思议，怀疑向月是不是干了啥违法的事。向月比我小五岁，她在我眼里我觉得不成熟，我就动用了一些朋友仔细打听了那家公司。一切合法合规。我才心安了。慧芝说我是嫉妒心作怪，你是看向月过的比咱们好，就怀疑她？我说她胡说八道。慧芝笑了笑没说话。我知道慧芝是故意那样说我，她劝过我很多次别把向月管的太紧了，我说我就没管过她。

　　我大学毕业就守在教育单位，现在还管了几个股室十几个人，按月领工资，我觉得已经很满足了。向月的所作所为让我觉得无法理解，我认为她就是穷折腾。

　　期间，向月还来做我的工作，让我去她的团里做助手，每月给我发一万元工资。我说，笑话，我一个堂堂正正的大学生，端着国家的饭碗，去你那？向月想说什么，可没说出来，愤愤地走了。隔了几天，向月又来劝慧芝去她那里，慧芝好像心动了，但我没答应。我说，我们的事我们自己做主，我怕父母地下不安。慧芝当下就说我说话太难听了。我看着向月的眼睛湿漉漉的，她走后，我心里也不舒服了起来。

　　吃完饭，向月帮着慧芝收拾碗筷。慧芝让向月去客厅里找我说事，向月说洗了碗再说。我跟海兵坐在阳台里抽烟，聊天。慧芝端来了一盘水果放在了茶几上，我们几个人看着电视吃着水果。我说，现在的电视没看头，不是广告就是卖东西，要么就是跟疯子一样的娱乐节目，吵死了。向月说，哥，你太较劲儿了，我觉得节目挺好呀，想看啥就有啥，比咱们小时候丰富多了。我笑了笑，那倒是比咱小时候好多了。我说起小时候在农村的事，那时全村也没几家有电视，我跟向月为了看小虎家的电视，我每天下午都去帮小虎劈柴。有一次我却让刀尖伤到脚。向月接着说，后来你住院了，爸爸狠心就买了一台 14 寸的电视，不过是黑白的，没有小虎家那个彩色的好。向月忽然就哭了起来，我挪了挪身子拍了拍她的背。

慧芝给向月递了一个圣女果说，向月，你不是有事跟你哥商量吗？向月把圣女果放在嘴里嚼了嚼说，这个好，酸酸甜甜的。

向月瞅了瞅海兵说，哥，其实也没啥事，我就是再想干个教育培训。我听完向月的话，头像是让蜂子蛰了一样，嗡的一下。我极力克制自己。我看了看向月，又看了看慧芝跟海兵，慢慢地点了一支烟，问，咋了，你们公司出事了？慧芝皱着眉头看了我一眼，指了指我手上的烟。我没理，狠狠地吸了一口。

向月说，公司正常着呢。我就是想干点自己喜欢的事。我说，那你公司的团队咋办？向月说，我有助手帮着管理。我说，鱼和熊掌不可兼得，你不能三心二意，捡芝麻丢西瓜，我不同意。向月反驳着，每个人都有追求理想的权利，我咋就不行？

你知道弄个教育培训机构这里面的复杂性吗？你懂吗？手续该如何办？在哪办？找谁？租房子？找老师？特别是招生，你懂吗？啥都不懂肯定就是个赔……我像拿着一挺机关枪，突突突地打在向月的身上。慧芝见情况不妙，说，有啥话好好说，别急躁。我没看慧芝，拿起了一块苹果扔进了嘴里。

向月低着头说，哥，就因为你在教育上，我来找你商量的，你用不着这样咒我赔吧。我说，你这就是瞎折腾。向月说，我做过市场调查，我也喜欢跟孩子们待在一起。我啪的一巴掌打在茶几上，茶几上的水果盘跳了起来，水果洒了一地。我说，你才过了几天好日子？又开始作了，咱妈咋死的你忘了？向月忽的站了起来，你别仗着是我哥就对我大呼小叫的，这培训机构我办定。走，海兵。说完，就抱起正玩得开心的毛毛。

3

那日，接到慧芝的电话，我正在单位开会。慧芝在电话里急切地说，向月出事了。下了班我飞奔回家。慧芝哭着说向月的团队助手伙同财务倦款不知去向了。我使劲儿的吸着烟，慧芝呛得直咳嗽。那天我不知抽了多少烟，像喝醉了酒一样，头昏沉沉的。

我沿着小区的花园转了一圈又一圈。我突然想起以前。向月比我小五岁，那时家里穷。母亲说向月学习不好，初中毕业就在桃花街上给她开了一个商店，母亲在村里经营，向月在镇上经营。我在省城上大学时，每个月都能收到两份生活费。那次向月去城里进货顺带去学校看我。向月提着一个比她身体还大的花袋子，站在传达室左顾右盼。她的头发被寒风吹乱了，一双手冻得通红。我远远看着向月心里难受。我让向月以后别再给我寄钱了。向月说她不想让城里的人看不起我。吃完羊肉泡，向月递给我一个盒子，里面装着传呼机，摩托罗拉的。我惊呆了。向月说，哥，入网手续已经办过了，以后联系方便。我说，你在那个穷山沟里还知道这么潮流的事？她说，哥，你可别忘了咱桃花街可是"小上海"呢。向月走后，舍友争抢着看我的摩托罗拉，说我比城里人都牛皮。我坐在长椅上，莫名地叹了一口气。

我家的小区很大，属于这座城里数一数二的小区，虽然当时觉得贵，最后还是按揭买了，想想现在的房价我很欣慰。向月嫁到城里时，我和慧芝还是租房子住。眼看房价上涨，向月急的到处借钱，帮我们交了首付，我们搭上了房价上涨前的末班车。慧芝一直在我耳边说她命好，碰到个好小姑子。

小区里绿化的很好，有亭台楼阁，小桥流水，每晚都会聚集大批的老人在这里跳舞。我想起母亲，她没死前也喜欢扎在那群老太太中扭大秧歌，跳广场舞。母亲临终的遗言像一棵藤蔓从心里长满全身，直长到了我的头顶，我挠了挠头。我一直以来都有挠头的习惯，慧芝说了很多次，不起作用。我也觉得挠头的习惯不好，但就是改不了。

晚上的月亮很圆，我走出了小区。路上川流不息的车辆排成了长龙，一眼望不到尽头。我走过了天桥，又穿过了两条街，到了二环。二环上的车更多，水泄不通。我从地下通道走了过去，新水苑小区离这不远了。向月当时买房子就考虑到新水苑的位置方便，处于这座城的南部，南部大学林立，她喜欢有书香气息的地方。

我在心里盘算着要不要去向月家坐坐，我仿佛看见了向月靠在沙发上流泪。慧芝刚刚说向月这次大致损失了20多万的货款。慧芝让向月报警，向月说算了。我把烟灰缸扔在了地上，一地碎玻璃渣。我打电话说向月傻到了极点，她竟然还笑得出来，轻描淡写地说那两个小姐妹是她从老家桃花街带出来的。

我走进向月家的小区，抬头依稀看见她家窗户还有光亮。我的双腿突然变得沉重起来，电梯门开了的那一瞬间，我还是退了出来。我在心里问自己去了说什么呢？上一次在我家的不快还在心头萦绕着。

这些天，我一直都在关注着向月的微信朋友圈动态。从向月发出的那些文字信息，我觉得她很成熟，还很有文艺的气息。比如：给你一支画笔，你就能插上飞翔的翅膀，勾勒出你的天地，描绘出你的色彩，你的世界……或是这句：梦想无大小，画出心中的色彩，勾出斑斓的梦，给你一个彩色的童年……我想这些文字不论是否是向月自己写出来的，我从里面都看到了一个有梦想有追求的妹妹。说实话，我从来没有这么关注过向月。记得向月辞职那年，因为朋友圈里铺天盖地都是她发的服装店最新到货的图片、信息，我说向月严重侵扰了朋友圈里的朋友，让她停止，她不听继续发着。我就把她拉黑了。

我独自坐在向月家小区的长廊里。这里跟大多数小区一样，健身器材坐落在小区中的一个小型广场里，很多人在那里扭着腰，踢着腿，做着引体向上。不远处有两个秋千荡的风生水起。我突然看见了毛毛，就走了过去。妹夫海兵正在一下一下把毛毛推得老高，毛毛大声喊着叫着笑着。我拍了海兵一下，海兵一副不可思议的模样。哥，你来了。我点了点头，向月呢？海兵说，向月去练瑜伽了。我说，这个时候了还练瑜伽？海兵说，她那个人心大的很。海兵笑了笑。我突然觉得自己这趟来的很多余。海兵让我去家里坐，我说还有点事就走出了小区。

夜已深，我睡不着。慧芝用手捅了我一下问，睡不着？我翻过身面对着慧芝说，心烦。慧芝说，你晚上去哪了？那么久。我说去了向月家。慧芝翻身坐了起来，向月咋样，还好吗？我说，她去练瑜伽了。慧芝嘴巴张的老大。我说，她就是个没心没肺的人。慧芝笑着说，其实也挺好的，事已至此总比天天苦大仇深好。损失的钱，她就算了？我说海兵说她不想追究了，说钱可以认清一个人，就当做了慈善了。慧芝没说话。我们又说起上次的事，慧芝说我把向月管的太严，说向月是妹妹又不是女儿，还说我那天真的有些过分了。我不认同她的说法，坐了起来，我是为她好，不知好歹。慧芝说，向月下周就开业了。我一巴掌打在了床头上，咚的一声响起。慧芝说我这个当哥的从没正经八百地支持过她一回呢。慧芝说完话缩进了被窝里。

我仔细回味着慧芝的话。那年向月辞职后要开一家服装店，想请我参谋一下，我说现在的网络太发达了，投资风险大，好投资难回本。结果向月不到半个月就开起了一家服装店，生意做得风生水起。那次各单位歌咏比赛要采购服装，向月盼星星盼月亮，眼巴巴看着我把单位的生意给了别家。我想着那时向月的心情肯定糟透了，突然觉得自己不是一个称职的哥哥，在向月辞职最困难的时候，我不仅打破，还连一点忙都没帮上。我越想越睡不着觉，在黑暗中不断的审视着自己。

4

我陆续从慧芝嘴里听到了有关向月的消息。当初那两个人是向月带进公司的，她们所有的一切行为后果都由向月负责，公司里20多万的亏空也由向月自己补齐，她辞职了。我气愤地骂那是一家什么狗屁公司，什么霸王条款？慧芝让我消消气。我问向月现在呢？她说，向月把才买不久的那辆越野车卖了，现在一心扑在培训机构的事上，又是装修，又是联系美院的老师，忙得不可开交。

我那天偷偷地去了一趟向月的店。我站在她店对面伸长了脖子向里面张望。一个二十来岁的姑娘正在打扫卫生，没见向月。我走了进去。姑娘问我找谁，我说是向月的朋友过来看看。姑娘说向月约了几个老师在对面楼上的咖啡厅里谈事。

店铺里上下两层，大概有一百来平米，一楼是手工制作的场所，墙上布置的很艺术，一只金灿灿的稻穗象征着收获与荣光。我问这里面的布置都是向月自己弄的。那姑娘说是的。我真想不到，向月竟然还有这方面的天赋。

我站在楼梯口，环视着室内的一切，仿佛看到了向月带着帽子，手上拿着画笔正在墙上画着她的梦。我的眼睛酸酸的涩涩的。我上到了二楼，这里是孩子们画画的场所，画架排列的很整齐，几只造型独特的艺术瓶子摆放在墙边，墙的中央挂着一个很大的显示屏。画室中央其中一个画架上的画引起了我的注意。我走过去，拿起画，上面有远山，松柏、山脚下有一栋小房子，一条溪流，我忽然就意识到这张画画的是我农村的老家。

我问那个姑娘，向月准备啥时候开业。那姑娘说，向姐太难了，目前最大的问题就是还没招到学生。我说那她也不着急？着急有啥用呢？姑娘说，你再等等，向姐应该快回来了。我说还有点事。

回到家里，我问慧芝家里还有多少钱？慧芝说，也不多。我让她去银行取五万，说我有用途。慧芝没说啥，就出了门。

晚上，我带着慧芝去了向月家。不知怎么的，我一见向月眼睛就不争气，眼泪顺着脸上流，说不出话来。我把那五万元钱递给向月，她迟迟不肯接。我只好放在了茶几上。向月说她明天去广场招生，慧芝说去帮忙。她们把时间定在中午12点后，说小雪节气已经过了，广场上的风吹在脸上有些难受，要等到十二点后孩子们才会来广场玩。

那天，我们离开的时候，我看见向月眼睛里也泛着晶莹的东西，我的心里像是触了电。

第二天中午，慧芝先去了广场。我随后才去。广场离我家还有一段距离，快到广场时，人就逐渐多了起来，跳舞的、溜冰的、唱歌的、吹萨克斯的把寒冷的广场挤得热闹非凡。

我看见远处有一个高高大大的米奇卡通人物晃动着身子，一群孩子围在身边跑着跳着笑着，几个家长模样的人拿着手机拍着照。米奇晃动着臃肿的身体做着摆着各种 Pose，憨态可掬。我知道这个米奇是向月装扮的。

我找到慧芝，从她的头上和身上拔下了另一套米奇的衣服。重重的米奇头套待在我的脑袋上，我仿佛忘掉了一切世俗的眼光，迈着重重的步伐，扭动着高大的身躯，摇头晃脑，慧芝一副惊恐的样子看着我。我躲在头套里才发现，我是多么的世俗和无聊，我把这个世界想得太过于美好了，以至于对向月一次又一次的伤害。

时不时有家长用手机扫描我身上的二维码，一群孩子把我团团围住，我拉着孩子们的手围成了一个很大的圈。

我们的举动引起了广场保安的注意，两个保安分头向我和向月走来，他们不停地驱赶着我们，说我们影响了广场的安全。我不服，就跟保安打起了太极拳。向月也是东躲西藏，那些孩子们跟在我们的身后像百灵鸟一样发出了欢快的笑声。

我们跑累了，停住了脚步。我拿下头套，低声给保安商量说，想在广场招生，这儿人多，能否给我们划定一个区域，只要别赶我们走就行。也许是保安大哥知道干事创业的艰难，他竟然给我们划定了一个范围。

我跟向月相视一笑，用大大的米奇手掌相互击了一下掌，身边的孩子们高呼着，米奇，米奇……

我们又重新披挂上阵，我听见了慧芝手机里发出的咔咔咔的声音，阳光刹那间把这个广场照的通亮。

飞舞的菜刀

1

原来菜刀也可以这样在空中打着转跳着舞，老王在心里惊叹那把菜刀的身姿，让人眼花缭乱。他躲在人群里吁了口气。女儿丫丫指着台上的人说，爸，你看哥多厉害，你快看。

台上的人正是老王的儿子，因为瘦，大家都叫他瘦猴。瘦猴一身白大褂，高高的厨师帽像把一座塔顶在头上。他动作干净利落，菜刀飞起落下，变换身形，空中跳舞，砧板上发威，让人恍然以为他是杂技团玩杂耍的。

阳光在瘦猴的脸上洒下一片灿烂，像一尊泛着金光的佛。瘦猴咧着的嘴巴里肯定能装得下一棵核桃，上扬的嘴角透漏出的无限的骄傲，眼睛中泛出的光把那份骄傲无限扩大了出来。老王叹了口气。丫丫自顾自地随着场上的音乐节奏拍着手。老王摇了摇头，心事重重地走了。

老王像个包了小脚的老太太，走的很慢。一路上都能碰见从村里赶来镇上看热闹的熟人，有人问他咋回去这么早。他说镇上也没啥意思。问他的人奇怪的看着他说你咋还是个榆木疙瘩，儿子都这么有本事了还摆老子的资格？老王挤出一丝笑，低着头，弓着腰走了过去。

老王虽说是个庄稼人，但肚子里还算是有点墨水，写得一手好字。一到过年，村里家家户户都排着队请他写春联，他也不推辞，乐在其中。他家的院子就变成了集市，抽烟的、喝茶的、嗑瓜子的、聊天的，很热闹。老王弓着腰，铺上红纸，毛笔就开始龙飞凤舞起来，围观的人屏住呼吸。老王说，小两口描图绘景心相印，好夫妻春播秋收汗共流，横批花好月圆，给，把这幅对联给你家。老王指着才结婚不久的李大个子说。李大个子接过对联连连道谢，高兴地走出了院子。大家都说这对联的内容好。老王一笑，看了一眼人群，又埋着头开始写。瘦猴也因此受牵连，帮老王弄纸添墨，不能出去跟伙伴们玩。老王在村子里成了大家公认的秀才，谁家有事都喜欢找他商量，心里美滋滋的。瘦猴对此恨透了。瘦猴还曾经偷偷地给墨汁里兑很多水，老王写出的字就像孩子尿炕的印迹，笔画交错模糊成了一团。老王看一眼瘦猴，瘦猴头就低了下去。老王一记响亮的耳光在瘦猴的脸上开了花。瘦猴捂着脸，流着泪，可丝毫没出声。瘦猴后来告诉伙伴们，自己恨得牙痒痒，他还顺手把牙齿打了几下。

老王喜欢找瘦猴说话，瘦猴明里暗里都在躲着。瘦猴刚躺上床，老王就坐在床边开始讲自己小时候是如何刻苦用功的，不但讲自己还把很多古人也翻出来讲，瘦猴撇撇嘴，心里说老王那么厉害还不是个种地的。于是他半睁半眯着眼，不大一会儿就睡着了。老王讲的正起劲，听到鼾声响了。老王摇着头说，书中自有黄金屋，书中自有颜如玉呀……

那年，瘦猴上初三第一学期，老王被班主任老师叫去训话，说儿子不思进取心没在学习上，来无影去无踪。老王的血直冲云霄。瘦猴放学的时候，老王用皮带和绳子伺候了他。瘦猴像王八吃秤砣，一句都没喊。他瞪着眼睛，像看杀父仇人样看着老王。那眼神彻底点燃了老王。皮带结结实实地抽在瘦猴的身上。老王边打边骂，说瘦猴不懂事，对不起他早死的妈，甚至连畜生这个话都骂了出来。瘦猴不躲不犟不告饶，任由老王抽打咒骂。老王打累了，说瘦猴要是一件东西的话他早就会扔了。瘦猴依然死死地盯着他看。瘦猴被吊了一晚上。老王半夜起来的时候原本想解开绳子让儿子睡觉，他问儿子知不知错，瘦猴不说话。老王咬牙切齿地骂他是头犟驴，任由他吊在那里。

第二天，老王解了绳子，瘦猴站不稳倒在了地上。老王吓得直哭。老王守在病床前，看着奄奄一息的儿子，心很痛。他想起媳妇临死前的那双不放心的眼神，觉得自己是个失败的父亲，没把两个孩子照顾好，还差点打死儿子。

瘦猴从医院回到家，就翻箱倒柜的收拾着衣服。老王心里一惊。他大声呵斥着问儿子想干啥？瘦猴没说话，把衣服塞进了一个烂包里。老王去抢儿子手里的包。瘦猴推了他一把，险些把他推到。老王吼着问他到底想咋？瘦猴跪在老王面前磕了三个头，说从此以后老王不再是他爸了。老王像是被人点了穴道定在了原地，他看着儿子提着包走出了家。老王当时的腿像有千斤重，抬不起来，等他拖着脚步赶到门口时，瘦猴早就不知去向了。老王心想儿子那么小，迟早会回来的。可他没想到，瘦猴从那时候起就再没有回过一次家，叫过他一声爸。

2

老王回到家，舀了一瓢凉水喝地咕咕咚咚作响。以前，他都是喝酒，特别是瘦猴离家出走的那段日子，每天必喝必醉，必醉必喝。村里的人说老王的魂被瘦猴带走了，还说瘦猴肯定是死在外面了。

老王坐在门墩上张望，路上不见一个人，只有一条大黄狗跑来跑去，他看的入迷。儿子离家出走后的一个月，他坐不住了，也像一条狗一样漫无目的地找儿子。镇上、县里几乎找遍了，没见儿子的踪影。他放弃了，把丫丫从亲戚家接了回来，不喝酒，不写字，不说话，整日都把力气使在地里。

瘦猴毫无悬念的获得了这次全县美食大赛的一等奖。主持人宣读的获奖词说瘦猴菜品出众，味道鲜美，烹制精炼，一双菜刀满天飞，不仅让人食欲大增，而且让人大饱眼福，说他把杂耍和烹饪紧密结合，闯出了自己的特色。大赛组委会颁奖的时候，特别说明瘦猴将代表县上参加下个月市上的美食大赛。

为了这次大赛，瘦猴做足了功课。按照主办方的要求，本次大赛将选择在镇上开赛，增加与百姓近距离的接触感，目的不仅要彰显厨艺，还要契合百善孝为先的主题。当时大赛组委会要让参赛选手带身份证报名，县电视台会在大赛现场暗中捕捉厨艺与亲情的画面。瘦猴没有身份证，心里犯难了。自从离家出走后，他在心里就把那个家彻底忘记了。他知道老王一直在找他，他也亲眼看到过老王找他失魂落魄的样子。

那是瘦猴离开家的第四十天。他躲在餐馆橱窗里看见老王像只斗败了的公鸡，一手提着包，一手撑着一根棍走过集镇。他心里有股莫名的喜悦感或是成就感，心里的恨意被释放了一些。

瘦猴拦着餐馆里的老两口，跪在地上求他们别把自己在这里的消息说出去，否则自己会被老王打死的。老两口心软了，扶起瘦猴说了句可怜的孩子呀，那我们就收你当干儿子吧。瘦猴哭着磕了三个头，就拜认了干爸干妈。一直没有子女的老两口颤抖着手再次扶起瘦猴，瘦猴算是有了新家了。

瘦猴干爸干妈商量着说要把他重新送回学校里去。瘦猴不答应，晚上又跑了，不过没跑多远。他躲进餐馆对面的山上，清晰的看见老两口急得在餐馆门口直跺脚。直到后半夜天很凉，瘦猴被冻醒了，满身的露珠。瘦猴也想过一走了之，可架不住干爸那身飞菜刀的绝技。他把心一横，硬着头皮敲响了店门。餐馆属于前店后房的格局，老两口开门认出是瘦猴，干妈一把抱住瘦猴说不在逼他去上学，再也不了。

瘦猴在餐馆里大多数都躲在后厨里学厨艺，很少去前店抛头露面，村里人几乎没人知道他在这里。他在餐馆里很卖力，学得也很快，啥菜配啥菜，如何炒，怎样调味，全都记在了脑子里，餐馆的生意似乎也好了起来。只是如何让菜刀飞的绝活，他干爸一直还没教他。瘦猴忍不住问了几次，他干爸说还没到时候，说他刀还没拿稳呢。瘦猴说他刀拿的很稳，否则如何去切菜切肉？他干爸微微一笑，飞菜刀可不是闹着玩，那可是一把刀，不是一根棍，抓不住就会伤了手。他停顿了一下又说，凡事都要从一到二再到三，一步步来吧。

瘦猴也很听话，后来就没再提说飞菜刀的事，一门心思开始研究新的菜品。两年后，他干爸开始教他飞菜刀的绝活。他干爸说，你知道我为什么现在才开始给你教着本事？瘦猴摇了摇头说不知道。他干爸一笑，你现在不毛躁了，能静下心来做事了，也变成熟了。

瘦猴先是练单手飞菜刀，后是练习双手飞双刀，手上常会破皮流血，他习以为常。瘦猴的个子长高了一大截，也不再是那么瘦了，虽然有了些名气，但镇上一些人还是喊他瘦猴。瘦猴在镇上的消息传到了老王耳朵里，他立即去镇上找，瘦猴有意躲，不愿见老王。老王的心从悬崖上摔了下来。

他们之间有过一次面对面的邂逅。那是在镇上赶集的一次，开始他们谁也没注意到谁。老王领着丫丫边走边看，想买点日用品，一会儿拿起一块肥皂看看，一会儿又拿起一包洗衣粉看看，丫丫在前面跑着。瘦猴吹着口哨，穿梭在人群里，有好几个卖肉的摊主大声喊着他名字，嚷着说自家的肉好。这声音随着风飘进了老王的耳朵里，老王随声望去，看见了瘦猴。老王的眼睛一酸，落了两滴泪，被丫丫看见了。丫丫看见他爸呆呆地望着远处，她也看了过去。爸，那是哥，是我哥。丫丫蹦蹦跳跳跑了过去。

丫丫突然出现在瘦猴的眼前，瘦猴又惊又喜。他从小就疼这个妹妹，看着妹妹单薄的身体，瘦猴握住她的问，那个老头呢？丫丫转过看，指给瘦猴看。瘦猴看了一眼，瞬间就把头扭了回去。丫丫让瘦猴回家，说爸都想你了。瘦猴鼻子冷哼了一声，没再说话，把一大块儿猪肉递给了丫丫，匆匆离开了。丫丫拿着猪肉大声叫着哥，瘦猴没回头。

丫丫走向老王，把肉递到他面前说是哥买的。老王像是受了莫大的屈辱，把那块儿肉扔在地上，拼命的踩踏着，谁稀罕，谁稀罕……丫丫哭了。老王拽着丫丫冲破人群，气愤地走了。

3

得到全县每年一度的美食大赛在镇上举办的消息，瘦猴很振奋，干爸干妈鼓励他参赛，说这是让他扬名的好机会。为了报名，干爸干妈提着礼物找到老王家说明来意。老王手一挥，不答应。无论瘦猴干爸干妈如何苦口婆心地说，老王就是不答应。瘦猴干爸气地跳了起来，说老王是个不负责任的老子。老王像一根火柴被划着了，劈头盖脸地骂瘦猴干爸干妈做的不是人事，把自己的儿子抢走了，说他们是拐卖孩子的。瘦猴干爸气得差点背过气。

瘦猴看着干爸干妈那失落的脸，明白了一切。瘦猴说他想放弃，不参加比赛了。他干爸不答应，说好机会不能放弃，说这是瘦猴通往县城最有效的办法。瘦猴低着头不说话。

那年他跟父亲一块儿去镇上赶集，中午父亲带他和妹妹进了一家餐馆。瘦猴上厕所经过后厨时看见一个男人拿着一把菜刀正在切菜，那刀法让他惊叹，土豆在刀下瞬间就变成一条条细丝，最后菜刀就在空中翻了几个跟头，他一时看呆了。那人发现了他，谁家的小鬼，看啥呢？瘦猴赶忙跑开。

瘦猴跟老王说里面有个人厉害得很，菜刀在手里飞呢。他连说带比划。老王说那有啥嘛，他就是靠这个吃饭的，还说自己年轻时在厂子里电镀时，那些物品还不是在自己手里飞一样。丫丫问菜刀咋能飞？瘦猴笑了笑，就是跟变魔术一样，一会上一会下，始终在手里飞呢。

回来的路上，瘦猴跟父亲说自己不想上学了，想去学厨师。老王当天晚上就罚他跪在母亲的灵牌前，让他打消学厨师的念头。

之后瘦猴像像丢了魂，满脑子都是菜刀。老师见他心不在焉，提他回答问题。他随口就说出菜刀跳舞的话，全班学生笑作一团。老师气得冒烟，把他赶出了教室。瘦猴站在门外，想着菜刀，就偷偷去了餐馆。

他走进餐馆，女人问他吃啥，他撒谎说想借个厕所上上，女人嘴巴一撇，说厕所在里面。瘦猴悄悄趴在后厨门上看，又看见了那把菜刀翻飞的样子。这次不同于上次，这次那个男人没有切菜，只是专心的在玩菜刀，花样比上次多多了。瘦猴忍不住惊叫了一声。那人发现了他，走过来问他是谁？瘦猴支支吾吾地说自己叫瘦猴。那人看了他一眼，笑着说，瘦猴，这名字倒是很符合你。

那男人说，瘦猴，我刚才手里的菜刀好不好看。瘦猴直点头。男人笑了起来，现在老了，手不中用了，年轻的时候我可比现在玩的都好呢。瘦猴说，天呐，比现在都好？那是一种怎样的好呢？男人又笑了起来，你不去上学，来这里捣什么乱，赶快走吧，一会你娘老子要打你屁股的。瘦猴临走前说，我以后还能来看你的菜刀吗？那男人说，可以，不过要等你放学后，上课的时候不准来，免得你娘老子找我的事。

后来瘦猴偷偷的又去了几次，每次他都挨到放学后，进餐馆像进自己家一样方便。瘦猴话不多，可每句话都能说到人心上。餐馆是老两口开的，在这镇上已经经营了十来年了。瘦猴见眼生情，手底下也很麻利，又是帮着那个女人收拾碗筷，又是帮着在后厨里摘菜洗菜。老两口很喜欢他。餐馆也成了瘦猴梦想起飞的地方了。

第二天一大早，干妈陪着瘦猴在镇上又买了几斤点心、蛋糕什么的，提着回村了。房子还是那座房子，路还是那条路，瘦猴站在门口不知所措。他一路上盘算好的方法，此时此刻竟然被院门挡在了外面。他伸了伸手，始终没有使劲儿，门上的秦琼敬德双眼怒睁，瞪着他。他毛骨悚然。曾经这个家突然变得很陌生了。瘦猴挠挠头，抬抬腿，没有走进家门。他靠在院墙上不知所措。

丫丫蹦蹦跳跳放学回来，老远就看见门口有人。丫丫走近门口，惊喜地喊着哥哥。她抱着哥哥的胳膊，拽着他进院子，大声喊着，爸，爸，我哥回来了，我哥回来了。

瘦猴环视着院落，一切都没有变，只是看上去陈旧了很多。屋里的老王守在窗口看着外面，瘦猴刚到家门口时他就发现了。老王的胸口起伏着，气息也变得有些粗了。他盼望了几年的事，终于来了。可是他却没有勇气走出屋子，他不知道该如何面对瘦猴。瘦猴跟他还有关系吗？昨天瘦猴的干爸干妈来的意思他心里明白，户口本的事不是什么大事，但是他就是气不过，自己好端端的儿子，这么些年与自己近在咫尺，认别人当父母，岂有此理。丫丫冲进屋的时候，老王故作镇静，端端正正地坐在床上。丫丫说，哥哥回来了。老王眼都没抬一下。瘦猴走进了屋。

瘦猴看了一眼老王，嘴巴动了动，那两个字始终没有喊出来。瘦猴说，丫丫，这是给你们买的，这家做的味道不错。丫丫笑眯眯地看着哥哥，谢谢哥哥。老王依然没抬眼，也没说话。

4

瘦猴在来的路上在心里幻想着老王的表情，跟此时的情景一样。瘦猴说，我要参加比赛，报名要身份证，我没有，只好回来拿户口本。丫丫说，哥，我这就去给你找，我知道地方。

老王吼了一声，敢找，打断你的腿。丫丫停住了，不解地看着老王。瘦猴也看着老王，看见他头上的白发心里有一种说不出的痛。屋里没有任何变化，炕角下的那个洼地依然没有填补起来，还是那个破烂不堪的家。

瘦猴清了清嗓子，爸爸两个字却叫不出口。他转过身坐在一把椅子上，静静地看着老王，期待老王接下来的话。老王的眉头拧在一起，一言不发。一束阳光透过窗户，尘埃在阳光里飞舞，灰蓬蓬的。老王抬头看了一眼瘦猴，似乎想说话，可张了张嘴也没说出来。老王曾经很多次当着丫丫的面说过，一家人能团聚是他最高兴的事。此时，老王也不清楚自己为什么选择了沉默。

丫丫不紧不慢地给瘦猴倒了一杯水递了过去。瘦猴起身接过杯子，他递到老王的面前说，给，你喝水。老王把杯子打掉了，随着玻璃破碎的声音，老王大声说，你滚出去，这里不欢迎你。

瘦猴不明白自己到底做错了什么，怔怔地看着老王。老王像条恶狗瞪着瘦猴，手不停地指着外面，让他走。瘦猴尴尬极了，起身向外走。丫丫拦住了他。丫丫说，爸，这些年你那么盼着哥哥回家，现在哥哥回来了你却又赶他走？丫丫的话像一记重锤砸在老王心里，老王身子一颤险些摔倒了。丫丫跑了过去，扶住老王。瘦猴问丫丫他咋了？丫丫有点生气，哥，你左一句他右一句他，他是谁吗？瘦猴哑了，像卡了壳的枪，黑黝黝的放着光。瘦猴没说话，掀开门帘走了出去。丫丫追在后面大声喊着哥，瘦猴没回头。

瘦猴在台上表演厨艺和飞刀，眼睛在台下不停地寻找着。他先是看见了丫丫，丫丫正在向他招手，他笑了笑，菜刀在手中更加欢快。

主持人宣布比赛结果，邀请瘦猴的父亲老王上台，人群里骚动了起来。瘦猴跳下台子问丫丫，爸呢？丫丫惊讶地看着瘦猴，哥，你刚喊他啥？是爸吗？瘦猴满脸通红。丫丫转过头四处看了看，爸大概回去了吧。

老王坐在门墩上继续张望着，他没等到瘦猴的归来，看见丫丫在路上奔跑。丫丫进门就告诉老王说她哥得了第一名，下个月还要代表县里去市上参加比赛呢。老王脸上像正在做一场化学实验，忽然就绽放出了笑容。丫丫呆呆地看着他。哥哥走后，她几乎就没见过爸爸这样笑过。老王说，丫丫，箱子里有瓶酒拿出来，爸爸想喝一口。丫丫没有阻止，她哼着歌取出了酒，又去厨房给老王炸了一盘花生米。

老王喝了几口酒，呛得直咳嗽，丫丫端来了一杯茶递给老王。老王喝了口茶，你哥他人呢？丫丫说，我哥他们在镇上开庆功宴呢。哦对了，他说晚上回家来，当面给你表演他的绝活。

夜已深，老王盘着腿坐在炕上，等着。外面隐约传来几声狗叫，老王都会探起身子透过窗户向外看。狗叫的声音瞬间消失，一切都归为平静。老王叹着气，一直坐到了天亮，瘦猴却不见踪影。

丫丫起床后，看见老王穿了一件压箱底的衣服站在院子里，像换了一个人。丫丫笑着问，爸，你这是准备出远门吗？穿这么正式？老王笑了笑，你哥一会儿回来，后面肯定有记者，我不能给他丢面子呀。丫丫连连说是是是，你说得对。丫丫洗漱完后，就张罗着烧水做饭。她要把家里最好的食物做给哥哥吃，虽然他是厨子，但她也要做，丫丫想。

太阳升起又落下，瘦猴就像那影子一样，变长变短变无，始终没有回家。白天村里的人来了好几拨，都是打听瘦猴回家的时间，有的还提前给老王说想让自家的孩子跟着瘦猴学手艺。老王笑呵呵地说这事包在他身上了。大家都说厨师这个行业好，吃得好，挣得多，瘦猴成了村里的明星。老王蹲在门前的槐树下，直到月亮升的老高，还是没有等到瘦猴。老王有些生气了，拾起一块土疙瘩啪的一声打在树干上。

丫丫说她去镇里看看情况，老王挡住了她。老王说不用去找，他想回来早就回来了，看来他还是不想回这个家了。丫丫说她哥肯定是被什么事耽误了，昨天说好的晚上回家呀。

老王和丫丫赶到医院时，瘦猴刚刚推出了手术室。瘦猴身上缠满了纱布，昏睡在病床上。老王俯下身子，抓着瘦猴的手，轻轻唤着瘦猴的名字，那份温柔是丫丫从未见过的。丫丫站在一旁抹着眼泪。

瘦猴的干爸说那天下午瘦猴高兴，喝完酒后，在镇上买了很多东西准备回村子去，我劝他明早再去，可他回家心切，骑着摩托车就走，谁知咋就翻下了沟。第二天才有人看见，我们急着送他去县上，没来得及告诉你们，哎，这孩子命苦呀。

老王没忍住，瘫坐在地上哭了起来。瘦猴的干爸扶起老王，老哥呀，你错怪儿子了，你看他表面上是不想理你，其实心里一直都想着你们呢。我们好多次都看见他一个人坐在那儿发呆，他干妈问他是不是想家了，他哇的一声就哭了出来。

老王的脸红了起来。他摸着儿子说，快点好起来吧，好了爸接你回家，爸再也不打你骂你了……

老王发现儿子的腿动了一下，仿佛看到了那天在台上活蹦乱跳的瘦猴，他手上的两把菜刀飞舞了起来，在阳光下显得格外明亮，菜刀所到之处都成了一朵朵绽放的花朵。

名人贱皮子

1

村长跑进桃花街小学，大声喊：凤梨，凤梨，张默回来了，张默回来了，说想见见你呢。凤梨拍了拍粉笔灰，走出教室，哦了一声，张默是谁？

张默就是贱皮子呀，你咋能忘了呢？村长皱着眉头说。

凤梨心里一怔，脑袋里就出现了贱皮子小时候的模样。贱皮子两条鼻涕不论春夏秋冬，总是挂在幽深的两个黑洞前，边笑边抹鼻子揩鼻涕，一副贱不兮兮的样子，贱皮子这个名号就是那时候被叫响的。

贱皮子回来了？凤梨说，不会吧，快二十年都没音讯了，还以为他早死在外面了呢，在哪呢，真想揍他狗日的。

村长看看四周，直朝凤梨摆手，不敢瞎说，不敢呀，人家现在可是名人了。村长快步走到凤梨身边，压低声音说，你放学后一定过来一趟。

凤梨师范毕业后就回桃花街小学当了老师。地处国道旁，交通四通八达的桃花街小学，虽说是个村办完全小学，但生源多，肩负了周边三个村的教育任务。

凤梨报到那天，老校长说，这么多年了，桃花街终于出了一个教书先生了。凤梨眼里挂满泪。桃花街山大沟深，森林资源好，出的最多的人才就是司机，突然出了一个当老师的人，让整个桃花街都沸腾了。乡亲们见着凤梨都是毕恭毕敬，都在背后对自己的孩子说，要争气呀，要向凤梨老师学习哦。

凤梨自己也感到很自豪。用他爸的话说，我儿子厉害，让祖坟冒青烟了。

正式报到那天下午，凤梨全家人去了坟场祭奠祖先。他爸哭得稀里哗啦，凤梨也是脸上泪两行，心里像太阳。那段时光，凤梨在桃花街里灿烂的阳光里撒下了高大的身影，连他爸妈的脸都被桃花街的春风吹红了脸。

村长的话在凤梨脑海里盘旋着，像升腾的飞机，不断地击打着他的头盖骨。凤梨拿着粉笔的手不知所措，一时竟忘了板书的内容。几十双眼睛盯着他看，像一道道利剑射向他。凤梨有些慌乱，像一个新媳妇似的不知所措。

凤梨干咳了两声。他在心里告诫自己不能这样六神无主。当初他参加县级、市级、省级赛教活动时，总是雄赳赳气昂昂，跟打了鸡血一样，抽屉里的荣誉证书可不白来的。

凤梨说，今天的课咱们调整一下，两人一组相互检查第二单元背诵的篇目，背不过的放学留校让家长来领。话音一落，教室里像是放起了鞭炮，发出轰隆轰隆的声响。学生们两人一组，认真地背书。

凤梨合上教案，扔掉粉笔，走到窗边看向校园。他发现校园角落里的几株广玉兰开花了，枝头上陡然间就多了很多白色灯泡样的花朵，随风微微摆动着。

当初在教师会上，他坚持要种植广玉兰，几个老师不理解还说不如种牡丹艳丽，现在看看吧，这些花多漂亮洁雅。

凤梨一扫心中的阴霾，露出了一个微笑。作为一校之长，凤梨总想让这所村级完小有能力和镇中心校相媲美。

贱皮子回来的消息让他心里有种说不出的感觉，就像鱼刺卡在喉咙里，吐不出来咽不下去拔不掉。他摇了摇头，又笑了一下，像是鱼刺又不见了。他看了看学生，没有人贪玩，就推开门走了出去，径直走到广玉兰树下近距离地欣赏那些花。

凤梨的脑袋里跟播放幻灯片一样，一会儿是花朵，一会儿是贱皮子的样子，忽来忽去。

当年，凤梨可是他们那帮孩子中第一个穿上登云皮鞋的人。贱皮子为了接近他的登云皮鞋，眼里都射出了绿光，想方设法讨好他。凤梨大发慈悲，为了某个人达到某个目的，就让他穿了一回，结果贱皮子是个烂泥扶不上墙的人，他穿着登云皮鞋就无法迈步走路了，那傻兮兮的样子逗得他们哈哈大笑。

凤梨觉得这个场景像是刚刚发生，但立马又恍惚了起来。他记得初中毕业后，贱皮子没考上中专，结结实实挨了父亲地揍，就跑了出去。贱皮子具体去了哪里没人知道。他母亲死的早，父亲没人商量，急得整日坐在门墩上哭，头发一夜间就白完了。他父亲那两年奔波在省城寻找，没有任何消息，时间一长也就放弃了，只当儿子死了。

三年后，贱皮子的父亲精神就开始萎靡恍惚起来，发展到后面竟喜欢自己跟自己整日不停地说话，说的话没人能懂，像是火星语言。村里人都骂贱皮子不是东西，害了他老子的命。

如今的贱皮子能变成了什么样？凤梨不敢想象，也难以想象。他心想，村长都说他贱皮子是名人了，他就把贱皮子和那些明星大腕联系起来。但，他转而一笑，觉得这是个疯狂的想法，因为从没在电视上听到或看到过有关贱皮子的任何新闻报道。

凤梨自言自语地说，狗屁名人，大不了就是有点钱吧。他决定放学后先不去见贱皮子，他可不想沾惹那场虚空的相聚。

放学铃响的时候，凤梨接到了村长的电话。撂下电话，凤梨眉头紧锁，闷闷不乐。几个学生问老师咋了？凤梨忙说没事没事，你们赶快回家吧。

2

凤梨见到贱皮子的那一刻，有点激动，就大声喊道，贱皮子，贱皮子，是你吗？是你吗？满桌子的人都看着他，他环顾了一下在坐的人，没几个认识的人，只有王副镇长那阎王般的脸让他心里一怔。

贱皮子站了起来，脸微红，笑着说，凤梨，凤梨，是我，是我，快过来坐。凤梨快步走了过去，坐在了贱皮子旁边。贱皮子紧紧地握着凤梨的手，兄弟啊，想死你了，说着眼里就涌出了泪。满桌的人都被这氛围感染了，也都苦着一张脸，像是别人欠了他们两斗米。

凤梨的眼睛不由自主的在贱皮子身上打量了起来。这还是那个贱皮子吗？看不见"瀑布挂前川"的景象了，细皮嫩肉的脸看不出任何沧桑，短脖子大头，头顶一块不毛之地在灯下闪着光，周围的几根毛发在那块不毛之地连成了一座桥，看上去让人糟心，很不顺眼。

凤梨心想这哪是名人的造型嘛，典型的伙夫。他看了一眼村长，有点怪他夸大其词，心里陡然凭添了几份惆怅。

凤梨忍不住就多看了贱皮子几眼。他在心里不断感叹着时间岁月像一把锋利的刀，能把万事万物分割成让人难以想象的形状。

凤梨正在暗自遐想的时候，贱皮子已经把身边的人都介绍了一遍，大家都相互点头示意。凤梨这才弄明白贱皮子这次回来是投资的，他想要在桃花沟里建一座山水旅游休闲度假山庄。他在心里佩服贱皮子的魄力和眼光，选择这个时机回乡。

去年县上出台了招商引资奖励规定，重奖那些回乡投资的企业家，还可以一路绿灯为投资企业扫清条条框框，特事特办。规定里还明确了在重大招商引资项目里，对能促使项目落地上马的党政干部也实行重奖，一是按投资比例发奖金，二是职务升迁。凤梨不由自主地看了对面落座的王副镇长，那副哈巴狗的样子让凤梨恶心。他猛然就想起了多年前跟王副镇长的一次交锋。

自从贱皮子的父亲成了那副样子，凤梨父子俩就义务负责照料他。贱皮子父亲并不是成了精神病，而是断断续续地恍惚，时而清醒时而糊涂。每个月的低保钱仅仅够他吃饭，遇到三病两痛的，凤梨会送他去村卫生室看看，贴钱成了常态。村里的人都说凤梨父子是好人。凤梨笑着说，都是一个村的，应该的。

那年暑假，凤梨拿着贱皮子父亲的低保折子去帮他取钱，信用社的人说这个折子没有低保款打入。凤梨找到老村长问情况，村长不说话，闷着头抽烟。凤梨就去了桃花镇找到了当时分管民政工作的王副镇长问情况。王副镇长遮遮掩掩，扯东扯西，最后答应说查查，可这一查就是几个月。

几个月后，凤梨又去了镇上，一把封了王副镇长的领口拉到院子里大声骂他不是东西，救命钱都敢胡整。

王副镇长见拗不过凤梨，答应立即恢复贱皮子父亲的低保。从那后，凤梨和王副镇长成了死对头，没少在中心校里给他穿小鞋。几次先进教师的名额都被王副镇长从中作梗，弄掉了。凤梨的父母骂凤梨不会处理事，给自己抹了一裤裆的黄泥，否则早就调到中心校去当教务主任去了。

同桌的几个领导频频向贱皮子举杯感谢他回乡投资创业，贱皮子笑着说桃花街是生他养他的故乡，为故乡尽点力是应该的。很多人都随声附和着说贱皮子高风亮节。

凤梨漠然地看着这桌人的嘴脸，尤其是王副镇长，一张猪腰子脸红得发亮，卑躬屈膝的模样，好像贱皮子是他爹一样。看着看着，凤梨心里直乐，脸上就绽开了花朵。贱皮子拽了一下他问他高兴啥，凤梨收住笑，摆手说没啥没啥。

王副镇长站起身，凤梨校长，借今天这个机会我敬你一杯，你随意，我干了。王副镇长呲的一声，喝干了杯里的酒。凤梨看了看桌上的酒，哎呀，我这两天身体不舒服，刚喝了药，不能喝酒，原谅呀王副镇长。

王副镇长对他微微一笑，拱了拱手没说话。

贱皮子看了一眼凤梨，笑着说，酒桌上历来都有三种人要提防，一是红脸的，二是喝药片的，三是留辫子的，你说说你是哪类人？大家哄堂一笑。

凤梨觉得自己的脸红了起来，他实在不想与王副镇长那种人喝酒，早知道他在这里，打死了也不会来。让他更没想到的是贱皮子会为了王副镇长的一杯酒戏弄他，他心里酸酸的。

凤梨辩解着说自己真是身体不舒服，贱皮子哈哈一笑，你莫不是想在后面来个横扫天下。又是一阵笑声响了起来。

凤梨看了一眼贱皮子，那双贼溜溜的小眼里向他投来了威慑的利剑，他没多想端起杯子一饮而尽，换来了全桌子的掌声。

凤梨觉得贱皮子很狡猾，有了第一杯酒第二杯紧接着就来了。凤梨左一杯右一杯应付着那些酒，一个圈下来头就晕晕乎乎的。他看了看，想说什么终究还是没说出来。

贱皮子提议说在桃花街上走走，凤梨就陪着他走在桃花街上，身后跟着一大群人。

凤梨笑着说，贱皮子现在厉害呀，散个步身后都那么多的人。

贱皮子笑笑，无奈地摇了摇头，向后面的人挥了挥手，那些人陆续离开了。

3

月亮爬了出来，夏季的闷热加上酒精的挥发，凤梨有些摇晃。两人靠在在桃花街大桥的栏杆上，往时已不同今日了。

贱皮子感慨道，那时咱们每周末都在这里集合一块儿下河摸鱼，那些土鱼子榨成金黄色的面鱼儿真香。

凤梨拍了拍贱皮子的肩说，兄弟，好兄弟，你走后的这些年里我时常都在回想着那时的事，真好呀，无忧无虑的。贱皮子搂住了凤梨说，见到你真好，见到你真好。

凤梨笑着说，贱皮子你知道吗？我都忘记你张默这个名字了，以为你早就不在人世了。贱皮子笑了笑说，你小子还说呢，贱皮子这名字就是拜你所赐，难听死了，以后别喊了。

凤梨心里一怔，为刚刚在酒席上一直喊贱皮子这个名字而后悔。心里叮嘱自己以后要改了，人家今时今日的成就怎么能有这种大不雅观的名字呢。

凤梨握了握贱皮子的手说，兄弟，别多心，以后坚决不喊了。贱皮子微微一笑，叹了口气，往事不堪回首呀，没人的时候你可以喊，你喊着亲切。两人哈哈一阵笑声震颤了桥下长安河哗哗哗流动的水。

凤梨从口袋里掏出了一盒烟，抽出一支递给贱皮子。贱皮子摆了摆手说，来抽这个，这盒你也拿上。凤梨从贱皮子的烟盒里掏出了两支大中华，一人一支，在月光下闪闪烁烁。

凤梨把烟盒插入了贱皮子的口袋里。贱皮子说他小气，说给他带了几条没来得及给。凤梨说他抽惯了猴王，那烟够味有劲儿。贱皮子笑了笑，摇了摇头，没说话。凤梨问贱皮子啥时候回来的。贱皮子告诉他说回来快一周了，今天才到了桃花街，之前一直在县里忙呢。

凤梨笑着说，看来你现在真的是财大气粗了，县老爷都跟着你屁股后面转了，厉害呀。贱皮子一拳打在凤梨地胸上，笑着说，厉害个屁，现在有钱的人太多了，像我这种是小角色啦。贱皮子故意把最后一个字的音拉得很长，典型的南方口音。

凤梨扔掉了烟头说，兄弟，给我讲讲你的发家史嘛。贱皮子苦笑了一声，又长长地叹了一口气，这些年就想找个人好好说说心里话呀。

贱皮子说他父亲打了他，他赌气就跑了。先是在省城一家饭馆里当服务员，干了三个月挣了 1000 多元就跟着店里另一个服务员去了南方。

他又叹了口气说，哎，人呀都是命呀，不信命不行呀。你肯定很难想象出我才去南方那段时间的狼狈样子，很多时候一天只吃一顿饭，睡在天桥下，像个要饭的流浪汉。后来，有好心人介绍我去了郊外一家私人办的屠宰厂工作，才混了碗饭。

凤梨说，天呐，你去屠宰场了，杀猪？

贱皮子点了点头，又摸出了烟点燃抽了起来。

凤梨说，老天呀，你胆子那么小，见了血就躲到远远的，还敢杀猪？

贱皮子缓缓地吐了一口烟说，人是会变的，那时候只要有一口饭吃对我来说已经很走运了。凤梨上下打量着贱皮子，贱皮子被他看的很疑惑，问他看啥呢？凤梨说，左看右看，我也不敢把你和屠夫这个词联系在一起呀。你还那么细皮内柔的，只是腰身变粗了，脖子变短了，不像屠夫到像个伙夫。贱皮子默然地瞪了凤梨一眼，凤梨又一次感觉到了寒光一现的那把利剑。

凤梨别过了头说，兄弟你受罪了。

贱皮子说，你知道吗？杀猪的感觉挺好的，当锋利的杀猪刀捅进猪脖子的刹那间，像是整个世界都在我的手中，随着杀猪刀的抽出，涓涓的血流呼啦啦直泻而下，那声音很美妙。凤梨不禁打了一个寒颤，觉得莫名地紧张起来。

贱皮子碰了碰凤梨问他咋了？凤梨才晃过了神说今天晚上好热，桥上连风都没有。贱皮子说，不是热，而是酒精的作用。凤梨又问贱皮子后来怎么就成了有钱人了？

贱皮子告诉他说老板看上了他干活不惜力，就把他招成了上门女婿。凤梨笑着说，兄弟还有这种艳遇呀，不错不错，老天对你不错呀。

贱皮子拍了他一巴掌，你也取笑我？我都苦恼死了。凤梨问他咋了？他告诉凤梨说他和老板的女儿根本不来电，那女人五大三粗，跟李逵样的。我还得表面装成遇到了天仙。老板死后，我把屠宰场扩大了经营，又成立了肉联加工厂，那座城市里吃的肉百分之八十都是出自我那里的。我的企业也成了全省知名企业。

这简直像做梦一样。那你生活稳定后也应该给家里来封信嘛，凤梨风轻云淡地说，你知道吗？我曾经在心里发誓这辈子如果再能见到你的话，一定替你爸好好扇你一耳光。

贱皮子一把抱住了凤梨，好兄弟，有你这句话，我知足了。他放开了凤梨说他当时也想过回来一趟，可最后还是忍住了。他是被父亲打走的，他在心里发誓不混出个人样就不会回来。

凤梨说，你看看今晚上那些人的嘴脸吧。特别是那个王副镇长，那典型就是一只哈巴狗。我劝你还是带着你爸回南方享福去吧，自己辛辛苦苦混出了成就别在这里失败了。

贱皮子深深地吸了口烟，缓缓地吐了出来。他看着凤梨说，兄弟，我是在新闻里看到咱这里正在搞全域旅游的消息，我不想杀一辈子猪就回来了。不论走多远，我都很难忘记这里的。

凤梨突然觉得自己比贱皮子矮了一大截，心里有种说不出的痛。

4

夜里，凤梨在躺椅上，摇着蒲扇看着满天星星。下午吃饭上厕所的空档，村长拦着他说让他要全力想办法把贱皮子的投资留在村里。他当时就拒绝了，说那投不投资的事是贱皮子个人的事。

村长说，大家都知道，你们从小关系就很好，只要你出力，县上说一定把你调到县里去，你们两口子常年分居也不是个事呀。凤梨的妻子在县城小学任教，前后都分居十年了，每次放假回来两口子都为这事发生矛盾。凤梨也去过教育局表达过自己的意思，但不知怎的就是调动不成。

凤梨陷入沉思中。下午酒席上，那个年轻的副县长不是拍着胸脯说张默的兄弟就是他的兄弟吗？凤梨当时没说话，在酒席上也没发表任何意见。散步的时候，他对贱皮子说的话是自己的心里话，他劝贱皮子带着他爸回南方享福也是内心的真实想法。可贱皮子的一席话，他觉得似乎也很有道理。

夜里起了一些风，温热的风似乎带了一丝凉气，让他全身舒服。他点燃烟，目光深沉。他听见窸窸窣窣的声响，才发现母亲搬了凳子坐在了他身旁。他说，妈，你咋还不睡？凤梨母亲说睡不着。凤梨问他妈有啥事吗？凤梨母亲说，其实王副镇长的话很对，你别再犟了，跟你爸一个样子。你这次帮帮镇上，把贱皮子的投资稳稳地留在这里，你的事也就迎刃而解了，一举两得呀。

凤梨笑着说，你咋也变得这么圆滑世故了。凤梨母亲有些生气地说，你也不想想，儿子都十岁了，一直跟着他妈，你们一直就这样分居吗？凤梨还是那句话，贱皮子投不投资是他的事跟我有啥关系，你们咋能那样想事？我又不是贱皮子。凤梨母亲愤愤地说，你个犟怂。

凤梨想着王副镇长刚才那副鳖孙样就笑了起来，他刚才违心地答应了王副镇长帮忙，说自己只能建议不敢打保票。王副镇长弓着身子连连点头，连连道谢，说凤梨是桃花镇最大的功臣。凤梨当时就想笑，弄得好像他是腰缠万贯的贱皮子一样。

散步时贱皮子问凤梨有没有什么事需要帮忙。贱皮子告诉他钱能解决的事不是事，他在这里能摆平一切。凤梨本想说说自己工作调动的事，几乎都快要说出口了，最后还是犹豫了。

凤梨起了身，回到床上，可怎么还是睡不着。他后悔刚才没说出调动的事，心里就开始盘算着该如何向贱皮子开口呢？

下午吃饭时，李局长在电话里面说的很清楚，只要想办法留住贱皮子能在偏远的乡镇建一所希望小学，凤梨就能调进县城小学跟爱人团聚。他在床上辗转反侧着无法入睡，靠在床头上，心烦意乱。他回忆着自己这些年来，凭着兢兢业业地努力，拿到了市级省级教学能手这个荣誉称号，可到头来想夫妻团圆待在一起竟然这么难。他先后去教育局找了很多次，向领导诉说自己两地分居的痛苦。

领导淡淡一笑说，咱们县山大人稀，两地分居的老师大有人在而不光是你一个人。凤梨红着脸，积极争取着。领导一挥手，去吧，我还忙，你可是省级教学能手呢又是本地人，要积极发挥模范作用呢。凤梨低着头走了。

几个要好的同学说凤梨一根筋，与时代脱节了，说你不去送礼，哪来的机会？这话凤梨早就听厌烦了，他妻子之前只要跟他一吵架就会骂他不懂行市，不知道送礼。凤梨总是冷冷一笑，像一阵寒风刮了过去，直拖到了现在。

5

凤梨在学校操场领学生出操时看见贱皮子在操场一角的器材上压腿锻炼，他老远向贱皮子挥了挥手。贱皮子冲他笑了笑。

早操结束后，凤梨走向贱皮子说，没想到你这么大个名人早上还起的挺早？贱皮子笑着说，这可不像你老兄嘴里说出的话呀。两人哈哈哈地笑了起来。

凤梨问他今天有啥安排，贱皮子告诉他今天很忙，要去镇政府开个对接会。凤梨说，名人就是名人呀，想请你来家里吃顿家乡饭的机会都没有了。贱皮子一笑说，这样吧，晚上我尽量早点回来，我还真想阿姨做的炸面鱼儿，十来年了，一直都忘不了那个味道呢。凤梨说，那好，咱说定了，你晚上回来就过来吃炸面鱼儿。贱皮子说好。

凤梨昨晚一直在心里盘算着想请贱皮子来家里吃顿家乡饭，又怕他太忙没机会，刚刚顺嘴一说，没成想贱皮子就答应了，他喜出望外。

贱皮子归来时已经晚上八点了，凤梨急不可耐。贱皮子走进门连连说抱歉，凤梨拽着他坐下。凤梨的父母搀着贱皮子的父亲也走了进来，贱皮子赶忙站了起来，扶着父亲坐了下来。

贱皮子说，我走了一天，也只有你们一家人想着他照顾着他，其实这么多年我都知道一直是你们一家人守着他。凤梨的母亲没忍住哭了起来。贱皮子的父亲一直冲着凤梨比着大拇指，虽然嘴里咕咕叨叨听不清他说啥，可老人的手势很真诚。凤梨夹起一个炸面鱼儿递给了他，这顿饭贱皮子是哭着吃完的。

凤梨问贱皮子今天的事进展如何？贱皮子笑着说，一切都向既定的方面走。

凤梨说那就好，那就好。贱皮子说，凤梨你似乎有话对我说。

凤梨埋下头说，想跟你说的话很多，你昨天说的那些事害得我一晚都没睡着。贱皮子突然就来了兴趣，哦了一声，笑着说，说出来听听，什么事还能让咱们大校长彻夜不眠？

凤梨说，你知道吗？我昨天回家，王副镇长不知啥时候就等在我家旁边，你猜他找我干啥？贱皮子问他来干啥？凤梨说，他让我无论如何都要把你的投资留在这里。贱皮子大笑了起来，这个王副镇长真够可以的，群众工作做得很扎实。

凤梨没想到贱皮子会这样轻描淡写地说出这番话，让他意料之外。凤梨说，这也难怪，你刚回来有些事你根本还不了解，就那个王副镇长做的那些事，真是气死人了。

贱皮子说，有些人和事不是绝对的，我知道你对那个副镇长有意见，他当时利用手段取消了我父亲的低保，让你们水火不容。

凤梨忽地站了起来，啥，你是咋知道这事的？难道你前几年偷偷回来过？

贱皮子也站了起来，拍了拍凤梨的肩头，兄弟，别激动坐下说。

凤梨此刻觉得自己像是被人剥光了一样，孤零零地站在人前。凤梨说，先不管你是如何知道的，你说他那样的人是不是可以等同于畜生。贱皮子说，别这样看问题，虽然他当时做得不对，但他能提着礼物来你家赔礼道歉，还能当着很多人的面向我道歉，就他这种魄力和个性无人能比。话说回来，他做的这一切还不都是为了镇上吗？我已经原谅他了，此一时彼一时嘛。

凤梨睁着惊恐的眼睛看着贱皮子，他今天给你道歉了？贱皮子点了点头说是的。

凤梨觉得口很渴，从冰箱里取出了几瓶啤酒，两人喝了起来。凤梨说，你的心真大呀。那样的人都被你说成了高尚的人？贱皮子说，兄弟你也该放下了，很多事不必太认真，人要顺势而为。凤梨说，看来你是经见了很多事的人呀。你现在成功了，别人都会绕着你转，你说的话都会成为至理名言，可我们这些身处底层的人该有多难呀。

贱皮子笑了笑说，你难道认为我受的罪还不多吗？你知道吗，我决定要回来回报家乡的那一刻，早就做好了准备了。兄弟，我知道你的难处，可你自始至终都没给我提出要求，让我帮帮你，你活得比任何人都纯粹。

凤梨呵呵一笑，你看错我了，刚开始我听村长说你回来了还成了名人，我并不是很兴奋，只想狠狠揍你一顿。真没想到你现在变得这么有本事，老实说吧，我也并不是说没事求你帮忙，只是说不出口，昨晚就一直前思后想着呢。

贱皮子喝了一大口啤酒，凤梨，那你就说出来吧。凤梨笑笑，算了还是不说了吧。贱皮子举了举啤酒，两人大喝了一口。贱皮子说，其实你的事我都知道了，你放心吧，你们李局长今天也在会场，他向我提起了你还说要把你调到县城小学去跟夫人团聚呢。

凤梨手中的啤酒瓶啪的一下就掉在了地上破碎了。凤梨觉得自己暴露在罪恶面前，双手颤抖不已。贱皮子握住他的手，你别多想，如果我的到来能为你做点什么，我很高兴。但是，现在有个问题我要跟你讨论一下。

凤梨问啥问题？贱皮子说，首先感谢你那时为了我父亲跟王副镇长闹翻了，给我父亲重新争回了低保，但你的举动被有心人利用了，导致王副镇长这些年都没提拔起来，他心里也很苦。人家都能低着头给你道歉，你咋就不能给他道歉？

凤梨傻了眼。他逃脱了贱皮子的手，说，够了，你别再说了，我绝不会给那种人道歉的。

贱皮子苦着一张脸盯着凤梨说，凤梨，我在做这些事的同时如果能帮到你的话，一举两得也挺好，只是别让事卡在你这儿，你要明白王副镇长那人的能量很大呀。

凤梨淡淡地说，你走吧，你变得让我万分难过。贱皮子漠然地站起了身，拍了拍凤梨的肩头，兄弟我知道了，我很理解你，就像当年我穿不了你那双登云皮鞋一样。

贱皮子走出了院子，凤梨抱着头蹲在了地上，母亲骂他是个瓜怂瓷锤，吃错了药。凤梨默不作声，抬头看了看高空里的那轮皓月，想起了校园一角里的那几株广玉兰，那些白色的花朵分明比月光还亮还美，它正在风中摇曳着。

野孩子

1

父亲死后，我跟妈回到山里，周围的孩子叫我野孩子。外婆一双小脚追不上，我妈没少流泪。

夜里，我对妈说还是回山外吧。她哭了，哭了很久，自言自语地说她的命苦。

那天晚上我梦到了我爸，他是坐着一朵云来的。我睁大了眼睛，问他变成孙悟空了？他说，孙悟空有啥好的？我说，他会七十二变，能降妖除魔。我爸说，我走了，你要照顾好你妈。我哭着不让他走，就哭醒了。我妈说，又做噩梦了？我说，我梦到我爸了。我妈一把抱着我又哭了起来。我说，你咋老哭。我妈不说话，给我盖好了被子，缩着身子躺在我的旁边。外婆咳嗽了两声，又睡着了。

那些日子，我站在大门口插着腰，用标准的关中话骂他们，瓜皮。他们看着我，哟，原来还是个哈家伙。（当地方言，坏家伙的意思）他们用不标准的关中话唱：哈家伙，喝凉水，吃油馍，不吃不吃两三个，喝了凉水吃油馍，半夜起来打标枪，飙你嫂子一裤裆。特别是最后一句话，我觉得是奇耻大辱。蹲下身子，一块石头就飞了出去。他们几个边跑边喊，这哈家伙下冷手呢。

山里的夜，总是有些奇怪的鸟的叫声陡然打破寂静。我从被窝里露出脑袋，一片漆黑，伸手不见五指。外面又突然静的可怕。突然间我就看到了我奶的脸，狰狞在屋顶对着我笑。我把头缩回了被子里，一会儿又把头伸了出来，那张脸不见了。

上一次，我奶打了我，说我是个贼，是个吃货。那天，我奶家门口栓的大黄张着嘴，涎水流了一地，热的呼哧呼哧的打转。我放学的时候看见飞飞几个人在校门口买了根二分钱的冰棍，嘴里就咽着口水。飞飞看见我跟躲瘟神一样跑开了，自从上次以后他就不跟我玩了。我爸没死的时候，我每天都能吃到冰滋滋的冰棍。我一路小跑回到我奶家。我奶正摇着蒲扇躺在凉席上听秦腔，三滴血里的一段《祖籍陕西韩城县》，我爸也喜欢唱那段，我听了一会儿，悄悄地去了灶房，我奶平常都是把鸡蛋篮子挂在半空里。我搭了两个板凳才摸到了篮子里的鸡蛋，拿了一个。我出门的时候，我奶叫住了我，问我干啥去？我说去找同学玩。我奶说，你手里拿的啥？我说没啥。我奶就去摸门背后的拐棍，我就向外跑，啪的一声，我一个前扑摔倒了，鸡蛋黄从我手缝里流了出来。我奶那天打我，我没哭，因为她就没问我拿鸡蛋干啥。

我奶坐在大门口，哭天抹泪的逢人就说我不学好，现在偷鸡蛋，将来肯定就是个杀人放火的，是个挨枪子儿坐牢的。我躲在屋里想我爸我妈。

我一晚上都是昏昏沉沉，半梦半醒。一会儿梦到我爸临死前痛苦的样子，一会儿又看见我姑打我妈的情景。

2

我爸下葬后，我妈把我留在奶奶家，她一个人回了山里。她走的时候被我姑和我奶堵在路上，她的一绺头发被我姑扯了下来。当时我就躲在不远的麦草垛子后面不敢出声。我妈满脸是血地爬起来说，娃他爸看病借你们的钱这辈子一定还给你们。我冲出去大声喊妈，我妈头都没回就走了。

我姑转过头扇了我一耳光，骂我是个小杂碎。我奶拽着我的胳膊，走，回，你个累赘。我没有哭，我看着我妈消失的地方，盼望她早点回来接我。

我妈走了以后，我还是跟往常一样上学放学。我最好的朋友飞飞给我说有人在背后说我是没爸的野孩子，我就想着如何去收拾那个小混蛋。

放学路上我问那孩子为啥骂我，他说你就是个没爸的野孩子了，还神气个屁。你爸原来开厂子的时候把我爸辞了，你爸死了，活该。我动手打他，骑在他身上扇他嘴巴。一只大手把我扔到旁边的沙堆上，还朝我唾了一口唾沫，你个小野种还敢打我儿子。

飞飞扶起我，走给你奶告状去，你奶是咱村有名的泼妇。我打了一下飞飞，让他住口。我回到家里，我奶我爷正在吃饭。我奶头都没抬一下说，吃饭。飞飞皱着眉头，婆，你孙子让黑娃他爸打了。我奶我爷放下了筷子，看了我一眼说，为啥打你？我说，黑娃说我爸死了，我就是个野孩子。我奶我爷脸一沉，我觉得可以出一口恶气了。我奶跳下炕，趴下。我就哭。飞飞吓得跑了出去。我的屁股像火烤了一样。我奶说，你记住，你就是个没爸的野孩子，别到处惹事。我哭着说，我也是你的孙子呢。我奶的声音突然就提高了八度，我孙子多得很，也不差你这一个。我蹲在炕角哭。我爷给我递了一个馍，快吃。

1978年，我爸进山去收竹子，我妈卖竹子的时候他们相互认识了。他们结婚那年，大雪纷飞，我爸拉着架子车在山门口等我妈坐的公共汽车。我妈下了车，我爸跟个雪人一样一动不动。我妈是坐着我爸的架子车回家的。第二年就有了我。

我爸抱着我逢人就说，你看我儿长得多漂亮。我爸姊妹六个，排行老二。我那时候的小脸蛋被很多人亲过，我奶、我姑、我爷、我叔都从我的小脸蛋上得到过快乐。

3

我妈在山里的集镇上打工，安顿好了就把我接到了外婆家。那是个三省交汇的地带，很繁华，那个地方叫桃花街。外婆家离桃花街大约四里路程。由于东面的路打通了，原来的乡镇府、信用社、供销社、药铺等很多机构就迁移到了桃花街。唯独学校没有迁移，桃花街上的地方太小了，学校处于闹市不利教学。

桃花街上啥都有，有旅社、有餐馆、有理发店、有露天电影院、有推着架子车的小商小贩，那条街是个三角地带，从东面来的车和从南边来的车全都交汇到了这里。

我还是第一次去我妈打工的地方，是一家餐旅结合的店铺，一楼卖饭，二三楼住宿，就在汽车站的旁边。

那天星期六，我一个人沿着公路去桃花街找我妈。上了一段很长的坡，又拐了一个弯，就看见了岭南旅社的招牌在风里荡着。我进门的时候，我妈正在给客人端菜，见是我又喜又气。她拉着我去她楼梯间的小屋里面坐着，顺手给了我一瓶健力宝。我拿在手里舍不得喝。我一个人坐在小屋里，把玩着健力宝。一个满脸胡须的男人探着头进来了，坐在我的身边指着外面忙碌的我妈说，你是她儿子？我说，是。他摸了摸我的头，喝吧。我没说话。他说，喝完了叔叔给你拿。我说，你是谁。他说，我是这里的老板。我立即站了起来。他又按着我的肩头让我坐下，咔的一声打开了那瓶健力宝。

这其实是我第二次喝健力宝。第一次是我爸买给我的。他在城里住院，我妈带我去看他。他从病房的柜子里跟变戏法一样拿出了一瓶健力宝。我爸说，喝吧，这东西喝了有劲。我那天一点一点跟挤牙膏一样喝完了那瓶健力宝，我在医院的花坛上试了试自己的拳头，我哭着怪我爸哄我。我爸我妈笑地流出眼泪。

我拿起那瓶健力宝咕咚喝了一口，黄色的汁液流进了喉咙，滋滋作响。我妈给我端了一碗肉丝面过来，让我快吃。热气腾腾的扯面油汪汪的，上面还飘着一些虾皮。我狼吞虎咽的吃完了，端着碗去厨房，我看见刚才那个跟我说话的叔叔的手正在我妈的胸口上摸来摸去，好像在找啥东西一样。他们见我进来，我妈拨了拨头发，搂着我出来了。我问她叔叔在干啥，她说衣服有个小洞，用针缝呢。我让她指有洞的地方让我看，那个叔叔递了一瓶健力宝给我，还给我几个像糖一样的东西，说，小家伙，这个是泡泡糖，能吹出泡泡呢。

我一个人嚼着泡泡糖，吹着泡泡在这个繁华的地方走着。这条街不是很长，但是停满了车。车的种类大致有两类，一类是公共汽车，一类是拉木头的大货车。一街两行满满当当。从车上走下来的人把整个街道塞满了。男的女的，高的矮的，胖的瘦的，都涌进了街中的餐馆，在这里打尖。岭南旅社的门都快被挤垮了。

我在街里走着突然听到有人喊我野孩子，我回头一看是班上的同学冬生，在这里能遇到同学我喜出望外。

冬生说他爸在这里开了一个修车铺，就在前面不远，喊我去他那里玩，我就去了。冬生他爸的修车铺不是很大，只能容得下两个车的地方。我们进去的时候，他爸正钻在地槽子里拧螺丝。冬生是我在学校里最好的朋友，虽然我不喜欢别人叫我野孩子，但他叫我不生气。才到学校去的时候，没有人愿意跟我这说着外地口音的人坐同桌，冬生举起手说跟我坐。冬生说他也是外地的，老家四川的。他说这里的人都欺生，还教给我办法对付他们。

上四年级的一次体育课上，王兵跟几个同学故意惹我，骂我是哈家伙，野孩子。我抓着王兵，冬生在我耳边说，要打就一次把他打服。我把心里憋了很久的气都撒在了王兵身上。很奇怪我妈那次到学校没有骂我也没打我，带着王兵去医院花了一百多元钱看病。后来几乎就没人再故意惹我了，只是这个野孩子的诨名在学校里叫得更响了。

冬生给我找来了一些画报看，我问他这些画报哪来的，他说是在邮局定的。我觉得他很幸福。正看着，冬生的爸爸走了进来，递给我一个苹果，问，你就是冬生老提起的那个野孩子吧。我叫了一声叔叔说，是的。冬生他爸摸了摸我的头说，可怜的孩子。我说，我不可怜，刚才喝了健力宝，吃了肉丝面呢。冬生他爸说，在哪里？我说，岭南旅社。他说，那是你家亲戚？我说，不是，我妈在那里打工。冬生他爸哦了一声，又问，里面那个个子高高的女服务员就是你妈？我说是。他看了看我，叹了口气，摇了摇头走了出去。我问冬生，你爸好像有话说？他说，好像是的。

晚上，都快十二点了，我妈还在厨房里叮叮当当地忙活着。催了几次，我妈都没见过来睡。我躺在床上想着今天的所见所闻，想着想着就睡着了。

我迷迷糊糊听到有个女人的声音，啊呀啊呀像是很痛苦的样子。我揉了揉眼睛坐了起来，看看身边，我妈没在。我又躺了下来，闭上眼睛昏昏欲睡。那个声音还在喊。我又坐了起来，仔细辩听，发现是从二楼一间亮着灯的房子里传出来的。先是女人的声音，后来又夹杂着一个男人的声音，我有些害怕，觉得像是孤魂野鬼的声音。我大声喊，妈，那声音瞬间就没有了。不一会儿我妈从二楼走了下来，她的脸红扑扑的真好看，我都看呆了。我妈说，你个小家伙，咋还不睡？我说我刚才听到了一些奇怪的声音，害怕。我妈低着头一把把我搂在了怀里。

4

星期一上早操的时候，冬生在我耳朵上说，我爸说那个岭南旅社的老板不是个好东西。我说，不会呀，那人挺好的，还给我泡泡糖和健力宝呢。冬生说他爸从来不撒谎，我的心里有了疙瘩。

上一次我独自去了我妈打工的地方，我妈送我回来时叮嘱我说不准再去了，如果再去老板要扣钱，还要开除呢。我说，那我想你了咋办？她说每周日下午她回来陪我半天。

一个周我都在想冬生说的话，我觉得他爸那人也不像个说谎的人。我妈回来了，她烫了头发，让我眼前一亮。我妈说，儿子，好不好看？我说，好看。

我问她那个老板人好不好？她说，挺好的。我说，冬生他爸说那个人不是个好东西。我妈楞了一下，问，冬生他爸是谁呀？我就把那天去冬生家的事跟她说了。我妈过了好久才说，你一个小孩子家，不懂得啥好啥坏。睡觉。

十月份满山的栗子张着嘴巴圆哈哈地笑，一年一度的勤工俭学开始了，学校的任务是每人上缴三十斤栗子。周末我和冬生几个要好的伙伴拿着剪刀，背着干粮上山了。那几天，漫山遍野都是捡拾栗子的人，冬生说山上的栗子是捡不完的。

风一吹，树上的栗子又会像下雨一样落下来。我们看好了一棵树，几个人跟猴子一样爬了上去，一人攻占一股枝丫。上树之前我们还要用柳条枝编一顶帽子戴在头上，以防栗子的毛包扎伤我们。我们高唱着我们是共产主义接班人的歌，使出浑身力量摇晃那棵树。树上的栗子夹杂着毛包呼呼啦啦下起了雨，我们下了树，碰到毛包就用剪刀剥开，里面的栗子就跳了出来。那些邬红的栗子尽数进了我们的袋子里。捡拾完一棵树，我们又爬上另一棵树。就在爬第三课树的时候，我出事了。

我们几个人都爬上了树，我站的那个树股偏细，当我们一起使劲摇的时候，那个枝丫咔嚓一下断了，我从树上摔了下来。我痛得在地上抱着腿打滚。冬生和几个伙伴干着急，没办法。后来他们大声喊着，救命，救命呀。我被村子里的朱长生抱着飞奔下山。

乡卫生院束手无策，说要送省里的医院做手术，我妈急的直哭。我妈转身去岭南旅社筹钱，我躺在县卫生院的病床上，满头的汗。期间，朱长生给我擦了两次。我妈拿着500元钱回来，朱长生说差得远，嘴里还骂了一句，那就是个杂碎。

我做完手术，睁开眼睛，我妈才安静了下来。病房里，我妈一直对朱长生说着谢谢。朱长生说，谁还没个急事？他说给我买点饭就出去了。

朱长生是我们村子里的人。因为头大，脖子短，村子里的人都叫他朱大头（猪大头），他是村木材加工场的会计兼采购，见多识广。那些年，我们那个地方的经济主要是靠木头。路上三分之一的车都是拉木料的车，下午装一车木头，晚上拉到城里就能变成钱。我妈说，朱大头这次拿了5000块送你出来做手术。我说，那咱们拿啥还呀？我妈说，慢慢还吧。我说，你说你们老板是好人，我觉得他不是好人，不然为啥你才借到了500块钱。我妈沉默了一会儿说，你说得对，那不是一个好人。我说，那你还去他那里上班吗？我妈说，不去了。我说，那朱大头的钱咋还？我妈说，你以后不许那样叫他，他是咱的恩人，你以后喊他伯伯。我点了点头。

朱长生给我买了一碗油泼棍棍面。我说，朱伯伯，同样是面食，为啥山外一个味道，山里又是一个味道？他说，一方水土养一方人嘛。山里的水土硬，我们就喜欢吃肉，山外的水软，他们对于吃肉就没有山里人那种强烈的需求。我听的不太懂，但我觉得他是一个很有文化的人。我低头吃着面，听见我妈说，朱大哥这些医药费可能得过些日子才能还给你。朱长生说，大妹子，还还啥呀，这都是我欠你的。我妈说，咋能这样说呢，你不欠我啥。我妈扯了扯自己的衣服，拨了拨头发。

朱长生说，等娃出院了再说吧。

朱长生抱着我走进外婆家的时候，隔壁邻舍站满的人。我发现我妈的脸特别的红，她比我先进屋。

外婆见我就哭，说孙子受大罪了。外婆把我浑身上下都瞧了一遍，转过脸看见朱长生勃然大怒。我吓了一跳。我瞅着他们。

外婆说，你还有脸到我们家里来，当年要不是你日鬼弄棒槌的，我女子能落到这个地步吗？外婆哭了起来。我妈看着外婆，一头雾水。

外婆说，就是这个王八蛋朱长生，这些年我没去找你，你到来了？当年写大字报硬是把她从保送名额中拽了下来。外婆指了指我妈。

朱长生跪在了外婆面前，我知道迟早都会有这一天的，今天你就打死我吧。这么多年我也一直在心里自责着。

外婆还真就拿起手中的拐棍一下一下打在朱长生的背上。我看见窗户外上围满了人，听见有人说，该打。我妈抓起自己的鞋打在窗户上，外面安静了。

我妈拉住了外婆，扶起了朱长生，让他先回去，还说我的医疗费会尽快还上的。朱长生低着头，流着泪走出了门。

第二天，这个事情在我们村子里就流传开了。有的说朱长生不是东西把我妈害了一辈子，有的说他心好救了我还给了医药费。从那之后，我妈就待在家里没去岭南旅社了。

朱长生后来跟我说，他那时候是红卫兵，我妈是宣传队的，跳舞跳到他心上去了，他心里一直喜欢我妈，可我妈的心气高，他就在暗地里了写了大字报，有意污蔑我妈是墙头草，还说她干活偷懒，躲尖耍滑……

那天晚上，我半夜又听见了我妈的哭声，是躲在被子里的那种哭声，又闷，又不响亮。

5

我妈跟朱长生结婚那天，请了全村人，好多人都喝得东倒西歪。

在我妈之前，朱长生结过一次婚，但一直没有生孩子。村里就流传说：猪大头不如个牛，取个媳妇，算个球，只会吃不会生，不如取个大母牛。

结婚前我妈征求过我的意见。我说，你自己做主。她说，我要给你个家，有家了就不是野孩子了。我说，他人挺好。她说，你同意了？我笑了笑。

我们搬进了国道边朱长生翻修一新的三间大瓦房里。我妈开了一个小商店，他继续还在那个厂子里干会计兼采购。日子过的清闲，但我一直都叫他伯伯。

我们家是村子里第一个买电视的，14寸彩电。朱长生说他托了城里好几个朋友才弄到手。

一到晚上，他就把电视搬出来放在院子里，像一个小剧场一样，坐满了人。我就跟个小皇上一样坐在中间，再也没有谁敢叫我野孩子了。

我最喜欢的还是听他说书。到了冬季，坐在火炉旁，他就给我讲《三国演义》《封神榜》《聊斋》等内容。他一讲到紧要关头，就会剥一颗花生扔进嘴巴里，嚼两下，端一盅酒砸吧着嘴，发出哎的一声。我望眼欲穿地看着他，他不看我，自顾自的吃着喝着，急的我只抓头。他喝完酒扭着头，看着我说，预知后事，且听下回分解。好几次把我都气哭了。他见我哭了，就从包里拿一些稀奇古怪的东西送给我，像电子表、自动铅笔、红蓝绿三色的油笔，我破涕为笑，拿着去伙伴面前显摆。

我妈把我户口迁回来的时候，他说要让我改姓。我不同意。他在门墩上整整坐了一下午，满地烟头。我妈劝我，我也不答应。第二天，他还是骑着自行车送我去上学。我那时觉得他长相不好，头大脖子粗，嫌姓他的姓丢人。我一想到那个姓，觉得自己也会变成一头猪。他多次问我为啥？我没说话。

我上初二的时候，周末回家。我妈跟他在吵架。我妈说他是一根筋，睁只眼闭只眼不就过去了。他说，那是公家的，我就是卡着不给厂长报。他说厂长有好多次都是虚开虚报，以前没有发现，现在发现了就不能不管。那个厂子是村办企业，村长是厂长。他在厂子里跟村长发生了激烈地争执，村长说他就是个小小的会计，不服从领导管理。他说村长只想着捞好处不管厂子的死活。村长气忙了说他一辈子失败，找个二手老婆，还有个野种。他火冒三丈，放你妈的臭狗屁，一烟灰缸砸在了村长的头上。他被村长开了。他说，无官一身轻。我妈几乎有两个月都没理过他，一直骂他是傻子，看不清局面。

从厂里回来他喜欢上了喝酒，喝完酒就在村子里转，边转边骂村长不是东西。我妈说，你再这样，家里会出事。他说，我怕个球，老子一个人吃饱全家不饿。

我妈把他扔在床上，自己坐在商店里边打毛衣边哭。

酒醒了，他扛着锄头去地里干活，一干一天，不回家吃饭。这样的日子持续了一年，他突然说他表哥让他找几十个工人去新疆搞建筑，活联系好了，就差人了。他临走的时候给我和我妈留了两万块钱，说是上学的报名费。我学习忙，没有回来送他。他带着三十多个工人去了新疆。

我周末回来，我妈递给我一封信，说是他给我的。我问写的啥，我妈说封着呢，她不知道。我拆开信，他说他有三个心愿，一个是我想要个自己的儿子，你妈不同意。第二个是想让你改姓，你不同意。他说他这辈子犯的错太多，那就答应他第三个希望吧，好好考上学。里面还说了很多对不起我妈的话，说他把我妈害苦了。他还说他做的最对的一件事就是暴揍了岭南旅社的老板，说那个人当时吓得把尿尿了一裤裆。

半年后，我妈就收到了他死亡的讯息。朱长生从脚手架上掉下来，摔死了。我妈要去新疆把他的尸体运回来，周围的人说我妈疯了，新疆那么远，怎么运？我妈说，不行就把骨灰盒抱回来，问我陪不陪她去。我沉默着。我妈说，朱长生对你不薄，做人要讲良心，我们不能让他葬那么远，做孤魂野鬼。我妈的泪水成串往下掉。我也要掉泪了，我说，我没说不去啊。

回来的路上，我妈抱着骨灰盒，对着它说话，我妈说，老朱，你也是个野孩子哦。老朱，我们的孩子懂事了，陪你回家了。我妈抱累了，我就接过老朱的骨灰盒。我给我妈讲了朱伯伯以前挖马铃薯的情景，说他脖子上的毛巾像从水里捞起来一样，吧嗒吧嗒滴着水珠，地上冒起了一个个小灰圈。他边挖边说，马铃薯这东西好，能当粮食吃，炒着吃、凉拌着吃、煮着吃、炸着吃、蒸着吃都行，不挑剔。这东西也好活，不挑地方，别看它不起眼，给点泥巴就能长出一个家族。他哈哈笑了起来。我不觉得好笑。他说，你咋不高兴？我说，我活得不如马铃薯。他拍了拍我，男人要活得像一株野草，风一吹就冒出来了。我在心里惊讶着。他长时间没说话，一股股黑烟从他的鼻子里冒了出来，像个烟囱。我说，马铃薯不好挖。在这之前，我经常把马铃薯挖成两半截，很沮丧。他说，你没有找到窍门。他示范着，我学着。朱伯伯扛起一袋马铃薯就走，如履平地。我就不行，马铃薯在我肩膀上颠簸着，随时要掉。他站在前面，看着我，没说一句话。我扛到架子车旁，整个背都汗湿了，他接过我肩上的重物，我瘫坐在了路边。他说，你看，扛东西也有巧，不是用肩膀出力，是用腰出力呢。说完，他就扎起了马步，一脸笑，双手拍打着自己的腿和腰。我看的入神，心里笑他傻，觉得他天生就是个当农民的料我妈听了，抹着泪眼笑，说他不傻，就是心好。

我拼尽了全力，高考却落榜了。我自责了几天，扛上镢头去了自家的田里。我一镢头一镢头的挖着地里的马铃薯，那些马铃薯像铃铛一样跳了出来，个个都长得那么喜人。我妈跑过来，夺过我的镢头，说你这是做什么，这不是你要做的活儿。你回去看书，准备复读！

我只好回家了。捧着书，却看不下去。

冬生跟我说想去南方闯世界，我心动了。我妈不同意，藏着我的身份证不给。我妈哭了，说我不孝顺，对不起死去的朱伯伯。我抱着头蹲了下去。冬生来我家找我，我妈说，你也不学好。冬生走了。

我烦闷，下午去了坟园。几只乌鸦落在几个坟包上看着我，没有飞走。朱伯伯的墓前郁郁葱葱，两棵松柏树长大了些许。我跪在他坟前哭着喊了一声爸。

第二年我考进了城里。那天，我去图书馆借书，走到一扇窗前，看到了天空泛起了火光，异常美丽，同学们都喊着说，看，火烧云。我无心自然的美景，却突然想起一个人在那片云彩里走着，短脖子，大脑袋……

紫　苏

1

这段时间，紫苏心神不宁。她的朋友圈你就不敢看，弄得跟黛玉葬花一样，每天都无声地吟唱着：花谢花飞飞满天，红消香断有谁怜……我回复着问她咋了？她发了一个梨花带雨的图标给我，我觉得紫苏不至于变得这么伤感了吧。那家伙不是一个侠女吗？

高中毕业紫苏找到我和晓燕密谋了一个惊天计划。那些日子我们总是躲在田间、树林里、小河边窃窃私语。村里人说我们是几个疯丫头，躲在一起咯咯咯地笑。紫苏和我坚持要去省城，说城市大机会多，晓燕说只想去汉中，离家近方便回来。二比一，晓燕拗不过，我们就去了省城。紫苏是我们的头儿，她大我和晓燕两岁，我们为她马首是瞻。

到了省城，我们进了一家酒楼当服务员。三个人在一起不觉得累，整日笑呵呵，老板说我们像燕子一样轻快。酒楼里要统一着装，穿的是旗袍，我们第一次穿，以前在舞台上见过模特穿。紫苏穿上旗袍像换了个人，比皇宫的娘娘都好看。我和晓燕捂着眼说，把人眼睛都亮闪了。

我跟紫苏出来打工家里不同意，说社会上的坏人多，大姑娘家的出去打工危险。紫苏一出面问题迎刃而解，她是村子里天不怕地不怕的妞儿，村里的王二赖曾经被紫苏手握菜刀追了两条沟。那天，王二赖跑不动了，累的跟死狗一样倒在地上求饶，上气不接下气地喊，姑奶奶饶了我吧，以后再不敢了。我和晓燕听说后，跑去问她王二赖咋了，惹得你拿菜刀追他。紫苏的脸就红了，只字未提。我和晓燕猜了个十之八九，没再深问。

紫苏的母亲死得早，从小跟父亲相依为命。她啥都好，就是上学不灵光，她跟父亲提出好几次说不上学了，回来帮他种地。他父亲骂她没出息，让她继续上学。紫苏还是在小学时候连留了两级，就变成了我和晓燕的同学了。大学我们都没考上，家里大人的脸掉在了地上。一段时间后，我们同时发现杨村的王婆娘，那是一个远近闻名的媒婆子，先是到了紫苏家，再到我家，后又去了晓燕家。我们躲在暗处看王媒婆一扭一扭的屁股，心里紧张的要命。我们可不想这么早结婚。回家好说歹说才来了省城。

我们三个人住一间房子里，里面有两个架子床。白天累一天，晚上却睡不着。紫苏问我和晓燕将来有什么打算？晓燕说她这辈子不想再回到那个穷山沟了，说城里好。紫苏又问我，我说也想留在城里。我和晓燕等她的答案，她却故弄玄虚，说城里固然好，但她爸一个人在那里也不是办法。那晚月亮照进了屋子，紫苏兴奋极了，对着月亮发誓说要在城里安家，要把她爸也接过来。我和晓燕不可思议的看着她，觉得她吹牛不打草稿，靠每个月几百元钱的工资，简直是在做梦呢。

很多时候，我都觉得紫苏是个有心计的人。工作不到一个月，她竟然三番五次的把自己的工资从老板手里弄了出来。老板不吝啬，有求必应，但只对紫苏。如果让我和晓燕腆着脸跟老板磨工资，我们绝计做不出来。一是不知道如何张口，二是不会对老板笑，紫苏说我们还没有适应大城市里。她说在这里不能还像在农村的时候，要学会察言观色，遇啥人说啥话，对人笑是很重要的。对老板笑，老板认为你很尊重他，对客人笑，客人会认为你重视他，服务态度好，对路人笑，有可能就能招揽到顾客进店消费……紫苏对笑的理解比王大娘的裹脚都长，我和晓燕暗暗佩服。此后，晚上我们就对着镜子练习笑，房子里充满欢声笑语。此时我和晓燕才明白为啥紫苏被老板安排在收银台，而我们累死累活地跑堂端菜。

那时候的工资是底薪加提成，每个月紫苏都比我和晓燕多挣两百，这是她笑的功劳。紫苏每个月都把工资的一大半寄给了他爸，自己只留了少部分，也就够买生活用品和卫生巾。她说不能跟我和晓燕比，说我们家里挣钱的人多，她家就她爸一个人孤苦。每次说到她爸紫苏都会抹泪。紫苏他爸身体不好，一个人还要干地里的活，连个帮手都没有。早上天不亮就下地了，黢黑才回来，很多时候都是只吃一顿饭。自己又不太会做饭，做一顿吃几天，紫苏说那不是人过的日子。我们从心里都盼着紫苏能快点把她爸接到城里来，最起码可以吃上一口热乎乎的饭食。

老板是本地人，一双贼眉鼠眼老在紫苏身上转，像个花痴一样对着她笑。我和晓燕端菜的时候，故意摔碎了盘子，老板的笑脸突变，凶神恶煞地吼着说，手断了？损失从你们工资里扣。紫苏像个老母鸡一样护在我们前面，面若桃花，对着老板一脸灿烂，老板看看我们说，赶快打扫，这次算了。没想到我和晓燕的馋主意却给紫苏带来了麻烦。

那晚下班时，老板让紫苏跟他在店里对账，让我们先回宿舍休息。快十一点了，我和晓燕一直没见紫苏回来，心里很担心。联想起老板色眯眯的眼睛，我和晓燕决定回店里看看。刚穿上衣服，紫苏就回来了。我们俩问她出了啥事吗？她一脸疲惫，摇摇头就上了床。那晚天真黑，没有月亮，像是变天了，我躲在黑里一直睡不着，心里总觉得紫苏有事瞒着我们。

2

紫苏的朋友圈搅得我心神不宁，我打电话给晓燕相约一块儿去紫苏家看看她。

紫苏的家在城里的一个花园小区里，住在一栋小高层的 10 楼，一梯两户，专用密码电梯。我和晓燕在小区外的超市里买了水果和酸奶，走进小区远远就看见紫苏在楼前等我们。

当初选择这里的房子，我和晓燕也来实地看过。周围医院、学校、超市应有尽有，很理想。晓燕当时望着我说咱们啥时候才能有这么一处好地方呀，一副羡慕嫉妒恨的样子。紫苏说欢迎我们以后常来。我从紫苏的脸上分明看到了一丝变化，就给晓燕使了个眼色，晓燕心领神会，没再说什么出格的话。其实，自打紫苏有了心仪的人，我们跟紫苏相处一直都很小心，生怕哪里做的不好伤了她。

紫苏那晚跟老板对完账后，我们的工资每人涨了三百元钱。晓燕是个大大咧咧的人，从不想老板为啥给咱们涨工资，我心中的疑虑并没向她提说，反正就觉得有点蹊跷。我曾经试着想找紫苏问问，可终究没说出口。

那几天冷，老板总围着一条花格子厚围巾，奇怪的是店里有暖气他还是围着，我似乎明白了什么。再看看紫苏，她依然还是守在柜台里，冲着各色人微笑，唯独对老板难见笑容了。杨哥就是这个时候闯进了紫苏的视线中。

老板一见杨哥就点头哈腰的走了过去，嘴里吩咐紫苏倒茶。杨哥转过身看了一眼紫苏，老板赶忙说是才来的汉中姑娘，名叫紫苏。杨哥嘴里念叨着紫苏的名字，这名字好，这名字好。他们一行六人进了包房。那晚紫苏醉的不知人事，是杨哥帮忙送到宿舍里的，我和晓燕连连说着感谢的话。

杨哥一米八的大个子，长着一张棱角分明的脸，挂着一双很威严的眼睛，像是整个世界都是他的，霸气外漏。他是那种熟透了的男人，看上去沉稳，有风度。

杨哥来酒楼的时间多了起来，老板总是小心应对，叮嘱紫苏专门负责对他的服务工作。紫苏那段时间也像是吃了迷药，顺从得像只绵羊。按说紫苏又不是服务员，这活儿应该是我和晓燕负责。只要杨哥一来，紫苏晚上必醉无疑，想着她的身体难以招架，我就去问老板，老板让我别管闲事，我就跟他理论了起来。老板说杨哥是咱们都惹不起的人，黑道白道通吃呢。老板的话我听不大明白，就请他以后别安排紫苏去服务，换我和晓燕去。老板脸一沉，紫苏可是杨哥钦点的人，那是说换就能换的吗？

中间有好几天杨哥没来了，紫苏才缓了过来。我和晓燕晚上劝她以后别陪那个杨哥牛哥地喝那么多酒了。紫苏一笑。我问她笑啥？她说她有点烦，本就想喝点，还说那个杨哥是个正人君子。晓燕突然变得聪明了起来，这是我始料不及的。她问紫苏是不是喜欢上杨哥了？紫苏又是一笑，没说话，但她的脸红扑扑地映照在灯下，像个痴情女。

杨哥带着一帮人砸了老板的店，才把我们砸醒了。老板那天没敢报警，而是像个鳖孙跪在地上求饶，让杨哥放他一马。杨哥举着一把菜刀问他是哪只手摸了紫苏。老板支支吾吾，看了左手又看右手，惊恐地望着杨哥。后来杨哥告诉我和晓燕，老板好几次对紫苏动手动脚，紫苏含泪隐忍，有天喝醉了酒话赶话就说了出来。那晚杨哥也只是吓吓老板，没想到刀举起来的一刻，老板吓尿了，屁股下渗出一滩臭烘烘的液体。

杨哥开着一辆丰田霸道，拉着我们和醉酒的紫苏去了一个小区，我们也彻底失业了。第二天早上，紫苏醒来吵着说赶快起来上班，还没等我们说话，她又惊叫着问我们在哪里？

我简要的把昨晚发生的事说了一遍，紫苏直摇头说自己喝断片了，什么都记不起来了。她冲进卫生间洗了把脸出来说，也好，离开那个糟心的地方，咱们先歇几天再去找工作。

我们不明不白的住在那个小区，心里总觉得不是事。中途杨哥来了好几次，见他跟紫苏笑嘻嘻地东聊西聊，我和晓燕觉得成了电灯泡。我们俩提出想出去租房子找工作，杨哥说让我们安心住这儿，工作的事他来帮忙。紫苏也随声附和着说听杨哥安排。杨哥走后，我抓着紫苏的手问她是不是打算跟杨哥好了。紫苏说早就好上了，她第一眼就看上了那个男人。我说你对他了解多少，她的回答让我觉得她变了，变得很彻底。紫苏说无所谓了不了解，只要对上眼了，就认定他了。

我感觉紫苏是在玩火，晓燕也劝说她要慎重。紫苏哈哈一笑，这就是农村人跟城里人之间的区别，现在都啥年代了，你情我愿，合得来就搭伙过，合不来就分，再说杨哥那人你们也见过，有担当有责任，他是我心目中的人。我和晓燕像听天书一样听着紫苏的那些大道理，我心里只好默默祝她幸福。

紫苏躺在沙发里告诉我们说她已经是杨哥的人了，这让我和晓燕惊了一跳。她说前段时间他跟杨哥出去玩，两个人私定终身，下午就在宾馆开了房，把最宝贵的第一次给了杨哥，我和晓燕无话可说，觉得必须尽快搬出这个房子，这里不属于我们，只属于紫苏。

几天后，我和晓燕找了一份超市收银员的工作，找好房子后我们搬走了。紫苏哭着说我们是好姐妹，以后常联系。

3

紫苏见了我们格外亲热，一手挽着我，一手挽着晓燕，嘴里嘟囔着说，还买这些东西干啥？晓燕把脸一沉说，又不是给你买的，水果是给咱们可爱的公主的，奶是给叔叔买的，跟你毛关系没有。我们哈哈哈笑着进了电梯。

紫苏的这个房子是套三居室的，当初买的时候只花了50多万，这几年城里的房价一天一个样，天天有变化，现在能轻松卖200万了。地理位置优越，房源抢不到手，紫苏的父亲总在人面前说女儿争气，一说就哭，老泪纵横的。

前年，紫苏邀我和晓燕相聚，饭桌上说他爸总是问女婿去哪了，好几个月看不见人。紫苏叹口气说是烦死了，真想把他爸送回老家去。我明白紫苏的那份苦，可没怎么说，怕说错话害她难过。紫苏说她当时真是鬼迷心窍了，咋就看上了杨哥。我和晓燕没敢接他的话茬。

当初我和晓燕去了超市上班，那段时间忙着熟悉业务没怎么联系紫苏。心里觉得紫苏过的肯定好着呢。直到接到紫苏的电话说她怀孕了，我们大吃一惊，立即过去看她。

那天杨哥在场，我问杨哥现在准备如何安顿紫苏。杨哥像个没事人一样，说了句结婚。有了这个答案我们几个人的心似乎安稳了下来。杨哥家大业大，手底下有不少生意，我幻想着紫苏的婚礼一定会在这座城里引起轰动。谁料他们结婚那天，一没有仪式，二没有婚车，只是从乡下把紫苏的父亲接来了，杨哥的爸妈没见踪影，就我们几个吃了一顿大餐，那天的菜确实丰盛，喝的茅台。我看着紫苏眼神里充满了疑问，紫苏微微一笑，似乎说她不在乎那些。我举起杯敬他们，祝他们白头偕老，早生贵子。现在想想，我当时好傻。杨哥好像看出了我的心事，一口喝干了酒。他说今天的婚礼太过简单了，不是说不能给紫苏一个奢华的婚礼，而是紫苏坚持从简。杨哥从包里拿出了一个红色证书递给了紫苏，说是房本。这是一个巨大的惊喜，我和晓燕抢过房本一看，上面只写了紫苏一个人的名字。我觉得杨哥真是够意思，比起那些斤斤计较的男人强过百倍。我和晓燕同时被感动了，我们围着杨哥左右开弓，跟他喝酒。闹了一阵后，杨哥又拿出了三万现金递给了紫苏他爸，说是孝敬老人的。人老了，容易动情，紫苏爸的哭声让我们心里都不是滋味。

酒席结束，我们又一同去了那套新房，大家开始出谋划策，讨论装修风格。杨哥这时接了个电话，说公司有事就走了。我很惊讶，今天可是你们的新婚哦。杨哥笑了笑，没办法，公司的生意不等人呀。也就是从那天起，紫苏爸就跟着她过了，没再回老家了。

那天，晓燕说想看看紫苏他们的结婚证，说还没见过结婚证长啥样子。我也是嚷着想看。紫苏莞尔一笑，说结婚证杨哥保管着呢，以后有机会再看。我们在杨哥之前租的那个房子里待了很久，紫苏催我和晓燕也抓紧时间把自己嫁出去，老大不小了。晓燕一摆头，找不到杨哥这样有实力的人，宁愿单着。紫苏皱了皱眉，他有啥好的，糟老头子一个。

说到杨哥的年龄，的确不小了。紫苏和他谈恋爱的时候，据说杨哥比她大20岁呢。当时我和晓燕还说人到不错，就是年龄有些大了。紫苏说，那你们从他的面容上能看出比我大20岁吗？实话实说，杨哥长得真是不显老，看上去最多也就比紫苏大七八岁的样子。当然说这话的时候，紫苏他爸因为下午酒喝多了，早就在床上打起了呼噜，那呼噜声传到客厅像驶来了一艘船。我想，如果老爷子知道他这个女婿比自己小不了几岁的话，会不会气得跑回乡下去。紫苏说她不在乎年龄大小，她只在乎这个人。她问这人你们到底觉得咋样吗？我们异口同声都说好。杨哥为人处世真是没话说，我和晓燕后来的工作不都是他一手办的吗？工作轻松，工资又高，还有人关照，这比之前的酒楼和超市就不在一个档次上。

晓燕像只闷不啃声的小绵羊，说结婚就结婚了，她嫁给城中村里的一户人，一栋六层高的楼房，条件很不错。晓燕的婚礼是热闹的、喜庆的，酒店里一次性开了三十席，她还特意把结婚证拿到我们面前炫耀。紫苏抓着结婚证仔细看着，脸红到了脖子里，我以为是她喝了酒的缘故。

直到上次，紫苏约我来她家，她哭着倒出了心事。那天晓燕跟她老公去海南旅游去了，紫苏打电话说很久没见我了。

一见紫苏，觉得她刚哭过。我环顾了一圈，问她叔叔呢，她说在小区活动中心打麻将呢。我笑着说，不错呀，叔叔看来是完全适应城里的生活了，都学会打麻将了。

紫苏说最近他爸老问起杨哥咋不回家的事。我顿时也很诧异。我说杨哥现在都不回家了？是不是外面有女人了？你一定要提防呀，现在这个花花世界，男人容易学坏，他那么有钱。紫苏瞪着一双眼睛，暗淡地说，他不会在外面乱找女人的，我相信他。他是个有家室的人。我说，是呀，他有你和孩子，应该对你们负责，不能在外面胡来。

紫苏起身倒了两杯红酒，递给我一杯，我的话你没听明白，我说在我们好之前他就有家室了。我险些打碎了手中的高脚杯。迫不及待地追问她是怎么回事？

紫苏说她是真的喜欢杨哥，他是个好人，可是他有他的家，那头还有两个孩子，我理解他的难处。我一口喝干了酒，那他这样对你公平吗？把你当啥？小三？情妇？性伴侣……我的话像炮弹一样打在紫苏的身上，她哭了。我觉得自己太过分了，不该用那些脏字质问她，她心里该多苦呀。

4

我们走进紫苏家，漂亮的小宝贝妍妍就扑到我怀里喊干妈。自从有了孩子，我们几个人的孩子都把对方母亲喊干妈。看着妍妍，我心里有种说不出的痛。紫苏他爸依然没在家，紫苏说去打麻将了，他习惯了这样的生活。

紫苏的事是她自己后来告诉晓燕的，据晓燕说她当时的表情比我还夸张。我们都怪紫苏不该瞒着我们，要是早知道是这样的，说啥也要拦着她。如今，咋办？如果哪天杨哥的原配知道了，一定会来找紫苏拼命地，又该咋办呢？

紫苏笑了笑，不会了，已经解决了。我们不敢想象是如何解决的？紫苏给妍妍放了动画片看，拉着我们去了卧室。

紫苏说她想通了，与其这样活在父亲和孩子的询问声里倒不如放手。孩子一天天长大了，总有一天她会问起自己的父亲。上个月妍妍问她爸爸是干啥的，在哪里工作，为什么别人的爸爸都在家，她的爸爸却很少在家，她都快忘记爸爸长的样子了。是呀，孩子不说谎话，哪个孩子不想念自己的爸爸妈妈呢。紫苏接着说，孩子是一方面，父亲是一方面，还有一方面是自己在遭受活寡地折磨。我也是个正常的女人……紫苏呜呜呜地哭了起来。

紫苏说的这些，我很能理解。我觉得她好可怜，值得庆幸的是她想通了。晓燕陪着紫苏哭，惹得我也掉起了眼泪。想当初我们三个在河边的那棵大柳树下结拜发誓，今生相互扶持，走完幸福人生的话，一切都历历在目。以前总以为紫苏掉进了福窝里，心里还有几分羡慕，没想到她的光鲜的生活却都是假象。

这时，晓燕问了一个很重要的问题，她说杨哥就这么轻易答应你了？紫苏说他不答应有啥办法，孩子天天吵着要爸爸，父亲时不时提说女婿咋还不回来？我问他这些事咋解决？难道要等到女儿再大一点说妈妈是个坏女人，妈妈是小三吗？我问，那杨哥是咋回答的？他坐在那里一言不发，只是抽烟。

紫苏说，他都已经快五十的人了，体力各方面都在走下坡路，一个人应对两个女人，是不想活了吗？别的不说，每次见他，我迫不及待，可他几乎是快丧失男人的功能了，所以后来越来越就回来少了。

我起身去客厅给紫苏倒了一杯水，小妍妍一个人正在看《小猪佩奇》，咯咯咯地笑，跟她妈的笑声很像。

紫苏喝了一口水，我也不怕你们笑话我，我一直拿你们两个当自己的妹子，这日子真是一天也过不下去了。我把这些事都给他摆在了明处，他最后说不同意，我就扇了他一耳光。他似乎被我打醒了，他说他舍不得孩子，不允许孩子叫别人爸爸。他那天哭了，歇斯底里地哭，跟孩子一样。他说害了我一辈子。我说我正是看在孩子的份上才提出跟你分手的，日后孩子问起来，我就说咱们离婚。他求我别离开他，我跪着让他放我。他说以后每个月再多给我一万元钱，我一杯水泼到他脸上。我使劲地扇着自己耳光，弄了半天，这么多年他把我当成了真正的小三。

真是可恨之人。他有家的事一直瞒着你吗？我问紫苏。紫苏说，直到我怀孕后，他才向我说起。他让我打掉孩子，可我真舍不得。

我骂了一句，杂碎，狗杂种。我说，那他后面到底答应你了吗？紫苏拿出杨哥写的保证书，内容大致就是以后再也不纠缠紫苏了。紫苏说，真没想到，他真是个自私的男人，他宁愿让我守一辈子活寡。要不是那天，我冲进厨房拿着一把菜刀比在手臂上的动脉威胁他，他的说辞肯定还多着。我突然想起了紫苏拿菜刀追着砍王二赖的情景。

晓燕问，那你接下来有啥打算？紫苏说，找工作上班，再找个爱我的人结婚，我要给妍妍一个完整的家。

我的心很烦躁，我觉得紫苏这些话说着简单，做起来好难呀。我拍了拍她的背，别怕，有我和晓燕呢。

这时，门开了，我忽然听到了杨哥的声音，我们同时奔出卧室，紫苏爸正握着杨哥的手说着话。紫苏疯了一样对着杨哥吼道：滚！给我滚！

邹三强遇见胖嫂子

1

邹三强走进酒楼就后悔了，想要退出来，蓝青山向他招手，他硬着头皮喊了声姐夫。蓝青山说，咋才来，就等你了。邹三强苦笑。蓝青山领他进了一个包间，所有人放下筷子看猴一样看他。他脸红了。

邹三强很少红脸，这从他的名字里就能找到蛛丝马迹。所谓三强，能吃为第一强，能喝为第二强，能干活为第三强。他妈说邹三强跟他死去的爹还差着一强。他爹是村子里出了名的能吃能睡能喝能干的好劳力。邹三强看着人家的日子红火，睡不住。前年跟村里的"大部队"去城里打工，鹞子翻身，成了工头。大家都说他运气好，遇到好老板了，就暗地里叫他三老板。

邹三强这趟专程送母亲回来。走的时候，医生叮嘱他照顾好老人，要忌辛辣，忌酒，否则赴宴的事他是不会来的。他本打算昨天就回城里，他妈接到蓝青山的电话。邹三强说，吃饭的事你去就行了，我工地上忙。他妈说，你表姐夫听我说你回来了，点名让你去，再说撑门户的事你不去，还让我一个老太婆去？

蓝青山是邹三强的表姐夫，是那种拐着弯弯，八竿子打不着的亲戚关系。平常两家人不怎么走动，逢年过节也不相互来往。半年前，表姐做了子宫切除手术，蓝青山提着四色礼找到邹三强的妈，说他太忙，让她照顾一下媳妇，自己人放心。邹三强他妈没有推辞，第二天就去了蓝青山家。邹三强知道后，说他妈不该去。他妈在电话里骂他六亲不认。

邹三强从心里很反感表姐两口子。表姐是单位里的一把手，很强势，说话就手舞足蹈，好像这个世界都是她的。蓝青山一副死人脸，像是别人都欠着他钱，他是当地银行里的二把手。

前年，邹三强想买车跑运输。他提着好烟好酒去找蓝青山，蓝青山拿文做武，不是说审批手续麻烦，就是贷款要抵押，要担保。邹三强说找到了担保的人，蓝青山说他找的人不符合要求。表姐在一旁皱着眉说，别人不理解你姐夫，你也跟着瞎起哄。邹三强一口气好怄，转身就走了。他心里就当那些好烟好酒送给鬼糟蹋了。

回到家邹三强跳着双脚骂表姐两口子不是东西，不讲情分。他妈说，你贷十万，那是个天文数字呀。邹三强骂骂咧咧，我贷款又不是去杀人放火？担保人都找好了，他说不符合条件，放他妈的狗屁。他妈说，你留点口德，你妹子快毕业了，以后少不了麻烦人家呢。邹三强蹲了下去，不说话了。

人家都说有熟人好办事，你邹三强的表姐夫不比熟人强？你小子没办成，那还是没上供的原因哦。邹三强听几个发小这样说，心里发誓不理表姐他们了。车没买成，怄了一肚子气，索性就去了城里打工。

邹三强到了城里，干活不惜力，话也不多，听说听教。南方的老板拍着他的肩说，小伙子好好干。他憨憨一笑。手上的茧子像死猪皮一样泛着黄色，好几床被面子都被划烂了。几个工友说他笨得像猪，他笑着说，踏踏实实干活，老老实实做人。这句话是他爹临死前的遗言。

一次，工地上两个人半夜跟库管倒运材料被邹三强起夜撞见了。他大吼一声，谁？那几个人见是他，没放在眼里，去去去，赶快睡去。邹三强有个毛病，喜欢玩手机，特别喜欢手机里的照相功能。他掏出手机，啪啪啪的拍了起来。那几个人火了，过来抢手机。其中一个人用钢管砸破了他的头，邹三强倒在地上，血顺着脖子流。几个人吓傻了。摸了摸邹三强的鼻子，发现还有气，掉头就跑了。

老板大发雷霆，报了警。邹三强成了他手下的工头，啥好活都派给他。短短半年时间，邹三强手底下就有好几十号人跟着他。每次开会布置任务的时候，他都会把他爹的话作为压轴话说一遍。

他经常跟着老板宴请甲方或其他合作方。酒场上那一套谙熟于心。在他看来，不管男人还是女人喝酒是其次，喝出气氛，谈拢生意才是目的。喝酒的场子他见多了。上次为了博得甲方一个女老板的好感，邹三强愣是连着喝了五个深水炸弹。女老板一拍桌子，好，这小伙子豪爽，我信任你，生意就谈成了。邹三强云里雾里的没弄明白。老板说，你这人就是落了一个实诚。

当然，邹三强的实诚也让他错失了很多机会。手下几个人说他脑筋直，不会转弯弯，你又不是工程监理又不是工程验收的人，管那些事干啥？他说，去你妈的，那些房子卖给你，你要吗？老板犟不过他，派他去了其他地方。他念念不忘，偷偷写了举报信。老板骂他，狗杂种，端谁的碗，砸谁的锅。他给老板鞠了躬，带着一帮人走了。邹三强的口碑好，不愁没活干。几个老板争着抢着要他，说他是稀缺人才。他笑着说，稀缺个屁，我又不是大学生，学都没上过几天。

他喜欢听广播。干活的时候总是把收音机放在工地的砖上。一旦听到某某工程存在重大质量问题，顺藤摸瓜，揪出了某某局长贪腐的消息，他就会大声说，作死，活该。他不像其他工头一样，躺在工棚里玩手机，看电视，他坚持在一线施工。时间长了，手下的人说他不像当工头当老板的人，他说咱一个农民冲那个大头干啥，还是踏踏实实干活，老老实实做人吧。

2

邹三强红脸不为别的，蓝青山把他安排在了一桌女客里。他生来就怕跟女人打交道，跟这么多女人坐在一张桌子上还是头一回。

这不是三强吗？一个女人说。他看了看那个女人，大头、胖脸、胖身子，胖乎乎地站在那里看着他。他想不起来这个女人是谁，但好像又在哪里见过的。他冲着她点点头，坐了下来。桌子上已经有几个菜空了盘子，他拿起筷子夹了一块锅巴，这盘锅巴大虾也就只剩下了锅巴。胖女人递给他一瓶酒，喝点酒，先润润，一会儿还去陪酒呢。邹三强把陪酒的这茬事忘了。

他原本算好时间，可以提前半个小时到，谁知路上碰到了以前打工的兄弟，两人天南海北地聊了起来。出门的时候，他妈叮嘱他早点去，蓝青山让他过去帮忙招呼客人。蓝青山主要是宴请看望她老婆手术住院期间的那些亲朋好友们。邹三强本就不很热心，走到酒楼时，人家宴席已经开始了。蓝青山带他去包间前说，你也是见过世面的人了，都三老板了还没学会守时。邹三强看着那张不阴不阳的脸，心里不爽，想回他一句，被他推进了包间。

邹三强接过酒，好家伙，表姐夫真下血本呀，喝的是五粮。那胖女人听邹三强这么一说，话匣子就打开了。开玩笑，人家一个是银行的领导，一个是单位的一把手，还没这阵势？胖女人说。

邹三强突然想起这个女人了，你是我表姐夫的嫂子吧。是的是的，那胖女人眼里放了光说，难得三老板还记得我。邹三强问，咱这一桌有人喝酒吗？几个人摇了摇头。邹三强说，没人喝就不开了。胖女人站起来说，来，把酒给我，我打开，好不容易见了三老板还不喝点？其他人看着他们。来，干一个。胖女人杯口朝下看着邹三强。邹三强一仰脖，喝干了杯中酒。不喝酒的女人们，在邹三强和胖女人地对饮里品尝着各色菜肴，喝与不喝跟他们没有任何关系。

邹三强喝酒有个习惯，一喝酒就忘了吃菜。胖女人说，三老板你慢点喝，吃口菜咽咽。邹三强手一挥，又端起一杯，来，干了。胖女人，来，干了，这么好的酒不喝白不喝。

邹三强笑了起来。大家都看着他。他说，胖嫂子，不至于吧，你是表姐夫的亲嫂子呢。我表姐夫他们逢年过节还不给你家提几瓶好酒，再不行也是茅台吧。胖女人说话带了酒意，屁，他早都忘了他哥供他上学的那事了。

桌子上突然变得安静了，似乎大家都在等待这什么。邹三强心里一惊，原来蓝青山这人真不是个东西呀，自己过成了神仙却忘了农村的哥。难怪自己以前找他帮忙贷款买车的事没办成。

邹三强说，胖嫂子别那么想，人都要靠自己呢。三老板，你这句话说得对，我敬你一杯。胖女人喝完酒坐了下来。大家都说胖女人酒量好。胖女人说，你们这些不喝酒的将来死了连条狗都不如。有人说她喝醉了说胡话。胖女人不同意，嚷嚷着要跟说话的人喝酒。这时，门开了，蓝青山走了进来，嫂子，你喝多了，别瞎嚷嚷了，吃菜，吃菜。胖女人站了起来，大兄弟，嫂子要敬你一杯，来，嫂子祝你生活如意，步步高升。大家不约而同地鼓起了掌。蓝青山瞪他嫂子的那一眼，邹三强看在了眼里。

蓝青山拉着邹三强去了大厅，你咋把她喝成那样了？我让你来陪酒不是陪那个农村女人的，白白糟蹋酒了。邹三强觉得他的话很刺耳，那我也糟蹋了你的好酒了。蓝青山搂着他的肩膀说，你不一样，你是老板，她一个农村女人。邹三强说，她是你嫂子呢。蓝青山说，嫂子算个屁，我哥又算个鸟。邹三强看着蓝青山，发现他喝多了，就没再说什么。

蓝青山拉着邹三强进了另一个包间。邹三强发现刚还说着醉话的蓝青山像换了一个人，思路清晰，舌头也不卷了。邹三强强忍住了笑。表姐夫向大家介绍说，这是我老婆的弟弟三强，人称三老板，他过来给大家敬酒。

邹三强环顾着桌上的人，那些人呼啦一下全都站了起来。有人就开始赞叹邹三强年轻有为，一表人才，说蓝青山的小舅子厉害。邹三强听着很别扭。那些人举起杯子就跟邹三强碰杯。邹三强突然觉得自己像是这桌最大的领导，回头看了看蓝青山，笑着说，大家别误会，我们其实是……蓝青山拍了邹三强一下，三强，别光顾着说话，坐下吃点菜。蓝青山又在邹三强的肩头掐了一下。邹三强一笑，没说完那句话。

邹三强看了一眼桌上的酒瓶，看来这桌子人就没怎么喝。邹三强对着蓝青山说，姐夫，我今天既然过来陪酒，就一定要把你这些朋友陪好，你说是不是？

蓝青山笑着说，是呀，是呀。那这样，我挨着走一圈，每个人都见面，不猜拳的硬碰几杯，可以吧。蓝青山说，兄弟说了算。邹三强在这帮子人中间，如鱼得水，六六顺，七巧梅，八匹马的猜起了拳。久经沙场的邹三强赢多输少，还没过一半人，一瓶酒底朝天了。蓝青山叫过来服务员，小声说着什么。服务员洪亮地说，先生放心，我们不会私扣你的酒，一定会倒完的。

蓝青山的脸青一阵白一阵红一阵，像七彩云。满桌子的人都看着他。邹三强咳嗽了一声说，姐夫你可真幽默，那是人家服务员的事，操那么多心干啥。来来来，我们继续喝。一圈转满了，三瓶酒没剩下多少，桌子上的人开始抽烟，排气扇急忙也抽不完呛人的烟味。

蓝青山拽了一下邹三强的手，差不多了，咱们去另一个包间吧。邹三强还没答话，对面的一个人说，不准走，我还没敬大家酒呢，来而不往非君子，不能走，不能走。邹三强看着蓝青山那张死人脸上的表情，忍不住笑出了声。蓝青山问他笑啥？他摇头说，那个兄弟说的对，人贵在真诚，今天不醉不归。蓝青山狠狠地剜了邹三强一眼。

3

桌上的人兴致很高，好几个人都说蓝青山的小舅子是人才，前途不可限量。蓝青山笑着回应。他的脸也已经通红，一手夹着烟，一手端着杯子，每次都喝不干净，一杯酒泼泼洒洒能应付几个人。

他转过头了看了一眼邹三强，只见他跟一个朋友勾肩搭背的低着头说话。蓝青山又看了看包房柜子上堆着的四个空酒瓶，他喊了一声三强，邹三强抬起了头说，姐夫，我和你同事正在谈贷款的事呢，当年向你贷款十万你两袖清风，没敢给我办。你同事刚可是答应我了，这次给我贷五十万周转一下，你看咋样？

蓝青山的脸黑了下来，以前的事你还提他干啥？你真的要贷款的话，明天尽管来找我，要多少给你批多少，今时不同往日了。当真？邹三强问。真的。蓝青山说。

邹三强让服务员找来了两个玻璃杯，倒满。服务员问，没酒了，还开吗？邹三强说，开。蓝青山挡住了服务员，三强，还喝呀，差不多就行了哦。邹三强说，大家说，这杯酒我是不是应该敬姐夫一杯，这么豪爽的姐夫不敬的话没有天理了。满桌子的人啪啪地鼓起了掌，该敬，喝一个……

蓝青山端起玻璃杯，清澈的酒在杯子里静静等待着。他看着邹三强，心里很不是滋味。没想到如今的邹三强不再是那个他可以拿捏得住的愣头青了。他在心里骂着自己，本来这场酒早就可以结束的，眼前的邹三强像个搅屎棍，把气氛整的很热闹，连以前不怎么喝酒的人都端起了杯子。可惜了那些酒了，几千块钱进了狗肚子了。蓝青山像喝毒药一样，喝一口眉头就皱一下，嘴上发出丝——哎的声音，喝完了酒，又响起了掌声，蓝领导好酒量。

邹三强心中暗自发笑，蓝青山的那张死人脸灰扑扑的像抹了一层石灰。他心想蓝青山肯定也在心里骂着他，自己算个啥，胖女人可是他亲嫂子呢。邹三强是笑着喝完那杯酒的，心里很畅快。邹三强瞄了一眼那堆酒瓶，仿佛看见了一摞钞票，痛快极了。

砰的一声，门被撞开了。大家吓了一跳，看见一个圆滚滚的女人进来了。嘿，你小子躲到这里来喝了。胖女人说。蓝青山的脸拧在了一起，两只眼睛像是竖了起来睁得老大，随口就说，你还没回去？邹三强意识到有戏看了，摸出了一支烟叼在了嘴上。

看你这话说的。你们还喝着呢，我为啥要回去？胖女人说。蓝青山说，三强，你去找找你姐，让她送嫂子回去，她醉了。胖女人笑了一声，三强，别去，你表姐早就走了，我刚找她没找到人，人家说她不舒服提前走了。

邹三强又坐了下来，胖嫂子有话坐着说，别站着。胖女人说，我刚趴在桌子上睡着了，睁开眼一看，人都走完了，有点饿了。胖女人拿起不知谁的筷子就满桌子找菜吃。男人们都专注于喝酒，菜几乎没动，胖女人夹了一块牛肉送进了嘴巴，好吃，这酒楼的菜做的真好。大家都看着她。

邹三强只见过胖嫂子一次，那还是很多年前，蓝青山他娘过世，邹三强和他妈去送礼。胖嫂子累成狗了，表姐和蓝青山躲在屋里跟几个人打麻将。邹三强他妈说胖女人是个好媳妇，以前蓝青山他娘摊在床上，他们两口子连手都没伸一下，擦屎擦尿都是胖女人一个包了。蓝青山他哥是个三棒都打不出个屁来的人，整天都是扛着锄头埋头在地里挖，挖了半辈子，越挖越穷，连个儿女都没生养。

邹三强问，他们为啥没有生养？他妈说，胖女人身体有问题，生不了，也没钱治。他们娘死的早，蓝青山是胖女人和他哥拉扯大的，他们省吃俭用供蓝青山上了大学。想着能松口气了，他爹又瘫了。哎……

邹三强说，我给大家介绍一下，这位胖嫂子是我姐夫的嫂子，亲嫂子。邹三强特意把亲嫂子几个字说得重些。胖女人说，三强，三老板你还有点骨气吗？啥子你姐夫，八竿子打不着的表姐夫，叫的个亲……

住嘴，你喝多了吧。蓝青山拍着桌子吼了一声。胖女人哇的一声哭了出来。包间里充斥着哭声，令人窒息。

邹三强突然觉得自己今天真不应该来赴宴，心里的酒隐隐发着烧，喝进去的像是狗尿，令人作呕。蓝青山的嘴脸他早就见识过的，真没想到他在这么多人面前不给嫂子留点面子。邹三强叫了声，嫂子。胖女人抬起了头，两眼通红。她说，三强给我倒杯酒，好酒得多喝点。蓝青山说，没酒了，你快回去吧。

骗谁呢，你会没酒了，你还丢不起那个人吧，胖嫂子吆喝着服务员，开酒，聋了吗？服务员站在一侧眼巴巴看着蓝青山。蓝青山站了起来，嫂子，你这是扫我的脸呢。

桌子上的人开始动了，先是有一个说去趟卫生间再也没回来。又有人说去卫生间，胖女人拦在门口，挡得严严的，过不去，尴尬地站在那里。

胖女人说，你们这一桌子人都是场面上的人，我想请你们在这里给我评个理，都不准走。大家看着胖女人，等着她的下文。

三强你给我开瓶酒来。胖女人说。邹三强从服务员手上接过酒瓶，开了酒，给玻璃杯里倒了半杯。倒满。胖女人说。

胖女人端起酒杯，这五粮酒是我这辈子第一次喝，估计也会是最后一次喝，我今天就喝个够。她梗着脖子，一口喝完，啪的一声摔碎了玻璃杯。大家吓了一跳。蓝青山说，嫂子，我求求你快回去吧，明天我把钱给你送回去该行了吧。

4

胖嫂子哈哈哈地笑了起来，震得包间里的吊灯来回摆动。胖女人断断续续地告诉大家说她一大早就来了。她去了蓝青山的办公室，蓝青山说他今天特别忙，有啥事后面再说。人命关天的事呀，后面说？胖女人瞪着眼睛看着大家说。蓝青山白了她一眼，有些话回去说，今天这场合，大家是来喝酒的不是来听你瞎叨叨的。邹三强听胖女人话里有话，就说，胖嫂子，你有啥就说出来。蓝青山翻了一眼邹三强。

胖女人抬起手弄了一下额上的头发，我早上去你办公室想问你借点钱，你哥病了急等着用钱，你没等我说完话就把我推出了门。这么多年，我和你哥再难都没跟你张过口，要不是今年碰上猪瘟，五个猪都死了，我们绝对还是不会向你张口的。

行了，别说了，你不嫌丢人我还嫌丢人呢。蓝青山厉声道。胖女人冷哼一声，行了？你做事还不如个外人，对得起良心吗？你忘了当你是咋长大的？胖女人又哭了起来。她边哭边说她这辈子活的糊涂，到头来连自己孩子都没生养一个，真是碗米养恩人，斗米养仇人呀，你蓝青山就是个白眼狼。

蓝青山的脸由红变青，由青变白，没有一点血色。邹三强看着蓝青山的身子颤动了一下，嫂子，我求你别说了好吗，有啥事咱回家去说。胖女人说，平时我不敢说，今天趁着酒劲你让我说个痛快。她又端起杯子准备喝，邹三强一把夺了过去，胖嫂子，这是酒不是水，别喝了。胖女人一脸茫然。

我被你推出来，听见你打电话给别人说下午在这里聚会，我就来了。咋了，你媳妇住院我虽然没送钱，可也送了两篮子鸡蛋呢，这饭我也吃得，下午来的时候看你那样子，我不是要饭的。胖嫂子说。

蓝青山拿起酒瓶子倒满了酒，一口喝完了。他的眼睛很红，死盯着胖女人说，那好，咱今天就把话说清楚。爹留下的东西呢，你们独吞了？

胖女人笑了起来，爹穷了一辈子了，你以为还留有宝贝？笑话。你们大家信不信？蓝青山说，你别骗我，爹死前，有一次我回家看他，他给我嘀咕了半天，有个啥本本。胖女人笑的更厉害了，脸上的肉跳动着。她从包里掏出了一个蓝颜色的本子仍在了蓝青山的面前，给，这就是你说的那个本本，咱爹说到你四十岁的时候给你，我原本早上想给你的，你没等我说完话就把我推出门了。

蓝青山他爹是村上的老会计，账算很清楚。自从老婆死了，关于蓝青山上学的所有花费他都默默地记了下来。他爹说大儿子两口没能生养一个自己的孩子，等到以后老了就是个问题了。他说这个本本就是一本良心账，让大儿子保管好，等到蓝青山四十岁的时候给他。胖女人当时问，为啥要等到四十岁再给蓝青山。

他爹说，男人四十岁才算真正成熟了。

蓝青山翻看着本子，像是看到了他爹，觉得这么多年愧对大哥大嫂。每年大哥杀了猪都会让嫂子给他们送几块猪肉，栗子成熟，嫂子给他们送一袋，土豆挖了，也给他们送一袋……自从那次他回家看爹，偶然间听见他爹跟大哥大嫂嘀咕着说关于什么本本的事后，心里就有了想法。蓝青山一个人在包间里嚎啕大哭。

邹三强扶着脚下乱窜的胖嫂子走出了酒楼。胖女人说，三强，你说蓝青山是不是把学上到狗肚子里去了？邹三强笑着说，估计是的。

邹三强回到家就埋怨他妈，说今天不应该去赴宴，弄得人心里不舒服。他妈问起了情况，邹三强一五一十的全不说了出来。他妈的眼睛瞪的老大，三强，你不该落井下石呀。邹三强说，我咋是落井下石？只不过是喝了他家一些好酒而已嘛。不过，你放心，我没白喝，我从来不占别人的便宜。他妈问，啥意思？

邹三强笑了笑说，我走的时候把酒席钱结了，酒是蓝青山自己带的。

他妈说，你这事做的还靠谱。

风吹草低

1

马吉老汉从集市上买回了一只羊。村里的人耻笑他连自己都快养不活了，还侍弄得了羊？马吉老汉只是笑笑没说话，把羊牵回了后院。

马吉老汉想买羊的心不是一天两天了，一直都是资金不凑手。他每个月靠国家给的低保过日子，手头不宽裕。

那天，他突然想起了一个主意，就赶紧去了村长家。村长斜着眼上下打量着马吉老汉，笑着说，叔，这事你还是算了吧。你都一把年纪了，低保都办了，还想发展产业奔小康？

马吉老汉很是生气，就问村长自己是不是这个村的村民？村长怔怔地看着他说，是的呀……

马吉老汉就打断了他的话，说，那行，我想从村里的互助资金里借一千块钱买羊。这笔借款你放心，我会每个月从低保费里还一百。

村长说，叔，养羊是一件辛苦的事，咱们这山大沟深，羊得赶到山上才有草吃。你的身体吃得消吗？再说了，你一个月就那么一点钱，再还一百，你咋生活呢？

马吉老汉说，自己的身体自己知道，没问题的。人老了吃的不多，花不了多少钱的。

村长见马吉老汉执意要养，就喊来了村会计现场填写了借据，发放了一千块钱的互助资金款。

马吉老汉揣着这笔巨款，就像是装着十斤黄金。他的手一直捂着装钱的口袋，生怕这些钱不翼而飞了。

村长和村会计看着马吉老汉那滑稽的样子，忍不住就哈哈哈大笑了起来。马吉老汉被他们笑得一头雾水，不解地用眼睛斜了他们一眼，说，你们放心，这钱一定按时还。

马吉老汉走后，村会计说，这个怪老汉，黄土都快埋到脖子上了，现在才想起发展产业。真不知他年轻时干啥去了？

村长表情凝重的对村会计说，你真不知道？

我确实不知道呀？村会计停止了笑声说。

村长叹了一口气说，这老汉也是个可怜人呀，年轻的时候犯了一点事，坐了十几年的大牢。等他回来，家里人都死完了，就剩他一个人了，他急火攻心大病了一场，差点也没命了。

村会计是个毛头小伙子，对村子里的往事知道的不多。他追问村长老汉犯得啥事，坐了那么久的牢？

村长说，听父辈们说，好像是因为一个邻村的女人，他替她出头，无意中打死了人。

村会计怪笑了一声说，没想到这老汉还是一个风流的种子呢。

村长瞪了一眼他说，你小子嘴上留点口德吧。其实他养羊也挺好，可以打发时间。只是他的年龄偏大，就怕放羊出意外。

村会计随声附和着说，是的，是的。

马吉老汉第二天一早，就揣着那一千块钱去了镇上的集市。集市不算大，但是货品却很丰盛。吃的喝的用的一应俱全，马吉老汉无暇顾及。他穿过集市人气最旺的中心地带，径直走到了靠墙角的宽阔地带。几个牵着牛羊的人正在热闹地说着话，见马吉老汉走了过来，立即就招呼着问，大叔，你是买羊还是买牛呢？

马吉老汉笑了笑说，我想买一只羊。

马吉老汉说完就仔细地端详起眼前的这几只羊来。

你是打算养，还是买回去宰了吃肉？其中一个带帽子的人说。

马吉老汉回答说，那肯定是自己养嘛，咱一个农民咋会舍得吃羊肉哩。

几个卖羊的人听了后，笑了笑，晓得眼前的老汉是诚心想买羊，就围在马吉老汉的身边谈起了生意。

马吉老汉最终花了900块钱买了一只体型高大，毛色纯白的一只母羊。虽然价格较高，但这母羊是一只有三个来月身孕的羊。马吉老汉像是捡了一个大元宝，笑得合不拢嘴，潇洒地递了钱过去。卖羊的人还算忠厚，不但现场给马吉老汉普及了一下养羊注意事项，而且还在一张纸上写了自家的住址，让马吉老汉遇到问题了随时去找他。

马吉老汉高兴地抚摸着这只羊，说，从今天开始，咱俩就搭伙过日子了。

2

马吉老汉给这只羊在后院里搭了一个简易的棚，算是给它安了新家。

村子里的人听说马吉老汉买了一只怀了孕的羊，都挤进他家来看热闹。几个口无遮拦的农村婆娘嘻嘻哈哈的对马吉老汉说，这羊要是生的时候该咋办呀，难不成你个老汉子还要变成接生婆了？

大家一听，就笑得前俯后仰。马吉老汉脸上一阵红一阵白，他立即就明白了那几个坏婆娘说话的意思。她们是欺负他一辈子没有媳妇呢。

马吉老汉强忍怒火，不急不恼地说，到时候卖羊的人过来帮忙看看，他是张王村的，离咱这儿不远。

忽然，一个五大三粗，满脸横肉的胖女人指着马吉老汉刚买回来的羊说，你们看，这只羊的奶子好大呀。

人们又是一阵哄笑。

你脱了衣服跟它比比，看看谁的奶子大？人群中不知是谁喊了一声说。

那胖女人毫不知羞地说，不用比，我的都比它的大。

又有人说，你脱了比比嘛，我们要眼见为实。

胖女人双目怒视说话的人，恶毒地回了一句，去去去，回去让你妈脱去。

说话的人没有再回嘴，只是气鼓鼓地看着胖女人。

这胖女人就像打赢了一场仗，嘴角上挂着一丝高傲的微笑。

她喊了一声，你个死老汉，你晚上可千万别去偷偷摸羊的奶子哟，小心把控不住。

人们笑得震天响，马吉老汉的脸红成了猴子的屁股。他再也忍不住这个婆娘的风言风语了。

马吉老汉大吼着，滚出去，都滚出去。

大家见马吉老汉真的生气了，尴尬地向外走。人群里有人小声的埋怨着胖女人不是个东西，竟说出那种猪狗不如的话来。

胖女人听见后，岂能罢休。三下五除二的与对方动起了手，一个抓着一个的头发，一个拽着一个的耳朵，打的嗷嗷直叫。

马吉老汉砰的一声关了大门，并从里面拴上了门闩。对于门外女人之间的战争，视若无睹。

马吉老汉走进羊，用手轻轻地抚摸着它。马吉老汉的眼里哗哗哗的就流出了眼泪。这只羊像是读懂了他的心，用头轻轻地蹭了蹭他的手，像是在劝他不要伤心了。

马吉老汉对羊说，我这辈子过得艰难呀。年轻不懂事，犯下了滔天大错，一辈子都毁了。我也想成为一个好人，可是别人都不领情。你听听刚刚那几个烂嘴巴的女人说的那些话呀，我都恨不得去死了。

羊就这样定定地看着马吉老汉，听着他的话。

马吉老汉从羊的眼睛里看出了清澈，看见了善良和温柔。马吉老汉又低声的抽泣了起来。

羊咩咩咩的对着他叫了几声，一副伤心欲绝的样子。

马吉老汉看着羊的样子，心里有一种酸楚。

他对羊说，把你买回来，委屈你了，头一天别人都当面羞辱我们。你放心，我以后好好照顾你，视你为自己的女儿。哦，我该给你起个名字才对。

马吉老汉站起身，在院子里来回地踱着步子。

就叫你阳阳吧。希望我们之间像太阳一样充满温暖。

马吉老汉连着叫了几声，阳阳，阳阳，阳阳。

羊用咩咩的叫声回应着他。

秦岭山高林密，坡陡路窄，羊一般都要赶进山里才有草吃。马吉老汉天不亮就起床了，揉面、烙馍、烧开水，一切准备停当，就牵着阳阳走进茂密的深山。

一路上，羊在前面走，马吉老汉艰难地跟在后面。马吉老汉不停的给阳阳说着话，告诉它走路要慢些，保护好肚子里面的羊宝宝。

阳阳时不时地回过头来看着马吉老汉，等着马吉老汉，马吉老汉手里拄着一根木棍充当拐棍，笑盈盈的表扬阳阳说，还是我女儿阳阳好呀，怕爹走不动，还等着我哩。

马吉老汉带着阳阳走到了一个叫月亮湾的地方，这里青草丰厚，是一个很大的平坝子。马吉老汉放开绳子，放阳阳独自吃草。马吉老汉坐在一块石头上，出神的看着阳阳咀嚼草的样子。青草在阳阳的嘴里泛出诱人的香味，马吉老汉在身边扯了一把草想要尝尝它的味道。这略带苦味的青草，让马吉老汉只咋舌。

湿漉漉的山林被跳跃出来的太阳滋润的清爽了起来，露珠儿从草的茎叶上滑落，跌进了泥土里。阳阳很乖，它是守在一个地方享用着美食。来这个月亮湾的平坝子里最大的好处就是草场的一侧就有一条潺潺的小溪，吃与喝的问题被马吉老汉很看重。阳阳走向那条小溪流，伸着脖子舔食着秦岭山中甘甜的泉水。他仿佛看见了阳阳的笑容，阳阳饱餐之后就安静的趴在马吉老汉的身边。

马吉老汉对身边的阳阳说，我给你唱个民歌吧。

马吉老汉坐牢之前，在县外修水库干活时学唱了民歌《郎在对门唱山歌》，这歌曾经还作为村里人传唱的必唱曲目呢。

郎在对门哎　唱山歌哎

姐在房中哎　织绫罗喂

郎在对门哎　唱山歌哎

姐在房中哎　织绫罗喂

郎在对门哎　唱山歌哎

姐在房中哎织绫罗喂

哪个短命死的发瘟死的挨刀死的唱的歌谣哎　好啊

唱的奴家脚耙手软手软脚耙脚耙手软手软脚耙脚耙手软手软脚耙

踩不得云板　丢不得梭哎

绫罗不织哎　听山歌哎

绫罗不织哎　听山歌哎

阳阳像是听呆了，它目不转睛地看着马吉老汉，心里像是有很多话要说。

马吉老汉唱完歌，气息有些紧，他从背上拿下水壶，咕咕咚咚地喝了一气。

他又拿出梳子，一下又一下给阳阳梳理着毛发。阳阳一动不动的享受着马吉老汉的服务。马吉老汉边梳边说，阳阳快快长，生下宝宝，咱家就算添丁进口了。

阳光暖暖的晒在身上，马吉老汉有些困倦了。他躺下了身子，压倒了一片草，眯缝着眼睛就睡了起来。阳阳依然依偎在他身旁，看着马吉老汉缓缓睡去。

马吉老汉做了一个梦。他梦见阳阳变成了一个漂亮的姑娘，冲着他直喊爸爸。他高兴的笑啊，笑啊，一下子就笑醒了。

3

转眼间，几个月过去了。马吉老汉发现阳阳这几日不对，心想怕是要生产了。马吉老汉托村子里的一个年轻人按照留的地址，去张王村请那个卖羊的人来看看。

卖羊的人没有食言，听说马吉老汉的羊快生产了，立即就赶了过来。那人很有经验，仔细地观察了羊，又摸了摸它的肚子，笑着对马吉老汉说，恭喜啊，这羊快生了，如果今晚不生，明早一准而生。

马吉老汉高兴的像个孩子一样手舞足蹈起来，兴奋地叫着，添丁进口了，添丁进口了。

那人被马吉老汉的高兴劲儿弄得云山雾罩的。那人问，添丁进口？这只是个畜类而已呀。

马吉老汉笑着说，我一直把它当成自己的孩子看待呢。

那人给马吉老汉竖了一个大拇指说，这羊卖给你是它上辈子修来的福分呀。

当晚，马吉老汉把卖羊的人留在了自己的家里，以防万一。

半夜的时候，阳阳咩咩的叫声里就隐含着一种痛苦的味道。马吉老汉和那人起床查看，等待，折腾了一晚上，阳阳也没生下羊宝宝。

第二天太阳出的老高了，马吉老汉院子里的一棵柿子树上飞来了几只喜鹊，叽叽喳喳的叫个不停，阳阳此时也难受的发出了让人心碎的凄惨的叫声。

那人告诉马吉老汉，这只羊马上就要生产了。马吉老汉看着阳阳难过地躺在地上嚎叫，心里如刀割一样。他不断地向观音菩萨祷告，保佑阳阳顺利生产。

那人笑着说，别担心，这只羊不是第一次生产了，它有经验了。上次要不是家里出了一点事，急需用钱，我咋会舍得把它卖了呀。

随着阳阳的屁股不停地向上一抬一抬的动作，它终于生产了。

大叔，恭喜呀，这胎竟然生了一男两女三个羊宝宝呀。那人兴奋地喊着说。

马吉老汉走进阳阳一看，三只可爱的羊正在接受羊妈妈的洗礼呢。

那人高兴地说，大叔，我说吧，你买我的羊是不会亏的。虽然当初那个价略显有点高，可现在你再瞧瞧，你已经是从一只羊变为四只了，你赚大发了。

马吉老汉的神情有些激动，张着嘴巴笑呵呵呵地说，你是个好人，你是个好人哩。

马吉老汉欢喜地看着那三只小羊羔在阳阳肚子下争着吃奶的样子。阳阳从虚弱中逐步恢复了过来，看着马吉老汉欣喜的样子，冲着他咩咩的叫了两声。低着头看着自己的儿女们卖力的吃奶。

马吉老汉对那人说，你看它们多可爱，刚还是颤巍巍地走不了路，转眼间就活蹦乱跳的在它妈肚子下乱钻。特别是那只男羊，那叫一个欢实呀。

那人也笑着说，是呀，幸福的一家子啊。

那人又说，大叔，你能不能把那只公羊羔卖给我。我一定给你个好价钱。

马吉老汉一听这话，立即就沉下了脸说，那不行，我不卖。

那人也就没好再强求着马吉老汉了。蹲下身子，伸出手轻轻地摸了摸那几只小羊羔，又搂了搂阳阳的脖子后，不舍得离开了马吉老汉的家。

马吉老汉早就看出了那人对卖给自己这只羊的情感不一般，否则也不会给自己留他家的地址。马吉老汉想，人畜一般呀，好不容易被养大的羊，眼看着怀了孕，可又不得不卖了换钱，他的心里肯定很难受。马吉老汉就追着那人硬是把自家的一只大公鸡送给了他。那人临走前叮嘱马吉老汉好好喂养，有啥困难了继续去找他。马吉老汉点了点头，目送那人离开。

阳阳一胎生了三只羊羔，成了这个村子里的焦点新闻。村长也很高兴，对马吉老汉说，你得想想办法给这些羊盖个圈舍，你现在这简易棚不行。冬不御寒夏不防暑的，羊也受罪呀。

村长的话说到了马吉老汉的心里去了。马吉老汉笑着说，我正有此意呢，可是盖个羊圈不容易呀。一要钱二要劳力呀。

村长和几个村干部现场商量起了这事，他们的目的是要把这马吉老汉的产业发展壮大，也好在镇长面前说的起话。几个人窃窃私语了一会儿，围着马吉老汉说，我们几个人商量了一下，打算帮你解决这个困难。你一会儿来村委会，给你再贷几百元钱的互助资金，村上再给你协调几个劳力，帮你把羊圈盖起来。

马吉老汉连连道谢。

阳阳像是听懂了他们的话，先是昂着头咩咩的叫唤，又低下头用嘴巴触碰着几个小羊羔，像是在给它们传达这个好消息。

村干部们走了，村民又涌进马吉老汉的后院来看他的羊。人们七嘴八舌的对着几只小羊羔评头论足。马吉老汉看看人群，发现这次胖女人并没有出现。他想大概是那个说话不中听的女人经过上次的事，心里有愧吧。

羊生小羊羔的事在这个村子是不足为奇的，可一个马吉老汉竟然能把羊照顾的顺利生产，让大家刮目相看。大家来马吉老汉屋里看羊其实更多的是看马吉老汉，看他是如何侍弄那些羊的。

原本鬼都不上门的院落，突然间就变得热闹了起来。大家都夸马吉老汉厉害，有想法，有办法。一些人私下议论说，按这个发展势头，这老汉将来肯定就是咱村里的致富能手了。有人提议说，老汉，这三个小羊羔你卖掉两个嘛，听说也能卖几百呢。

马吉老汉笑着说，我养羊不是为了卖钱的。

那你是为了干啥？不卖钱？你疯了吗？人群里响起了一个声音。

马吉老汉说，你们不懂，我有我的想法呢。

4

羊圈盖好那天，胖女人家出事了。

胖女人的儿媳妇一个人去镇上赶集，不幸被一辆疾驰而过的农用车撞死了。人拉回来的时候，疯了一样的胖女人，坐在家门口的地上大声地嚎啕痛哭。

屋里的孩子正是嗷嗷待哺的时候，孩子哭声震天的响，村子里再也找不出能给这孩子喂食一口乳汁的产妇来。胖女人的儿子正从不远千里的南方往回赶，家里已忙得不可开交了。面对孩子的啼哭，胖女人束手无策。

马吉老汉知道了这个消息后，去了一趟后院。不一会功夫，就端着一个大搪瓷缸子来到胖女人的家，看着胖女人说，唉，别哭了，赶快去取奶瓶子，我刚挤了一缸子羊奶，还热乎着呢，快给孩子喂着喝吧。

胖女人怔怔的看着马吉老汉，羞愧地低下了头。

马吉老汉催促着说，你麻利点，没听见孩子饿的直哭吗？

孩子睁着一双大眼睛，一边吮吸着羊奶，一边滴溜溜的看着身边的人。马吉老汉像看羊一样看着这个孩子，叹了一口气说，唉，这孩子命苦呀。

孩子不哭了，胖女人又开始抽泣了起来。

马吉老汉说，你别光顾着哭，孩子妈的事还得靠你处理呢。从今天起，孩子喝的奶我负责供应，你只管照顾好他就行了。

胖女人听完马吉老汉的话，扑通一声就跪了下来。流着泪说，自己不是人，以前不尊重他，请他原谅。

马吉老汉摆了摆手说，快起来，都是一个村的，乡里乡亲的，谁家还没个困难呀。你以后说话别再口无遮拦的就行。

马吉老汉起身走出了屋，看着大门外被一张白布包着的死者，摇了摇头，唉声叹气的走了。

回到后院，马吉老汉进了羊圈。看着阳阳空瘪的奶子，心里很不是滋味。

几只小羊羔丝毫不知马吉老汉的心思，自顾自的在羊圈里追逐着玩。阳阳则抬起头，看着马吉老汉，它似乎明白马吉老汉的难处。阳阳走到了圈边，伸着脖子想和马吉老汉亲近。马吉老汉伸出手，阳阳就用头顶了顶。

日子就在马吉老汉对羊的圈养中快速的流失了。看着小羊羔们已经渐渐长得结实了起来，马吉老汉就想带着它们重归山林。

马吉老汉在上山前的一晚，给那几个羊羔也起了一个名字。那只公羊羔叫羊大，它是家里的长孙，其余两只母羊分别叫羊二、羊三。

马吉老汉待在羊圈里，一遍又一遍的呼喊着这几个名字，为的是让它们加深印象，知道自己的名字。几只小羊羔被马吉老汉的呼喊声弄得开心不已，钻来钻去。

秦岭山高，露水重，马吉老汉怕小羊羔受凉生病。第一次带着新成员进山，他特意等着太阳出来后才走。

阳阳进了山就像回到了真正的家园，它欢快的在前面带着路。羊大不甘示弱，一路小跑追着妈妈；羊二和羊三则有些腼腆，它们被秦岭的自然风光深深地吸引住了，一会儿驻足张望，一会儿头对头窃窃私语，像是在谈论着山中的美景。马吉老汉走在最后，看着它们娘们四个，心里高兴极了。他又唱起了那悦耳略带嘶哑的民歌，歌声在空空的山谷里回荡着。

马吉老汉带着这几只羊就这么日出而来日息而归的穿行在茫茫秦岭山里，小羊羔渐渐长大。阳阳在它原主人的引荐下，又成功怀了身孕。

5

夏天的时候，马吉老汉依然赶着羊上山，只是阳阳走的慢条斯理了起来。羊大、羊二和羊三更像是狂奔的野马，跳跃着跑在妈妈的前面。在马吉老汉的心里，阳阳是重点保护对象，再过一个来月，阳阳就会迎来产期。马吉老汉牵着阳阳，像拉着小孩子的手一样，边走边叮嘱它要踏稳走实。阳阳总是以咩咩的叫声回应着他。

就在一次进山的途中，顽皮的羊大出于好奇，一只脚踏空，滑到了悬崖边，被一棵崖边的松树挡住了。马吉老汉见状，着急万分。阳阳和羊二、羊三也是急的咩咩直叫，原地转圈。

马吉老汉救羊大心切，就解开了背篓上的绳子，一头拴在一棵树上，一头栓在自己的腰上，小心翼翼的向崖边靠拢。那几只羊像人一样，屏住呼吸，惊恐地看着眼前的马吉老汉。马吉老汉终于靠近了羊大，羊大的眼里充满了泪水，用希望的眼神看着马吉老汉。

马吉老汉伸出手，使了浑身的劲儿，终于把羊大抱了过来，放到了安全地方。羊群的叫声响彻了云霄。马吉老汉也很兴奋。就在他一步步往回走的时候，脚下一滑，整个人就向悬崖滑了过去，随着绳子嘎嘣断裂的声音，马吉老汉跌下了山岩。

阳阳领着自己的孩子悲鸣于此，咩咩咩的哀嚎声在山谷里回荡。

马吉老汉的死讯传到村里人的耳朵的时候，村民们自发的上山寻找。

村里的人说，马吉老汉养的羊都成了精了，是那只叫阳阳的母羊跑下山撕扯着村支书的衣角，领着人们在山上找到了马吉老汉的尸体。

第二天正午时分，马吉老汉的棺材准时落字下葬了。当人们将最后一把黄土盖在了坟上时，胖女人的哭声引得一些村民纷纷落泪。都说马吉老汉命苦，为了羊不值得搭上自己的命。

这时，从山下奔跑来了马吉老汉养的那几只羊。只见它们整齐划一的双膝跪地，咩咩的嚎叫着，让人们的心都碎了。

湖里的月亮

1

　　月亮像一盏白炽灯悬在天上，映在湖中闪闪发亮。环湖走廊上，情侣像掩映在树下的黄雀，影子被拉得很长。三三两两的人踱步于湖边，阿霞仿佛忘掉了世界，呆呆地看着湖里的月亮。

　　一阵微风，湖面动了起来。月亮在湖里游动，阿霞伸手想要抓住它，她要在月光里寻找那个砍树的人。湖里的月亮调皮的跟她躲着猫猫，拼命地向湖底里钻，但终究还是在湖里摆了一个大玉盘。阿霞的眼睛不知是被湖水打湿了还是被月光灼湿了，她仰起头冲着月亮依依呀呀地叫个不停。一低头，几滴泪珠跌落进了湖里，打在了月亮上，阿霞试着月亮一颤，自己的心也随之一颤。

　　你看，那个女人原来是个哑巴，真可惜了。阿霞不会说话，可这句说她是哑巴的话她听得真真切切，她早就习以为常，不恼更不气。她始终认为，老天爷给她关上了不会说话的门，却送给了她比常人更灵敏的听力。她喜欢听一切声音，风声雨声虫鸣声，小草的发芽声，桃树的开花声，川流不息的车声，广场大钟的报时声，不同的声音在耳朵里都化成了悠扬的音符，让她心花怒放。

　　阿霞常常会碰到那些向她问路的人，那些人在她的比划中愤愤而去，总会丢下一句"点儿真背，竟然碰到一个哑巴。"阿霞不急不气，一双会说话的大眼睛目送别人离去，像是自己做错了事一样羞红了脸。

　　小时候，伙伴们嫌弃她是个哑巴，没人愿意跟她玩。她就一个人到湖边，看湖水的笑脸，听湖水拍打堤岸的声音；看夕阳下的落日，听大爷大妈们的歌声；看夜里湖中的月亮，听月亮上吴刚砍树的声音；她曾经幻想着有朝一日登上月球，去广寒宫里寻找嫦娥姐姐，求她施展法术让自己开口说话，哪怕一天也行。她还要去寻找吴刚，认他做哥哥，别的伙伴就不敢再欺负她，她要陪着哥哥在月亮上砍树。

　　你以后跟着我，我保护你。晓峰的话像是定海神针在她心里驻扎了十几年了。

那次，几个小伙伴在一起玩老鹰捉小鸡的游戏，其中一个男孩子说阿霞是哑巴不配玩这个游戏。阿霞被气哭了。晓峰和那个男孩子推搡了起来，阿霞吓得停住了哭声。晓峰的鼻血被打了出来，那男孩子捂着肚子一溜烟地跑了。晓峰满脸是血地指着其他的孩子说，阿霞是我妹，谁以后再敢欺负她，我就对谁不客气。晓峰的鼻子不住地流着血，脸蛋子都被染红了，其他孩子趁着他不注意四处逃窜。

父亲发来晓峰出事的信息，阿霞正在广东打工。室友李芳芳看着两眼通红的阿霞，问她出了什么事？阿霞只是哭，声音越哭越大，两卷卫生纸全擦了眼泪鼻涕。李芳芳在纸上写道，阿霞，你到底出什么事了？是谁欺负你了？阿霞摇了摇头，趴在床上用被子捂着头，被子起起伏伏，像一波波海浪击打在李芳芳的心上。

当初，阿霞一个人来到广东，第一个工作就是李芳芳介绍的。她们一起在一家超市上班，阿霞在理货区理货，李芳芳在收银台收银。李芳芳无意中看到了阿霞会画画，画得像模像样。她鼓动阿霞去应聘广告设计，阿霞笑着说自己只有一个艺校的中专文凭不敢奢望。李芳芳说广东是一个注重实战的地方，你画的画就是最好的敲门砖。

阿霞顺利的被一家知名的广告公司聘用了。一年后，阿霞成了公司里的顶梁柱，在她的谋划下，李芳芳也跳槽到了广告公司当了一名业务员。好几次李芳芳给阿霞介绍男友，可对方一听说阿霞是个哑巴，气鼓鼓的就嘟囔起来。李芳芳骂他们是有眼无珠的东西。还真有一个不介意阿霞是哑巴的男人。阿霞如约去了蓝山咖啡馆，那男人长得小鼻子小眼，肚子鼓得像个青蛙，头顶中央寸草不生。阿霞出于礼貌的坐了下来。那男人开口就给阿霞说自己有几处房产，有几部车，有多多存款。阿霞很反感。男人色眯眯的眼睛在阿霞身上来回巡逻，阿霞几次想起身走，都被对方厚颜无耻地挡住了。男人说，他不在乎阿霞是个哑巴。他说哑巴对于一个男人来说也许是件好事，不争风吃醋，做好女人的本分就行。说到最后，他摊牌了，说自己有个不下蛋的老婆，找阿霞的目的就是给他传宗接代，他让阿霞出个价。阿霞的脸铁青铁青的。阿霞要走，男人纠缠不休。他趁机就抱住了阿霞。阿霞一耳光扇了过去，得空才离开了。阿霞回到寝室哭得昏天地暗，发誓以后再也不相亲了。

2

阿霞停止了哭声，坐了起来。李芳芳赶忙走了过去，坐在了床沿上，轻轻地拍着阿霞的背安慰着。阿霞拿出手机递给了李芳芳看。李芳芳看了短信笑着说，哎，原来是朋友出了车祸，你也不至于哭得这样稀里哗啦的。这个人对你很重要吗？是你男朋友吗？阿霞被李芳芳一连串的问题逼到了墙角，她摇摇头，眼泪又下来了。整个下午，不管李芳芳如何问，阿霞始终没有比划出任何事情。

夜已经深了，阿霞怎么都无法入睡。她拿着手机，查看晓峰的微信朋友圈。通过晓峰微信朋友圈所呈现出来的都是快乐、阳光。只是近一个月，晓峰没有发任何一条动态。也正是这个原因，阿霞早上才收到了父亲的短信。父亲一共发来了两条，第二条说晓峰这辈子估计就毁了，破了相，人很消沉，大门不出二门不迈，把自己关在家里。晓峰的父母整日以泪洗面。阿霞回想着晓峰的模样，高大帅气的脸上挂着两个酒窝，说话带笑，走路生风。晓峰的身边总是围着很多漂亮的女孩子，阿霞则是远远地看着。她始终在心里告诉自己，晓峰是哥哥，自己是哑巴。

阿霞来广州已经三年了，临来前还是晓峰开着车送她去火车站的。一路上，晓峰跟她说一个女孩子在外要学会保护自己，阿霞不住地点着头，一股暖流在心里流动着。阿霞直勾勾地看着正在开车的晓峰，像是正在经历着生死离别一样。

晓峰大学毕业后考上了省招公务员，端上了国家饭碗。阿霞艺校毕业无所事事，天生哑巴的缺憾让她日渐消瘦。曾经时时保护他的晓峰哥哥离开了她的视野范围。阿霞白天在家漫无目的画着画，晚上独自去湖边赏月。虽说月亮还是那轮月亮，湖还是那个湖，但阿霞每次去湖边漫步都有异样的心境，总觉得她生命中最重要人一定是那个陪着她看湖里月亮的人。对于晓峰她不敢奢望。

一天晚上，阿霞像往常一样一个人顺着环湖走廊散步。她走走停停，看看天空又看看湖中，一头秀发在银白色的月光下宛如飞流直下的瀑布。阿霞的耳朵里突然传来了一个熟悉的声音，她四下里寻找。湖边那棵古老的鸳鸯树下坐着晓峰和一个女孩子，两人很亲密的样子。阿霞原本想走过去打个招呼，可就在一瞬间，他们的嘴咬在了一起。阿霞停住了脚步，脸烫的像火炉一样。阿霞仰起头看见月亮里的吴刚还在奋力地砍着那棵永远砍不倒的树，莫名的就同情起了那个传说中月亮上的人。她哭了。她边走边流泪，一个想要逃离这里，逃离这个小城的想法产生了。

临行前的那天，阿霞给晓峰发去了微信说晚上在湖边见见，有事要说。晓峰答应了。那晚，从不化妆的阿霞刻意打扮了自己。她提前了一个多小时去了湖边，坐在那棵鸳鸯树下等候。这棵鸳鸯树有好几百年的树龄，树上的标识牌标识为小城重点保护的古树。鸳鸯树的下半截是各自为阵的树干，上半段相互环抱着，枝丫交错，你中有我我中有你。听人说，这棵鸳鸯树很有灵气，只要未婚男女虔诚地许愿，就能梦想成真。阿霞仰望着这棵树叹了一口气。她也曾偷偷的在这树下许了心愿，但时至今日梦想离自己越来越远了。

晓峰来了。阿霞对着他甜甜的一笑。晓峰脸庞上的两个酒窝在月光下像是装满了酒一样，始终面带微笑。阿霞在树下找了一个小树枝，在地上写着。晓峰的眉头皱了起来，说，你要去广东？阿霞点了点头。晓峰又问，那么远，你一个人，我不放心。阿霞的眼眶湿润了，眼前的晓峰哥说话的口吻依然还是哥哥的口气。阿霞指了指天上的月亮，又指了指湖里的月亮，比划着让晓峰放心，她要去外面看看，不管走到哪里他们看的还是同一轮月亮。晓峰笑着说，我护着你已经习惯了，你突然走了我心里会空落落的。阿霞愣了愣，用双手比了两个大拇指，又比了一个红心。晓峰笑得比月光灿烂。他给阿霞讲起了自己女友，说她是一个温柔多情，善解人意的好女孩。阿霞比划着让晓峰珍惜。

两人聊得正高兴，晓峰接到了女友的电话，说是有点急事需要他过去一趟。晓峰走前说，明早我送你去火车站。阿霞没有拒接，她心想，也许这是晓峰最后一次送她。她在心里已经打定了把自己嫁到外地的主意。晚上没能实现自己白天的设想，阿霞原本想在今晚让晓峰抱抱自己，哪怕是当做妹妹抱一下也好。阿霞在鸳鸯树下坐了很久，湖边的人寥寥无几。她站起了身，抱着鸳鸯树大哭了起来。

阿霞回想起晓峰从小对她的点滴，丝毫没有睡意。也不知晓峰哥现在恢复的咋样了？他那么一个阳光帅气的人，面对破相肯定无法接受。父亲的短信虽然寥寥数字，阿霞不难想象出晓峰的现状。阿霞看看时间，已经午夜了，她忍不住给晓峰发了一个微信：晓峰哥，你还好吧，你一定要坚强起来。半个小时过去了，阿霞没有收到回复。也许晓峰哥睡了吧。她在心里安慰着自己。

3

　　李芳芳送阿霞上飞机前问，阿霞你真舍得放弃这里的工作回到你那个小城里？阿霞笑着用手比了一个 OK。阿霞转过身留下李芳芳一个人站在原地哭泣，登机的那一刻她也不舍的向窗外望去。飞机穿梭在云海之中，她无暇云端的美丽，心早就飞到了晓峰的身上。

　　那年她十六，晓峰十八。一帮情窦初开的少男少女们趁着暑假，相约去秦岭东梁看石海。从西汉高速秦岭服务区登山，约莫三个来小时，他们看到了传说中第四纪冰川遗迹的石海。这里满满的都是石头，那些石头形态各异，紧密相连，由山顶一泻而下，向前看去这分明就是流动着的石头。晓峰用了一个更为确切的词语，他说这就是石瀑嘛。阿霞觉得用石瀑这个词更能表达这里的风光，比其他人费尽心思寻找到的"怪石嶙峋、奇峰怪石、怪石丛生、乱石穿空"等词语更为美妙。阿霞看着灰白色夹杂着斑点的石海映衬着周围的翠绿，置身于此，天高海阔，心境别样，她在群山中想到的是海枯石烂的忠贞。阿霞相信这里曾经有一个美丽的爱情故事，离天很近，或许这个爱情故事发生在天宫里那些神仙身上。想着想着，泪不争气的就流了下来。晓峰看着阿霞哭了，便指着石海说，你看大自然造就了这一切，石海竟然就可以这样轻松地躺在秦岭之巅，那么悠远，那么宁静，那么与世无争，孤独的与孤独相伴。阿霞破涕为笑，用手比划着一颗心，表达她对这里的喜爱。那晚他们宿营在石海边，夜晚的星空格外明亮，星星似乎是垂手可得。他们燃起了一堆篝火，石海被照得通亮，阿霞仿佛在石海里看到了月亮。她对晓峰说，你看那石海的中间好像在闪闪发亮，是不是月亮掉了进去？晓峰摸了摸阿霞的额头，天呐，你发烧了，难怪在说胡话呢？阿霞摇了摇头，坚持自己的说法。他们几个男孩子提着手灯，慢慢地像石海里走了过去。确实没有月亮呀。晓峰大声说着。

　　阿霞浑身滚烫，像一个大火球。晓峰站在帐篷外，一遍又一遍的问棚子里阿霞的情况。里面传来其他女孩子的声音说，吃过药了，睡着了。

　　第二天，他们无心流连秦岭东梁的美景。晓峰搀扶着阿霞一步步下山。遇到平缓的地方，晓峰就背着她，遇到陡峭的地方，晓峰总是先找好每步的落脚点，再指挥阿霞慢慢踏稳。同行的几个人在歇息的时候说，阿霞，你干脆以后嫁给晓峰得了，你看他为了你都累成狗了。阿霞的脸腾的一下就红了，她偷偷瞄了晓峰一眼，晓峰的脸也是红到了脖子里。晓峰反驳着说，你们别乱开玩笑，我拿阿霞当妹妹看呢。众人嘻嘻哈哈笑作一团。阿霞的心里像是过电一样，颤动着。阳光穿透了林子，林子里光芒万丈，一束束像把剑扎在了阿霞的心里。她在心里怨恨着自己，恨自己是个哑巴。

阿霞趴在晓峰的背上，一起一伏的山路让晓峰整个背都汗湿了。他的汗水像流进阿霞心里的蜜汁，她不由自主的就把头贴在了晓峰的背上。晓峰说，我昨晚梦见你会说话了，你的声音很好听，像中央台的节目主持人一样充满了磁性。阿霞在晓峰的背上痴痴地笑着。晓峰继续说，只可惜来了一阵大风，你就不见了。阿霞拍了拍晓峰，示意他休息一下。晓峰放下了阿霞，她就比划着问自己具体是怎么不见的？晓峰笑着说，没啥，只是一个梦而已。阿霞曾经看过一本书，书上说梦是现实的延续。阿霞认为晓峰在潜意识里是很在乎自己是个哑巴这个缺憾。阿霞没有继续追问那个梦境，低着头看着一株山野花发呆。晓峰从不远处的溪流里接了一壶山泉递给了阿霞，阿霞体内的火让她的嘴唇干裂破皮了。她接过水壶喝的咕咕咚咚作响，大家都惊讶地看着她没说一句话。

也不知道晓峰的女朋友现在是否陪在他身边吗？阿霞半眯着眼睛，靠在航空座椅上想着。一定会的。她记得自己临走前的那个晚上，亲眼看见了他们两人抱在一起亲吻呢。他们的感情一定是很深，好得像一个人一样。

下了飞机，阿霞又转乘大巴，在路上颠簸了三个来小时，到达小城的时候已经黑了。阿霞走在这熟悉的街道里，满脑子都是小时候的事。路过小学的时候，她停下了脚步。她仿佛看见了昔日的童年。校园里她和晓峰在树下看书，晓峰给她讲故事。她像个跟屁虫一样跟在晓峰的身后，她是晓峰的妹妹，学校里再也没人敢欺负她是个哑巴了。想起这一切，阿霞恍若回到了那个遥远的时候。阿霞脸上挂着泪珠说，晓峰哥，我回来了。

4

阿霞走进了小区，抬头看了看三楼晓峰的家。也不知晓峰哥在干什么呢？睡了吗？三楼透出的灯光分明显出了一种沉闷的气息，她记得晓峰家的窗户从来都不拉帘子的，而今夜厚实的帘子已经把灯光锁在了房内。阿霞笑了笑，晓峰，我回来了，一切都会好的。

阿霞一进门，父亲像是见到了鬼一样，急的说不出话来。阿霞笑了笑比划着，表达出我累了，想回来歇歇的意思。父亲赶忙给她倒了一杯水问，还没吃饭吧。阿霞摇了摇头，用手势告诉父亲在飞机上吃了。阿霞推开阳台上的窗户，探着头向对面那幢楼看去。父亲说，阿霞呀，你突然间回来原来是为了这个。你不要前途了。阿霞指了指对面的楼，打着手势问，晓峰现在是啥情况？父亲叹了口气，好好的小伙子转眼间就成了那副模样，真让人心酸呀。阿霞看了看表，已经十点多了，她想去晓峰家里一趟。父亲极力反对，说这么晚了，明天去吧。

深夜，阿霞无法入睡，索性披上衣服坐到了黑漆漆的客厅里。阿霞并没有开灯，只是静静地坐着想着。父亲的房子里传出了轰隆隆的鼾声，阿霞觉得很亲切。母亲因为生她难产，大出血，过早地离开了。父亲一辈子都没再娶，起早贪黑的为了生活奔忙。阿霞这几年在广东也存下了一笔钱，她决定回家用这笔钱开一个广告公司，让父亲从起早贪黑中解放出来。

阿霞突然发现对面三楼的帘子拉开了，窗户打开了，她仿佛能听见拉帘子开窗子的滋滋声音。阿霞躲在黑暗里默默地注视了对面。一个高大的身影伸出了头张望，阿霞看到了几年不见的晓峰了。虽然他的模样看不清楚，但他的轮廓依稀，熟悉的身影在黑夜里被微弱的灯光拉得更长。

阿霞拿出手机编辑了一条微信发了过去。她看见晓峰拿起手机看了一眼立即又放了下去，阿霞一百个不解，为什么晓峰就不回她的微信了。阿霞站在窗边默默地看着晓峰，不知过了多长时间，父亲起夜发现了阿霞，催促她快点睡觉。

第二天，阿霞起床的时候，父亲早就出门了。她昨晚想了一夜，决定先不去看晓峰了。她给几个朋友发了微信，问了同一个问题：你知道晓峰的女朋友在哪里吗？阿霞收到了回复。一个朋友回复说，你还不知道吧，晓峰出了严重的车祸，现在已经面目全非了，他那个女友已经离开他了。一个朋友回复说，你回来了阿霞？她在社区街道办上班。另一个朋友回复说，你找她呀，人家马上就快结婚了。你想替你晓峰哥打抱不平？省省吧。晓峰伤的也确实太重了。

阿霞走进了社区街道办，在纸上写下了"王凤仪"这个名字。办公室的人领着阿霞去了王凤仪的办公室。阿霞见了对方，眼里充满了惊奇。她绝不否认晓峰哥的眼光，眼前这个叫王凤仪的女人绝对称得上美人。大眼睛，高鼻梁，白皙的脸庞，修长的身材，时髦的大波浪头发，是个难得的美人。王凤仪看着阿霞嘴里咿咿呀呀，手上比比划划，根本看不懂她的意思。王凤仪说，姑娘，你是哑巴？到这来填残疾人申请表吗？阿霞摇摇头。她从王凤仪的桌子上拿过来纸笔，写到：我叫阿霞，是个哑巴。晓峰哥出了那么大的事，你怎么能忍心不理他了？阿霞把纸推到了王凤仪的面前。王凤仪腾地一下就站了起来，说，我知道了，你就是晓峰嘴里的那个哑巴妹妹。你不是去广东了吗？阿霞点了点头，又摇摇头。王凤仪接着说，请你出去，我再也不想听到他的名字了。

阿霞皱着眉头走出了街道办。她抬头看着刺眼的太阳，在心里骂了一句，真他妈的无情无义。阿霞沿着街边漫无目的地走着，她在心里一直想，一个人的容颜真有那么重要吗？难道能大过了两个人的感情？她又想了想自己，多年的心里真实的想法又涌上了心头。她觉得应该去看看晓峰，他不能就此一蹶不振，这不是他的性格。

阿霞回到家里，从柜子里翻出了她曾经画的那些画。看着画中的人她哭了，从小到大，这些画是她所写的日记，每一张画都有她不同的心情。其中那张在皎洁的月光下，一男一女在湖边窃窃私语的画是她最为真爱的画。原本想把这张画在临走前送给晓峰的，但她看到晓峰跟王凤仪的那幕后，她打消了这个念头。

阿霞敲开了晓峰家的门。晓锋的妈妈一把就抱住了阿霞，哭了起来。阿霞扶着晓峰妈妈坐了下来，用纸巾给她擦着泪。站在一旁的晓峰爸爸，黑着脸，摇着头，唉声叹气。晓锋的妈妈说，晓峰伤的很重，几乎变了样子，性情大变，你看看这屋里所有能照见影子的东西都被他砸完了。阿霞抬着头看了看墙上的那面大穿衣镜剩下了边框孤独的镶嵌墙上，电视机的屏幕也被砸得长满了皱纹。

阿霞试着敲了敲晓峰卧室的门，咚的一声，晓峰把什么东西砸在了门上。阿霞吓得向后退了几步。里面传出了，别烦我了的话语。晓峰母亲说，峰儿，是阿霞，她来看你了。房内没有了反应，几分钟后，晓峰开了门。阿霞走了进去。晓峰的爸妈像是看到了救命的稻草，露出了难得的笑脸。

阿霞看着眼前口眼歪斜的晓峰，泪忍不住就流了出来。阿霞一把就抱住了他。晓峰像是洪水决了堤，用力的抱着阿霞大声哭了起来。

雨中的邮递员

1

郝向东迷上了画画。集镇上的人说他，三十不学艺四十不改行，你一个送信的还去弄那份高雅。郝向东笑了笑没说话。

集镇上来了一群写生的美院学生，郝向东找到带队的老师，成了他们无偿的向导。郝向东推着自行车，带着他们向秦岭深处走去。路过一片油菜花地，他们停下脚步，支起了画架。郝向东站在一旁看着，手也在空中画了起来。带队老师斜了郝向东一眼，笑着说，郝师傅也想学画画？郝向东放下手，笑着说，我想学画画，可是没有老师教，自己总也画不好。带队老师问，你想学那类画？郝向东说，哪种都行，只要看着像真的就行。带队老师和那群孩子哈哈大笑了起来。郝向东满脸通红。

带队老师亲自指点郝向东画素描。美院里的一个小姑娘还主动教他画工笔画，那些画像是刻在了纸上一样，漂亮极了。他领着他们在秦岭里足足呆了半个月，他画画的技艺也突飞猛进。带队老师说他有画画的天赋，让他一定要坚持下去。临走的时候，带队老师还给郝向东留了住址和电话，让他随时去城里找他。郝向东送走了他们，心里空落落的。

郝向东画了妻子的素描。黑夜里，昏黄的灯光下，他看着这副画，莫名地哭了。他已经有三个多月没见到妻子慧兰了。

那是一个下雨的日子里，慧兰拖着一个沉重的箱子，独自走在泥泞的乡道里。郝向东穿着雨衣，推着自行车，他们相遇了。郝向东上前跟慧兰打招呼，把她的箱子架在了邮包袋子上面。漫天的雨，牵着线落下，半山腰烟雾缭绕。郝向东用手抹了一把脸，手掌里全是水。他转过身看了一眼身后的慧兰，雨水浇透了她。郝向东的心揪在了一起。他说，离这不远有个野猪棚子，咱们去那里避避雨吧。慧兰点了点头。

慧兰站在棚子的角落里，用手拧衣角上的水。郝向东看着发抖的慧兰说，你干脆把衣服脱了吧。慧兰抬起头，又红着脸低下了头。郝向东的脸也不自觉地红了。他把箱子递给慧兰，退出棚子，背过身子。

郝向东在棚子里的炉火坑里燃起了一堆火。外面的雨像瓢泼一样，没有要停的意思。棚子里火光映红了他们的脸。郝向东问起了慧兰的身世。慧兰的泪水夺眶而出。郝向东看着慧兰，不知该如何去安慰她。雨打在棚子的石棉瓦上，哗哗啦啦，郝向东的心很乱。郝向东说，哭出来心里就舒服了。慧兰扑进了郝向东的怀里，他僵在了原地。慧兰说，我从小就跟着父亲去了外面唱戏卖艺。不久前，父亲病死在了汉中，临终前让我回老家。郝向东说，人死不能复生，也别太难过了，以后日子还长着呢。慧兰说，我回来是找人结婚的。郝向东心里一动。

雨停了。他们走出了棚子，两人一路上说说笑笑，慧兰还唱起了秦岭深处里的汉调二黄。

郝向东一路哼着小曲回家了。他向父母宣布自己要结婚的消息。父亲问是哪家的女子？郝向东就把今天和慧兰相遇的事原原本本说了一遍。父亲说，不行。郝向东傻在了原地。父亲说，真不知你是咋想的？清白的女子你不要，来路不明的人你却要和他结婚？我看那个老杨家的女子就好嘛。郝向东说，慧兰命不好，但人好，我就要跟她结婚。父亲说，亏你还是个上班的人，在外面待过的女人都很复杂，我不同意你们结婚。郝向东气的发疯似的跑出了屋。

郝向东和慧兰结婚了，父母第二天就从集镇上搬回了山里的老家。郝向东拦都拦不住，慧兰一脸无辜地说，父母不喜欢我。郝向东安慰她说，慢慢来吧。

新婚之夜，郝向东按捺不住自己激动的心。两人在床上滚作一团，慧兰百般温柔。郝向东大汗淋漓的瘫在慧兰的身旁说，就算此刻死了也知足了。慧兰笑了笑，说你是个大傻子，哪有那么邪乎。

郝向东回想起他跟慧兰的婚姻，脸上多出了一丝笑容。他又拿起了铅笔，凭着记忆在慧兰的画像上修修补补。

2

郝向东想画一只大大的眼睛，想狠狠地看清慧兰的心。铅笔飞快地在画纸上行走着、跳跃着。那眼睛让人望而生畏。郝向东看着自己的作品，心里莫名的痛了一下。他透过这只怪异的眼睛，一眼就看到了慧兰的一切。虽然这只眼睛黑乎乎，深不见底，可它突出的眼球有一种摄人心魄的力量。郝向东被刺的一惊。心里狠狠地骂了一句：一对狗男女。

三个月前，慧兰回来了一次。晚上，郝向东半推半就的跟慧兰做了那件久违了的夫妻之事。慧兰像变了一个人一样，没有以往的主动和温柔了。郝向东趴在慧兰的身上，觉得就像是趴在冰冷的地上一样。郝向东问她是不是出了啥事？慧兰说，没有，只是太累了。郝向东搂着她说，你干脆从城里回来吧。慧兰摇头不答应。郝向东随口就说了一句，你该不会是在城里有了相好的人吧？慧兰像弹簧一样，蹦得老高。

郝向东说慧兰变了。慧兰不承认，只说自己压力太大。郝向东心里有一种不祥的预感。慧兰每次回家的穿着打扮都很时髦，漂亮的脸蛋和匀称的身姿，让集镇上的人指指点点。好几次，郝向东听到别人在他背后小声地说，慧兰在城里学坏了，跟一个大老板鬼混呢。

郝向东溜进了城。他正朝慧兰的单位走，突然在路上瞅见慧兰挽着一个男人的胳膊进了一家宾馆。郝向东真想冲过去把那个男人打翻在地。他忍了。他在宾馆附近等了整整三个小时，那个油头粉面的男人搂着慧兰走出宾馆上了一辆桑塔纳轿车。郝向东一拳打在路边的梧桐树上，血顺着手背流了下来。

那晚，郝向东找了一家便宜的旅馆住了下来。他瞪着眼睛看着天花板，一夜都没合眼。他们婚后的生活很幸福，唯一不满意的就是父母的疏远。他带着媳妇慧兰几次三番的去乡下老屋请父母回家。母亲倒还好说，父亲一直不肯原谅他擅自做主和那个不知底细的女人结婚的事。郝向东对父亲说，婚已经都结了，不管咋说慧兰都是你的儿媳妇了。将后来有了孩子，你们就有了孙子了。郝向东的父亲一听说"孙子"，脸上掩饰不住的笑容就露了出来。慧兰毕恭毕敬的对公公说，爸，咱们回镇上住吧。我一定好好孝顺你们两个老人的。我爹死了，你们就是我的亲爹亲妈。

郝向东夫妇接回了父母，一切都沉浸在了幸福里。慧兰的肚子一天天的大了起来，全家人都在为迎接新生命的到来而准备着。郝向东像欢快的鸟儿一样，每日天不亮就骑着那辆除了铃铛不响，其他都响的邮政自行车去乡下。他逢人就说自己快要当爸爸了，不几天，整个镇子整个他所跑邮班的山野里都知道了他的喜事。老远就有人问，郝邮班你媳妇生了吗？他说，快了，再有几天就要生了。

慧兰临盆的时候，郝向东在医院的走廊里哭的稀里哗啦。他抱着自己的大胖小子，高兴地合不拢嘴。他给孩子起名叫：郝明天。

第二天，郝向东原本打算去县文化馆找慧兰，可他在县城的一家服装店的门口看见了里面的慧兰和那个男人。郝向东隔着马路，悄悄地注视着里面的一切。慧兰不停地穿衣脱衣，好像那个服装店是她的一样。一旁的女人对她毕恭毕敬。那个男人用手托着下巴，一会儿点点头，一会儿又摇摇头。不一会儿，慧兰提着袋子，挽着那个男人走出了服装店。慧兰和那个男人站在大街上搂抱在一起亲嘴。郝向东的血直朝脑门子上冲。突然，他们分开了。一个向南，一个向北，走了。郝向东顺着那个男人走的方向，急速的跟了过去。

一路上，郝向东都在心里琢磨着慧兰。是自己没用，还是慧兰彻底变心了？他很庆幸自己刚才忍住了，否则以慧兰的脾气，肯定会和自己离婚的。

走到一家公司的门口，那个男人进去了。郝向东紧随其后，听见别人都叫那个男人"武总"。郝向东向接待前台的小姐问刚才进去的那个人是不是武总？女孩彬彬有礼，回答说，对，刚进去的人就是我们大丰收文化公司的老总武前方。郝向东哦了一声，说，你们武总很有风度。郝向东走出武前方的公司，站在大门口又仔细了看了看，记下了这个地方。

郝向东一巴掌扇在了自己的脸上。他自言自语地说：没用的东西。郝向东有了还想画一只眼睛的冲动，不过这只眼睛他想用工笔的笔法来完成。郝向东调配好了色彩，用画笔勾勒出了眼睛的轮廓，轻重线条、着色的搭配，这只眼睛跃然纸面。眼睛还是那只眼睛，所不同的是这只眼睛五彩缤纷，眼角里能看出有血在一滴一滴流出。这只眼睛看得郝向东毛骨悚然。

3

今晚像极了他从城里回来的那个晚上。那天，郝向东搭上了一辆给集镇拉货的卡车回家。一路上，他和司机聊了很多，不知不觉就聊到了武总。从司机嘴巴里知道这个武总在城里是个人物。司机师傅告诉他说，武总的叔叔是文化局的局长，父亲是宣传部的副部长，整个城里有关文化的生意全都是他们家的。司机叹了一口气说，武总是个好色的男人。不知道有多少漂亮的妹子都被他祸害了，人们给他起了一个"脚猪"的外号。师傅说完就哈哈大笑了起来。

郝向东去了街头老赵酒馆，要了半斤烧刀子，点了一盘花生米，喝了起来。

赵老板笑着说，向东今天是咋了，也舍得下馆子喝酒了？小心你媳妇知道了扯你耳朵。郝向东没言语。赵老板又问，向东，你这是咋了？出啥事了吗？郝向东说，没得啥事，就是这两天跑邮班累了，想解解乏。赵老板，笑着说，好好，那你慢慢喝。

郝向东扶着墙走出了酒馆的门。轰隆一声闷雷响起，雨瞬间就来了。他一个人走在雨里，有一种久违的兴奋。

他曾对妻子说过，骑上那辆二八加重的自行车，自己浑身有着使不完的劲儿。妻子慧兰说，你就是个劳累受穷的命。他说，知足吧老婆大人，我拿的钱都基本和正式员工差不多了。慧兰脸一拧，说，是呀，你没看你受的是啥罪？哪里苦你去哪里，哪里远你去哪里，都是人家正式工不愿干的活。你还像捡到了金子一样高兴？郝向东一听慧兰这话，看看表，走了出去，习惯性地左脚踏上踏板，右脚一个漂亮的横跨，就上了自行车，一溜烟就消失了。

前年所上聚餐。王大个子喝醉了酒，拍着郝向东地肩头说，你狗日的命好，一个临时工掐了一朵牡丹花。郝向东说，大个子你喝多了，走，我扶你回去。大个子手一扬，向东你说我平时对你好不好？郝向东说好。大个子眯着一双小眼睛盯着郝向东大声地说，那，你让我睡一下你媳嘛，让我也吃吃这朵牡丹。同桌的人都把目光聚集到了郝向东的脸上。像是盼望着要发生一点啥事。郝向东说，大个子，别闹了，你喝醉了，我扶你回去。两人拉拉扯扯地走了出去。

有人突然指着不远处大声喊着，你们看，你们快看，郝向东狗日的打人了。所长率先跑了出去。一伙人站在院坝里，围着郝向东和大个子。大个子满脸是血，躺在地上一动不动的哼哼着。郝向东指着地上的大个子大骂着说，你他妈的就是个畜生，老子今天看你酒喝醉了，不然打死你个王八蛋。

同事了好几年，大家还是第一次看见郝向东这副模样。空气好像一下被凝滞住了，鸦雀无声。所长意识到了事态的严重性，立即组织人抬起王大个子就往镇医院跑。郝向东被派出所老李带回了所里。慧兰哭着喊着跑进了派出所。

王大个子只是被郝向东打破了鼻子，血流得吓人，伤势却不重。王大个子酒醒了后，懊悔不已。主动去派出所交涉，郝向东走出派出所，王大个子殷勤的像个哈巴狗。郝向东看都没看他一眼，说了一句，以后再侮辱我媳妇我会杀了你了。王大个子不寒而栗，没在言语了。回家的路上，慧兰紧紧地挽着郝向东的胳膊，脸红到了脖子里。

郝向东是这里土生土长的人，对这里的一草一木，一山一岭，一沟一河最为熟悉。他喜欢穿行在这些沟沟岔岔里，喜欢听自然中的声音，喜欢听泉水叮咚的流淌，喜欢看猎狗追野兔的样子，喜欢和这里的老农聊天……遇到河，他就扛起自行车趟水而过；遇到陡坡，他会弓着身子奋力的向前推；遇到刮风下雨，他会被深山里的人热情地留宿。这里的人不知道他的名字，也不直呼他的名字，而是叫他郝邮班。这里的人把邮递员叫跑邮班。郝向东常年往返在秦岭深处的大山之中，每次回家的时候都没有空着手。要么是采一把那些叫不上名字的野山花，黄的、紫的、红的，小心翼翼地归拢在一起作为礼物送给慧兰。他认为只有慧兰才配得上这些花，这些花天生就是为了慧兰开放的。要么是在山涧采一些像八月瓜、猫儿屎、五味子之类的时令野果子带给慧兰品尝；要么在山坡上摘一把野韭菜、野蒜苗、鸡爪爪（蕨菜）、毛栗菌子、山野木耳等，带回家让慧兰烹调。

4

太阳依旧升了起来。郝向东被窗外的阳光刺醒了。从不抽烟的他，燃起了一支烟。他又想起了慧兰。他足足几个月没见到慧兰了。

镇上有个自乐班，慧兰是那里的主唱。秦岭一带，人们都钟情于汉调二黄。慧兰人长得漂亮，还有一副漂亮的嗓子。镇上的女人自愧不如，说老天不公平，给了慧兰一个漂亮的脸蛋，还要给她一副金嗓子。

这个自乐班是镇文化站组织起来的，平日里哪家红白喜事，那叫添丁进口做满月，都会邀请自乐班表演，当然也少不了一些费用。遇到镇上、县上或市里调演，自乐班的收入就会好很多。

起初，郝向东不同意慧兰去自乐班，说一个女人家经常戳在人面前不好，让人指指点点。文化站李站长知道慧兰从小跟着他爹学唱戏，唱得有板有眼，有心把慧兰吸收进自乐班。

慧兰去自乐班充分发挥了自己唱戏表演的特长。在李站长的极力推荐和运作下，慧兰被县剧团选送到了汉江城一家汉调二黄剧社培训机构进修。

慧兰去进修的那半年，郝向东像丢了魂一样无精打采。郝向东悄悄去汉江城看慧兰。两人小别胜新婚，整整滚了一夜的床单。慧兰说，县剧团的洪经理想特招我入团。郝向东说，那是好事呀。慧兰说，那个洪经理说是有编制的，属于县文化馆的干部。郝向东说，你进了城，我们咋办？你该不会不要我们了吧？慧兰笑作一团，那咋会呀。我当时在那么困难的时候，是你不嫌我，跟我结婚。我一辈子都报答不完你的情。郝向东说，孩子都几岁了还提它干啥？

慧兰学成归来。慧兰说起进县剧团的事，郝向东的父亲一百个不同意。他说孩子小，离不开娘的照看。慧兰没支声。郝向东说，这是一个机会，咱家能出一个端国家饭碗的是一件多光荣的事。我完全同意。郝向东的父亲瞪了一眼他说，你进来，我问你几句话。

郝向东跟着父亲走进了堂屋。父亲说，你跟慧兰是咋回事？郝向东一脸懵地问，啥咋回事？父亲说，我就不相信你没听见外面的传言？郝向东紧锁着眉头，说，啥传言呀？父亲说，人家都说你帮别人养孩子？郝向东当下心里发毛，心想这事别人是如何知道的？郝向东立即就大骂了起来。爹，这事你也信？郝向东他爹被儿子这一番骂声说的稀里糊涂的，自己也拿不准。

他继续画着，越画越惊悚，越画越离谱。他画完，大笑。他自言自语地说，我不甘心。他和上次一样，把这些画分了十几个信封，写上同样的地址，贴上邮票，投入到了邮筒中。

5

慧兰走了。

每周六的上午，慧兰乘县城发往这里唯一的一班车回家。每次慧兰一下车，第一眼就能看见郝向东抱着儿子笑眯眯地看着她。慧兰把对郝向东的愧疚都用在了床上。一番恩爱之后，慧兰静静地躺在郝向东地怀里，像只温顺的小绵羊。慧兰说，向东，你干脆辞了工作也来城里吧。郝向东说，不去，我喜欢现在的这个差事。慧兰说，那我们就这样离多聚少？郝向东说，你现在已经是国家的正式干部了，我去城里被别人知道，会影响你的。慧兰正准备骂他，郝向东的鼾声就起来了。

郝向东一想起这个场景，就觉得自己笨的像个猪。也许当时，慧兰已经受到了那个杂碎的骚扰，只是怕自己担心而没说出来呢？

几个月后，慧兰回家的时候越来越少了。郝向东问原因，慧兰说，我们剧团加班加点的为年底的一场文艺汇演排练。郝向东嘱咐她照顾好自己，别累着了。

晚上，郝向东早早地就钻上了床，一份激动的喜悦浸上心间。慧兰却不急着上床，抱着孩子东家逛逛，西家谝谝，迟迟不睡觉。

郝向东两眼通红的走进所长的办公室。郝向东要请假。所长问，你咋了，出啥事了？郝向东眼睛一瞪，一脸凶相。所长知道他的脾气，没再追问。拿起笔在郝向东地请假条上签了字。

郝向东走出邮政锁的大门就碰见了文化站的李站长，李站长一把拉着他说去文化站说几句话。

他卸掉了邮包袋子，骑上车子进了山。他在山里转悠了整整一天。回到家里，父亲问他今天咋没去跑邮班？他说，累了，想休息两天。父亲把郝明天随手递给了他，郝向东像是接到了一个烫手的山芋，心里有一种怪怪的感觉油然而生。

郝明天用手在他脸上胡乱的抓着，郝向东的心乱极了。郝向东抱着儿子进了屋，将郝明天放在了床上。郝明天爸、爸地叫着，见他没理，哇的一声就哭了起来。孩子的哭声引来了母亲。母亲责备郝向东说他看着娃儿哭，都不管？郝向东默默地走了出去。

郝向东觉得必须要跟慧兰好好谈谈了。

郝向东走出院子，去了文化站。他用李站长办公室的电话拨通了县文化馆的电话，他告诉慧兰说儿子生病了，让她回来照顾几天。电话那头传来了慧兰急切的声音，说明天就请假回来。郝向东临走时，李站长叮嘱他说，一定要跟慧兰好好谈谈，争取能让她回头。郝向东冲着李站长感激地点了点头。

慧兰回到家里见儿子活蹦乱跳的没生病，就冲着郝向东骂道，我一天忙得都快飞起来了，你用孩子生病骗我干啥？郝向东拉着慧兰去了他们曾经最喜欢去的水坝，说有事说。

两人来到水坝，郝向东坐了下来。慧兰气呼呼的说，咋了？出啥事了？我还急着回城里去呢。郝向东说，慧兰，你变了。慧兰说，我咋变了？郝向东，你应该有事瞒着我吧，说说吧。慧兰先是一愣，看了看郝向东说，我能有啥事瞒着你？慧兰走过去靠着郝向东的身上。

郝向东没想到慧兰竟是这样的一副嘴脸。郝向东说，你说说你和武前方吧。慧兰，惊愕的望着郝向东，一句话也说不出来了。郝向东深深地吸了一口气，慧兰，你觉得跟我在一起不幸福的话，我可以给你自由，可是你知道那个武前方是个啥东西吗？他就是一个无赖流氓呀。我不想看着你一步步跳进火坑里。慧兰只是冷笑一声，笑话，人家要钱有钱要权有权，即便他是个流氓无赖，那也比你强百倍。

郝向东一巴掌扇了过去。慧兰像个疯子一样，扑了过去。郝向东的脸被慧兰抓出了几道血印子。

下午，镇子上来了一辆黑颜色的桑塔纳。慧兰抱着郝明天坐进那辆车走了。郝向东的父亲大声骂着，急火攻心，晕倒了。

慧兰走后，郝向东变得沉默不语。他一如既往的画画，猪头、骷髅头、黑白无常、流着血的心肝肺、断臂的手、跛足的腿、长头发的厉鬼、被折断的男人生殖器……这些画像雪花一样被郝向东通过邮寄的方式塞满了武前方的办公桌和他的家。一天，两天，三天五天，半年过去了，那些画像是石沉大海，杳无音讯。直到一年后的一天，郝向东听李站长说，武前方疯了。

一个雨雪交加的下午，王大个子一路小跑，着急忙慌地告诉郝向东，说，慧兰回来了。

慧兰推开郝向东家的院门，喊了一声，爸。郝向东的父亲瞪着眼睛说，谁是你爸？别乱喊。这时，郝向东的母亲从厨房端着一盘菜走了出来。慧兰连忙又喊了一声，妈。母亲皱着眉，摇了摇头，没说一句话就进了堂屋。

慧兰又问父亲，向东人呢？

我们也不知道。他几天几天都不回来。八成又钻进山去画画了。父亲说完就转身走了。

慧兰走出家门，路上已经积起了雪，踩在上面咯吱咯吱作响。集镇上几乎没有行人，慧兰一个人穿过集镇，去了水坝。她想郝向东多一半会在这里，这里曾经是他们婚后经常来的地方。回想起了他们婚后的那个冬天。

那年冬天，郝向东在坝上钓了整整一天鱼。回到家里整个人像是从冰窖里出来的。慧兰说，你不要命了？郝向东笑笑说，为了你生孩子有力气，值得。母亲熬好了鱼汤，郝向东一勺勺地喂着她喝。

慧兰来到坝上，放眼看去，坝上空无一人。她忽然又想起了另一个地方。

慧兰一路泥泞，一步一滑的走在山乡小道上。她在山坡下看见了一群锦鸡，为首的那只高大威猛，锦鸡翎子高高地竖在尾巴上，漂亮极了。它带领着它们在雪地里觅食，看上去是很幸福的一家。慧兰没有打扰它们的悠闲，轻轻地沿着路边走了过去。

　　慧兰推开野猪棚子的门，看见了郝向东。郝向东转过头面无表情地看了看，好像没发现有人来似的，自顾自的又画起画来。

　　慧兰站在他的身后，看见画夹子上的那幅画，心里一惊。只见画里是一男一女两人依偎在一起，坐在棚子里烤火，说着悄悄话。

　　慧兰的脸红了起来。她从后面一把抱住了郝向东。

　　他疯了。我辞了工作。

　　为我辞了工作？

　　是的。对了，向东，你咋会画画的？

　　跟人家学的嘛。

　　以后你还会画画吗？慧兰又问。

　　郝向东没有回答，泪水溢满眼睛。

巨 鸟

1

那个午后，我爬上了白云山顶，天空像跑马场一样，万马奔腾，轰轰作响。高高低低的山向我袭来，树木也在疯长，像如来佛祖的手指直冲云霄。

我惊呆了，撒腿就跑。向前跑，山堵住了去路，向后跑，被团团围住。我像猴子一样跃上了那些树枝做成的阶梯，谁成想那是一条看不到尽头的铁轨直钻进了云里。脚下的阶梯也无端的在消失着，想退回已不现实，只好继续向上向上再向上。我挽着树枝想要歇口气时，一只巨鸟悬在空中，似笑非笑，像是在嘲笑我。

大鸟冲着我一声嘶鸣，扑着翅膀，快跑，大水来了。顷刻间，脚下的那些山被水瞬间吞噬了。水淹没了我的脚板、小腿肚子、膝盖、胸膛，漫过了脖子，漫过了头。我怕极了，挣扎着向上游了几下，这才发现被那些枝蔓牢牢地缠住了。

我的意识变得模糊了，身体被那些该死的枝蔓向下拽着，水中的光亮消失了，一片漆黑。我知道我这是要死了，像回光返照，脑袋里面闪现出一丝光亮，忽然想起我爸临死前吃一口油泼面的情景。

我爸病了三年，妈一个人支撑家。我爸喝下的中药像是我妈身体流淌的血液，一点点把我妈流成了柴禾的样子。那天放学回来，看见我爸坐了起来，声如洪钟，说是想吃一碗手擀油泼面。我妈抹着泪跑出房屋，那是我见过她最漂亮的模样。爸向我招手，我走了过去。他攥着我的手，另一只手摩挲着我的头。我爸的手很白，指头很细，他拨弄着我的头发，轻声说，娃呀，你要好好学习，要靠自己的本事走出大山，更要好好孝顺你妈。我看见他眼里的泪光，问他是不是又开始痛了。他摇摇头说，不痛。我斜着眼看见他额头上地汗珠正顺着眼角向下滚落。我伸手去擦，他把我搂进怀里，把头靠在我的肩上，好半天都不说话。直到我妈端来了油泼面，我用肩头顶了他一下说，爸，油泼面好了，你快吃。他没反应。我又顶了一下他，还是没反应。我妈哇的一声，大喊着，孩子爸，孩子爸……

黑暗里，我抓了一根枝蔓向爸扔过去。他转过头，犀利的眼神像一支箭射向我。我不敢看他，闭上了眼睛。

我爸死后的那段日子里，我妈跟丢了魂一样，常常一个人坐在门口发呆抹泪。村里的人背地里都说我妈也活不了多久了，我听到那些话就破口大骂，换来的大多是耳光和拳头。一天，表舅领了个男人来我家说是给我找的后爸，我妈爆发了。她拿起棍子把表舅和那个男人赶走了。妈抱着我哭了很久，她让我重复了一遍爸临死前的话。我妈大字不识几个，可她相信我爸的话。她拍了拍我裤腿上的灰，让我去做作业，她说给我擀一碗油泼面。

我是个没出息的人，没有照顾好我妈。上初中的时候我问过她最想干的事是啥？我妈笑笑说，想坐一次飞机。当时我还觉得好笑，说，这么简单的事，儿子大学毕业一定圆你的梦，可现在看看这可笑的是我依然没办到。记得我妈只去过县城一次，那还是送我去县里上高中的时候，那也是她第一次坐公共汽车。我躺在黑暗里，看着脑海里的一幕幕，心痛，我咒骂自己的无能，祈祷上天别让我就这样死去，可我觉得魂魄正一点一点的在游离。

2

我的眼前又有了一丝光亮，看见了自己捧着大学录取书狂奔在乡间小路上的样子，我被那份从容和喜悦感染了。我身轻如燕，像风筝一样飘了起来。我站直了身子，由深不见底的水里向上浮动，冲出了水面，冲破了云霄。我停在了一朵云彩上，俯瞰着大地，一切都显得那么渺小。

我跑进了院子，拿着录取通知书让妈看。她喜极而泣，一把搂住我，拍打着我的后背。她把我拽到了爸的坟前，拿着录取通知说，你儿子被省城的大学录取了，咱家的好日子就要来了……

我穿着爸年轻时的白衬衣、黑裤子和那双皱皱巴巴的黑皮鞋蹬上了车。我妈挥着手追着车跑，最后消失在尘灰里。

那天，我挎着包站在校门口张望，大门很有特色，巨大的柱子，高大的门楣，上面龙飞凤舞写着：知识改变命运，读书创造未来。我长长地呼了口气，仰望着天空，仿佛看见爸在天上正露着一排洁白的牙齿笑着看我。

我收拾好心情，昂首阔步，走进了学校。小时候我一直想着变成一只大鸟，能带着我妈飞过大山，飞出秦岭，飞到城里过好日子。我看着眼前的一切，既陌生又欣喜，我用力踏了踏这城市的土地。兴许是极度的亢奋，我觉得城里的空气都透着一股子甜蜜和时尚的味道。我仰起头，张开双臂，使劲地吮吸着空气。

这时，前面不远传来了一阵嘈杂，瞬间打碎了我的美好。我快步走了过去，看见一堆人围着一个姑娘和小伙子，两人指着地上散落的书在争吵。小伙说对方骑车子不张眼，撞了人还蛮恨不讲理。那姑娘扑扇着大眼睛，脸涨得通红，一副委屈的样子。姑娘说小伙子故意拦她车子，害得自己撞上他，腿还摔破了皮。我看向姑娘的腿，膝盖上还渗着血。我又看了看小伙，一张泼皮无赖的脸嘴，身边突然又多了两个年龄相仿的人，指着姑娘叽叽喳喳地说，你把书捡起来，再赔礼道歉。不赔礼道歉也行，跟我们一块去看场电影。我一听，岂有此理。我原本不是个爱管闲事的人，临行前，我妈对我说出门在外照顾好自己，闲事少管，莫惹祸上身。我忍不住跳了出来，指着那几个小伙子说，男子汉还组着团来欺负一个姑娘，你们眼瞎呀，也不看看人家膝盖都还流着血呢？我看了姑娘一眼，正好与她投向我的目光相撞。好清澈的眼神呀，我的心里有种触电的感觉。

操，还真他妈有人敢管老子的闲事呀。我听到这句粗话，迅速转过头，对方三个人已经凶神恶煞的向我走过来。我大吼一声，你们想干什么，还有没有说理的地方了，这里可是大学校园。对方先是一愣，转而停了脚步，其中一个指着我说，操你妈的傻老帽。我这人有个习惯，不论跟谁打架骂仗最难以忍受的就是对方骂我妈，他们这是点了我的死穴，也是点了他们自己的死穴了。我大吼着说不准骂我妈，冲过去一耳光扇在了对方的嘴巴上，顿时血就流了出来。周围鸦雀无声，像是期待着我们在人群中的继续表演。对方没想到我会闪电般地袭击他们，几个人呆若木鸡，一时没反应过来。直到人群中有人说，看呀，那小伙子嘴都被打流血了。他们这才一拥而上，把我围住扭打在了一起。我本能的用胳膊护着自己的头部，那些拳头像雨点一样密集地打在我的身上。我数不清挨了多少拳头，被保安扶起来的时候，只觉得头晕乎乎的，浑身酸痛。后来在围观人和姑娘的证明下，我属于正义的一方，打架的事也就大事化小没怎么处理了。几个小伙子气冲冲的被保安撵出了校门，他们回过头恶狠狠地瞪着我，还向我做出了下流的手势。其中那个名叫愣子的人的那张脸深深地埋在了我的脑子里。我毫不在乎，更不怕他们。这个姑娘就是我进大学门认识的第一个人，也是我后来深爱并取之为妻的凌红。

3

学校里的老师对我很照顾，他们从我的一篇发表在校报上的小说里看出了我的家境，系主任和几个老师还偷偷去我家里家访。之后，每年的寒暑假我很少回去，系主任和一些老师托朋友关系给我在寒暑假里找一些工作，我的学费和生活费多一半都来自这里。

凌红在经济上常常接济于我。她不住校，自己带饭，从不乱花钱。她母亲烧得一手好菜，那些饭菜我已经不知不觉地吃了好几年了。我问凌红把我们的事向家里说了吗？凌红摇了摇头，流露出了很不自信的表情。大四第一学期，我让凌红带我去她家里，凌红一副吃惊的样子，她说，现在去不好吧？我说有啥不好的，早点告诉家长，咱们才能早点在一起。凌红白皙的脸上飞满了彩霞，她拉着我的手点了点头。

我提着礼品走到了凌红家的小区，她早早地等在那里，一见面就叮嘱我不要乱说话，千万别说家是秦岭大山里的。我有些不悦，不想撒谎。凌红说，那你还愿不愿意跟我在一起？我哑口无言，心里多了几分惆怅。

走进凌红的家，我才知道什么是天地之分，什么叫门当户对。我心里不爽，可还要强忍着说各种各样的谎话。凌红的妈妈给我夹菜，催我尝尝。其实这些菜，在这几年里我几乎都全吃了个遍，而今天满满一桌专程为我，心里有点慌乱。她妈妈问我咋了，我说菜太好吃了，有点激动。她妈妈笑着夸我会说话，有前途。

吃完饭，凌红的爸爸泡了茶给我，问起我家里的事。我的头顶犹如晴天霹雳，不知该如何应对。凌红在一旁给我使眼色，我端起杯子喝了口茶，平复了一下内心，就东扯葫芦西扯瓜的给她爸爸聊了起来。她爸爸说，如此说来，你爸挺厉害的，虽然常年在外地，但毕竟是开公司嘛。我很不自然地低下了头，我想我爸当时肯定在天上看着我呢。临走时，凌红的妈妈小声对我说，你可一定要照顾好凌红，我就这么一个宝贝闺女。我点了点头。

也许是喝了点红酒的缘故，我的头晕乎乎的，路上凌红一直挽着我的胳膊，靠在我的肩上。我几次想提说分手的话，可看着凌红像个置身于童话世界的公主，满脸幸福，就没忍心打破这美好的一刻。

舍友们七嘴八舌，问战况如何？我只能莞尔一笑，说了句一切顺利。几个舍友听到了胜利的号角，都嚷着让我请客吃夜市。我架不住舍友们蓬勃高涨的兴致，索性就答应了。

凌红赶来时，我们已经两瓶啤酒下肚了。凌红见我满脸通红，关切地问我还能喝吗？我说，还行。舍友递给了凌红一杯啤酒，大家举起杯向她表示祝贺，并祝我们早日正果，永结同心，早生贵子……大家不约而同哈哈哈大笑。

酒场散了，舍友们很识趣都回去了，留下我和凌红两个人。我们相依偎着，漫无目的地向前走着。我们走到护城河边，凌红说去公园坐坐。我们挑了一个紧靠护城河边的石凳坐了下来。凌红问我头晕不晕。我说有点晕。凌红把我的头放进她的怀里，让我平躺着歇一会儿。我忍不住，眼泪流了出来。凌红没有惊讶，也没问我，只是默默地擦了我的泪。

夏夜的星空，繁星点点，凌红指着说，看，那是北斗星，你快看。我躺在她怀里，仰望着星空，心里却有很多烦闷。凌红知道我喜欢看星星，前两年我和她一起存钱，买了一架高倍望远镜，一直都在宿舍的阳台上放着。为了那架望远镜，我们一起利用周末去给学生补课，挣来的钱全数交给了我。想到这里，我终于没忍住，在她怀里大声哭了起来。凌红轻轻拍着我的背，任由我哭。

凌红的手机不停地响着，她一遍又一遍的挂断，最后索性关机。我坐起了身子，问她谁的电话？她说，我妈打的。我催促她赶快回家，不由分说的把她拉了起来，拽着她走出公园。一路上，她静静地看着我没有说一句话。到她家小区的时候，她说，我知道你下午撒谎心里难受，但为了我们能在一起你忍忍吧。我这辈子跟定你了，非你不嫁。我笑了笑，你真傻，咱们之间条件相差巨大，已经是一条无法逾越的鸿沟了。我答应过你妈要照顾好你，你快回家吧。凌红似乎有些生气了，你以后别这样说了，以后的事咱们共同来想办法吧。我拨了拨她额前的头发说，你好傻。她扑进我怀里，用嘴堵住了我的嘴。

4

我没有像大多数同学一样回到原籍，去当村官或是考公务员、事业单位。我和凌红按着既定的规划，留在了这座繁华的大都市里。

凌红的爸妈多次催我，让我的爸妈来一趟，商量商量我们的婚事。他们每次提到这个事情，我都如坐针毡，心里既高兴又害怕。我每次只好说我爸实在太忙了，天南海北的忙生意。凌红的爸妈不傻，有一次，凌红的妈妈叫住我说，你问问你爸，是生意重要还是儿子的婚事重要？我哑口无言。她不依不饶，你把你爸的电话给我，我要跟他直接对话，看看你爸爸到底是怎样的一个人？凌红见状不妙，硬拉着她妈进屋。我一身冷汗，觉得自己的谎言就快要被拆穿了。

一个月后，凌红的妈妈邀请我去家里吃饭。饭后，凌红的爸妈郑重其事的向我下了最后通牒。她妈妈说，你爸太忙了，就让你妈来一趟嘛。我们也好早点认识一下，你们两个也老大不小了，该成家了。我看了一眼凌红，凌红赶忙说，妈，你不知道，他妈妈身体不好，坐不了飞机坐不了车，肯定来不了的。凌红的妈妈问我是不是这样的？我硬着头皮说，是的。凌红的爸爸叹了一口气，哎，咱们还这么上赶着把姑娘嫁给他吗？你看人家根本就没有想娶的意思嘛。凌红的妈妈，啪的拍了一下桌子，指着我说，你说咋办？要么这样，我们去你们家里一趟得了，把你家的地址小区门牌号给我写下来。我心慌得很，汗水不争气的从脸上头上向下滴落。我看了一眼凌红，她低头不语，我明白这个谎言再也无法继续了。

我站起了身，跪在了凌红的爸妈面前，哽咽着求他们原谅。凌红也跪在我旁边，不断的祈求着自己父母的原谅。凌红的爸妈被弄得摸不着头脑，厉声喝道，说，到底发生了生么事？我吞吞吐吐的把整个谎言复述了一遍。凌红的爸妈脸色极度难看，由青变白再变红，像化学实验一样不断起着反应。凌红的妈妈指着我说，你滚出去，骗子，我再也不想看见你了。快滚。凌红抱着她妈的腿一遍一遍说着对不起。她妈大声说，让你滚，你耳朵聋了吗？快滚。

我和凌红整整有半个多月没见面了。见到凌红的时候，她整个人消瘦了一大圈。我摸了摸她的头，问她是不是身体不舒服？她推开我说，亲爱的，告诉你个好消息。我问，啥好消息？她指了指自己的脸，快点亲一下就告诉你。我迅速在她脸上亲了一下，催她快点说。她说，咱们的事，我爸妈同意了。同意了？同意了？不可能吧？我一连三问，逗得她咯咯直笑。她说，傻瓜，这次真的同意了，真不枉费我这半个来月的软磨硬泡了。原本不抱希望的事，一下子办成了，我无法抑制住自己的情绪。我抱起凌红原地打起了转儿。凌红大声喊着，小心，小心。我停了下来，问她小心什么？她指了指肚子，然后哈哈哈大笑了起来。

第二天一早，我拿出了一张纸，写下了一些人的名字，打算从他们那里筹集一些资金。昨晚上，凌红告诉我了一个重磅消息，要想结婚必须要有彩礼和房子，两样缺一不可。彩礼和房子的事我很能理解，一口就应承了凌红，让她别管，所有的事我来想办法。

一连几天，我分别给以前最好的几个舍友打去了电话，一提借钱的事，大家像是都约好了一样，都说上班时间不长，手头不宽裕。能借的我都借了，能张嘴的也都打去了电话，可才借到了几千元钱，连个零头都不够。

我和凌红几乎每天都会相约见面，要么一块儿散步，要么就去公园里坐坐，一旦说起钱的事，我们都陷入到煎熬之中。想来想去没啥好办法。我叹着气说，正所谓文钱难倒英雄汉，这才是现实呀。凌红笑着说，总会有办法的，咱再想想办法。

真正的转机出现在一个月后。那天，凌红打电话给我说有办法了。我急忙去了她公司楼下，她说她听闺蜜说可以通过信用卡、网贷等方式解决资金的问题，只是利息有点高。我当时像是抓住了救命稻草，哪管什么利息不利息，就找了一家网贷公司，提出了贷款申请，还顺带去公司开了工资证明，办了信用卡。

5

我们用网贷的钱解决了十万元的彩礼和一个70多平米房子的首付，用信用卡支付了房屋简单装修和置办婚宴酒席的费用。

结婚前的一个周，我回了一趟家，把我要结婚的事告诉了妈妈。我妈高兴地哭了，转身进了屋，好一会儿才出来，手里捧着厚厚一叠毛票递给我。我哭了，没接她的钱。

我这次回来是接她去城里参加我婚礼的。我妈摇着头说，儿呀，妈这样子，就不去了吧。你有儿媳妇的照片吗？让我看一眼就行了。我打开手机，给她翻看我和凌红的结婚照片。我妈仔细地看着每一张，嘴里连连说着，好好好。我劝她跟我一块去城里住，她坚决不同意。

婚后的生活，我们过得还算幸福。凌红说，咱们终于有了自己的窝，将来还会有自己的孩子，当务之急就是想办法多挣钱，把那些贷款都还了。我搂着她说，是呀，无账一身轻。

前半年，我们除了结婚交房子首付，贷款还有点结余，根本没意识到厄运会一步步向我们袭来。好几次网贷公司打电话催我还款，并不是我不愿意还，而是有时碰巧公司工资迟发，或者是开支超额，耽误了还款时间。为此，我和凌红只好精打细算过起了日子。凌红很细心，她专门制作了一张还款时间表格，里面囊括了还款时间，金额，资金来源等内容。除了我们正常的生活开支，我们的工资总额每到月底就所剩无几了。

凌红生日那天，我请了假，专门去了商场，把那件她看了多次的羊毛大衣买了。我做好饭，等着凌红回家，还特意开了一瓶红酒，弄了几只蜡烛，营造了一个烛光晚餐。凌红一进门，被眼前的景象惊呆了。我给她唱了生日歌，她许愿吹蜡烛，当我拿出那件羊毛大衣给她，她却吼了起来，她说我不想过日子了，说这件大衣两千多元，还说我有病没本事充大头。我一气之下，摔门而出。

独自走在寒风里，我的泪水像雪花一样飞舞着。我大声对着天空吼叫，这他妈不是我想要的生活。兜里的电话不断响着，我没接。我在街口买了一个小瓶二锅头，一口气喝干了。凌晨两点多了，我晕晕乎乎回到了家里。凌红坐在客厅，两眼红红的，还没睡。那晚我们没有任何交流，各自安睡。

第二年夏天，小宝出生了。我们的日子雪上加霜了，入不敷出的日子换颜成了争吵、讽刺和挖苦。每次争吵，凌红都说，我当初真是瞎了眼睛，没听我妈的话还死皮赖脸的嫁给你，我都悔死了。我不语。

孩子断奶后，需要买奶粉，凌红非要买进口奶粉，说国外的奶粉营养好。有一次，月底刚还完贷款，碰巧奶粉又没有了，孩子饿得哇哇哭，凌红打电话让我想办法买奶粉，我半天都说不出话来。我的口袋比脸还干净，只好在同事那里借了一百元，买了两包国产奶粉送回家。凌红阴阳怪气地说，小宝摊上你这种爸也算是够倒霉的了。她把我买的奶粉扔进垃圾桶里，说回她家找妈妈借钱买进口奶粉。我不同意，拦着她。她指着我鼻子骂我，你个没用的男人，连老婆孩子都养不起，还讲什么骨气？

不得已，我又去找了一份兼职工作，每晚忙到十二点多才回来。回到家，一身都软了，为了不影响她们母子休息，就自觉睡在了另一个卧室里。

上次，凌红她妈过生日，我和凌红又大干了一架。她说，我妈养我一趟不容易，她过生日让你包个两千元的红包你都不愿意？我说，咱的情况你知道，实在挤不出来钱了。她说，你一个大男人不觉得臊吗？女婿孝顺丈母娘那是天经地义的。我一下就火了，你心里只有你妈？那我妈呢，她也是生我养我的妈，你说一下你到现在见过她吗？你不觉得脸上臊吗？她说，你那个妈是妈吗？我给你生孩子、坐月子的时候她在哪里？我不去看她，她不配。我忍无可忍，抽了她一耳光，她抱起孩子哭着跑回了娘家。

一个月过去了，我没打算去接她回来，她爸妈却找上门来了。一进门，她妈就喋喋不休地数落起我，说我没用没本事脾气还大，不能给凌红一个幸福的生活，把凌红嫁给我是把她投到火坑里了。她妈又哭又闹，极具表演天赋。凌红她爸相比较起来，温和了一些，他给我讲了很多大道理，诸如什么老婆是用来爱的疼的不是用来打的，总之他们都是一个鼻孔里出气的。最后我答应接凌红回家，他们凯旋而归。

6

我突然间被那只巨大的怪鸟一翅膀打下了云层。我大声呼救，猛地睁开了眼睛，看见了我那消瘦的母亲正看着我。

我起身，下了床。我妈说我已经昏睡了整整一天了，她问我出了什么事？我摇了摇头。她摸了一下我的头，说我有点发烧，说去给我擀一碗汤面发发汗就好了。看着母亲转身离去的背影，我默默地哭了。五年了，我还没能兑现对她的承诺，仅仅只是坐一次飞机而已。

我走出屋，走到了我爸的坟前，大声哭了起来。哭够了，我从身上掏出了烟抽了起来。我之前一直不抽烟的，只是那次看见一个陌生男人开车送凌红回家后，学会了抽烟。凌红把孩子交给她妈照看后，回家的时间越来越晚了，脾气也越来越大了。一进门，对我就没有好脸色，说我是个窝囊废，没用。我问她送你回来的那个男人是谁？她一跳八丈高，不承认，还说我污蔑她。她指着我的鼻子让我拿出证据，否则跟我没完。

后来，我用阳台上的望远镜看清了那个男人，就是我入校打架的那个叫愣子的人，这一点是我万万没想到的。我那个望远镜带有拍照功能，我把他们亲亲我我的照片都拍了下来，扔在了凌红的面前。她看了看，冷笑着说，拍的还不错嘛。我扬起手想甩她一耳光，她大吼着说，那就离婚吧，我也受不了这种日子了。五年了，整整五年了，跟着你还了五年的帐，好吃的东西不敢买，漂亮的衣服买不起，就连孩子的奶粉钱都没有保障，这日子我早就受够了。我的手停在了半空，像是被冰冻住了。

那天夜里，我睡不着。我一遍遍想着凌红的话，打定主意后，就叫醒了凌红。我说，咱们离婚吧。她说，好。我问财产如何分割？她说，笑话，哪有什么财产？我说这房子不是吗？她冷笑着说，这些年家里还款我都记录着呢。咱们借了40万的网贷，拆西墙补东墙，还了五年，加上迟纳金、利滚利，现在的总债务变成了80万了，你说哪还有财产？幸运的是这几年房价连连涨，咱们现在卖了这房子也只够还清那些网贷。我抱着头骂了一句粗话，真没想到竟然到头来是这样的？

凌红起身给我倒了一杯水，递给我说，当初咱们都太年轻了，只想拥有爱情，却忽略了面包的问题。我说，那小宝咋办？凌红说，小宝跟我吧，你有能力照顾好他吗？我毕竟还有爸妈帮着照看，你家里啥情况你自己知道。

那晚我们聊了很多，我们像朋友一样聊着过去现在和将来。我问她，你跟我结婚后悔吗？她很坦然地说，我追求自己的爱情没有错，但现实却是残酷的，我也无法左右。她问我是不是很恨她？我摇了摇头说，谈不上恨，毕竟咱们曾经相爱过、甜蜜过、幸福过。我问她咱们当初为何结婚？现在又为何离婚？她哭了。她说她把最好的年华都给了我，却没有得到自己想要的生活，她扑进我怀里说她不想跟我离婚，可现实又不得不和我离婚。我推开她说，真的，我没有丝毫责怪你的意思，我只是不甘心呀，我们为之奋斗了五年，到头来什么都没有了，只留下了可怜的小宝……

走出民政局的那一刻，心里有种说不出的痛。我看着远方的山，突然很想我妈。我拽着行李箱去了车站。又是三年都没回家了，心里想着我妈的样子，我在去往车站的路上狠狠抽了自己一耳光，路上的行人依旧匆匆而过，没有任何人注意到我。

儿呀，吃饭了。我妈的喊声把我拉回到了现实。我跪在我爸的坟前磕了几个头，抬头看了看天边。刚还是乌云密布，陡然间就霞光万丈。我大声喊着，妈，我明天带你去坐飞机。

我妈回应着说，你说啥，你说啥呢……

对门儿

1

连续几晚，对门儿半夜都传出叮铃哐啷的响声，像是要拆房，咚咚咚地打破了刘峰的美梦。刘峰一骨碌爬了起来，看了看隔壁房里的母亲，她正侧着身子，轻声微鼾。他轻脚轻手走到客厅，透过猫眼儿看向外面。

楼道里灯光昏暗，寂静无声，刚才的喧嚣声似乎都被吸进冰冷的钢筋混凝土里。刘峰靠着门，又透过猫眼儿向外看了看，楠楠地说，多么熟悉的场景。自从离婚后，他带着母亲租住在了这里。对门儿住着一对年轻的夫妇，他曾上下楼时打过照面。女的看上去很漂亮，打扮时髦，男人文质彬彬，戴着一副金边眼镜，见人面带微笑，微微点头。

前不久，刘峰下班回来，在小区碰到了对门儿住的女人，女人费力地提着一大袋土豆，说是乡下亲戚托人送到小区门口，刘峰二话没说就扛起土豆。爬上五楼，刘峰的后背已经汗湿了，背上像画了两个太阳。女人赶忙倒了杯凉白开递给他，他咕咕咚咚一气喝完。刘峰第一次走进对门儿家中，房子的格局和自己家租住的大致一样，两室一厅一卫一厨。所不同的是在装修上。刘峰租住的房子基本谈不上装修，白墙早就泛黄了，地上的瓷砖有好几处都磨损破了，几道裂纹连成了一条直线把客厅一分为二。厨房更是脏乱不堪，油污黑漆漆地爬满了角落。当时，刘峰四处转了转，只是门上的猫眼看着不错，既明亮又清晰，其他设施他没看上，母亲却说这里清净，房租合适，就结束了天天宾馆旅社里面打游击的生活。

大哥，你们好像搬来不久。女人说。刘峰嘿嘿一笑，是呀，还没一个月呢，我叫刘峰，以后还请你们多多关照，咱们两对门儿住着也是一种缘分呢。女人说，我叫王倩，以后我就叫你刘大哥了，今天真是麻烦你了。刘峰说，王倩妹子，别客气。王倩长得很有几分姿色，大眼睛，高鼻梁，一脑袋的拉丝圈，看上去很时尚。刘峰禁不住多看了几眼，笑着说，以后咱们常来往，没事了多走动。王倩说，是呀，城里啥都好，就是一进屋一关门，谁都不认识谁了，没有乡下老家好。刘峰问王倩老家是哪的？王倩说是山里的。刘峰一拍大腿，真巧呀，我也是山里面的。两人正聊着，男人回来了。王倩拉着老公给刘峰介绍，刘哥，这是我老公，李牧。李牧，这是住咱家对门儿的刘大哥，他人真好，刚才那么一大袋土豆都是刘大哥帮着扛上楼的。李牧原本无表情的脸上突然开了花儿，热情地拽着刘峰的手，边握边说，谢谢刘大哥。

自从搬到这里，刘峰还是第一次被人这么尊敬，显得特别高兴。刘峰接过李牧递过来的一根大中华烟，突然心里有点失落，觉得跟对方有着不小的差距。他窸窸窣窣着从口袋里摸出了打火机，啪的一声点着了烟。王倩说，你们先聊着，我去弄几个菜，你们喝两盅。刘峰说不麻烦了，时间不早了，说着就站起身告辞了。临关门时，李牧站在门口说，刘大哥空了多过来坐坐。刘峰一脸笑，点着头答应了。

刘峰在一家公司当主管，少不了出差。母亲下身瘫痪，他出差前总会拜托王倩帮着照看一下母亲的饮食，王倩每次都尽心尽力，变着花样给刘峰母亲做饭吃。刘峰每次出差回来都会登门感谢王倩夫妇，带去一些出差地的土产。李牧总说刘峰太客气了，说两对门儿住着，谁家还没个急事。刘峰憨憨一笑，我母亲情况特殊，真是太麻烦王倩了。时间一长，李牧夫妇就商量着要给刘峰介绍对象，让他再成个家。刘峰一挥手说这事不成，不想再成家了。李牧夫妇不解，问他为啥不想再成家了？刘峰低头不语，气氛有点尴尬。

一个周末，刘峰和李牧喝酒时，他说出了自己之前不如意的那段婚姻。他说，谢谢你们夫妻俩的好意了，我之前的婚姻很失败，真是怕了，不想再成家了。李牧说，这世上失败的婚姻很多，失败不可怕，二婚的人大有人在呀。刘峰喝了一口酒说，我大学毕业就留在了这座城市，原本以为这里就是我的天地，没想到我被摔打成了这副模样。李牧两口子目不转睛地看着刘峰，等待着他的下文。刘峰说，人还是应该要权衡利弊，别一时冲动，为了走捷径，害了自己。李牧夫妇听得一头雾水，三人碰杯，咽下了酒。刘峰说他有目的地接近了公司高管的女儿，凭着自己帅气的模样和滔滔不绝的谈吐，很快就获得了芳心。在高管的运作下，他从一个小职员成了部门里的负责人。结婚前，房子车子老丈人家准备齐全，老丈人只有一个条件就是要对女儿好，一不能骂，二不能打。刘峰的头像小鸡啄米一样，不停地点着。

结婚后，刘峰说母亲一个人在乡下生活不容易，想接到城里来。妻子倒也还通情达理，并没反对。母亲来后，妻子才知道婆婆下身瘫痪，屋里的味道很污浊，明里暗里就跟刘峰发生了摩擦，想送婆婆回乡下，雇个保姆伺候。刘峰不答应，说母亲辛苦了一辈子，老了应该要享享儿子的福，再说城里的医疗条件比乡下好。有好几次，妻子当着婆婆的面提说这事，刘峰的母亲默默地流泪，刘峰忍不住骂了妻子，说她没人性。妻子扭头就跑回了娘家。老丈人凶神恶煞地传唤了他，勒令他三天内把母亲送回乡下去，说在乡下请个保姆，费用他出。

刘峰安顿好乡下的母亲，跪在母亲面前，大声骂自己不孝。母亲并不怪儿子，劝他赶快回去，好好过日子。

李牧拍了拍刘峰，刘大哥，像这样的女人离了就离了，那种人根本就不是人呀。刘峰说，李牧兄弟，这事儿不是直接的原因。李牧问，那是啥原因？刘峰端着酒杯喝了个底朝天，不说了，不说了。刘峰红着脸站了起来，摇摇晃晃的走了出去。

2

晚上，刘峰又听到对门儿李牧夫妇吵架摔东西的声音。他本想去敲门劝解，看看表已经半夜十二点了，走到门口，他下意识的从猫眼儿里朝外看，正巧看到李牧气呼呼的在门口骂了一句，神经病。随后踢踢踏踏地下了楼，像是去了外太空。

刘峰的心莫名的有些难过。李牧夫妇给他留的印象多是恩爱的片段，那次他亲眼看着李牧一颗一颗给王倩剥瓜子吃，那神情让人羡慕。刘峰当时就说他们好腻，三人哈哈哈大笑。

刘峰想推开门去对门儿问个究竟，可王倩一个人在家，终究还是不便。刘峰坐在客厅里点燃了一支烟，像是自己刚刚跟老婆吵完架的似的，一种失落随着烟子从鼻子里缓缓喷出。

他忽然想到了上周的一个夜里。那晚他起夜上卫生间，听到门口好像有动静，就爬到猫眼儿上向外看。他看到一个长发飘飘的女人正搂着李牧站在门口忘情地接吻，心想这两口子真是，都到了自己门口了还那样迫不及待。当时刘峰躲在屋里暗暗发笑，骂自己不该从猫眼儿里偷窥他们。现在想想，那晚那个女人不像是王倩，王倩没有那么长的头发。刘峰抽着烟，在心里反复确认，认为那晚的女人绝对不是王倩。他真没想到李牧这人看上去文质彬彬像个书生，原来还是一个花心大萝卜，他骂了一句，不负责任的东西。李牧在他脑海里原本的好形象变得丑陋不堪。他莫名的想起了前妻。

那次，他从南方出差回来已经晚上十一点多了，走进家里，一切都是冷冰冰的。他拨了妻子的电话，没接。客厅里的水晶灯印射出的灯光深深地刺痛着他的心。他听到了高跟鞋的响声，迅速坐了起来，走到门前，眼睛贴在了猫眼儿上看。妻子被一个男人按在墙上，肥大的嘴唇正在亲吻着她的脖子。妻子说，别急，别急，进家里。刘峰的头嗡的下，血液像火箭发射一样直冲头顶。他忽地拉开了门，一拳打倒了那个男人，又踢了几脚，妻子一把抱住刘峰，那男人捂着脸窜进了电梯跑了。刘峰一把掐着妻子的脖子，把她推进了客厅，第二天他们办了离婚。

同样的情形让刘峰一夜未睡，躺在床上回想着自己在这座城里的一切。他在心里暗暗咒骂着前妻的不忠和李牧的花心。他不想让对门儿的小两口重蹈他的覆辙，他们目前是他最好的朋友。

他又想到了防盗门上的猫眼儿，觉得这个装置太有意思了，猫眼儿的设计是为了辨别门外的世界是为了观察门外的危险，没想到在他这里却成了见证自己婚姻的失败和朋友的出轨。他苦笑了一声，觉得自己的生活中已经离不开门上的那个小猫眼儿了，似乎猫眼儿象征着他与外界的关系，冥冥中似乎养成了一种怪癖。

刘峰坐起身，连着抽了几支烟，他决定明天要去对门儿劝劝李牧两口子，有事好商量，别半夜三更的吵架。他还特别要说说李牧，不能沾花惹草，要对得起王倩，王倩是个很不错的妻子，要学会珍惜。

正想着，他又听见外面有动静。刘峰轻声走到门口，从猫眼里看。是王倩，她穿戴整齐，她看了看刘峰家的门，转过身下了楼。高跟鞋咚咚咚地响彻了整栋楼，那声音又尖又脆，一下一下踏在他心里。

刘峰心里一惊，不好，要出事。

儿呀，你去干啥？母亲问。

刘峰说，妈，你先睡，对门儿好像有事，我去看看。

刘峰跑下了楼。

小区里灯火通明，空无一人，刘峰四处张望，没有见到王倩的影子。他走出小区，街灯透亮，零零散散有几个人骑着三轮车路过，灯光把他们的影子拉得老长。刘峰站在街边的梧桐树下，眼睛左右的看着。大半夜的这两口子到底咋了？

能跑到哪里去呢？莫不是去了前面的环城湖了？想到此处，刘峰心里一紧，向着环城湖一路小跑过去。

刘峰回到家时已经半夜一点多了。母亲咳嗽了几声，夜显得特别静。刘峰轻轻走进母亲的房里看了看，悄悄退了出来。他坐在客厅里，拿出电话想打给李牧问问他们去了哪里，又觉得不妥，心里像猫爪挠着。

王倩是多好的一个人呀，李牧咋就不知道珍惜呢？李牧人也很不错，为啥骨子里那么花心呢？李牧和王倩看上去多么般配呀，咋会出这种事呢？刘峰整整一夜脑子里都想着这几个问题，想的头痛，怎么都想不通。

刘峰迷迷糊糊的睡着了，楼道里面啪的一声又将他从睡梦里扯醒。他起身，又趴在猫眼儿上看，原来是一只猫在楼道里的一只箱子上蹿跳着，像是把那只箱子当成了攻击的目标，发出啪啪的声响。他又看了看对门儿，门缝里没有一丝光线透出来，看来李牧他们还没回来。刘峰睡意全无，走到窗户旁看向小区。几棵树在灯下缓缓的摇着头，空中的电线也摆动着身子。月亮挂的老高了，散发出耀眼的白光。他在心里祈祷着他们千万别出什么事。远远近近的居民楼一片漆黑，像沉睡的夜睡得很深沉。他转身进了卧室，强迫自己睡下。

3

第二天一早，刘峰给母亲买早点回来，敲了敲对面的门儿，毫无反应。他进了自家的门，照顾母亲吃早点。今天是他和医院专家约定给母亲看病的日子，他先背着母亲下楼，把母亲安顿在小区的木椅上，又返回家里把轮椅扛下楼，推着母亲走出了小区。第一人民医院的专家说他母亲除了药物治疗，还应多做些运动，依靠仪器锻炼下地走路，要长期坚持康复训练，可能会恢复的更好。刘峰连忙说了声谢谢。

他推着母亲穿过医院的走廊，听到有人叫他，转过头发现了李牧夫妇两人在向他招手。刘峰喜出望外，冲着他们一笑，推着母亲走了过去。李牧问，刘大哥你带阿姨来看病吗？刘峰说是的。他的脑子里显现出了昨晚的情景。他一路小跑着去了环城湖，月亮倒影在湖中明晃晃的，湖边没有人，他的一颗心放了下来。

刘峰问，你们昨晚上咋了，那么大的动静。李牧低头不语，王倩笑了笑，没啥，就是我妈突然犯病，我们急匆匆的跑到了医院，不好意思了刘哥，吵着你休息了。

刘峰一摆手，那倒没事，你们这段时间好像有啥事，我好几个晚上都听见你们拍桌子摔碗的声音了，咋了呀，发生啥事了？王倩和李牧相互看了看，异口同声地说，没啥，真没啥，就是闹着玩呢。刘峰没再好继续追问下去，他很清楚这两口子是有意不愿说。刘峰推着母亲离开了医院。

路上母亲问他李牧他们发生了啥事吗？刘峰说没啥，人家两口子好着呢。母亲说，你前段时间出差，王倩照顾我，她说李牧不是以前的那个李牧了。我问她咋了，她说没事。刘峰听着母亲的话，心里不是滋味。母亲说，你找个合适的机会好好劝劝他们，人家两口子对咱挺好的。刘峰点头答应了。

几天后的周末，刘峰拿了两瓶酒，买了几个卤菜进了对门儿。李牧开门时，王倩忙着擦眼泪的样子没能逃过刘峰的眼睛。刘峰笑着说，今天周末没事，过来跟你两口子喝点聊聊。王倩拿出盘子把菜摆好，倒上酒。刘峰的酒量不算好，沾点酒话就多了起来。几杯酒下肚，他开始批评李牧说他作为一个男人要学会呵护妻子，不能动不动就半夜吵架摔东西。李牧把杯子磕在茶几上，当的一声响。李牧说，刘大哥，你只知其一不知其二呀。王倩站了起来，李牧，你狗嘴里吐象牙，乱咬人，那好，今天咱就让刘大哥给评评理。刘峰摇晃了一下头，觉得晕晕乎乎的，他看了王倩一眼说，王倩妹子，有啥委屈你说出来，哥给你做主。李牧冷哼了一声，算了吧，刘哥，你也不是省油的灯，你们当我是傻子吗，平日里眉来眼去的，我眼睛瞎吗？刘峰猛地一惊，李牧，你说话可得凭良心，我扒心扒肺的对你们，你他妈的还朝我身上泼脏水。刘峰啪的一下把杯子摔了个粉碎，站起身就要走。王倩哇的一声大哭了起来，好你个李牧，你竟然说出这种猪狗不如的话。王倩扑了过去，李牧的脸上就多出了几道血印子。刘峰见状，一手一个将两人分开。三个人坐在沙发上，像三只饿狼，眼里泛着绿光。

李牧端起杯子喝了一口，哭着说，你们上次被我抓了现形，还死不承认，你们想想，当时的样子吧。刘峰努力在脑海里回想着。那是一个月前，王倩敲门说家里的水管漏水，刘峰去修，王倩的眼睛里钻进了一只小飞虫，越揉眼睛越红，刘峰让她别揉了。刘峰就掰着王倩的眼皮，凑上去用嘴吹，被进门的李牧看见了。李牧当时没说什么，王倩说眼里进了虫子刘哥给吹了出来。真没想到，李牧今天喝了点酒拿这事说，刘峰端起瓶子咕咕咚咚喝了一气，他把瓶子啪的一声墩在了茶几上说，好你个李牧，你他妈不是个东西，你冤枉我了，在我看来你他妈才是对不起王倩呢。李牧眼睛一斜，我有啥对不起她的？刘峰说，你前段时间搂着一个长头发的女孩子，躲在小区的林荫树下接吻呢，你说有这事没有？

李牧大骂刘峰血口喷人，疯狗乱咬。王倩说，难怪呀，这几个月的工资都没上交，原来是养狐狸精了。刘哥，你知道吗？前几天我妈犯病，让他给点钱，他一毛不拔，说钱让别人借去了，李牧咱们这日子是过到头了。李牧一把抓住刘峰的领口，你给我滚出去，我家的事不稀罕你瞎掺合。王倩见状，跑进了厨房拿了一把菜刀冲了出来，对着李牧说，该滚的人是你，你滚，你滚。说着就用菜刀劈向李牧。李牧吓得连滚带爬的逃出了家门。刘峰站了起来，摇摇晃晃，叹着气说，哎，原本是过来劝劝你们好好过日子的，没想到弄成了这样。刘峰从李牧家走到自己家像是走了很远的距离，进门就扑进沙发里呜呜呜地大哭了起来。他真没想到李牧这人会那样羞辱他。母亲在卧室里大声喊着，峰，峰，咋了，你哭啥呀？刘峰没搭腔，天旋地转的看着天花板在飞。

半夜醒来的时候，胃里面难受，刘峰去了卫生间里呕吐，喝了几口冷水，心里舒服多了。看看表，已经半夜了，他才想起来母亲还没吃饭呢。刘峰摸进母亲的卧室，看见母亲已经睡着了，床边放着碗筷。碗里还有没吃完的米饭。刘峰明白，这肯定是王倩下午送来的。刘峰因为常常出差，就留了一把钥匙给王倩。他忽然很想哭，觉得自己不该把实情说出来，害的对门儿决裂。

他忽然听见了敲门的声音，他走到门边，又从猫眼儿看了过去。李牧跪在门前，一下一下敲着王倩的门，嘴里一直说着，请你原谅，我以后再也不敢了。刘峰看着，眼角的泪就流了下来。他忍住了开门出去的冲动，怕适得其反，别人两口子的事还是让他们自己解决吧。

4

一连好几个礼拜，刘峰没再见过李牧了。王倩像任何事都没发生一样，上班下班，有时还会去刘峰家里看看他母亲。刘峰不好意思问王倩李牧去了哪里？在聊天的时候，刘峰明里暗里总是把话题引到李牧身上，说李牧肯定是一时被迷惑了，现在的花花世界里不受迷惑男人少。王倩说，刘哥，你就别再说他了，他天生就是花花肠子，花花心，我已经给了他很多次机会了，可他还是狗改不了吃屎。

刘峰说他当天晚上半夜听见敲门的声音，他看见李牧跪在门前求你原谅，李牧好像跪了一晚上。王倩说，我知道，那是他的计策，只要我一开门，他就觉得我原谅了他。你和阿姨还没搬过来的时候，我们也为那些事吵过打过，我最后都原谅了他，他也赌咒发誓说以后再不了。

刘峰叹了口气，要怪就怪我吧，我自从离婚后就有了窥视猫眼儿的怪癖，但凡外面有个动静就会趴在门上看，你说当初我要是不看的话，就看不到李牧的那一幕，你们也不会这么多天还处于冷战期呀。刘峰掏出烟，吸了起来。

王倩说，刘哥，这事还真不怪你，那几天我们经常半夜吵架摔东西，也是为他那点破事，他是公司里的高管，属下的一个女孩子早就跟他缠在一起了，那天我莫名其妙的接到了一个人的电话说李牧在公司乱搞男女关系，他晚上回来我就问了一下，他劈头盖脸就骂我说我风向不清，上了别有用心人的当。过了两天我在单位收到一个快递，里面有一摞照片，全都是李牧跟那个女孩子亲密的照片。刘峰没说话，他看了一眼王倩，觉得她很可怜，遇到了一个渣男，就像自己遇到了一个渣女一样。

刘峰问，王倩妹子，后面李牧就没再找过你吗？只要他能真心悔改，就再给他一次机会吧。王倩笑了笑，我们已经离婚了，幸亏没有孩子，要是有孩子我还狠不下这个心呢。刘峰说，啥，你们已经离婚了？王倩点了点头。

刘峰本想好好劝劝王倩，看来没有这个必要了。前段时间，李牧到公司找到刘峰，求他给王倩说和说和，还诚恳地给他道了歉，说他那天酒喝多了为了掩盖自己愣是把屎盆子扣到他身上。刘峰看着李牧的诚心就答应说帮着劝劝王倩。可他们现在已经都离婚了，也就没这个必要了，心里升起了一种愧疚感来。

晚上，刘峰翻来覆去睡不着觉，他认为自己是王倩和李牧婚姻中的破坏者，是那个该死的猫眼儿害了对门儿。刘峰爬了起来，打开了一盒木糖醇，嚼了起来。半个小时后，他把嚼过了的木糖醇把门里门外的猫眼儿堵住了。

在之后的日子里，刘峰几乎能听到楼道里的每个动静，第一反应就是看向猫眼儿，但他看着硬邦邦的木糖醇堵住的猫眼儿，清醒了过来，他彻底把自己隔绝在了门里。

王倩最近来他家的时候比较频繁，一来就钻进刘峰母亲的房里嘘寒问暖，忙着在厨房里烹调食物。刘峰渐渐意识到了什么。他有意躲避，但每次都无法逃脱。一天，母亲说，峰呀，我看王倩这姑娘挺好，你们干脆就搭在一起过日子吧。母亲的想法刘峰在心里也无数次想过，但他时时提醒着自己不能那样做。

刘峰托朋友重新找了一处房子，搬家那天，王倩的门始终没开，不知是没在家或许是像他一样躲在猫眼儿后面看着呢？刘峰摇了摇头，骂了声，该死的猫眼儿，背着母亲下了楼。

搬家时候，王倩没有出现，两天都没去过他家一次。她上次已经向刘峰表达了想结婚过日子的意愿，刘峰一口就回绝了。

刘峰知道王倩那天坐着一辆出租车跟踪了他，他心里很不是滋味。他一直觉得是他破坏了他们的婚姻，他不能跟她步入婚姻的殿堂，他在心里对她更多的是一种兄妹的情谊。

搬到新小区后，母亲时常都念叨着王倩，说刘峰不是个好东西，那么好的姑娘不积极争取，还躲躲藏藏。刘峰说母亲想法太简单，不懂其中的微妙。母亲唉声叹气地骂刘峰是个笨蛋，不懂得珍惜。

一个月后的一天，刘峰再次从猫眼里看到了王倩。她提着东西，站在刘峰家门外，在楼道里来来回回的走着。他想，王倩等待着他开门吧，可他一直未开。王倩走了。门悄无声息的开了。刘峰看着王倩的下楼的背影，那是他最后一次看见王倩。

刘峰第二天找人把猫眼儿堵死了，工人师傅说这门堵了猫眼儿看上去总感觉不太协调了。刘峰笑着说，挺好的，挺好的。

彩 琴

1

彩琴彻底把魂丢了。

她漫无目的地走在街上，红肿的眼眶挂着泪，泪牵着线向下滴落。半下午水米未进的她，肚子翻滚着"咕咕咕"的声音，像是在示威抗议。温热的空气，让她几乎喘不过气来。她似乎没有想停下来歇歇的意思，而是浑浑噩噩如同电影里的僵尸一样，一摇一晃的踏着黄色的盲道而行。

浑浑噩噩中她撞上了一个人。彩琴一个趔趄，几乎就要摔倒。她稳了稳身体，歉意的向对方看了过去，正准备向对方道歉。

对方恶狠狠地向彩琴吼着，我操，你她妈眼瞎呀。

彩琴的脸，腾的一下就红了，心里的怒火一下就窜了出来。

彩琴指着对方，吼着说，他妈的小流氓，老娘眼不瞎，也不花，就撞了你一下，你想咋样？

人行道上围满了看热闹的人。

对方像是被彩琴的愤吼声震住了，惊讶地看着彩琴，张了张嘴，又闭上了嘴。

丢下一句，真他妈的是个疯女人，快速冲出人群逃离了。

彩琴一屁股坐在了地上，嚎啕大哭了起来。

围观的人群被彩琴的举动和哭声牢牢牵制住了，大家便七嘴八舌的议论了起来。

这姑娘该不会真是个疯子吧？

不像，你看她的穿衣打扮，咋说都是个白领吧。

她哭啥呢？

一定有啥事，失恋了？被劈腿了？还是遭遇了小三？

彩琴抬起头，怒睁着一双通红的的眼睛，愤怒的大声吼道，滚，你们都滚。

人群像泄洪的闸口，哗的一下，四散而去。

一些人的嘴里爆着污言秽语，叽叽歪歪地走开了。

彩琴低下了头，索性脱掉了脚上的高跟鞋，坐在盲道上小声的啜泣着。

几个年纪不大的小伙子嘻嘻哈哈的从她身边走过，咦的一声，像是发现了新大陆一样。对着地上的彩琴指指点点。其中一个人嘴里叽叽喳喳地说着，我敢打赌，绝对是红的。

彩琴抬起头，冲着他们吼了一声，赶快滚蛋。

那几个小伙子呲溜一下，就跑了。

几分钟后，彩琴又听见了那几个小伙子的声音。一个说，你们看，是红的吧。另外几个笑着说，还是你的眼睛尖，看得仔细。咱愿赌服输，一会儿请你吃冰淇淋。

彩琴无精打采地抬起头，发现不远处正对着自己的是刚才的那几个毛头小伙子，他们蹲着，一副色眯眯的样子看向自己。彩琴突然意识到，自己穿着紧身短裙。她迅速站起身，大骂着，小流氓，没有家教的东西。

几个小伙子，拔腿就跑。彩琴紧随其后，抓起高跟鞋就丢了过去。

哎呀一声。高跟鞋砸在了迎面而来的男人胸口上。

这个男人剑眉一挑，正要发作，脱口而出的喊了一声，彩琴？

等待接受对方咒骂的彩琴，忽的一下抬起了头，那张熟悉的面庞让她震惊，随口说了句，怎么是你？你不是早就死在了南方吗？

这个男人名叫兰玉峰，曾经是彩琴的初恋。

彩琴慌乱中忙整理了一下自己的头发，擦干了眼泪，穿上了兰玉峰递过来的高跟鞋。她红着脸说，真没想到，在我最狼狈的时候，让你撞见了。

兰玉峰笑着说，你一点都没变，还是那个天真里略带疯狂的样子。你知道吗？这么多年我老都会梦见你的样子，就像今天这个样子。

兰玉峰说完，哈哈哈地笑了起来。

彩琴羞涩地低着头说，让你见笑了。小峰，这附近有酒馆吗？我想喝酒。

兰玉峰提议说去四川酒楼。

十年前，彩琴总是小峰小峰的这样叫他，那时的他们是村子里被最为看好的一对。村子里的老人见了他们都会开玩笑说，你们两个就不上学了吧，赶快结婚。彩琴羞的低头不语，兰玉峰则满脸开了花。那时他们读高三，正是临近高考的日子了。

兰玉峰和彩琴的恋情在学校早就不是什么秘密了。班主任老师特意找他们谈了话，说让他们暂时放下情感，努力冲刺高考，一切都以高考为重。

最后冲刺的两个月里，彩琴和兰玉峰谨遵师命，全身心的投入到学习之中。高考结束，他们报了同样的志愿。

那天晚上，朗月高照，彩琴和玉峰走在村子附近的小河边。

彩琴问玉峰，假如我没考上，你还会要我吗？

玉峰说，你不可能考不上的，就算考不上我也会娶你。

彩琴笑了，玉峰一把将她揽入怀中。

玉峰喃喃地说，如果我考不上呢？

彩琴咯咯咯地笑着说，那我就不要你了。

玉峰知道彩琴对他的爱，他用力搂紧了彩琴，两张火热的嘴唇缠绵在了一起。

高考成绩下来了，彩琴被一所一本大学录取了，玉峰却没能等来那张录取通知书。

兰玉峰在父亲的咒骂声中，跟随着表哥去了南方打工。

彩琴站在烈日下，哭得像个泪人，直到昏死了过去。

后来，听村子里人说，小峰在南方打工，跟着渔船出海时，遇到风浪连个尸首都没找到。对此，彩琴丝毫不信。她放假回来，就去兰玉峰家里问小峰的父母要通信地址。老两口一见彩琴就耷拉下了脸。小峰的父亲气哄哄地说，小峰死了，这下你该高兴了。

彩琴的眼圈立即就红了。

回你家哭丧去，别在我们家里哭。我家小峰的死都是你老子害得。小峰的父亲连说带推得把彩琴推出了院门外。

咚的一声，大门就关上了。彩琴的希望也被彻彻底底地关死了。

2

彩琴被兰玉峰带进了四川酒楼。

包间里气氛凝重。点的菜一个都还没端上来，彩琴却独自喝掉了一瓶红酒。

兰玉峰不解地看着满脸霞光万丈的彩琴，断定她出了什么事。

兰玉峰问彩琴，出啥事了？

彩琴的头摇得像拨浪鼓一样，说，没事，没事，能有什么事呢？

那你这样喝酒？兰玉峰说。

略带醉意的彩琴，歪着头，盯着兰玉峰说，有钱难买我乐意，我今天就想这样喝一次酒，咋了？你不同意？你同不同意又咋了？你又不是我的什么人。你管不着。

这时，两个服务生端着菜走进了包间。

彩琴嚷着对服务员说，唉，给姐再开一瓶红酒。

兰玉峰冲着服务员摇了摇头，又使了一个眼色，示意他们出去。

彩琴见服务员没答话，嚷着又说，快，再开一瓶酒，你怕我不给钱吗？笑话，姐有的是钱。钱他妈的算个什么东西？

兰玉峰起身将包间门紧紧地关上，走进了彩琴。

彩琴端起高脚杯，仰起脖子将杯中最后一点红酒一饮而尽。

兰玉峰一把握住彩琴的手，说，你到底咋了？告诉我好吗？看着你这样我的心痛。

彩琴甩开了兰玉峰的手，说，别这样，咱们之间没有丝毫关系。

兰玉峰像一头被斗败的野兽一样，垂头丧气地坐了下来。

兰玉峰说，我知道你恨我，恨我下决心走出了你的视线。在当时那种环境，我有啥选择的余地？我父亲的脾气你又不是不知道？我别无选择啊。

彩琴长长地呼了一口气，淡淡地说，过去了，一切都过去了。别再说了，就让往事随风吧。

不，我就要说。兰玉峰像一头发疯的狮子吼着说。

我在沿海 k 市打工的时候，确实在一次出海的时候，船被风浪打翻了。表哥没找到我的尸首，吓得离开了 k 市。谁知我命大，被海水飘到了一个荒岛边，被一个老人救了起来。你知道吗？当时我最想见的人就是你。我在梦里常常见到你，很多时候都是哭着叫着醒了过来。

彩琴的醉意似乎被兰玉峰的话浇醒了不少，她五味杂陈地听着兰玉峰的故事。

救我的是一个孤寡老头。那个偏远的荒岛就是他的家。那个岛屿面积不大，人口不多，隶属于 k 市的一个偏远小村。他一个人守着一大片椰林和几间破败的老房子，孤苦伶仃。我修养好了身体，临走的时候，老头哭了。他说他又该一个人终老而死了。我最终留了下来，成了他的养子，也成了这个小荒岛，小村落里面的一员了。父亲赶我走的那一幕时刻萦绕在我的心里，我恨他拆散了我们的爱。我就赌气不跟他联系了，让他以为我死在了外面。兰玉峰停顿了一下，打开了一瓶啤酒，咕咕咚咚的一口气灌了下去。

包间的冷气并没有凝结住两颗曾经相爱的心。彩琴的酒意似乎消失了，她抓起一瓶啤酒，倒满了两个杯子，其中一个杯子被她推到了兰玉峰的面前。她说，来，为了咱们的再次重逢干一杯吧。我当时可真以为你不在人世了。

彩琴放下酒杯，看着兰玉峰叹了一口气说，其实当年逼走你的那事怪我爸。

兰玉峰一脸疑惑地问，怪你爸？怎么可能？你爸和我走没有啥关系？

彩琴轻声地说，当时我被大学录取了，而你没考上，我爸嫌你配不上我，就去找你父亲，说了很多难听的话。你父亲一怒之下就赶走了你，断了我们的念想。

兰玉峰痛苦地表情，瞬间就转换成了哭声。那一声声低沉地抽泣，一下一下打在了彩琴的心上。

彩琴站了起来，走到了兰玉峰的身旁，用手轻轻拍打着他的肩头。兰玉峰像个受了委屈的孩子扑进了彩琴的怀里，发出呜呜呜的哭声。

彩琴不断地安慰着兰玉峰，说，好了，别哭了，一切都过去了，咱们今生没做成夫妻，那就做个知己吧。

兰玉峰多想就这样安安静静的拥抱着彩琴，但他明白彩琴已经心有所属了，她虽疯狂可她绝不是那种人。兰玉峰离开了彩琴的怀抱，重新坐端了身子。又抓起了一瓶啤酒，像是久旱逢甘霖一样，喝了个痛快。

放下酒瓶的兰玉峰，如同换了一个人一样。面带微笑，一副很绅士的样子，瞅着彩琴说，说说你吧，这些年过的咋样？

彩琴强装言笑地说，一言难尽哦。

彩琴从兰玉峰的眼里读出了莫大的关心，她不忍伤他的心，就把自己后来的生活全盘托出。

兰玉峰笑了笑说，很羡慕你的生活，你老公是一个负责任的好男人。你有一个幸福的家，我也就放心了。

彩琴从兰玉峰的话里听出了他的真诚与真挚，她突然间很想知道兰玉峰的妻子会是怎样的一个人。于是就问起了兰玉峰。

兰玉峰苦笑了一声，双手一摊，说，我还是一个童男之身呢，哪来的妻子这一说呢？

彩琴不可思议地看着兰玉峰，心想，从兰玉峰的穿衣打扮来看，他应该属于那种事业有成的钻石男，不可能还没成家吧。

兰玉峰见彩琴没说话，就问，你不信？

彩琴摇了摇头没有说话。

兰玉峰说，我自从成了我继父的养子，就在那座荒凉的孤岛开始了生活。我跟着继父出岛打渔，在椰林里采摘椰子售卖，地地道道的成了一个南方人。可好景不长，五年后继父的肺病慢慢严重了起来，湿热的天气加速了他生命的终结。他走了，我成了一个孤独的人了。继父临终前嘱托我守好椰林、渔船和那几间摇摇欲坠的房屋。在整理他的遗物时，我发现了一个笔记本，里面满满当当的记录着我和他生活在一起的快乐时光。最后一页，他是在极度痛苦的情况下写下了一份遗书。他的一切都由我来继承。哦，那时，你肯定已经大学毕业，都工作了吧？

彩琴点了点头，问，后来呢？你一直没走？一直守在那里？

兰玉峰接着说，我只在那里呆了一年。一个开发商把整个荒岛都征收了，要做旅游开发项目。我突然间就成了有钱人了。

彩琴笑着说，这儿子还是没白当呀。我的天呀，不敢想象了，你一定获得了一笔巨款呀。

哎，其中之事真是一言难尽呀。在征收的时候，村委会的领导要把我继父的所有财产充公，说他无后。最后我就和他们打了官司，继父的那本笔记和遗书是我胜利的关键证据。哎，人呀，在金钱和利益面前真是无比的贪婪呀。兰玉峰摇摇头说。

彩琴一脸凝重地说，是呀，人都被钱所累了。哎，咱们也脱不了俗呀。

兰玉峰笑了笑说，是呀，应该想开些，别成了钱的奴隶。这世上还有很多比钱更重要更有意义的事呢。

他们相视而笑。

兰玉峰和彩琴走出四川酒楼的时候，已经是华灯初上了。

3

彩琴一路上心里都在想，今天幸亏遇见了小峰，否则自己现在早就变成了一具冰冷的尸体了。她不由得就大笑了起来。突然间意识到身旁的人向她投来的异样目光，彩琴立即就止住了笑。

彩琴是一家公司的财务会计，于她而言专业对口，干着顺手。平时喜欢利用自己的专业知识，搞一些理财类的投资。为了早日能在这个大都市里有真正属于自己的窝，她把家里的积蓄背着丈夫李东升偷偷的都进行了理财投资。这两年效果很不错，为家里增收立下了汗马功劳。

丈夫李东升为人处世古板保守，经不起任何风浪，属于那种稳稳当当，一步一个脚印定式前行的人。家里的钱都归彩琴管理，主要目的就是为了买一个房子。两年前丈夫李东升和她商量说，按揭买个房子。彩琴一百个不愿意。她说，按揭买房，商贷利息太贵，不划算，咱们还是等存够了钱再买吧。两人为此还发生了一段时间的冷战。

事实是彩琴当时把家中所有的 20 万积蓄拿出来，又用信用卡透支了 10 万，全都投在了 p2p 网贷理财上了，看着每月 6000—7000 千，每年近 8 万的收益，她不忍心取兑出来。她在心里盘算着再投个两年，利息变本，本赚利息，一来二去，就能实现全款购房的目标了。

下午刚上班没多久，彩琴翻看手机，登陆了放心贷理财平台 APP。彩琴的眼睛直愣愣的瞪着手机屏，脸上的肉突突突的在跳。彩琴迅速的用手揉了揉眼，一双大眼睛被她睁到了极限。彩琴自言自语地说了一句，完了，就瘫坐在了地上。她的眼泪簌簌的掉了下来，砸在了明光亮赞的地板上。

彩琴回想起当初买放心贷理财的时候，还专门趁着去 S 城出差的机会，到放心贷投资理财公司总部里里外外的考察了一番，觉得公司实力雄厚，项目资产遍布全国。加之 p2p 是当下理财的流行主趋势，她就投了 2 万试了试。一个月下来，利息就有 150 元，并且投资灵活，支取方便。这一下就点燃了彩琴的投资理财热情。她瞒着丈夫李东升把原本存在银行里的所有积蓄投进了放心贷理财平台。这两年自己的实有资金已经从 30 万元，变成了快 50 万元了。她准备在适当的时候给丈夫李东升一个惊喜，谁成想放心贷理财公司突然间暴雷，平台宣布展期兑付公告。这该如何是好呀？

彩琴的心很慌乱。她赶忙在手机上搜索起 p2p 暴雷展期的消息，满满当当的网页里信息量很大。彩琴逐个网页点开阅读，得出了一个惊人的信息，p2p 理财公司一旦暴雷，就预示着投资人的资金回款遥遥无期，很大程度上是血本无归。她突然明白了这两个月放心贷平台为啥活动不断，又是加息活动，又是奖励活动，五花八门应接不暇。上月到期了 30 万的资金，在活动的火热下，彩琴毫不犹豫的又投了一年期的标的。当时投完资金，彩琴还高兴的自言自语说，等到期了就可以全款买房了。

彩琴一巴掌打在自己的脸上，狠狠地说，他妈的，都怪你贪心。彩琴那煞白的脸上，清晰的显出了指头的印记。她无法原谅自己，用自己的右手使劲的抽打着自己的左手，边打边说，就你贪心，就你贪心，你就该死了去。

这时，传来了敲门声。彩琴一咕噜爬了起来，快速的修饰了一下自己，开了门。行政办小李送过来了一份财务文件需要彩琴签字。彩琴默不作声，强忍着心中的悲痛，拿着笔的手颤巍巍的签了字。

小李问，琴姐，你咋了？身体不舒服吗？

彩琴掩饰着说，没有，可能是昨晚没睡好。

小李哦了一声，笑着离开了。彩琴急忙关上了财务室的门，一个人六神无主地趴在桌子上。

这该如何是好呢？彩琴在心里不断的问着自己。她真想剁了自己这双贱手。

丈夫李东升那里又该如何交代呢？这些原始的资金都是她和丈夫辛辛苦苦上班，加班，省吃俭用攒下来的，可如今变成了一串数字停留在了平台里。以前每月的工资都是悉数投进了平台里，生活就指靠着每月的利息过，这以后该咋办呀？无数个问题萦绕在了彩琴的心里，她烦躁不安。她使劲儿地揪住自己的头发，像是要薅一把下来才甘心似的。

她想，如果李东升知道这件事，一定会跟她离婚的。李东升虽说和她感情一直不错，可那就是一个老实巴交的人。从小在云南的小山沟里长大，没见过啥世面，靠着自己的踏实肯干，才混上一个小监理。

那年，彩琴坐火车去北京，车上有两个小流氓有意无意的调戏起了漂亮的彩琴。彩琴周旋在两个小流氓的中间，说说不过，骂骂不过，被两个小流氓明里暗里揩了不少油。满车的人竟然都是视若罔闻，彩琴气得哭了起来。李东升恰巧去火车的餐厅吃东西，路过彩琴所乘坐的车厢。

李东升看见彩琴哭哭啼啼的样子就问，姑娘，你咋了？

彩琴抬头看见忠厚老实的李东升，像是看见了救星一样，说，他们两个小流氓欺负我，请你帮帮我。

两个小流氓见李东升掺和了进来，就指着他的鼻子说，你他妈的少管闲事，小心老子给你来个白刀子进红刀子出。滚一边去，别管闲事。

对于有着军旅生涯的李东升来说，他根本就没把这两个小流氓放在眼里。他慢慢地抓住行李架，一个飞脚就踢在了那个说话的小流氓的脸上，见血了。李东升三下五除二，那两个小伙子被打的只有招架之功而无抵抗之力了。整个车厢爆发出了雷鸣般的掌声。彩琴也被李东升的身手怔住了。直到乘警用铐子将那两个小流氓带走，她才晃过神来。

到达北京西终点站时，彩琴红着脸，鼓起勇气跟上了李东升的脚步。两人最终走进了婚礼的殿堂，定居在了西安这座古朴热情的城市。

彩琴重重地叹了口气，说，真是是无法面对你呀。

彩琴又想起了自己不到一岁的儿子。孩子嗷嗷待哺，奶粉钱，保姆钱就是一大笔的开销呀。

特别是这几年，在利益的驱使下她自己鬼使神差办了很多张信用卡，又从一些借贷软件里借了很多钱，都一股脑投进了放心贷平台，进行组合式的投入。每月需要还的钱雷打不动呀。彩琴越想头越大，越想心越烦，她几乎快要崩溃了。

她从抽屉里拿出了一把剪子，气愤的将桌上的打印纸剪了个稀碎。她忽然想到了死，都是自己自作自受，真的无法面对自己的丈夫。

彩琴昏沉的站了起来，门都没关就走出了公司的大门。浑浑噩噩，垂头丧气的像朝阳公园的方向走去。

那里有一个朝阳湖，据说很深。那里将是她的葬身之地。

与兰玉峰的相遇是彩琴没想到的事。正是兰玉峰，才让她重新燃起了对生活的希望。彩琴在回家的路上，默默的告诉自己，p2p 这个事自己默默承担就好，绝不告诉丈夫李东升。她要想一切办法来找补损失。

4

彩琴走进家里的时候，丈夫李东升做好了饭菜，还特意点上了两只红蜡烛。彩琴看着这一切，一愣。

李东升见妻子一脸茫然，就笑着说，今天可是咱们结婚五周年纪念日呢。彩琴这才恍然大悟，支支吾吾地说，哎，我都忘了，没给你准备礼物。

李东升拉着彩琴的手坐了下来，说，这五年你跟着我受罪了，省吃俭用，到现在连个像样的房子都还没有买。你受苦了。李东升说完话就从身上摸出了一个精致的小盒子递给了彩琴。

彩琴心里五味杂陈，接过丈夫递来的盒子，她哭了。

李东升看着妻子，有着一种说不出的难受。妻子的美貌、善良、温柔让他始终都有一种人生幸福感和获得感，而自己却没能让她过上衣食无忧的日子。下午在挑选礼物的时候，看上的那款白金项链价格太过昂贵，他囊中羞涩，最后只好买了一条纤细不夺人眼球的链子。

彩琴边哭边想，要不要把 p2p 的事告诉给丈夫李东升。她抬起头看了一眼丈夫，心瞬间就被羽化了。她知道，丈夫如果知晓了这个事，不是疯了，就会癫了，说不定会一怒之下跟自己离婚。想想孩子还小，从此没有了父亲对他不公平。彩琴在心里再次打定不能让丈夫知道这个事。

保姆王姐见彩琴哭哭啼啼，她抱着孩子上前劝说。孩子天真无邪的样子，让彩琴这颗不安的心找到了归宿。她接过孩子，微微一笑，说，乖儿子，乖宝宝，妈妈不好，妈妈不该哭，你看爸爸多心疼妈妈呀，给妈妈买的项链呢。

彩琴主动端起酒杯，深情地望着丈夫李东升说，其实我觉得很幸福，有你在我的心里就很踏实。

丈夫李东升的眼里晶莹剔透，两人在清脆的干杯声中度过了不平凡的一天。

已经是深夜了，彩琴依然没有睡意。她侧着身，盯着窗外映照进卧室的霓虹，心中无限感慨。她在心里说，是该想办法堵上这个大窟窿了。

彩琴忽然就想到了兰玉峰。她回忆起兰玉峰所说的一切，认为只有小峰才能解决自己的燃眉之急。打定主意后，累了一天的她昏昏睡去了。

第二天，彩琴像往常一样早早地就去了公司上班。

彩琴做完了分内工作，缓缓的舒了一口气，给自己冲了一杯咖啡喝了起来。

彩琴拿出手机，又再一次登录了放心贷 APP，一个新的公告跳跃在了她的眼睛里。公告的大致意思是，所有投资人的本金公司都会还，只是时间会分为三年，等资金回笼后，会按照不同的比例进行返还，安慰大家别激动别慌张。

彩琴啪的一声把手机扔在了桌子上，骂着说，狗屁，纯粹是在放狗屁。这个平台肯定是在做自融，否则咋会暴雷？

彩琴又陷入了沉思中。

手机突然间响了，彩琴拿过手机接通了电话。

挂上电话，母亲焦急地的声音萦绕在彩琴的耳边。

彩琴赶忙拨通了兰玉峰的电话，草草说了两句，挂完电话向领导请了半天假，就走出了公司。

兰玉峰一见彩琴就焦急地问，出了啥事，你刚刚电话里的语气很着急？

彩琴低着头，面露羞涩地说，小峰，你有钱吗？我想借三万。

兰玉峰不假思索地说，你等等，我现在就给你转钱。

彩琴缓缓地说，我父亲病了，下午就来城里住院，可我现在的钱都被套住了，身无分文了。

钱被套住了？咋回事呀？兰玉峰关切地问。

哎，说来话长呀。都怪我是个贪心鬼，把家里的钱都投到 p2p 里面了，可如今正是 p2p 集中暴雷的黑色时候，钱难以拿回来了。彩琴垂头丧气地说。

兰玉峰面露惊讶地说，真没想到，你也在玩 p2p，这东西真是害死人了。我也损失了很多。

彩琴看着兰玉峰问，你也在投 p2p？投的那个平台？

兰玉峰给彩琴倒了一杯水，不慌不忙地说，我离开荒岛的时候，开发商给了我 500 万的赔偿。这两年在 k 市玩 p2p 挣了很多，心里就想着回来做个什么投资，稳稳当当的过日子。回来后，我一直都在这座城里，想着安定下来后就回老家把父母接过来一起住。这不，刚投了 200 万开了一个汽车租赁公司，生意还行，可我投的那家放心贷 p2p 惨死了，暴雷了。我幸运的是提前取了 200 万开公司，可不幸的是其余的钱都还在平台里躺着，成了一串美丽的数据。哎，我对不起救我的老人呀。

彩琴听完了兰玉峰的讲述，心里也是一阵揪痛，毫无安慰的办法。

彩琴苦笑了一声说，哎，真是倒霉呀。我上个月就回款了 30 来万，却又在贪念的驱使下投了进去。我现在完了，一无所有了。

兰玉峰一脸凝重地说，你投的也不少了。别灰心，咱要学会维权。我打算明天去 S 市，去放心贷理财公司去维权，我还有 400 多万投在那里呢。你也别太伤心，钱算什么东西，别把自己身体整垮了。

彩琴点了点头，说，那你走了公司咋办？

你给我打电话的时候，我正准备打给你呢。我想把公司拜托给你，你每天下班来公司一趟，把财务整理一下就行。我去维权，咱微信里随时联系。兰玉峰说。

彩琴和兰玉峰分手后，就着手给父亲联系了医院。下午彩琴的父亲住进了医院，丈夫李东升担负起了老人的护理照看工作。彩琴则是奔波在公司、医院之间。

自从兰玉峰把彩琴拉近了放心贷 p2p 维权微信群里，她的心就没有一天安稳过。常常瞅着群里的动静，看着维权人聚集在放心贷总部的视频，听着群里很多人的分析，抱怨以及悔恨，她的心乱极了。

兰玉峰时不时给彩琴发来语音，很多都是在安慰她，劝她想开些，生活还要继续。彩琴的心事很重，脾气也就变得异常暴躁了起来。在公司工作的时候，频频失误，这让总经理很不满意。上个周，因为失误，公司遭受到了严重的损失。彩琴被公司炒了。

屋漏偏逢连阴雨。父亲出了院，刚刚送走。孩子又因为高烧不退，进了医院。借的三万元已经捉襟见肘了。

丈夫李东升发现彩琴近段时间的不正常，问她咋了？彩琴就支支吾吾地说，没啥，工作压力大。

一个月过去了，放心贷 p2p 平台依然没有什么好消息。兰玉峰发回的消息说，他成了谈判的代表人，还要过段时间才能回来。

自从被公司炒了鱿鱼，彩琴每天都早早地去了兰玉峰的租赁公司，丈夫李东升对此毫不知情。一天，彩琴对李东升说不想上班了，想专心照顾孩子。李东升笑着答应了。彩琴原本打算辞掉保姆，可始终没好意思给保姆王姐开口。

兰玉峰从自己租赁公司主管那里听说了彩琴的遭遇，立即就返了回来。

面对彩琴，兰玉峰不知该如何安慰。好在租赁行业比较红火，生意不错，兰玉峰主动提出借给彩琴 30 万，先把家里的亏空补上。

彩琴说，我不会要你的钱，这不合适。

兰玉峰说，我这是借给你的，有啥合不合适？咱可是从小一起长大的呀。

彩琴没有接受兰玉峰的帮助，而是在心里盘算起自己的主意了。

5

彩琴找了几分不同的兼职工作，一大早她会在街市路口发宣传单，中午她就在一家西餐厅当临时服务员，到了下午他就出现在了一个小公司里做财务工作，晚上在一家夜场兼职卖酒女。

一个月下来，彩琴消瘦了很多，可钱的缺口依然很大。丈夫李东升很是纳闷，每次问起来，彩琴都说公司准备上市，很忙，每天都要加班很晚。

P2p 维权的路并没有因为彩琴的辛苦劳作而胜利，最后是以失败而告终。

老板突然间失联了，放心贷 p2p 平台也彻底关闭了。彩琴再也登录不上平台的 APP 了，就连那一串美丽的待收数据都无法看见了，她的心彻底死了。

维权群里要死要活的人一大堆，为了钱整个群已疯了。彩琴已经变得麻木不仁了，除了每天回家的时候强装笑脸之外，很难再看见她阳光的一面了。

彩琴的一切都没能逃过兰玉峰的眼睛，兰玉峰看着远处的彩琴心里难受极了，却毫无办法，只能在暗中默默的注视着她。

过了一段时间，李东升突然兴高采烈地给彩琴打电话说，中午开车过去接她一块儿去看一家楼盘。

彩琴的心很慌，说公司走不开，去不了。

李东升坚持让彩琴请假，说他去找经理请假，因为楼盘里有个熟人领他们中午过去看房子。

彩琴只好答应，马不停蹄的从城市的南边打车几乎是同一时间和李东升到了原来公司的楼下，谎言才未被戳穿。

李东升很满意这套房子，想立即签约交首付。彩琴苦不堪言地说，钱都被我存了定期，现在取出来不划算，等到期了再买吧。

李东升不依不饶地说，你傻呀，现在的房价一天一个样，那点利息还不够塞牙缝的呢？

两人为此僵持了起来，不欢而散。

彩琴不断地问着自己该咋办呀？该咋办？

晚上，彩琴在夜场里又碰到了那个对他纠缠的外地男人。那男人个子矮矮的，头光的发亮，一口标准的南方腔，大大咧咧，慢慢悠悠地走到了彩琴的身旁。

光头男嬉皮笑脸地说，小琴妹妹，几日不见你又漂亮很多啦。我都想死你啦。

彩琴白了一眼这个男人，默不作声。

光头男说，今晚只要你肯陪我喝酒，你卖的酒我全包了。

彩琴一改往日的冷傲，微笑着说，此话当真？

对方笑了笑，从包里抽出了两沓子崭新的百元大钞丢给了彩琴。

彩琴几杯酒下肚，心里顿时就火辣辣地难受了起来。光头男觉得彩琴今晚能出乎意料的陪他喝酒，这是莫大的荣幸。光头男信心百倍，趁着喝酒的时机，在灯火昏暗的包厢里手脚开始不干净起来。彩琴并没有在意，她完全按照自己今天看房后的决定，放下女人的尊严，准备大干一场了。

色眯眯的光头男见彩琴没有拒绝，就更加肆无忌惮起来。

当光头男的手伸向彩琴迷你短裙中的那一刹那，彩琴一把抓住了他的手，歪着头看着面前这个猪头一样的男人说，你真的喜欢我？

光头男用力地点着头，像彩琴儿子玩的不倒翁一样。

彩琴端起一杯酒一饮而下，放下杯子，揪着光头男的耳朵，小声说，老娘遇到难事了，我陪你一晚上，你给老娘多少钱？

光头男的眼睛发出了绿光，兴奋地说，随你，随你，都随你。

彩琴哈哈哈的大笑了起来，说，真他妈爽快。

转眼间，彩琴又大哭了起来。引得旁边的客人都向他们这个包厢里看了过来。

光头男把肥厚的嘴唇凑到了彩琴白净的脸上，说，小祖宗，别哭了，我给你这么多。光头男伸出食指和中指。

滚滚滚，2万就想要了老娘的身子？彩琴愤怒地吼道。

光头男说，我是真喜欢你，我咋才会给你这么点？我说的是20万。

彩琴心里一惊，心想他妈的这个光头男人真把钱不当回事。

彩琴笑着说，还是大哥豪爽，不过我要30万，行不行你决定。

满脸油汪汪的光头男清了清嗓子，笑着说，谁让我看上你了呢，我答应你，不过有个条件。

你说，彩琴说。

我每个季度都会来你们这个城市一次，你必须随叫随到。我每年再给你30万。

彩琴在心里咒骂着这个不要脸的男人，真想不出嫁给他的女人会是怎样的一个人？

两人一拍即合，端起酒杯，干了一下，喝完扔下杯子就走出了这个气氛糜烂的夜场。

他们刚走进一家五星级豪华宾馆的房间，房门被人一脚就踹开了。李东升和兰玉峰出现在他们的面前。

李东升看着穿着暴露的妻子，脱下自己的外衣把彩琴包裹的严严实实，拽着她走出了房间，走出了宾馆的大门，走出了黎明前的黑暗。

一路上他们都默默不语，只有头顶的繁星在夜空里相互地眨着眼睛，说着情话。